GIOVANNI GUARESCHI

Don Camillo
und die Rothaarige

...aber Don Camillo gibt nicht auf...

NAUMANN & GÖBEL

Sonderausgabe der Naumann & Göbel
Verlagsgesellschaft, Köln

Übersetzung: Ragni Maria Gschwend

Schutzumschlag: Hermann Bischoff
Gesamtherstellung: Mainpresse Richterdruck Würzburg
Printed in West Germany

ISBN 3-625-20044-9

Don Camillo
und die Rothaarige

Don Camillo und das verirrte Schäflein

Viel Neues gibt's in Don Camillos Dorf: Die Langhaarigen sind bis hierher gedrungen, und einer von ihnen bringt Peppone in eine schlimme Lage. Damit nicht genug, kommen auch noch die Chinesen, um dem Genossen Bürgermeister das Leben sauer zu machen.

Die Achillesferse Peppones hieß Michele, und es handelte sich dabei um einen Bengel mit Händen so groß wie Schaufeln und einer Mähne, bei der man unwillkürlich an jene Akazien dachte, die, weil sie fortwährend gestutzt werden, zuletzt nur noch aus einem dicken Stamm mit einer lächerlichen Blätterkugelhaube bestehen. Er fuhr auf einem Scheusal von Motorrad, dessen Seitentaschen nach Cowboymanier mit Nägeln und Fransen verziert waren, in der Gegend herum und trug eine schwarze Jacke, auf deren Rücken er einen weißen Totenschädel und die Aufschrift Veleno*) hatte malen lassen.

Michele, genannt Veleno, jüngster Sproß Peppones, war der einzige Pilzkopf im Dorf, aber er genügte vollauf, denn nicht nur besaß er die Kraft eines Büffels, er wußte sie auch verteufelt gut anzuwenden. Veleno war das Oberhaupt der in der Bassa verstreuten jugendlichen Aufrührer, und wenn er mit seiner Bande loszog, kam es einem Erdbeben gleich.

Weitere große Neuerung im Dorfe Don Camillos: Nachdem der alte Pinetti verstorben war, hatte eine junge Doktorin aus der Stadt die Apotheke übernommen und war samt ihrem Mann, ebenfalls einem Doktor, in den Vorort gezogen, der sich hinter den Damm niederduckt.

Peppone selber hatte seine Werkstatt in ein großes Kaufhaus verwandelt, in dem man Autos, Motorräder und Haushaltmaschinen aller Art auf Abzahlung erstehen konnte. Das Geld für diese Unternehmung hatten zu einem guten Teil die Genossen seiner Sektion beigesteuert, überzeugt von seiner Argumentation: „Wenn heute das werktätige Volk eben Auto, Waschmaschine, Fernsehgerät, Kühlschrank und so weiter haben will,

*) Veleno = Gift (Anmerkung der Übersetzerin)

verkaufen *wir* sie ihm. Da bleibt der Profit bei den Werktätigen, denn die Reingewinne des Kaufhauses werden an die Aktionäre ausgeschüttet."

Die Sache hatte dem Doktor Bognoni und der Apothekerin, Genossin Jole, die beide vom Provinzverband als äußerst tüchtige Aktivisten empfohlen und begeistert in den Sektionsvorstand aufgenommen worden waren, ganz und gar nicht gefallen. Nach Ansicht der beiden Bognoni leistete eine solche Unternehmung nur der Verbürgerlichung der Arbeiter Vorschub und nahm ihnen jeden revolutionären Impetus.

„Du, Genosse Bottazzi", hatte Bognoni zu Peppone gesagt, „gibst dem Volk die Illusion, zu Wohlstand gekommen zu sein, und vergißt, daß man die Revolution nur machen kann, wenn das Volk leidet!"

„Niemand kann das Volk davon abhalten, zu leiden, auch wenn es einen Fiat 600, einen Fernseher, einen Kühlschrank und eine Waschmaschine hat!" hatte Peppone zurückgegeben, der ein Mann aus dem Volke war und das Volk genau kannte.

Die Bognonis hatten diese Kröte wohl oder übel schlucken müssen, aber sie hatten eine heimliche Störaktion gegen Peppone eingeleitet und warteten bloß die Gelegenheit ab, die Offensive loszulassen.

Und diese Gelegenheit ergab sich, als Veleno und seine Bande, die zufällig ins Dancing von Castelletto gerieten und dort als unerwünscht zurückgewiesen wurden, sich gewaltsam Eintritt verschafften und das Lokal nicht wieder verließen, ehe sie allen anwesenden Männern die Hosen ausgezogen hatten. Der Streich wirbelte viel Staub auf, denn Veleno kletterte noch in derselben Nacht zuoberst auf einen der turmhohen Maste, die der Hochspannungsleitung erlaubten, sich über den Po hinwegzuschwingen, und band dort das eine Ende einer langen Schnur fest, an der er im Hinuntersteigen die erbeuteten siebenundfünfzig Paar Beinkleider wie eine Galabeflaggung aufhängte. Und tags darauf strömten die Leute scharenweise zum Flußufer, um das Schauspiel der im Winde baumelnden Hosen zu genießen.

Die Bognonis ritten in einer öffentlichen Versammlung eine scharfe Attacke gegen Veleno, den sie als schmutzigen Vertreter des bürgerlichen Halbstarkentums und Schandfleck des Dorfes bezeichneten, worauf sie mit der perfiden Bemerkung schlossen: „Wenn der Genosse Bottazzi Kinder von dieser Sorte aufzieht, wie kann er da Anspruch darauf erheben, den Nachwuchs der Partei geistig zu formen?"

Sie vergaßen nicht beizufügen, man diene der Sache des Volkes nicht, indem man im Laden stehe und elektrische Mausefallen verkaufe.

Der erste Gedanke Peppones war, den Bognonis mit Fußtritten zu antworten, aber dann überlegte er es sich, sandte dem Provinzverband einen ausführlichen Bericht und ersuchte um postwendende Antwort.

Don Camillo platzte an diesem Abend beinahe vor Schadenfreude und machte seinem Herzen bei dem gekreuzigten Christus über dem Hauptaltar Luft.

„Herr", sagte er, „ich danke Euch, daß Ihr Verwirrung und Zwietracht ins Lager der Feinde Gottes gebracht habt."

„Ich kann gar nicht Verwirrung und Zwietracht bringen, sondern nur Licht und Frieden", antwortete Christus. „Don Camillo, auch dein Feind ist dein Nächster, und die Schmerzen deines Nächsten sollen deine Schmerzen sein."

„Verzeiht, Herr", gab Don Camillo zurück, „aber ich habe wirklich keine Lust zu leiden, weil Peppone einen Mähnenjüngling zum Sohne hat!"

„Don Camillo", bemerkte Christus lächelnd, „vergiß nicht, daß auch ich während meines kurzen Erdenwallens ein Mähnenjüngling war!"

„Herr!" rief Don Camillo entrüstet aus, „dieser Bursche begnügt sich nicht damit, lange Haare zu tragen und sich verrückt anzuziehen. Er ist auch roh und bösartig!"

„Don Camillo", tadelte Christus, „du schenkst dem Wolf die Schäfchen deiner Herde viel zu leicht!"

„Er ist kein Schaf meiner Herde!"

„Du hast ihn getauft im Namen des Herrn, also ist dieser Junge ein Schaf meiner Herde."

Don Camillo kam nicht dazu, sich zu äußern, weil in diesem Augenblick Peppone die Kirche betrat. Sein Gesicht verhieß nichts Gutes, und Don Camillo zog ihn schnell ins Pfarrhaus hinüber.

„Genosse Bürgermeister", sagte er zu ihm, als sie in der Stube waren, „bereust du endlich deine Sünden? Sprich nur offen: Gott hört dir zu, die Genossen Bognoni nicht."

„Ihr und euer dreimal verfluchtes Latein!" legte Peppone los. „Darf man vielleicht wissen, was *‚cum grano salis'* heißt?"

„Das hängt von den Umständen ab", antwortete Don Camillo.

„Die Umstände sind die, daß ich dem Verband berichtet habe, was diese beiden Rüpel öffentlich über mich sagten, und jetzt schreibt mir der Verband zurück, ich solle *cum grano salis* handeln."

Don Camillo kicherte, was Peppone vollends rasend machte. Er brüllte: „Diese verdammten Intellektuellen sind der Untergang der Partei! Können die nicht italienisch reden? Ausgerechnet jetzt, wo sogar die Priester das Latein auf den Müll geworfen haben, müssen es die Funktionäre des kommunistischen Verbandes benützen?"

„Genosse", erläuterte Don Camillo mit großer Geduld, „hätten sie dir vielleicht raten sollen, mit Takt, Umsicht, Diplomatie und Intelligenz vorzugehen, wo doch jeder weiß, daß das Dinge sind, die du nicht einmal vom Sehen kennst? Sie appellieren an das winzige Salzkörnchen, von dem sie hoffen, daß du es in deinem dicken Schädel hast, und raten dir, davon Gebrauch zu machen."

„Quatsch!" brüllte Peppone. „Denen werde ich das *grano salis* zeigen! Diesen Tropf von Doktor, den erledige ich *cum grano pepis* und fülle ihn mit Maulschellen ab! Was kann denn ich dafür, daß mein Junge ein Wirrkopf ist? Aber er soll mir nur nach Hause kommen, der Lümmel, den bringe ich um!"

„Gut so!" lobte Don Camillo. „Es ist viel einfacher, einen Sohn umzubringen, als ihn zu erziehen."

„Ach was, umbringen!" schnaubte Peppone. „Ich meine natürlich, ich prügle ihn windelweich, wenn er mir in die Finger kommt."

„Es ist doch besser, du bringst ihn um, Genosse. Das Wohlleben hat aus dir einen Fettsack gemacht; wenn der Junge nur einmal mit der Faust ausholt, schlägt er dich gleich tot."

„Wollt Ihr damit sagen, er würde zurückgeben, wenn ich ihn verhaue?"

„Wenn er wirklich dein Sohn ist, ja."

„Das ist er, leider“, gab Peppone sehr kleinlaut zu.

Da kam Smilzo hereingerannt, und Don Camillo wetterte: „Was zum Teufel soll das werden, hier im Pfarrhaus, eine Zellenversammlung?“

„Wenn der Papst den sowjetischen Außenminister im Vatikan empfangen hat, wird ein unbedeutender Landpfarrer wie Ihr wohl auch zwei Genossen der kommunistischen Ortssektion empfangen können!“ erwiderte Smilzo. „Oder haltet Ihr Euch für bedeutender als den Papst?“

„Was ist los?“ wollte Peppone wissen.

„Chef“, erklärte Smilzo, „Michele ist in die Apotheke geplatzt und hat der Genossin Jole mit Gewalt eine halbe Flasche Rizinusöl eingegeben. Und dann ist er in die Arztpraxis gelaufen und hat Dr. Bognoni den Rest austrinken lassen!“

Peppone wurde kreidebleich und ließ sich auf einen Stuhl fallen.

„Er hat mich ruiniert!“ ächzte er. „Rizinusöl! Faschistenbrauch! Jetzt werden sie mir noch anhängen, ich hätte einen Sohn, der Faschist sei! Dieser Flegel! So viel Zeug gibt's dort, das er ihnen hätte einflößen können, und da geht der und nimmt ausgerechnet Rizinusöl!“

Inzwischen war auch Brusco im Pfarrhaus angelangt, der neue Nachrichten brachte: „Nein, Chef. Es war kein Rizinusöl – es war eine Flasche Lebertran!“

„Gott sei Dank!“ seufzte Peppone auf. „Dann können sie der Sache keinen politischen Anstrich geben. Aber das schwöre ich, daß ich diesem Tunichtgut den Schädel einschlage! Ihr beide kommt mit mir, greift aber nur ein, wenn ihr seht, daß ich allein mit ihm nicht fertig werde!“

Sie eilten hinaus, und Don Camillo verdrehte den Blick nach oben und breitete die Arme aus: „Herr, ein Schäflein Eurer Herde hat sich verirrt, und die Wölfe suchen es, und ich weiß nicht, wo ich es aufstöbern soll was kann ich denn tun?“

„Es steht geschrieben: ‚*Pulsate et aperietur vobis*‘, klopfet an, so wird euch aufgetan“, antwortete die ferne Stimme des Gekreuzigten.

Don Camillo begann im Zimmer auf und ab zu gehen: er begriff nicht, was Christus damit hatte sagen wollen. Immerhin lief er, als es klopfte, eilig zur Tür und machte sie auf.

Herein kam Veleno, mit zerwühltem Haar, das ihm nun auch das Gesicht bedeckte. Der Bursche war außer sich: „Hochwürden“, sagte er, „mein Vater sucht mich überall und will mir alle Knochen entzweischlagen!“

Don Camillo betrachtete ihn mit Widerwillen.

„Und du, mit diesen Pranken, fürchtest dich vor einer aufgedunsenen Speckschwarte, wie dein Vater eine ist?“

„Natürlich! Wenn er mich erwischt, kann ich nichts anderes tun als einstecken – ich kann mich doch nicht gegen meinen Vater auflehnen!“

Da betrachtete Don Camillo den Burschen mit etwas weniger Widerwillen.

„Siehst du denn nicht ein, was du angerichtet hast mit diesem Abführmittel bei den Bognonis?“

„Ich habe ihnen das Abführmittel nicht für das gegeben, was sie über mich sagten, sondern für das, was sie über meinen Vater sagten. Retten Sie mich doch, Don Camillo!“

„Gottes Haus steht allen Sündern offen, die bereuen.“

Veleno dehnte den mächtigen Brustkasten und ballte die Fäuste: „Einen Dreck bereue ich! Die Gemeinheit haben die beiden Rüpel begangen, nicht ich!“

„Wenn du es so ansiehst“, erwiderte Don Camillo ruhig, „gibt es zwei Möglichkeiten: Entweder du verschwindest augenblicklich, oder wenn du hierbleiben willst, bezahlst du.“

„Ich bin bereit zu bezahlen!“ schrie Veleno.

Don Camillo nannte ihm den Preis, und der Junge antwortete, eher würde er sich abschlachten lassen als das hinzunehmen.

„Dann mach, daß du hinauskommst!“ befahl Don Camillo.

Veleno ging zur Tür, blieb aber auf halbem Wege stehen und drehte sich um: „Hochwürden, was Sie da von mir verlangen, ist niederträchtig!“

„Du hast ja die Wahl. Hier gelten feste Preise, und Rabatt gibt's nicht.“

Da kam Veleno zurück, setzte sich und bezahlte zähneknirschend.

Zuletzt stand er auf und bemerkte: „Hochwürden, Sie haben mich ruiniert!“

„Es ist nicht mein Beruf, und die Arbeit ist sicher nicht vollkommen", gab Don Camillo zu. „Aber ich finde, du siehst mit Kahlschlag eigentlich besser aus."

Während Don Camillo den Rasierapparat weglegte und mit dem Besen den Haufen Haare zusammenkehrte, zog Veleno ein Spiegelchen aus der Tasche und betrachtete sich.

„So zugerichtet, bin ich niemand mehr", jammerte er.

Er fühlte sich tatsächlich wie Samson, als er, von Dalila geschoren, kraftlos erwachte, weil das Geheimnis seiner Kraft in seinen langen Haaren gelegen hatte.

„Ich werde nicht mehr den Mut haben, mich vor den Leuten zu zeigen", stöhnte Veleno. „Ich gehe von hier fort."

„Und wohin?"

„Die Stelle habe ich schon: Ich bin aufgeboten und gehe in den Militärdienst."

Don Camillo wunderte sich über diesen Entschluß. „Aber bist du denn", sagte er, „nicht der Häuptling dieser Spitzbuben, die sich Dienstverweigerer aus Gewissensgründen nennen?"

„Das war nur, weil sie mir beim Einrücken die Haare abgeschnitten hätten. Jetzt, wo ich kahlgeschoren bin, spielt die Moral keine Rolle mehr."

„Ach so", brummte Don Camillo. „Geh jetzt in die Küche und iß, und dann marsch ins Bett: Das Gästezimmer befindet sich im obersten Stock. Du kannst ruhig schlafen, niemand wird dich stören."

Don Camillo ging in die Kirche hinüber, um sich mit Christus auszusprechen: „Herr, ich danke Euch. Der gute Hirte hat das verirrte Schäflein wiedergefunden, wie Ihr es gesagt habt."

„Ja, Don Camillo – aber ich habe nicht gesagt, daß der gute Hirte das wiedergefundene Schäflein scheren soll."

„Das ist eine technische Einzelheit, die nicht Gott, sondern den Hirten angeht. Gebt dem Herrn, was des Herrn ist, und dem Hirten, was des Hirten ist – habt Ihr es nicht so gesagt?"

„Nein, Don Camillo. Aber der Grundgedanke stimmt."

Veleno blieb eine Woche lang im Hause Don Camillos verborgen und vertrieb sich die Zeit damit, das ganze Holz für den Winter zu spalten und zu zersägen.

Dann, am achten Tage, tauchte ein höchst aufgeregter Peppone auf. „Die Karte vom Bezirkskommando ist da!" schrie er. „Ich weiß nicht, wo der Lümmel steckt, und wenn er sich nicht rechtzeitig stellt, wird er wegen Militärdienstverweigerung drangenommen! Also neue Unannehmlichkeiten für mich, wenn ich ihn nicht finde!"

Don Camillo führte ihn in die Küche vor den Spion, durch den man in den Hof blicken konnte. Peppone sah seinen Michele Holz spalten und brachte den Mund nicht mehr zu.

„Kahlgeschoren!" entfuhr es ihm.

„Das mußte sein", sagte Don Camillo. „Ich habe ihn nämlich überredet, Mönch zu werden."

Peppone sprang in die Höhe. „Nur das nicht!" brüllte er. „Eher lasse ich ihn sofort wieder nach Hause kommen, als daß er ein solches Ende nimmt! Ich schwöre, daß ich ihm nichts tun werde, auch wenn diese verfluchten Bognonis sich seinetwegen an mir rächen wollen und im Dorf eine autonome ‚chinesische' Sektion gründen."

„Geschieht dir recht", meinte Don Camillo. „Aber schade ist's doch. Es klang so schön: Bruder Veleno, Schaf Gottes."

„Im Hause Bottazzi ist kein Platz für Schafe!" wehrte sich Peppone.

„Ah ja", bestätigte Don Camillo hinterhältig. „Ich habe ganz vergessen, daß du, Genosse, *temporibus illis,* den Spruch an deine Hausfassade hast schreiben lassen: ‚Lieber einen Tag als Löwe leben, denn hundert Jahre als Schaf'."

„Zur Hölle mit Euch und Eurem hundsgemeinen Gedächtnis!" rief Peppone im Hinausgehen. „Aber die Rechnung zwischen Euch und mir bleibt offen!"

„Wir werden sie schließen", versicherte Don Camillo. „So Mao will, natürlich."

Der große Fluß zog ruhig und gleichmütig vorüber; es war ein Tag wie jeder andere, nur anders.

Das Geheimnis des heiligen Antonius

Peppone ist unglücklich, aber auch Don Camillo hat bald nichts mehr zu lachen. So starrköpfig er ist, muß er doch eines schönen Tages sein Haupt beugen und sich der neuen Zeit anpassen. Glücklicherweise findet er einen unverhofften Helfer, der es ihm erlaubt, in Ungehorsam gehorsam zu sein.

Der kleine rote Sportwagen schwenkte energisch in den engen Hof des Pfarrhauses. Ein magerer junger Mann stieg aus, in grauem Anzug, mit einer Intellektuellenbrille auf der Nase und einer Ledermappe unter dem Arm.

Don Camillo, der in der Stube am Schreibtisch saß, mit einem Auge die *Gazzetta* las und mit dem andern aus dem Fenster spähte, ballte die Fäuste.

„Herein!" sagte er unhöflich, sobald er es klopfen hörte.

Der junge Mann trat ein, grüßte und reichte Don Camillo einen Briefumschlag.

„Ich kaufe nichts", knurrte Don Camillo, ohne den Kopf von der Zeitung zu heben.

„Ich habe auch nichts zu verkaufen", erwiderte der andere. „Ich bin Don Francesco, der Amtsgehilfe, den Ihnen die Kurie zugewiesen hat, und hier ist mein Einführungsschreiben."

Don Camillo musterte ihn: „In diesen Kleidern, junger Mann, habe ich Sie für einen der üblichen Handlungsreisenden gehalten. In Anbetracht dessen, daß Sie sich bei einem alten Pfarrer vorstellen müssen, wär's vielleicht doch besser gewesen, Sie hätten sich als Priester verkleidet."

Das Priesterlein, ein sehr nervöser Mensch, wurde blaß, und Don Camillo las den Brief. „Schön", sagte er, während er das Blatt in den Umschlag zurücksteckte. „Sie sind also hergeschickt worden, um mich zu lehren, wie man Priester wird."

„Nein, Hochwürden – nur um Sie daran zu erinnern, daß wir im Jahre 1966 leben, nicht 1666."

Da zog Don Camillo sein riesiges gelbes Taschentuch hervor und machte einen Knoten. „Jetzt haben Sie mich daran erinnert, also können Sie wieder gehen", sagte er.

Das Priesterlein verlor seine Ruhe. „Hochwürden! Die Kurie hat mich hierher geschickt, und hier bleibe ich!" rief es aufgebracht und setzte sich vor den Schreibtisch.

„In diesem Fall", äußerte Don Camillo ruhig, „nutzen wir die Gelegenheit, um ein Spielchen zu machen. Kennen Sie das mit den achtzig Karten?"

„Nein", erwiderte der junge Geistliche mit zusammengebissenen Zähnen.

Auf dem Schreibtisch lagen ein paar alte Bündel Spielkarten; Don Camillo nahm eines auf, faßte es mit seinen großen Händen und riß die vierzig Karten mit einem einzigen Ruck mitten entzwei.

Der Jüngling ließ sich nicht einschüchtern. „Dieses Spiel kann ich auch", sagte er, „aber mit weniger Mühe."

Er las ebenfalls ein Spiel Karten vom Schreibtisch auf und riß es seelenruhig in zwei Stücke, eine Karte um die andere. „Jetzt sind es achtzig, wie bei Ihnen, Hochwürden", meinte er zuletzt lächelnd.

Don Camillo wiegte mit anerkennender Miene den Kopf. „Ich hingegen", sagte er dann und deutete auf die beiden Häufchen zerrissener Karten, „ich kann Ihnen alle hundertsechzig in den Hals hinunterstopfen."

Das war der Don Camillo der harten, gewalttätigen Zeiten, und das Priesterlein wurde leichenfahl. „Ich", stammelte es, „ich bin geschickt worden. Wenn meine Person Ihnen nicht genehm ist . . ."

„Sie oder ein anderer, das kommt auf dasselbe heraus. Da Seine Exzellenz uns befiehlt, einen Koadjutor zu benötigen, wird man eben gehorchen. Sie haben mich freundlicherweise daran erinnert, daß wir 1966 schreiben und nicht 1666, und in Erwiderung Ihrer Höflichkeit habe ich Sie daran erinnert, daß *ich* hier der Pfarrer bin. Ihr Zimmer steht bereit. Sie können es gleich benützen, um sich etwas frisch zu machen und um sich als Priester anzuziehen. Hier ist während der Dienstzeit Zivilkleidung nicht erwünscht."

Der junge Mann wurde von der alten Desolina ins Fremdenzimmer geleitet, und Don Camillo eilte, um dem gekreuzigten Christus am Hochaltar sein Herz auszuschütten.

In Don Camillos Kirche gab es tatsächlich immer noch einen

Altar, an dem Don Camillo nach wie vor die Messe in lateinischer Sprache las. Und die Gläubigen knieten zum Empfang der Hostie wie eh und je an der Balustrade mit den Säulchen aus falschem Marmor.

In allen anderen Kirchen der Diözese war der Altar durch etwas ersetzt worden, was Don Camillo respektlos ein ‚Stehbüfett' nannte; in der Kirche von Don Camillo aber war alles beim alten geblieben, und gerade deshalb wollte die Kurie – bevor sie zu harten disziplinarischen Maßnahmen griff – dem starrköpfigen Pfarrer in der Bassa einen jungen Geistlichen zur Seite stellen, der den Rebellen dazu bringen sollte, sich der neuen Zeit anzupassen.

Don Camillo lief in der leeren Kirche auf und ab und suchte vergeblich den richtigen Anfang der Rede, die er halten wollte, als Christus ihn rief.

„Don Camillo, was tust du? Hast du vergessen, daß die wahre Kraft der Diener Gottes in der Demut liegt?"

„Herr", beteuerte Don Camillo, „das habe ich nie vergessen, und ich stehe hier vor Euch als der demütigste Eurer Diener."

„Don Camillo, es ist leicht, sich vor Gott zu demütigen. Dein Gott ist Mensch geworden und hat sich vor den Menschen gedemütigt."

„Herr", klagte Don Camillo tief bekümmert und breitete die Arme aus, „warum sollte ich denn alles zerstören?"

„Du zerstörst nichts. Du gibst dem Bild einen neuen Rahmen, aber das Bild bleibt das gleiche. Oder ist für dich der Rahmen wichtiger als das Gemälde? Und, Don Camillo: Die Kutte macht noch keinen Mönch, wie man zu sagen pflegt, aber sie macht auch keinen Priester. Oder glaubst du, mehr Diener Gottes zu sein als dieser junge Mann, bloß weil du eine Soutane trägst und er Jacke und Hose? Don Camillo, hältst du Gott für so ungebildet, daß er nur Latein versteht? Don Camillo – dieser Gips, dieses bemalte Holz, diese Goldbronze, diese antiken Worte sind nicht der Glaube."

„Herr", wandte Don Camillo demütig ein, „aber sie sind die Tradition; die Erinnerung, der Weg durch so viele Jahre..."

„Alles wunderschöne Dinge, die nichts mit dem Glauben zu tun haben. Du liebst diese Dinge, Don Camillo, weil sie dich an deine Vergangenheit erinnern, weil du sie als dein Eigentum, ja fast als einen Teil deiner selbst empfindest. Wahre Demut heißt auf die Dinge verzichten, die man am meisten liebt."

Don Camillo beugte das Haupt und sprach: „Ich gehorche, Herr."

Christus aber lächelte, denn er konnte in seinem Herzen lesen.

Der junge Priester war voller Enthusiasmus. Seine Devise lautete: „Entmystifizieren!" Das bedeutete, die Kirche von allem zu reinigen, was bloß Flitter war, was lediglich dem Aberglauben diente. Immerhin versuchte er, vorsichtig zu Werk zu gehen, um Don Camillo nicht zu verärgern. Und Don Camillo machte mit, wenn auch mit zusammengebissenen Zähnen.

Mit einem Mal aber wurde er bockbeinig. „Der Altar kommt weg", sagte er im gleichen Ton wie damals, als er sich anerboten hatte, dem Priesterlein die beiden Kartenspiele zu essen zu geben, „aber erst, wenn ich einen geeigneten Platz gefunden habe, wo ich ihn unterbringen kann."

Das war kein leichtes Problem, denn ein Altar mit einem drei Meter hohen Gekreuzigten ist nicht gerade eine Nippsache. Aber Don Camillo hatte eine fixe Idee, und die vertraute er nun Christus an: „Herr", erklärte er, „die Erben des armen Filotti haben den ganzen Besitz liquidiert. Geblieben ist nur das alte, verlotterte Herrenhaus mit der angebauten Privatkapelle, in der ich immer einmal im Jahr die Messe gelesen habe. Sie sind bereit, das Ganze um sieben Millionen, die man noch herunterhandeln kann, herzugeben. Wenn ich diese Kapelle haben könnte, würde ich den Altar dorthin bringen, und Euch ebenfalls, Herr. Hier seid Ihr im Wege, und man weiß nicht, wohin mit Euch. Natürlich würdet Ihr stets der Sohn des Allmächtigen bleiben, auch wenn sie Eure Bilder zerstörten, aber ich werde niemals zulassen, daß man Euch zum ausgedienten Gerümpel auf den Dachboden schmeißt."

„Don Camillo", mahnte Christus, „du meinst nicht mich. Du meinst ein angemaltes Stück Holz."

„Herr, das Vaterland ist auch nicht das Stück farbiger Stoff, das man Fahne nennt. Und doch darf man die Fahne des Vaterlandes nicht wie einen Tuchfetzen behandeln. Und Ihr seid meine Fahne, Herr. In jener Kapelle würdet Ihr den richtigen

Platz finden, aber sieben Millionen sind leider sieben Millionen, auch wenn sich noch markten läßt. Wie könnte ich bloß zu diesem Geld kommen?"

„Indem du es dort suchst, wo es sich befindet", antwortete rätselhaft und lächelnd der Gekreuzigte.

Inzwischen trat Don Francesco ungeduldig von einem Fuß auf den andern.

„Hochwürden, auch wenn wir die Unterbringung des Altars auf später verschoben haben", sagte er in einem günstigen Augenblick, „können wir mit der Entmystifizierung anfangen, indem wir beispielsweise diese scheußliche Gipsfigur des heiligen Abtes Antonius entfernen!"

Die Statue war in der Tat häßlich. Don Camillo hatte sie seinerzeit bereits in ihrer Nische vorgefunden; er ließ sie dort stehen und beschränkte sich darauf, sie einmal im Jahr abzustauben.

Der Schutzpatron der Tierzucht in der Bassa hatte sich anscheinend bei schweren Maul- und Klauenseuchenepidemien zwischen 1862 und 1914 sehr anständig benommen. Dafür hatte er glückliche Zeiten erlebt und jeden Tag Hunderte von Kerzen vor sich brennen sehen. Dann aber hatten sich im gleichen Maß, wie die Spritzen gegen die Seuche aufkamen, die Kerzen vermindert, und heute mußte sich der arme Sankt Antonius mit der schäbigen Zehnkerzenglühbirne begnügen, die Don Camillo, mit einer alten Öllampe getarnt, vor der Nische hatte anbringen lassen.

Don Camillo hing zwar auch an seinem heiligen Antonius, doch er nahm den Vorschlag des jungen Priesters an.

„Also gut. Morgen früh werden Sie ihn hier nicht mehr finden."

Est modus in rebus: einverstanden mit der Austreibung des heiligen Abtes Antonius, aber nicht, indem man ihm, wie Don Francesco es gewünscht hätte, mit ein paar Hammerschlägen den Garaus machte, nachdem er immerhin über hundert Jahre in Ehren gedient hatte. (Genaugenommen hundertvier: denn wie aus den Pfarrbüchern hervorging, war die Statue im Juni 1862 von einem reichen Gutsbesitzer namens Ferrazza der Kirche geschenkt worden.) Mit Hilfe des Glöckners zerrte Don Camillo noch in dieser Nacht Sankt Antonius aus seiner Nische herab und trug ihn in den Schuppen. Nun geschah es aber, daß der Heilige unterwegs mit dem rechten Fuß gegen eine Türkante stieß und dabei die Zehe samt der anhaftenden Sandalenspitze einbüßte.

Don Camillo wollte, ehe er zu Bett ging, den verstümmelten Fuß noch schnell mit ein wenig Kitt heilen, und da gewahrte er, als er das Stück Gips wieder ankleben wollte, wie aus dem Fußstummel des Heiligen die Spitze eines schwarzen Stiefels hervorlugte. Und der Stiefel war nicht aus Gips, sondern aus bemaltem Holz.

Der untere Teil der aschgrauen Mönchskutte, die den Heiligen bis zu den Füßen umhüllte, wies Risse auf, ein leichter Puff genügte. Und dann entpuppte sich etwas wirklich Unerwartetes: daß der Abt Sankt Antonius unter der Kutte Hosen und Stiefel mit Sporen anhatte.

Ein weiterer kleiner Schlag, und schon löste sich der obere Teil der Kutte wie eine Rinde, und zum Vorschein kam ein Stück von einem roten Hemd.

In wenigen Minuten war die Gipskruste, die die Original-Holzstatue umschloß, ganz abgelöst, und der geschälte Sankt Antonius erwies sich unmißverständlich als Garibaldi.

Der erhobene rechte Arm trug noch das kleine Kruzifix in der Faust, aber es war offensichtlich, daß er ursprünglich einen Säbel geschwungen hatte. Der Pilgerstab, den der Heilige mit der Linken umklammerte, war die geschickte Tarnung einer Fahnenstange.

Wieso Garibaldi als Sankt Antonius maskiert worden war, schien vorerst schleierhaft, doch Don Camillo sollte es bald erfahren. Garbibaldis rotes Hemd trug links auf der Brust einen weißen, herzförmigen Fleck. Dieser war nicht aus Holz, sondern aus Gips, und Don Camillo prüfte die Dicke mit den Fingerknöcheln. Es handelte sich um eine ganz dünne Schicht, die sogleich in Stücke ging und ein Loch freigab, aus dem ein klingelnder Wasserfall von Goldstücken hervorsprudelte. Gleichzeitig fiel auch ein vierfach gefaltetes Stück Papier heraus.

Eine alte – ein bißchen lächerliche, ein bißchen rührende – Dorfgeschichte.

Im April 1862 hatte Garibaldi dem Hauptort der Provinz einen Besuch abgestattet, wo man ihn wie einen Halbgott gefeiert hatte. Der angemalte Holz-Garibaldi, das Werk eines Handwerkers aus der Stadt, spielte bei den Festlichkeiten eine Rolle. Der richtige Garibaldi hielt auf dem Kirchplatz eine Brandrede gegen die römischen Priester und die „schlechten Priester" im allgemeinen. Und ein gewisser Ferrazza, wahrscheinlich der Anführer der „Priesterfresser" des Dorfes, in das später Don Camillo kam, war davon so begeistert, daß er die Garibaldistatue kaufte, mit Gips in einen heiligen Abt Antonius verwandeln ließ und diesen dem Pfarrer schenkte.

Heutzutage hat man kaum noch Verständnis für so etwas, aber damals gab es Leute, die an solch rohen Scherzen ihr Vergnügen fanden. Hier lag die Roheit des Streiches nicht darin, daß Garibaldi in die Kirche eingeschmuggelt wurde, um als Heiliger verehrt zu werden, sondern vor allem darin, daß man Garibaldis Brust mit Goldstücken gefüllt und das Geschenk mit einer Botschaft voller Sarkasmus versehen hatte:

„Priester! (Jawohl, Priester – denn hier ist Gold, und nur die Priester riechen das Gold von weitem, auf das sie so begierig sind!) Priester! Es wohnt nicht, wie du sagst, der Teufel im Herzen Garibaldis. Hier wohnt vielmehr ein kostbarer Schatz, und du wirst ihn nicht zurückweisen! Priester! Falls man noch immer die Messe zu lesen pflegt, wenn du diesen Brief liest (was ich allerdings bezweifle), dann lies eine Messe für die Seele des Antiklerikalen und Garibaldianers Alberto Ferrazza, leiste dir mit den Napoleondors ein paar üppige Mahlzeiten und trink auf den unvergänglichen Ruhm Garibaldis."

Es waren 1000 Napoleondors, die, in Lire umgesetzt, rund sechs Millionen ergaben. Don Camillo konnte das Haus des alten Filotti kaufen und den Altar aus seiner Kirche mitsamt dem großen Christus am Kreuz, so wie er war, in der Kapelle aufstellen.

Später trug er, nachdem er ihn von einem Spezialisten wieder mit einer Gipsrinde hatte einhüllen lassen, auch den Abt Garibaldi dorthin.

Und die erste Messe in der Kapelle las er für die Seele des verstorbenen Alberto Ferrazza. Er las sie lateinisch, versteht sich, in Anwesenheit einiger weniger Überreste der alten Garde.

„Herr", erklärte er später dem Gekreuzigten, „das sind alte Kohlköpfe. Sie halten sich nur noch dank der Kraft ihrer Erinnerungen, der Erinnerung an ihre Toten, am Leben. Sie verstehen nicht, daß die Kirche sich erneuern muß."

„Genausowenig wie du, Don Camillo", gab Christus zurück.

„Mag sein, Herr", gestand Don Camillo ehrlich ein. „Aber jedenfalls tue ich hier nichts Regelwidriges; es handelt sich um eine private Messe, denn diese Kapelle ist dank Gottes Hilfe in meinem Besitz."

„Dank Garibaldis Hilfe", präzisierte Christus.

„Herr, Ihr habt mir gesagt, ich soll das Geld dort suchen, wo es sei, und genau dort habe ich es auch gesucht. Es war der heilige Abt Antonius, der meine Gutgläubigkeit übertölpelte und Garibaldi in die Sache hineinzog."

„Gewiß, Don Camillo", lächelte Christus. „In einem Dorf wie diesem, wo die Toten noch verrückter sind als die Lebenden, ist ein Pfarrer wie du wohl der passendste."

Natürlich unterrichtete der Geheimdienst Peppone von Don Camillos neuestem Streich. Und so fragte Peppone, als er Don Camillo begegnete, höhnisch: „Hochwürden, stimmt es, daß Ihr einen eigenen Laden aufgemacht habt?"

„Nein, Genosse. Ich arbeite immer noch für den gleichen Meister: Dort hinauf ist Mao noch nicht gelangt, um Unfrieden zu stiften."

Also sprach Don Camillo, und Peppone steckte es ein.

Po-Wasser ist nichts für Mao

Peppone ist gegen seinen Willen gezwungen, sich mit dem Anführer der ‚Chinesen' zu messen, und tut beinahe seinen letzten Atemzug. Allein Gott zahlt nicht nur am Samstag, wie man zu sagen pflegt, er zahlt auch am Montag – was Don Camillo bitter zu spüren bekommt.

Von den acht Ortsteilen der Gemeinde, die Peppone und Genossen verwalteten, war La Rocca der wildeste.

Nur wenige Kilometer trennten dieses vom Hauptdorf; aber nicht alle Kilometer sind gleich, denn die Menschen sind verschieden, und sogar in einer Stadt braucht man manchmal nur in eine Nebenstraße einzubiegen, um sich in einer anderen Welt zu finden. Die Leute von La Rocca bewohnten Überschwemmungsgebiet, und der jahrhundertelange Kampf mit dem großen Fluß hatte sie hart und gewalttätig gemacht; für sie war jeder, der jenseits des Hauptdammes zu Hause war, ein Ausländer.

Sie waren alle militante Rote, aber der Kommunismus hieß bei ihnen Stalin, und die einzig mögliche Form eines Dialogs bestand darin, daß man dem Gegner Stöcke über den Schädel schlug.

Dr. Bognoni hatte daher wirklich keine Mühe, die von La Rocca zu überreden, daß sie sich als autonome Sektion konstituieren und ihn als ihr Oberhaupt anerkennen sollten. Und an dem Tag, da ein Inspektor des Provinzverbandes nach La Rocca kam, um die Genossen in den Schoß der Partei zurückzuführen, fand er in dem Dörfchen alle Mauern voll Aufschriften und Manifesten zum Lobpreis von Stalin und Mao, aber es ließ sich keine Menschenseele blicken.

Es war unvermeidlich, daß jemand sich diese Situation zunutze machte, und so erschienen denn, als die Zeitungen die unerhörte Geschichte von Mao verbreiteten, der mit siebzig Jahren im Tempo eines Außenbordmotorbootes fünfzehn Kilometer weit geschwommen war, an den Mauern des Dorfes wie des Vorortes La Rocca große gelbe Plakate:

„Mao hat mit seiner Kraftprobe die Welt in Erstaunen gesetzt. Was sagen die chinesischen Genossen von La Rocca dazu, daß ihr Chef, der Genosse Bognoni, nicht einmal schwimmen kann? Wie will man als Nichtschwimmer die proletarische Revolution vorbereiten?

Eine Gruppe von Genossen, die schwimmen können."

Das Manifest war anonym, aber niemand zweifelte daran, daß es sich um einen Einfall Peppones handelte. Die von La Rocca fühlten sich provoziert und gingen in ihrem gewohnten Ungestüm mit folgendem Antwortplakat zum Gegenangriff über:

„Der Chef der Chinesen von La Rocca schwimmt zwar nicht so gut wie Mao, ist aber durchaus in der Lage, es mit dem Chef der ‚Genossen, die schwimmen können', aufzunehmen. Immer vorausgesetzt, daß das Gewicht, welches dieser als Ladenbesitzer angenommen hat, ihn noch obenauf schwimmen läßt."

Die Erwiderung ließ nicht auf sich warten:

„Der kleine Mao von La Rocca übertreibe bloß nicht so! Wenn er sich nach seiner kräftigen Lebertrankur munter wie ein Fisch im Wasser fühlt, soll er aufpassen, daß er nicht selber zum Tranfisch wird!"

Die Luft erhitzte sich zusehends, und die Leute amüsierten sich von Tag zu Tag mehr. Natürlich konnte Don Camillo, als er Peppone mit seinem Stab begegnete, es nicht lassen, vergnügt zu fragen, was das Training mache und ob das Datum der historischen Begegnung schon festgelegt sei.

„Zu solchen Narrenpossen gebe ich mich nicht her!" antwortete Peppone kurz angebunden.

„Ah so", grinste Don Camillo boshaft, „jetzt, wo die Sache weiter gediehen ist, als er glaubte, möchte der Herr Bürgermeister sich zurückziehen!"

„Ich ziehe mich nie zurück!" sagte Peppone heftig.

„Prima, Chef", stimmten die Herren des Stabes begeistert zu, „Priester haben zwei oder drei Gesichter, aber unsereiner hat nur eines!"

Der Wettkampf des Jahrhunderts spielte sich an einem Sonntagnachmittag ab, und am Flußufer stand die halbe Welt.

Zwei Längen galt es: am jenseitigen Ufer angelangt, wo eine gemischte Kommission für die Kontrolle eingesetzt war, sollten die beiden Champions zur Basis zurückkehren, und wer zuerst eintraf, hatte gewonnen.

Bognoni war jung und mager, während Peppone, obwohl an sich der Stärkere, das Gewicht seiner Jahre und seines Wanstes spürte. Die erste Halbzeit – der Hinweg – ließ die von La Rocca vor Begeisterung aufheulen, denn Bognoni berührte das Ufer als erster.

Dieses Geschrei aber machte Peppone rasend, er vergaß die Jahre und den Wanst und brachte auch noch jene Kraft und Puste zum Einsatz, die er nicht mehr hatte.

Auf dem Rückweg holte er Bognoni ein, und nach einem verzweifelten Duell gelang es ihm, ihn hinter sich zu lassen. Er kam mit klarem Abstand als Sieger ins Ziel, wo er jedoch wie tot in den Sand fiel.

„Einen Arzt!" schrie Brusco, der mit den andern des Stabes bereits dort war.

Peppone gab kein Lebenszeichen mehr von sich, und Dr. Bognoni, der immer seine Bereitschaftstasche im Wagen mit sich führte, war mit einem Satz zur Stelle. Er kniete neben Peppone nieder, fühlte ihm den Puls und rief seiner Frau zu: „Schnell, mach die Spritze mit dem Coramin bereit! Hier droht ein Herzinfarkt!"

Dieser Ruf brachte Peppone wieder zu sich, der mühsam die Augen halb aufschlug, den Arzt voller Widerwillen anblinzelte und knurrte: „Brusco, jag dieses Mistvieh fort! Sterben kann ich allein!"

Bognoni erhob sich und ging, worauf Don Camillo herbeikam und an Peppones Seite kniete.

Peppone sah ihn an. „Jetzt werdet ihr wohl zufrieden sein!" keuchte er.

„Und warum sollte ich das?" rief Don Camillo aus.

„Weil Ihr der Schurke seid, der die mir zugeschriebenen Plakate drucken ließ und die ganze Schweinerei anzettelte!"

„Ja", gab Don Camillo demütig zu. „Das ist wahr. Aber jetzt ist es zu spät für Reue. Kann ich etwas für Euch tun?"

„Ja", brauste Peppone auf. „Ihr könnt zur Hölle gehen, Ihr und alle Priester der Welt dazu!"

„Zu viele Leute, Genosse. Ich mag Gesellschaftsreisen nicht", erwiderte Don Camillo.

Da kam Bigio mit einer Flasche Cognac, und Peppone hängte sich daran, als müßte er die Pontinischen Sümpfe trockenlegen.

Dann erschien auch der Kreisarzt, der Peppone das Herz abhorchte und den Blutdruck maß. „Alles normal", sagte er.

„Warum hat er dann die Augen geschlossen und rührt sich nicht mehr?" sorgte sich Don Camillo.

„Weil er stockbesoffen ist", stellte der Arzt fest.

Peppone war tatsächlich betrunken, aber stockbesoffen war er nicht, denn er fand immerhin die Kraft zu murmeln: „Hochwürden, wenn es einen Herrgott gibt, wird er Euch bestrafen."

Einen Herrgott gibt es, und gewöhnlich hat er es nicht eilig. Diesmal machte er jedoch eine Ausnahme und bestrafte Don Camillo schon nach vierundzwanzig Stunden.

Es war Montagnachmittag, und Don Camillo diskutierte in der Stube des Pfarrhauses mit seinem jungen Koadjutor, als auf der Straße vor dem Hoftor plötzlich ein Höllenlärm losbrach. Sieben zerzauste junge Motorradfahrer mit gewaltigen Mähnen und schwarzen Lederjacken hatten vor dem Tor angehalten, johlten und ließen die Motoren lärmen. Dann nahm einer der Burschen eine komische Gitarre zur Hand, worauf sie alle im Chor einen Gassenhauer anstimmten, der einem die Haare zu Berge trieb, und beim Refrain mit den Hupen den Takt angaben.

Auf Grund der Stimmlage erwies sich einer der sieben als weiblichen Geschlechts, und von solch zarten korallenfarbenen Lippen ausgestoßen, erschienen die häßlichen Ausdrücke noch ordinärer, als sie es ohnehin waren.

Die Wirkung wurde dadurch erhöht, daß das Mädchen, als es die Lederjacke auszog, in einer Art schwarz und weiß kariertem Hemdchen dastand, das weit ausgeschnitten, ärmellos und so kurz war, daß es mit knapper Not den Popo der schamlosen Trägerin bedeckte.

„Die werde ich jetzt zur Ruhe bringen!" schnaubte Don Camillo und ging entschlossen auf die Tür zu. Aber der junge Pfarrgehilfe hielt ihn zurück.

„Nein, Don Camillo. Lassen Sie mich das machen. Ich weiß, wie man mit diesen Jugendlichen umgeht. Achten Sie nicht auf ihren Antikonformismus – sie sind viel besser, als Sie glauben."

Don Camillo ging zum Fenster und sah, wie der junge Priester aus dem Hoftor trat und lächelnd und herzlich auf seine Altersgenossen einsprach.

Ein paar Minuten ließen sie ihn reden, dann ließ das Mädchen einen Pfiff ertönen, und die sechs Burschen sprangen von ihren Motorrädern und stürzten sich auf den Priester, den sie unter einem Hagel von Fausthieben und Fußtritten begruben.

Nun war ja der junge Mann herzlich unsympathisch mit seiner Wichtigtuerei und seinem enganliegenden schwarzen Rock, den Don Camillo ihm nicht hatte abgewöhnen können. Angesichts dieses Schauspiels aber vergaß Don Camillo alles, ging los wie eine Rakete und fuhr wie ein Panzer in den Haufen hinein, und es gelang ihm, den Pfarrgehilfen auszugraben, der schon arg ramponiert war.

Der Blitzangriff des großen, schwarzen Pfarrers brachte die Langhaarigen aus der Fassung, so daß sie verdutzt stillstanden. Aber schon erscholl herrisch die verflixte Stimme des Mädchens: „Drauf auf den Pfaffen!"

Da rissen sie sich zusammen und fielen alle sechs über Don Camillo her. Und erst noch mit Verstand: Während vier seine Arme und Beine festhielten, versahen die andern beiden ihn mit Schlägen.

Eine solche Bedienung hatte Don Camillo zwar nicht erwartet, aber er war groß im Nehmen und verhielt sich wie ein Elefant, der von einer Horde Äffchen angegriffen wird: Er versuchte einfach, das Gesindel abzuschütteln. Doch da war wieder die zornige, vorlaute Stimme des Mädchens zu hören: „Los! Reißt ihm die Soutane herunter! Wir wollen ihn in Unterhosen sehn!"

Das war ein taktischer Fehler, denn Don Camillo hörte es und sagte zu Christus: „Herr, werdet Ihr es zulassen, daß ein Diener Gottes öffentlich bis auf die Unterhosen ausgezogen wird?"

„Ncin, Don Camillo, das denn doch nicht", antwortete die ferne Stimme des Gekreuzigten.

Da war es, wie wenn man beim Überholen einen jener dritten Gänge einschaltet, die gleich auf hundertvierzig kommen: Mit einem gewaltigen Ruck befreite Don Camillo seine Arme, packte die beiden, die auf ihn einschlugen, an den Haarschöpfen und knallte ihre Köpfe gegeneinander. Die beiden gingen zu

Boden. Die andern vier, angefeuert von dem Mädchen, setzten sich mit lobenswertem Eifer ein. Leider – für sie – lehnte da aber ein Stock am Hoftor. Ein starker, zügiger Akazienstock, der in Don Camillos Händen außerordenlich leistungsfähig war.

Niemand hält in dieser Art von Regen lange durch; bald sprangen die Kerle, übersät von blauen Flecken und pflaumengroßen Beulen, auf ihre Motorräder und stoben davon, indem sie zurückriefen: „Wir sehen uns noch!"

Allerdings nicht alle sieben: Das Teufelsmädchen war ungerührt an einen Torpfosten gelehnt stehengeblieben und rauchte gelassen eine Zigarette.

Don Camillo, nun in Schwung gekommen, näherte sich drohend dem frechen Ding, um auch ihm den entsprechenden Anteil zu verabreichen.

Das Mädchen geriet nicht aus der Fassung, und als Don Camillo vor ihm stand, sagte es lächelnd: „Hallo, Onkelchen!"

Don Camillo blieb stehen und musterte den Fratz. Anständig angezogen wäre es ein hübsches Mädchen zwischen achtzehn und zwanzig Jahren gewesen, aber mit dieser wilden roten Mähne, mit diesen angemalten Augen und diesem unzüchtigen Miniröcklein war es einfach abscheulich.

„Wer bist du, schamloses Ding? Aus welchem Freudenhaus bist du entsprungen?" bellte Don Camillo.

„Ich komme aus dem Haus deiner Schwester Giuseppina und bin deine Nichte Cat", antwortete sie.

„Ich habe keine Nichte, die Cat heißt!" wehrte sich Don Camillo laut.

„Natürlich nicht, mein Taufname ist Elisabeth", erklärte die Schamlose mit einem Lächeln, das nach Ohrfeigen schrie. „Aber die Jungen nennen mich Cat. Koseform von Caterpillar, weil ich, wenn ich in Aktion trete, ärger als ein Bulldozer bin."

Don Camillo entdeckte in diesem Gesicht tatsächlich bekannte Züge, und sein Zorn wuchs.

„Und du", schrie er sie an, „du, meine Nichte, du, meiner Schwester Tochter, du wolltest, daß deine halbstarken Freunde mich prügelten und mich in Unterhosen dastehen ließen?"

„Höflichkeit gegen Höflichkeit: Hast du nicht letzte Woche zu meiner Mutter gesagt, sie brauche sich nicht um mich zu sorgen, du seist ganz sicher, daß du mich in kurzer Zeit in die sanfteste und demütigste ‚Marientochter‘ verwandeln könntest? Glaubst du das immer noch, oder soll ich lieber gleich auf mein Motorrad hüpfen und in die Stadt fahren, um mein Mütterchen zu trösten?“

Don Camillo umklammerte den Akazienstecken mit der Faust, doch das kleine Luder blickte ihm dreist in die Augen.

„Anselma!“ brüllte Don Camillo.

Anselma war die Frau des Glöckners. Eigentlich müßte man eher sagen, der Mann des Glöckners, denn sie gehörte zu den Frauen, die wie Panzerwagen aussehen und die einen, wenn sie eine Ohrfeige verabreichen, glatt die eigene Adresse vergessen lassen.

„Ich darf sie nicht verhauen“, erklärte Don Camillo der Anselma, als sie herauskam.

„Ich hingegen darf“, erwiderte der Panzerwagen, der vom Fenster aus alles mitangesehen hatte.

Sie packte das Mädchen an der Schulter und meinte: „Sie hat eine kleine Generalüberholung nötig, Hochwürden. Ich bringe sie in Ordnung und liefere sie Ihnen in ein paar Tagen wieder ab.“

Das Mädchen ließ sich nicht einschüchtern. „Wenn Sie es wagen, Hand an mich zu legen, garantiere ich für nichts, was dann passiert!“ drohte es.

„Keine Angst, Kleine“, beruhigte sie Anselma. „Die Hände würden mich reuen. Dir versohle ich den Hintern mit dem Brotbrett.“

„Ausgezeichnet!“ lobte Don Camillo. „Ich glaube, das ist wirklich die einzige Methode, diesem Ungeheuer beizubringen, wie man sich aufführt.“

Das Mädchen versuchte sich loszureißen, doch Anselma bewegte sich nicht um einen Millimeter von der Stelle.

„Ihr Name ist Anselma“, belehrte Don Camillo Cat, „aber alle nennen sie El. Koseform von Elefant. Ich rate dir, zuerst einmal den Rock um mindestens einen halben Meter zu verlängern.“

„Niemals!“ schrie Cat wütend.

„Macht nichts“, grinste Don Camillo. „Dann werden wir dir einfach die Beine um einen halben Meter kürzen.“

Eine Nachtmusik, die niemanden schlafen läßt

Mit Don Camillos Nichte ist der leibhaftige Teufel ins Pfarrhaus eingezogen. Damit nicht genug, steigt er auch noch auf den Kirchturm, um Unheil anzurichten – und dadurch kommt Veleno wieder zu seinen Haaren.

Gott zahlt wirklich nicht nur am Samstag. Diesmal zahlte er auch am Montag: Cat erwies sich als ein wahres Strafgericht Gottes, und Don Camillo begriff nun, warum seine abgerackerte verwitwete Schwester ihn beschworen hatte, dem Mädchen, das auf die schiefe Bahn geraten war, den Kopf zurechtzusetzen. Cat legte schon gleich am Abend ihrer Ankunft Anselma gegenüber die Karten auf den Tisch.

„Es ist vollkommen unnütz, daß ihr mich wie eine Gefangene behandelt und Fenster und Türen verriegelt. Ich habe nicht die geringste Absicht, durchzubrennen. Im Gegenteil, der Pfaffe soll mich kniefällig bitten, wegzugehen!"

„Kindchen", warnte Anselma, „du weißt nicht, was du sagst. Denk dran, daß dein Onkel, als es hier heiß zuging, furchtlos ganzen Horden von entfesselten Kommunisten entgegengetreten ist."

„Uh! Die Kommunisten!" höhnte Cat. „Harmlose Narren, genau wie die Priester, die Faschisten, die Liberalen, die Sozialisten, die Spießer, die Soldaten, die Polizisten et cetera. Lauter wandelnde Leichen. Wir Jungen sind die Herren der Welt, und keine Macht kann uns aufhalten!"

„Auch der Herrgott nicht?"

„Der Herrgott!" lachte Cat. „Der ist doch tot."

Anselma, die sich als Frau des Glöckners als direkte Untergebene Gottes betrachtete, war entrüstet. „Wenn du meine Tochter wärst", sagte sie zähneknirschend, „würde ich dir eine herunterhauen. Da du es aber nicht bist, macht es zwei."

Wie gewisse Explosionsmotoren, neigte auch Anselma zu Frühzündungen: Als sie das Wort ‚zwei' aussprach, waren die beiden Ohrfeigen bereits beim Empfänger eingetroffen.

„Das wird dir helfen, besser zu schlafen“, erklärte Anselma.

„Euch hingegen wird es den Schlaf austreiben!“ gab Cat drohend zurück und ging die Treppe hinauf zu ihrem Zimmer.

Cat war eine Prophetin. Um zwei Uhr nachts wurden alle Kirchenglocken mit Hämmern angeschlagen, und das ganze Dorf war auf den Beinen. Auch Don Camillo fuhr aus dem Bett, und kaum war er im Erdgeschoß angelangt, stand Anselma vor ihm und sah aus wie eine allegorische Figur der Demütigung.

„Was zum Donnerwetter ist denn passiert?“ schrie Don Camillo.

Hilflos hob Anselma die Arme. „Passiert ist, Hochwürden, daß das Bodenfenster auf das Pfarrhausdach hinausgeht, und vom Pfarrhausdach kann ein Verrückter aufs Kirchendach gelangen und durch die runde Luke in den Glockenturm schlüpfen.“

„Ja und?“

„Und? Und da Ihre Nichte eine Verrückte ist, vergnügt sie sich jetzt dort oben, nachdem sie alle Falltreppen aufgezogen und alle Klappen blockiert hat.“

Inzwischen waren die Leute nähergekommen, und Peppone trat vor: „Hochwürden, entweder macht Ihr diesem Unfug ein Ende, oder ich ergreife entsprechende Maßnahmen!“

„Ergreif sie nur, Genosse Bürgermeister“, antwortete Don Camillo. „Falls du einen Helikopter hast, nimm ihn heraus und mach vorwärts!“

Cat begann die Sache Spaß zu machen. Jetzt hatte sie den Mechanismus des Glockenspiels entdeckt und läutete im Beat-Rhythmus, wobei sie sich selber mit unmenschlichen Schreien begleitete. Als Smilzo dieses Gebrüll hörte, grinste er: „Das muß des Pfarrers Liebchen sein, das zum Kaffee läutet!“

Don Camillo duldete keine Witze dieser Art und packte Smilzo bei der Brust, aber Peppone griff ein.

„Hochwürden, Ihr werdet nicht bestreiten wollen, daß dies hier das Gekreisch einer Frau ist!“

„Es ist das Heulen eines Tigers!“ rief Don Camillo erbost. „Was habe ich bloß verbrochen, daß mir diese Nervensäge ins Haus schneien mußte?“

Da mischte sich auch noch Brusco ein: „Ah, Hochwürden! Dann ist es wohl diese komische Nichte von Euch, die gestern nachmittag mit ihren Freundchen hergekommen ist und Euch in den Unterhosen sehen wollte!“

Peppone und seine Kumpane wollten sich ausschütten vor Lachen, und inzwischen bimmelte Cat immer wilder drauflos.

„Herr!“ ächzte Don Camillo, „wie bringt man sie nur zum Schweigen?“

Der liebe Gott hatte ein Einsehen. Der Glöckner näherte sich Don Camillo und meldete leise, es wünschte ihn jemand oben auf dem Dachboden zu sprechen.

Es war tatsächlich jemand dort, ein männliches Wesen, das aussah wie einem Comic strip entsprungen: schwarzer Overall, schwarze Handschuhe und eine schwarze Schneekapuze ließen einzig die Augen frei.

„Hochwürden“, sagte die Spukfigur, „laßt mich das machen.“

„Veleno!“ rief Don Camillo erstaunt aus. „Wie siehst du denn aus?!“

„Ich muß die Farbe der Nacht haben“, antwortete der Bursche. „Im übrigen will ich nicht, daß man mich kahlköpfig sieht.“

„Und das Militär?“

„Tauglich“, erwiderte Veleno.

„Sie hat alle Leitern aufgezogen und die Luken versperrt“, sagte Don Camillo bekümmert, „wie willst du es anstellen, dort hinaufzugelangen?“

„Wenn der Draht des Blitzableiters hinaufkommt, komme ich auch hinauf.“

„Nein! Das ist zu gefährlich.“

Veleno lachte: „Gefährlich für einen Priester, aber nicht für mich.“

Er stieg aus dem Fenster, das auf das Pfarrhausdach führte, erreichte das Kirchendach, und schon hing er an der Erdung des Blitzableiters. Gleich darauf verschluckte ihn die Nacht.

„Herr!“ jammerte Don Camillo, „steh ihm bei!“

„Don Camillo“, antwortete die ferne Stimme Christi, „irre ich mich, oder hast du gesagt, das sei kein Schäflein aus deiner Herde?“

„Nein, Herr, Ihr irrt Euch nicht: *ich* habe mich geirrt. Aber laßt Euch jetzt um Gottes willen nicht ablenken! Haltet Eure Hand über seinem Haupt!“

„Und wenn er abrutscht – wie soll ich ihn an den Haaren auffangen und retten, nachdem du sie ihm abrasiert hast?"

Don Camillo schwitzte vor Angst, und inzwischen erklang das infernalische Gebimmel noch immer.

Mit einem Schlag aber verstummte es.

Don Camillo stürzte hinunter und lief ins Erdgeschoß des Glockenturmes hinüber: Oben hörte man es rumpeln; die Falltüren der verschiedenen Stockwerke öffneten sich nacheinander, und die Leitern wurden heruntergelassen. Zuletzt ging auch die unterste Klappe auf, die Stiege senkte sich herab, und dann erschien Veleno mit einem Bündel unter dem Arm.

Und das Bündel war Cat.

Um sie besser manövrieren zu können, hatte Veleno sie mit einem ausgehängten Glockenseil verschnürt; außerdem hatte er ihr mit einem seiner schwarzen Lederhandschuhe den Mund gestopft.

Als Veleno unten ankam, überreichte er Don Camillo das Bündel, der aber zog entsetzt die Hände zurück und rief: „Wirf sie dort in die Ecke!"

Dann brüllte er nach Anselma, die im Laufschritt herbeieilte.

„Räum diese Schweinerei weg!" befahl Don Camillo und deutete auf das Mädchen. „Und sag den Leuten, die Vorstellung sei beendet, sie könnten wieder zu Bett gehen."

Der Handstreich war anstrengend gewesen, so daß Veleno dankbar ein paar Gläser Wein genehmigte.

Sie saßen allein in der Stube des Pfarrhauses, und Veleno hatte die Schneekapuze abgenommen, um seinen kahlen Schädel ein wenig zu lüften.

Don Camillo hätte zu gern die Einzelheiten des Abenteuers erfahren, doch Veleno winkte ab: „Hochwürden, lassen wir das, reden wir von ernsteren Dingen. Ihr habt Euch die Pest ins Haus geholt. Diese Kröte kenne ich!"

„Wo hast du sie denn kennengelernt?"

„In Castelletto, vor zwei Monaten. Sie war mit den Skorpionen dort, einer Bande von Stadtlümmeln. Sie waren nach Castelletto gekommen, um alles über den Haufen zu werfen, aber Castelletto gehört zu unserem Revier, so haben wir ihnen Saures gegeben, und sie mußten mit geschlagenen Köpfen abziehen.

Die sechs, die gestern das Mädchen hergebracht haben, sind die Rädelsführer der Bande. Ihr habt sie verhauen, das werden Sie Euch nicht verzeihen. Die kommen wieder."

„Wenn schon", brummte Don Camillo. „Akazienstecken stehen noch ein paar im Holzschuppen herum."

Veleno schüttelte den Kopf. „Ich habe einen Spitzel in der Stadt, und der hat mich angerufen und gesagt, daß die Skorpione eine Großexpedition im Sinn haben. Sie wollen vollzählig hier erscheinen, alles kurz und klein schlagen und das Mädchen mit Gewalt befreien."

„Sollen sie kommen", knurrte Don Camillo. „Wir lassen sie von den Carabinieri in Empfang nehmen."

„Hochwürden, da ist nichts zu machen: Die kommen, wenn man sie am wenigsten erwartet. Es sind ihrer fünfzig und gut organisiert. Sie wissen, daß die Carabinieri nicht auf sie schießen dürfen, und so werden sie ihren Streich ungehindert durchführen."

Veleno schäumte vor Wut und ging wie ein gereizter Löwe in der Stube auf und ab.

„Warum nur", brach er los und pflanzte sich vor Don Camillo auf, „warum nur habt Ihr mich geschoren?"

„Was haben denn deine Haare mit diesen Gangstern zu tun?"

„Und ob sie damit zu tun haben! Wenn ich meine Haare noch hätte, könnte ich meine ganze Bande organisieren und den Skorpionen einen Vollservice bieten! Ihr müßt nämlich wissen, daß wir unsere eigenen Methoden haben und solche Dinge ohne Tragödien untereinander abmachen. Ach, hätte ich doch bloß meine Haare noch!"

„Die Haare!" lachte Don Camillo. „So ein Blödsinn!"

„Ich kann mich unmöglich mit diesem Kahlkopf vor meinen Leuten blicken lassen. Das ist Ehrensache, eine Prestigefrage."

„Ein Mann bleibt ein Mann, ganz gleich, wie lang seine Haare sind."

„Hochwürden, dann könnte ich auch sagen, ein Priester bleibt ein Priester, ganz gleich, was er für ein Kleid anhat. Aber was würde geschehen, wenn Ihr in Unterhosen die Messe lesen wolltet?"

„Lappalien!"

„Jawohl, Lappalien, aber als dieses Biest gestern schrie, daß man Euch bis auf die Unterhosen ausziehen sollte, habt Ihr ganz schön getobt!"

„Ach was", wehrte Don Camillo ab. „Jedenfalls ist es besser so. Wir vermeiden damit wenigstens einen Zusammenstoß zwischen euren beiden Banden."

„Ja, aber das könnt Ihr nicht vermeiden, daß irgendeiner aus dem Dorf, um sich gegen die Skorpione zu verteidigen, das Gewehr hervornimmt und schießt! Hochwürden: Wenn ein Boxer mit den Fäusten auf einen gewöhnlichen kleinen Mann losgeht, dann wehrt sich der, indem er schießt, und auf einmal gibt es Tote! Wenn aber zwei Boxer der gleichen Kategorie einander verhauen, dann gibt es einfach ein Boxmatch, und keiner stirbt daran. Das wollte ich nur sagen."

Don Camillo mochte nicht länger diskutieren. Er kramte in einer Schreibtischschublade und zog einen Umschlag heraus, den er Veleno hinstreckte.

„Mailand", sagte er, „ist nicht weit von hier. Und in Mailand bekommt man alles. Samson wurde von Dalila zugrunde gerichtet, weil er nicht nach Mailand gehen konnte. Du hingegen kannst."

Um drei Uhr zwanzig rief Michele Bottazzi, genannt Veleno, „okay", wie es bei der heutigen Jugend Sitte ist, zog sich die Schneekapuze wieder über den Kopf, ging hinaus und verschwand in der Nacht.

Cat blieb zwei Tage im Arrest. Am Donnerstagabend gegen sechs Uhr ließ Anselma sie im kleinen Hinterhof des Pfarrhauses laufen, wo Don Camillo im Liegestuhl die schattige Kühle genoß.

Die kleine Missetäterin trug keinen Minirock mehr, sondern war in ein bodenlanges, schwarzes, hochgeschlossenes Gewand gepackt, dessen Ärmel zwanzig Zentimeter über ihre Fingerspitzen hinunterhingen. Sie hatte sich außerdem mit einem großen schwarzen Schal den Kopf bedeckt und das ungeschminkte Gesicht mit Mehl weißgepudert. So sah sie aus wie die Landwirtschaftskrise persönlich.

„Recht so, Onkelchen?" fragte sie in fröhlichem Ton, während sie sich eine Zigarette anzündete.

„Nein", entgegnete Don Camillo ruhig, „die Zigarette paßt nicht: Ein Typ wie du müßte Stumpen rauchen. Aber setz dich nur."

Cat wollte, daß die Leute, die auf der Straße vorübergingen, sie in diesem Aufzug sahen, und antwortete deshalb, sie bleibe lieber stehen.

Und die Leute, die sie sahen, lachten schadenfroh.

Alle wußten genau, was das Mädchen auf dem Kirchturm getrieben hatte. Im übrigen hatte Peppone gestern abend im Gemeinderat daran erinnert, wie Busseto seinerzeit die Ausbildung Giuseppe Verdis finanziert hatte, und gefragt, ob es nicht angebracht wäre, die Nichte des hochwürdigen Herrn Pfarrers, die bei der öffentlichen Aufführung ihres Glockenkonzertes eine solche Musikbegabung an den Tag gelegt hatte, auf Gemeindekosten studieren zu lassen.

Die Leute gingen also immer wieder an Don Camillos Gärtchen vorüber und lachten, aber mit einemmal hörte man starke Motoren heranbrausen, und alle drängten sich auf dem Gehsteig zusammen.

Gleich darauf erschienen, in Paradeformation zu zweien hintereinander, sechs Motorradmähnenlöwen in ihren schwarzen Lederjacken und dann, abgesondert und in gebührendem Abstand von der Gesamtmannschaft gefolgt, auf seinem starken 1000-ccm-Motorrad mit dem ziernägel- und fransengeschmückten Lederzeug der Chef, die mächtige Brust bis zum Zerplatzen gebläht und eng von einem schwarzen Mieder umschlossen, das auf dem Rücken den hellen Totenkopf und die Aufschrift ‚Veleno‘ trug. Sein Auge schleuderte Blitze, und sein langes, glänzendes weiches Haar wogte im Winde.

Veleno sah majestätisch, ja monumental aus, und Cat riß die Augen weit auf, als sie ihn erblickte.

„Der verfluchte Halunke!“ sagte sie in wildem Zorn. „Der soll mir für die Geschichte in Castelletto und für die Schurkerei kürzlich in der Nacht büßen!“

„Kind“, riet ihr Don Camillo lächelnd, „versuch dich lieber von ihm fernzuhalten. Dieser Kerl ist imstande, dir eine halbe Flasche Lebertran auf einmal einzugeben.“

„Ihr kennt mich schlecht!“ gab Cat wütend zurück. „Ihr könnt euch nicht einmal vorstellen, was es bedeutet, sich gegen die Skorpione zu stellen. Diese verlausten Haare werde ich ihm einzeln ausreißen! Den will ich vor Wut und Schmerzen heulen hören!“

„Was schwer halten dürfte", murmelte Don Camillo vergnügt, wenn auch nicht allzusehr, denn er dachte daran, wieviel ihn Velenos Perücke gekostet hatte.

Cat hatte ihre Ruhe völlig verloren; sie drehte Don Camillo den Rücken und ging entschlossen auf das Tor zu, das zum Hof des Glöckners hinüberführte. Dabei vergaß sie allerdings, daß der Saum ihres Kleides auf dem Boden nachschleifte, und plumpste bäuchlings in den Hortensienbusch.

„Die Liebe zu Blumen ist ein Zeichen für ein freundliches Gemüt", bemerkte Don Camillo laut.

Der Keller ist wichtiger als das Dach

In zwanzig Jahren ist viel Wasser den Po hinuntergeflossen – einer aber hat das nicht begriffen, weil er, statt mit dem eigenen Kopf vernünftig zu denken, mit dem Kopf Maos unvernünftig denkt. So kehrt die Vergangenheit noch einmal zurück, doch Don Camillo fängt sie an der Türschwelle ab.

Don Camillo verlebte keine frohen Tage. Als wäre es an Cat noch nicht genug, vergällte ihm auch der Priester, den die Kurie ihm geschickt hatte, mit seiner Neuerungssucht das Leben. Es war daher nur natürlich, daß Don Camillo den größten Teil seiner freien Zeit in dem verlassenen Haus verbrachte, das er mit Gottes und, in gewissem Sinne, Garibaldis Hilfe erworben hatte.

In der Kapelle hatte er den alten Altar mit dem großen Christus am Kreuz, den heiligen Antonius und all den anderen Krimskrams aufgestellt, den der reformatorische Eifer Don Francescos aus der Pfarrkirche vertrieben hatte. Don Camillo interessierte an sich nur die Kapelle, doch diese war ein fester Bestandteil des ehemaligen Herrenhauses, das massiv und dauerhaft gebaut war, allerdings aber ein sehr schadhaftes Dach hatte.

So saß denn Don Camillo, wenn er nicht gerade in der Kapelle mit seinem Christus Zwiesprache hielt, oben auf dem Dach und besserte Latten und Ziegel aus.

Da geschah es, daß er eines Nachmittags von dort oben sah, wie ein Lieferwagen gefahren kam und vor dem rostigen Gittertor des von Brennesseln überwucherten Gartens anhielt. Ihm entstiegen Peppone, Brusco und Smilzo, die, wie man deutlich erkannte, keineswegs darauf gefaßt waren, Don Camillo hier anzutreffen.

Der erste, der ihn bemerkte, war Smilzo. Der gab Alarm, indem er Peppone zuschrie: „Chef, was für ein großer Vogel ist das dort auf dem First?"

Peppone blickte hinauf und antwortete mit Stentorstimme: „Eine schwarze Krähe. Eine Rasse, die Gott sei Dank im Aussterben begriffen ist!"

Ein Ziegel, der vom Himmel fiel, streifte ihn und brach zu seinen Füßen in tausend Stücke. Peppone sprang einen Schritt zurück.

„He, Hochwürden!" schrie er erbost, „was sind denn das für Scherze?"

„Oh, entschuldigen Sie, Genosse Bürgermeister!" rief Don Camillo vom Dach hinab. „Ich hatte Sie mit dem ‚Henker' verwechselt. Das kommt davon, daß ihr alle gleich seid, ihr Genossen!"

Das war nun eine arge Bosheit von Don Camillo, denn zwischen dem Genossen Giuseppe Bottazzi, genannt Peppone, und dem Genossen Egisto Smorgagnino, genannt Boia (Henker), bestand weder äußerlich noch innerlich die geringste Ähnlichkeit.

Der ‚Henker' war nach Kriegsende als ein Held ins Dorf zurückgekehrt und auf Grund seiner heroischen Vergangenheit als Untergrundkämpfer praktisch das geistige Oberhaupt aller Roten gewesen.

Bald darauf war diese Vergangenheit allerdings als sehr viel weniger heldenhaft beurteilt worden: Der ‚Henker', der sich diesen Namen mit der stattlichen Zahl von ihm persönlich ins Jenseits beförderter Menschen verdient hatte, wurde als Mörder zu lebenslänglichem Zuchthaus verurteilt. Da hatte er sich dünn gemacht und hinter dem Eisernen Vorhang Zuflucht genommen. Vor einiger Zeit war er begnadigt worden, ohne auch nur eine Minute seiner Strafe abgesessen zu haben, und war fett wie ein gemästetes Schwein und voller Arroganz ins Dorf heimgekehrt.

Diese Geschichte hatte Peppone und seinen Genossen gar nicht gefallen, und als ein großes Tier vom Verband zu Peppone gesagt hatte, am soundsovielten würde der ‚Henker' im Dorf ankommen, es gelte also, einen festlichen Empfang für ihn zu organisieren und vor allen Dingen für einen angemessenen Schutzdienst besorgt zu sein, hatte Peppone erwidert: „Freilich! Ich werde den Carabinieri sagen, sie sollen ihn gut im Auge behalten, damit er nicht noch mehr Leute umlegen kann."

Angesichts der Sachlage hatte das große Tier nicht weiter darauf beharrt. Trotzdem waren am Tage der Ankunft des Begnadigten alle Mauern im Ort tapeziert mit Plakaten voll Lobhudeleien und Willkommensgrüßen. Und dem Wagen des ‚Henkers' folgte ein langer Zug von Autos, die mit Menschen und mit roten Tüchern beladen waren. Sogar ein Lastwagen war dabei mit einer Blasmusik, die die alten roten Streitlieder spielte.

Damit hatte allerdings Peppone nichts zu tun: Das Ganze war vom Ehepaar Bognoni und den ‚Chinesen' von La Rocca organisiert worden. Der Umzug hatte sich durch die verlassenen Straßen des Dorfes bewegt und war auf der Piazza stehengeblieben. Hier hatten die Eheleute Bognoni, die mit dem ‚Henker' zusammen auf den Lastwagen gestiegen waren, hochtönende Willkommensbotschaften an den heldenmütigen Genossen gerichtet, der den Geist des Partisanen- und Proletarierkampfes in die Bassa zurückbrachte. Wobei sie nicht vergaßen, die ‚verbürgerlichten' und ‚verkrämerten' Genossen zu erwähnen.

An diesem Punkt befahl Peppone, der sich das mit seinem Stab zusammen vom Saal des Rathauses aus angehört hatte: „Gigiòla, fang an!"

Gigiòla, Chef der Polizeiwache, war einer der ‚harten Männer' des Untergrundkrieges gewesen und hatte das noch nicht vergessen. Er stieg, gefolgt von seinen vier Polizisten, auf den Platz hinunter und begann, Bußenzettel unter die Scheibenwischer aller Wagen des Umzuges zu klemmen. Angefangen, versteht sich, bei demjenigen des ‚Henkers'.

Vom Lastwagen herunter sah das der Gefeierte, sprang herunter und stellte sich Gigiòla drohend in den Weg.

„Genosse Gigiòla!" rief er. „Kennst du mich nicht mehr?"

„Im Dienst kenne ich niemanden", entgegnete dieser. „Wenn Sie so gut sein wollen, es macht tausend Lire. Hier ist Parken verboten."

Der ‚Henker', dem Fett und Haß aus allen Poren drangen, zahlte und sagte: „Ich werde mich dorthin begeben, wo den nichtverbürgerlichten Genossen der Aufenthalt erlaubt ist."

In der Tat ging er, gefolgt vom ganzen ‚Chinesen'-Klüngel, nach La Rocca, wo er sich häuslich niederließ und das geistige Oberhaupt der autonomen kommunistischen Sektion wurde.

So standen die Dinge. Darum war es reine Bosheit zu behaupten, Peppone und der ‚Henker' sähen sich ähnlich. Don Camillo aber ärgerte sich ganz einfach, Peppone & Co. um sein Haus herumstreichen zu sehen.

Wozu waren sie wohl hergekommen? Um einen Priester auf dem Dach zu sehen?

Sie konnten nicht zufällig vorübergekommen sein, denn um hierher zu gelangen, mußte man eine lange Privatstraße benützen, die genau vor der Gittertür des Brennesselparkes endete. Sie waren in übler Absicht gekommen, das bewies auch die Tatsache, daß sie so unangenehm berührt waren, als sie merkten, daß das Haus nicht verlassen war.

„Hochwürden", rief Peppone, „wollt Ihr uns nicht einladen, ins Haus zu kommen?"

„Ich bin nicht in der Lage zu empfangen", bedauerte Don Camillo. „Wie Ihr seht, habe ich die Maurer im Haus."

„Ich sehe bloß einen Priester auf dem Dach", höhnte Smilzo. „Und das ist kein schöner Anblick."

„Wenn du einen kleinen Moment wartest, will ich versuchen, ihn mit etwas Musik zu verbessern", erwiderte Don Camillo, ergriff einen Ziegel und machte Miene, ihn Smilzo an den Kopf zu werfen.

„Jetzt, wo er eine armselige Hütte gekauft hat, spielt er sich gleich als Burgherr auf!" schimpfte Smilzo und sprang rückwärts.

Murrend kletterten sie in den Lieferwagen und fuhren davon.

Als es dämmerte, stieg Don Camillo vom Dach hinunter und ging, um sich mit Christus auszusprechen.

„Herr, welch böse Absichten mögen die wohl hergetrieben haben?"

„Don Camillo, nicht immer werden die Menschen in ihren Handlungen von bösen Absichten getrieben."

„Herr, das Haus war seit Jahren leer. Warum sind sie gerade jetzt gekommen, da das Haus mir gehört? Es ist doch klar, daß sie etwas gegen mich im Schilde führen."

„Don Camillo", wies ihn Christus zurecht, „warum nimmst du dich so wichtig? Wenn sich unversehens dieser Boden unter deinen Füßen auftäte, würdest du dann auch glauben, eine vor dreihundert Jahren erbaute Decke hätte genau diesen Augenblick abgewartet, um dir zuleide einzubrechen?"

„Gewiß nicht, Herr. Aber diese Gefahr besteht ja auch gar nicht, denn unter diesem Fußboden ist nichts als feste Erde."

Don Camillo stampfte, um dieser Behauptung Nachdruck zu

verleihen, ein paarmal mit seinen Riesenfüßen auf den Backsteinboden und hörte einen fernen Widerhall – da drunter war nicht Erde, sondern ein Hohlraum!

Es war lächerlich anzunehmen, unter einer Kapelle, zu der vor knapp zweihundert Jahren der Flügel eines Herrenhauses umgebaut worden war, befinde sich eine Krypta. Logischer war die Vermutung, auch unter diesem Raum, wie unter dem übrigen Haus, liege ein Keller.

Er hatte seine Taschenlampe bei sich und ging hinunter, um die Kellerräume, in denen alter Plunder vermoderte, zu inspizieren. An der starken Hauptwand, die die Kapelle vom übrigen Haus trennte, lag ein großer Haufen Faßdauben, und als Don Camillo diese wegschob, fand er ein Mauerviereck, das sich, obwohl es sorgfältig getarnt war, als neuere Konstruktion erwies. Mit einem Balken als Rammbock brachte Don Camillo das Mauerstück, das den Weg zu einer schmalen Tür versperrte, zum Einstürzen und befand sich gleich darauf unter der Kapelle.

Und hier, sachgemäß eingefettet und in Ölpapier verpackt, lagen neunzig Maschinengewehre, achtzig Pistolen und ein ganzer Berg luftdicht verschlossener, mit Munition vollgestopfter Metallkassetten.

Wie in vielen alten Herrenhäusern, die nach dem Vorbild der früheren Burgen gebaut worden waren, gab es auch in diesem Keller einen tiefen Senkbrunnen, der längst nicht mehr benützt wurde, in dem aber noch viel schwarzes, fauliges Wasser stand.

Es war eine unerhört mühevolle Arbeit, doch Don Camillo schaffte es im Verlauf von zwei guten Stunden, Waffen und Munition im Brunnen zu versenken sowie, um das Werk zu vollenden, ein paar Tonnen Schutt darüber zu schichten, die er im Untergeschoß zusammengesucht hatte. Das schwarze Wasser verschlang alles und deckte alles wieder zu. Um sich flinker bewegen zu können, hatte Don Camillo in Unterhosen und Leibchen gearbeitet. Als er fertig war, ging er wieder nach oben, wusch sich, zog sich an, ließ sich auf ein altes Kanapee fallen und versank sogleich im Abgrund eines tiefen Schlafes.

Kurz nach Mitternacht erwachte er: Es waren Leute im Haus. Drei Individuen, die laut miteinander redeten, weil sie mit Sicherheit annahmen, es sei niemand da.

Es war unvermeidlich, daß Don Camillo, nachdem er mit liebevoller Sorgfalt eines der Maschinengewehre gereinigt hatte, um herauszufinden, was es sei, dieses vergessen hatte mit den andern in den Brunnen zu werfen. Und genau in die Mündung des unsympathischen Gerätes starrten die drei, als Don Camillo ihnen mit angezündeter Taschenlampe den Weg vertrat.

„Oh!“ rief Don Camillo aus. „Der Herr Bürgermeister! Was verschafft mir die Ehre Ihres Besuches?“

Peppone hatte keine Zeit zu antworten, weil in diesem Augenblick noch mehr Leute anrückten. Und zwar nicht durch die Tür, wie Peppone und Genossen, sondern durch ein Fenster des Erdgeschosses. Sie machten ungeniert Lärm, als sie das Fenstergitter aus dem Rahmen schlugen.

Don Camillo knipste die Taschenlampe aus und verzog sich in einen Winkel.

Auch dieser zweite Ansturm bestand aus drei Mann, und auch sie unterhielten sich seelenruhig mit lauter Stimme.

„Die Ware ist noch im Keller unter der Kapelle“, erklärte einer der drei. „Ich habe gestern nacht nachgesehen. Wir müssen das Zeug in zweiunddreißig Minuten heraufschaffen, denn in zweiunddreißig Minuten kommt Gino mit dem Traktor und dem Anhänger voll Tomatenkisten. Es ist ja Tomatenzeit, und die Straßen wimmeln von Bauernwagen, die die Tomaten in die Fabriken bringen. Wenn der Junge kommt, muß alles zum Aufladen auf der Straße bereitstehen.“

Sie stiegen in den Keller hinunter, kamen aber schon nach wenigen Minuten fuchsteufelswild zurück.

„Chef“, sagte einer von ihnen, „man hat uns alles geklaut!“

„Das kann nur dieser Verräter Peppone gewesen sein! Er war der einzige außer mir, der das Versteck kannte. Aber den werde ich zum Singen bringen, diesen ... Jetzt müssen wir aber laufen und dem Jungen Bescheid sagen, daß er mit dem Traktor und den Tomaten nicht herkommen soll!“

„O nein“, sagte Don Camillo, zündete die Taschenlampe wieder an und trat vor, während Peppone und seine Leute noch in ihrem Winkel blieben.

„Hör auf mich, Henker, und laß die Tomaten hierher kommen. Eine Spazierfahrt an der frischen Luft wird ihnen ausnehmend gut bekommen.“

Der ‚Henker' starrte wie gebannt auf Don Camillos Maschinengewehr.

„Hast du gesehen, Henker, wie ich darauf achtgebe?" fragte Don Camillo. „Auf die übrigen desgleichen. Geh du nur ruhig nach La Rocca zurück: Wenn Mao dir befiehlt, die proletarische Revolution zu starten, brauchst du nur zu mir zu kommen und die Waffen abzuholen."

Der ‚Henker', dick wie ein Schwein, schwitzte wieder Fett und Haß um und um, und Don Camillo empfand Mitleid. „Ihr könnt gehen", sagte er und geleitete sie zur Tür.

Der ‚Henker' trat als erster in die kühle Sternennacht hinaus, worauf ein atomarer Fußtritt Don Camillos ihm behilflich war, die zwölf Stufen der Freitreppe in einem einzigen Satz zu nehmen.

„Dieser Stempel fehlte noch bei deiner Begnadigung", erläuterte Don Camillo. „Jetzt kannst du getrost zirkulieren, bis der Herrgott dich zur Hölle schickt."

Auch die andern beiden Teilhaber erhielten die gleiche Wegzehrung, so daß alle drei mit heißem Hinterteil nach La Rocca zurückkehrten.

Als die Spedition der drei Pakete erledigt war, nahm Don Camillo den Kontakt mit den Männern der ersten Schicht wieder auf.

„Wenn die Geschichte herauskäme, würde sie die halbe Welt zum Lachen bringen", erklärte er ruhig. „Aber ich bin ein Egoist und will allein lachen. Binnen einer Woche muß das Dach in Ordnung gebracht sein, Genosse Bottazzi! Der Genosse Smilzo hat recht: Ein Priester auf dem Dach ist kein schöner Anblick."

„Ihr werdet doch wohl nicht verlangen, daß *ich* aufs Dach steige!" empörte sich Peppone.

„Aber nein! Genosse Brusco ist Baumeister und kann aufs Dach schicken, wen er mag. Hauptsache, du zahlst, Genosse."

„Das ist eine gemeine Erpressung!" protestierte Peppone und bemühte sich, ein fürchterlich böses Gesicht zu schneiden, was ihm aber nicht ganz gelang, da ja alles in allem die Sache sehr gut abgelaufen war.

Cum grano salis

Alles möchte der neue, allzu ungeduldige Priester umstürzen. Don Camillo hat seine liebe Not, den glühenden Eifer des Jünglings zu bremsen. Inzwischen schmiedet die boshafte Cat ihre Ränke, doch Veleno schläft nicht, und den Eindringlingen ergeht es wie dem, der andern eine Grube gräbt.

Der progressistische Priester, den die Kurie geschickt hatte, um Don Camillo ins richtige Fahrwasser zu bringen, hieß zwar Don Francesco, war aber von den Leuten im Dorf wegen seiner dünnen, nervösen Gestalt, wegen seiner unpriesterlich enganliegenden Jacke und seines übereifrigen Getues auf ‚Don Chichì' umgetauft worden. Ein Übername, der gar nichts Besonderes bedeutet und trotzdem den Nagel genau auf den Kopf trifft.

Nachdem die Kirche äußerlich entmystifiziert war, hatte Don Chichì seine Offensive in die Tiefe verlegt, und zwar mit einer Reihe von Predigten, die eine einzige glühende Anklage gegen die Schlechtigkeit und die Schuld der Reichen war.

Zahlreiche Gemeindeglieder begannen der Messe fernzubleiben, und als Don Camillo einmal dem alten Piletti begegnete, fragte er ihn, warum er sich in der Kirche nicht mehr blicken lasse.

„Ich", antwortete dieser, „habe mein Lebtag ehrlich gearbeitet, um zu dem zu kommen, was ich heute besitze. Es ist mir zu dumm, in die Kirche zu gehen, nur um mich von Don Chichì beschimpfen zu lassen."

„In die Kirche geht man nicht aus Achtung vor dem Priester, sondern aus Achtung vor Gott. Und wer nicht in die Kirche geht, tut Gott ein Unrecht an, nicht dem Priester."

„Gewiß, Hochwürden: Mein Verstand begreift das wohl, aber meine Galle nicht."

Das war zwar keine großartige Argumentation, hatte jedoch eine gewisse Logik, und nachdem der Fahnenflüchtigen immer mehr wurden, sprach Don Camillo mit dem jungen Priester darüber.

„Es steht geschrieben, daß eher ein Kamel durch ein Nadelöhr geht als ein Reicher durch die Pforte des Himmelreiches", erwiderte großspurig Don Chichì. „Die Kirchenpforte darf nicht breiter sein als die des Paradieses. Gott hat die Welt geschaffen, damit sie allen Menschen gehöre, und der Reiche ist nur darum reich, weil er die andern bestohlen hat. Wenn es keine Reichen gäbe, gäbe es auch keine Armen, genauso wie es ohne Diebe keine Beraubten gäbe. Der Reiche ist ein Dieb, und deshalb ist es absolut richtig zu sagen: Eigentum ist Diebstahl. Die Kirche Christi ist die Kirche der Armen, weil den Armen allein das Himmelreich gehört."

„Armut ist ein Unglück, nicht ein Verdienst", entgegnete Don Camillo. „Arm zu sein genügt noch nicht, um gerecht zu sein. Und es ist nicht wahr, daß die Armen nur Rechte und die Reichen ausschließlich Pflichten haben. Abgesehen davon vertreiben Sie auch Leute aus der Kirche, die gar nicht reich sind. Ihr Feldzug gegen den Krieg zum Beispiel ist an sich richtig; aber man darf deswegen nicht alle, die ihn mitgemacht und dabei vielleicht ihre Gesundheit oder gar das Leben verloren haben, als Verbrecher behandeln."

„Wer tötet, ist ein Mörder!" rief Don Chichì. „Es gibt weder gerechte noch heilige Kriege. Jeder Krieg ist unrecht und teuflisch! Gottes Gebot sagt ‚Du sollst nicht töten', ‚Du sollst deine Feinde lieben'. Hochwürden – die Stunde der Wahrheit ist gekommen, da man die Dinge beim Namen nennen, das Brot Brot und den Wein Wein heißen muß!"

„Gefährlich, das Brot Brot und den Wein Wein zu heißen an einem Ort, wo Brot und Wein der Leib und das Blut Jesu sind!" murrte Don Camillo starrköpfig.

Don Chichì betrachtete ihn mit dem Ausdruck aufrichtigen Mitleids. „Don Camillo! Die Kirche ist ein Schiff, das jahrhundertelang vor Anker gelegen hat. Jetzt aber muß es die Anker lichten und wieder aufs Meer hinaus! Und es muß die Mannschaft erneuern: sich erbarmungslos der schlechten Matrosen entledigen und den Kurs auf das andere Ufer nehmen. Dort wird das Schiff die neuen Kräfte finden, um seine Mannschaft zu verjüngen. Dies ist die Stunde des Dialoges, Hochwürden!"

Don Camillo zuckte mit den Schultern: „Vor zwanzig Jahren, als Sie Ihre ersten Worte stammelten, schlug ich mich schon mit den Kommunisten herum."

„Ich rede nicht von Rechthaberei, von Unnachgiebigkeit und Gewalttätigkeit!“ schrie Don Chichì. „Ich rede von Dialog, von Koexistenz.“

„Streiten ist der einzige mögliche Dialog mit den Kommunisten“, antwortete Don Camillo. „Nach zwanzig Jahren Streit sind wir hier alle noch am Leben: Ich sehe keine bessere Koexistenz als das. Die Kommunisten bringen mir ihre Kinder zur Taufe und heiraten vor dem Altar, während ich ihnen, wie allen andern, einzig das Recht zugestehe, den Geboten Gottes zu gehorchen. Meine Kirche ist nicht das große Schiff, von dem Sie schwatzen, sondern nur eine arme kleine Barke – und doch bin ich damit immer von einem Ufer zum andern gesegelt. Heute sind Sie der Steuermann, und ich lasse Sie gewähren, weil es mir so befohlen wurde; aber ich rate Ihnen, das Gleichgewicht nicht allzusehr zu gefährden: Sie entfernen viele Männer der alten Besatzung, um am andern Ufer neue einzuschiffen – geben Sie acht, daß Sie nicht die alten verlieren, ohne die neuen zu finden. Erinnern Sie sich an die Geschichte von den beiden Mönchlein, die auf die kleinen, häßlichen Äpfelchen pinkelten, weil sie sicher waren, daß die großen, prächtigen nachkommen würden, und wie die armen Tröpfe dann die kleinen häßlichen essen mußten?“

„Die alten Witze über Mönche haben ausgespielt“, lachte Don Chichì. „Der gute Sämann wirft den Samen nicht auf die Erde, bevor er sie vom Unkraut befreit hat.“

Don Camillo war ein armer Landpfarrer, hatte im Gegensatz zu Don Chichì nur wenige Bücher gelesen und las noch weniger Zeitungen. Darum verstand er, abgesehen von den liturgischen Neuerungen, nicht recht, was denn das für eine neue Straße sein sollte, die die Kirche einschlug. Er konnte es schon darum nicht verstehen, weil er bereits seit zwanzig Jahren und als erster von allen von sich aus auf eben dieser neuen Straße marschierte, was ihn mehr als einmal in die größten Schwierigkeiten gebracht hatte. So war es verständlich, daß er nichts für diesen Grünschnabel übrig hatte, der hergekommen war, um ihn das Priesteramt zu lehren, und weiter nichts fertigbrachte, als ihm die Kirche zu leeren.

Sic stantibus rebus betrat Piletti das Pfarrhaus.

„Meine Tochter heiratet“, sagte Piletti. „Aber sie soll getraut werden, wie meine Frau und ich, meine Mutter und mein Vater getraut worden sind: vor dem gleichen Altar und nach dem alten Brauch."

„Ihre Tochter wird getraut werden, wie es die Kirche festgelegt hat!" gab ihm Don Chichì angriffslustig zur Antwort. „Merken Sie sich, Herr Piletti: Das hier ist kein Laden, wo man sich aussucht, was einem am besten gefällt. Und merken Sie sich auch, daß vor Gott Ihr Geld nichts gilt!"

„Für meine Tochter und ihren Zukünftigen gilt es etwas", gab Piletti schroff zurück. „Wenn die beiden also wollen, daß ich mein Geld für die Mitgift herausrücke, werden sie vor dem Bürgermeister heiraten müssen."

Don Chichì sprang auf die Füße. „Wenn das Ihr christlicher Glaube ist", zeterte er, „ist es für die Kirche ein gutes Geschäft, einen Christen wie Sie zu verlieren!"

„Während es für die Kirche kein gutes Geschäft ist, Priester wie Sie zu finden", entgegnete Piletti und wandte sich zur Tür.

Don Camillo hatte kein Wort gesagt, aber als Piletti draußen war, seufzte er: „Das ist die erste Ziviltrauung, die in meiner Pfarrgemeinde vollzogen wird."

„Und deshalb", rief Don Chichì aus, „hätte man sich vielleicht die Erpressung dieses Schurken gefallen lassen sollen?"

„Er ist kein Schurke, und er verlangte nichts, was gegen Gottes Gebote verstoßen würde."

„Die Kirche muß sich erneuern!" eiferte das Priesterlein. „Sie wissen wohl überhaupt nichts darüber, was auf dem Konzil beraten wurde?"

„Doch, ich habe davon gelesen", antwortete Don Camillo. „Aber das alles ist zu hoch für mich. Ich kann nicht weiter gehen als Christus: Christus sprach schlicht und klar, er gebrauchte keine schwierigen Ausdrücke, sondern nur die einfachen Worte, die alle kennen."

„Sie belieben zu scherzen, Hochwürden!" antwortete der junge Priester. „Es steht doch außer Zweifel, daß Christus, wenn er heute wieder auf die Welt käme, anders spräche als damals."

„Nein", behauptete Don Camillo bestimmt. „Sonst würden ihn die armen Ungebildeten wie ich nicht verstehen."

„Don Camillo, die Wahrheit ist, daß Sie nicht verstehen wollen!"

„Ich verstehe nur Tatsachen. Und für mich ist die Ziviltrauung von Pilettis Tochter eine viel wichtigere Tatsache als alle gelehrten Reden. Eine Ziviltrauung ist eine Niederlage der Kirche, eine Kränkung Gottes. Und das gerade jetzt, wo das wirkliche Problem darin liegt, daß die Kirche sich gegen die Welt öffnet und die Welt findet, die zum größten Teil ungläubig ist. Millionen von Menschen haben keinen Glauben mehr. Das ist das einzige, was ich von alledem, was über das Konzil gesagt wurde, begriffen habe. Und es ist das wichtigste, denn der Papst selber hat es gesagt."

Don Chichì breitete die Arme aus. „Ohne die Episode überschätzen zu wollen", meinte er, „teile ich Ihre Meinung, daß es besser wäre, diese Ziviltrauung fände nicht statt. Wollen Sie die beiden nicht in Ihrer Kapelle trauen? Die ist privat, und alles wäre, wie es sich gehört."

„Das ist etwas, das gründlich überlegt sein will", antwortete Don Camillo.

In Wirklichkeit überlegte er es sich auch nicht eine Sekunde lang, denn es war ja genau das, was er sich erträumte. Und tatsächlich heiratete Pilettis Tochter in Don Camillos Kirchlein, und es kamen so viele Leute, daß sie nicht nur die Kapelle, sondern auch den Garten füllten, und es waren all jene dabei, die Don Chichì aus der Kirche vertrieben hatte; das war für Don Camillo ein großer Trost.

Ein Trost, den er äußerst nötig hatte, denn seine gräßliche Nichte verbitterte ihm das Leben von Tag zu Tag mehr.

Cat, Kurzform für Caterpillar – wer der Nichte Don Camillos diesen Kosenamen angehängt hatte, kannte das Mädchen auf jeden Fall nur oberflächlich; auch der tückischste Bulldozer konnte nicht halb soviel Unheil anrichten wie dieser Weibsteufel.

Anselma hatte klare Ansichten und gewichtige Hände, und es war für sie eine Kleinigkeit, Cat den unteren Rücken zu klopfen. Das änderte indessen die Lage keineswegs.

„Ich werde Euch alles mit Zinsen zurückzahlen", sagte Cat jedesmal. Dann mußte Anselma lachen – aber sie hätte nicht gelacht, wenn sie sich hätte vorstellen können, was das Mädchen ausbrütete. Veleno hatte sich nicht geirrt, und die Sache trug sich an einem ganz gewöhnlichen, sonnigen und schläfrigen Wochentagsnachmittag zu.

Das Dorf war still; auf der Piazza glühten Stühle und Tischchen der Cafés leer in der Sonne. In Korbstühlen saßen die Ladenbesitzer vor ihren Geschäften unter den Lauben, die Beine weit von sich gestreckt, und hielten ihr Mittagsschläfchen. In den Bars und Wirtshäusern hockten die üblichen paar Alten in stummer Zwiesprache mit ihrem Gläschen Rotwein.

Es war wie 1965, als ein Wirbelsturm über das Land herfiel: Von einem Augenblick zum andern brach die Hölle los. Dreißig Skorpione in schwarzen Jacken stürmten auf ihren donnernden Motorrädern die Piazza.

Sie waren fünfzig Mann stark von der Stadt aufgebrochen, dann hatten an einem bestimmten Punkt zwanzig die Straße nach Castelletto eingeschlagen, während die andern sich hinter einer Hecke versteckten.

In Castelletto angekommen, hatten die zwanzig den kleinen Vorort überfallen und alles, was nicht niet- und nagelfest war, zerschlagen. Der Wachtmeister und vier der sechs Carabinieri, denen die Sicherheit des ganzen Gemeindegebietes anvertraut war, eilten nach Castelletto und ließen in der Polizeikaserne des Hauptortes nur den üblichen Wachposten und den Gefreiten zurück. Daraufhin hatte die dreißigköpfige Hauptgruppe der Skorpione sich auf den wehrlosen Ort gestürzt.

Es waren dreißig entfesselte Rowdies, und nachdem sie mit einer Art rasenden Karussells die Tische und Stühle auf der Piazza zertrümmert hatten, sprangen sie von den Motorrädern und begannen die Ladengeschäfte zu verwüsten; wer sich ihnen in den Weg zu stellen versuchte, wurde grausam verprügelt.

Inzwischen gelangte eine ausgewählte Kerntruppe über Nebenstraßen zum Pfarrhaus. Sobald Cat, die alles telefonisch organisiert hatte, das Motorengeräusch hörte, trat sie unter die Tür des Glöcknerhauses. „Kommt herein", befahl sie der wilden Horde, „bevor ihr mich raubt, müßt ihr mir helfen, etwas zu regeln."

Anselma schlief im ersten Stock und hatte glücklicherweise ihre Tür mit der Sicherheitskette verriegelt. Die Skorpione waren zu viert, und die Tür vermochte ihren kräftigen Schultern nicht lange standzuhalten. Cat war die erste, die eindrang; sie hielt das Brotbrett mit beiden Händen umklammert, deutete auf Anselma, die in eine Bluse schlüpfte, um sich wenigstens die Schultern zu bedecken, und gebot:

„Haltet sie fest, während ich das Konto ausgleiche."

Anselma wehrte sich wie eine Löwin, aber die vier Burschen hatten sie bald überwältigt und hielten sie bäuchlings auf dem Bett fest.

Cat hob das Brett. „Du sollst drei Jahre lang nicht mehr sitzen können", tobte sie. „Weder du noch dein Pfaffe, denn dem werde ich es ebenfalls besorgen!"

Dann geschah alles in einem Augenblick: Eine Hand so groß wie eine Schaufel krallte sich in ihren Haaren fest, während eine zweite Hand ihr das Brotbrett entriß. Veleno war mit acht Mitgliedern seiner ländlichen Pilzkopfbande eingetroffen. Die vier Skorpione, die mit Anselma beschäftigt waren, wurden mit Leichtigkeit überwältigt.

Es machte ziemlich Mühe, den ersten der vier städtischen Tunichtgute aus dem Fenster zu werfen, bei den andern drei war es dann nur noch eine Kleinigkeit.

Die alten Häuser in der Bassa sind klein, und ein Sturz aus dem ersten Stock ist nichts Schlimmes. Zudem waren die vier ja ‚harte Männer' und brachen sich bei der Landung lediglich ein paar nebensächliche Knochen.

„Anselma", sagte Veleno, „wir müssen nun gehen. Traut Ihr es Euch zu, diese Rotznase allein zu bewachen?"

„Geht nur ruhig", versicherte Anselma. „Ich werde sie mir schon zurechtstutzen."

Auf der Piazza setzten sich die Skorpione gegen die Bande der ländlichen Rebellen tüchtig zur Wehr, aber die Ankunft Velenos und der andern acht Kerle besiegelte ihre vollständige Niederlage.

Veleno war ein Junge von gesundem Menschenverstand, und als er bemerkte, daß das Fassungsvermögen der Skorpione an Schlägen erschöpft war, sagte er zu den Seinen: „Wenn wir so weitermachen, müssen wir sie nach Hause tragen. Es wäre besser, sie könnten noch selber gehen. Lassen wir sie also laufen!"

Die Skorpione stiegen mühsam auf ihre Motorräder und brausten davon wie aus der Kanone geschossen.

Das rechtzeitige Eingreifen Velenos und seiner ländlichen

Bande hatte die Männer des Dorfes, die sich in aller Hast zusammengetan hatten, um die Eindringlinge zurückzuschlagen, überzeugt, daß sie sich besser nicht einmischten. Ohne ein kleines Andenken aber wollten sie die Skorpione denn doch nicht ziehen lassen.

Die Skorpione pflegten beim Fahren ihre Oberkörper tief über die Benzinbehälter zu senken wie die Rennfahrer, und all diese in die Luft gereckten Hinterteile reizten dazu, sie mit ein paar Salven Spatzenmunition zu bestreichen. Doch das Oberhaupt der erbosten Männer verstand, wenn auch nur oberflächlich, ein paar Worte Latein und sprach:

„Nein, Genossen. Kein Blei. Man muß *cum grano salis* handeln."

Daraufhin wurden die Patronen mit Salzkörnern gefüllt.

Wer je seine Sitzfläche mit Salz gespickt bekommen hat, versichert, man kehre nur höchst ungern in ein Dorf zurück, wo Andenken solcher Art verteilt werden.

Die sechsundzwanzig städtischen Popos wurden also, als sie am Dorfrand in die Schußlinie kamen, gebührend gesalzen. Nur sechsundzwanzig, denn die vier Häuptlinge, die Veleno und die Seinen aus dem Fenster geworfen hatten, waren halb betäubt im Gemüsegarten des Glöckners liegengeblieben. Peppone nahm sich ihrer an, und eben, als er mit Hilfe von Smilzo, Brusco, und Bigio die vier ramponierten Skorpione auf einen Lastwagen lud, um sie samt ihren Motorrädern den Carabinieri zur Aufbewahrung zu übergeben, kam Don Camillo daher, der den Nachmittag in seinem abgelegenen Haus im Grünen verbracht hatte und von allem nichts wußte.

„Was sind das für Strolche?" fragte er.

„Fremde, Hochwürden", erklärte Peppone. „Dank Eurer liebenswürdigen Nichte haben wir neuerdings großen Touristenverkehr. Sie ist ein tüchtiges Mädchen, Don Camillo. Ihr solltet sie mir einmal vorstellen!"

„Verdrehte Nichtsnutze kennt sie so schon genug", knurrte Don Camillo.

O Rache, furchtbare Rache!

Don Chichì, von sich selber allzu überzeugt, fährt drein wie ein Panzer, stößt aber schließlich mit einem starrköpfigen Toten zusammen, der ihm den Schlaf raubt. Don Camillo ist froh, daß Cat Vernunft angenommen hat – in Wirklichkeit ist das Mädchen schlimmer als je.

Die Angriffslust des jungen Priesters entvölkerte die Kirche immer mehr, und wie Don Camillo leicht hatte voraussehen können, kamen die Leute vom andern Ufer, so sehr man sie umschmeichelte, nicht herbei, um die Lücken zu füllen.

Und doch gab Don Chichì auf die Vorhaltungen Don Camillos immer noch ruhig zur Antwort, der gute Sämann müsse, ehe er den Samen auswerfe, die Erde vom Unkraut befreien.

„Der gute Sämann", wandte Don Camillo ein, „prüft auch, bevor er den Samen auswirft, ob nicht der Boden schlecht ist."

„Schlechten Boden gibt es nicht!" behauptete der Priester. „Ein dünner Wasserstrahl genügt, um selbst aus ödem Wüstensand üppiges Gras sprießen zu lassen. Hier liegt der Irrtum der traditionellen Kirche: daß sie die Welt in Gute und Schlechte einteilt. Gerade in diesen trockenen Boden will die erneuerte Kirche ihren guten Samen streuen, nachdem sie ihn mit ihrem Schweiß, mit ihren Tränen, wenn es sein muß, mit ihrem Blut fruchtbar gemacht hat! Ich werde Christus zu den Verstoßenen am Rande der Gesellschaft tragen: zu den menschlichen Ruinen, die betteln müssen, zu den Sünderinnen, die sich um ein Stück Brot feilbieten, zu den unglückseligen verführten und sitzengelassenen Mädchen, die die heuchlerische Gesellschaft von sich stößt, indem sie die Mauer der Verachtung um sie errichtet!"

„Ah, ich verstehe", sagte Don Camillo. „Sie haben also die Absicht, Ihr Tätigkeitsfeld an einen andern Ort zu verlegen."

„Wie kommen Sie auf so etwas?"

„Weil es die Ware, die Sie suchen, hier nicht gibt", erklärte Don Camillo. „Bettler trifft man zwar hie und da, aber das sind Professionals, die an den Markttagen mit dem Postauto oder mit der Bahn herkommen. Was die Sünderinnen betrifft, so gibt es sie hier wie überall in der Welt, aber als Beruf üben sie es nicht aus."

„Wollen Sie vielleicht behaupten, es gäbe auch keine ledigen Mütter?" fragte Don Chichì sehr sarkastisch.

„O doch, sogar mehrere."

„Dann werde ich Christus zu diesen armen Unglücklichen bringen!"

In diesem Augenblick trat Desolina mit der Post ein.

„Sie können gleich mit Ihrer Arbeit beginnen", sagte Don Camillo zu dem jungen Priester. „Die Desolina ist nämlich eine dieser armen Unglückseligen, denen Sie Christus bringen wollen."

„Unglückselig ist der selber", maulte Desolina und deutete mit einer Kopfbewegung auf Don Chichì. „Und was Christus angeht, so weiß ich, wo er zu finden ist, ohne daß ich diesen Zugehpriester dazu brauche."

Don Chichì war furchtbar beleidigt. „So also", schrie er Desolina an, „so redet eine Sünderin mit einem Diener Gottes, anstatt sich zu demütigen?"

„Sünderin können Sie zu Ihrer Schwester sagen", gab die Frau angriffslustig zurück. „Mit sechzehn Jahren habe ich einen Sohn bekommen und ihn mit meiner ehrlichen Arbeit großgezogen, und als er eine eigene Familie hatte, habe ich ihm geholfen, seine Kinder großzuziehen. Jetzt, wo der Älteste dieser Jungen ein acht Monate altes Kind hat, ziehe ich auch das auf und finde daneben noch Zeit, ein paar Stunden im Pfarrhaus zu arbeiten. Mir scheint, ich habe mich in den zweiundsechzig Jahren meines Lebens genug gedemütigt!"

Mit stolz erhobenem Kopf ging Desolina hinaus, und Don Camillo erklärte dem eifrigen Jüngling: „Das ist natürlich ein Extremfall einer ledigen Mutter, die zugleich ledige Großmutter und ledige Urgroßmutter ist. Aber es gibt auch viele Normalfälle. Unglücklicherweise sind es lauter Mädchen, die bei ihren Eltern leben und die man besser in Ruhe läßt; sie haben nämlich handfeste Väter und Brüder, die keine Sympathie für jemanden aufbringen, der die Nase in ihre Familienangelegenheiten steckt."

„In was für ein verwildertes Dorf bin ich denn hier geraten?" zeterte Don Chichì.

Don Camillo breitete die Arme aus. „Es bleibt Ihnen wohl nichts anderes übrig, als den lieben Gott zu bitten, daß er ein paar zerlumpte Bettler, verlorene Frauenzimmer und von der Gesellschaft verstoßene ledige Mütter auch zu uns schickt."

„Sie bringen mich nicht von meinem Wege ab, Hochwürden", beharrte Don Chichì. „Verderbnis und Ungerechtigkeit gibt es überall, auch wenn die Heuchelei sie unter ihrem schändlichen Mantel verbirgt!"

„Nur zu!" ermunterte Don Camillo, „wer sucht, der findet."

Don Chichì suchte und fand.

Draußen auf jenem Streifen fetter Erde, der am rechten Ufer des Po in der Sonne schmort, haben die Landbewohner herausgefunden, daß es eigentlich eine überflüssige Plackerei ist, selber Brot zu backen und Teigwaren herzustellen oder einen Gemüsegarten zu halten, und kaufen alles fertig, manchmal sogar den Wein. Giosuè war noch der einzige, der einen Garten mit ein paar Obstbäumen und zwei Reihen Muskatellerreben besaß, und so fuhr er mit seinem wackeligen, von einem altersschwachen Gaul gezogenen Wägelchen auf die Landgüter und verkaufte Früchte und Gemüse.

Don Chichì begegnete ihm an einem heißen Mittsommernachmittag auf der Landstraße, als er – bis zum Knie im Schlamm stehend – das Wägelchen wieder auf die Straße zu bekommen versuchte, das mit dem rechten Rad in den Graben abgerutscht war. Don Chichì stieg aus seinem roten Sportwagen, packte mit an und begann ein Gespräch.

„Wie alt seid Ihr, Großvater?"

„Siebenundachtzig."

„Und da müßt Ihr immer noch arbeiten, um leben zu können?"

„Nein – ich muß noch leben, um arbeiten zu können."

Don Chichì war entrüstet. „Das ist schändlich! Ihr habt ein Recht darauf, Euch zur Ruhe zu setzen!"

„Das eilt nicht. Ausruhen kann ich, wenn ich tot bin."

„Nein, das müßt Ihr jetzt! Die Gesellschaft hat die Pflicht, für Euren Unterhalt zu sorgen."

„Ich kann gut für mich selber sorgen, junger Mann!"

„Ihr sollt mich nicht junger Mann nennen: Ich bin der Hilfspfarrer."

„Ein Priester? Ihr? In diesen Kleidern?“

„Die Kleider sind doch nicht wichtig!“

„O doch. Genauso wichtig wie der Hut für die Alpini und die Bersaglieri. Ich habe den Ersten Weltkrieg mitgemacht und kenne mich aus.“

„Das ist Unsinn, Großvater! Aber sicher ist, daß die Gesellschaft Euch etwas schuldig ist und es Euch bezahlen muß.“

„Die Gesellschaft hat mir immer bezahlt, was ich ihr gegeben habe. Sorgt Ihr lieber für Euch selber, junger Mann!“ sagte Giosuè und gab dem Pferdchen die Peitsche; es begriff sogleich, daß es sich Mühe geben mußte, und legte den reinsten Grand-Prix-Start hin.

Don Chichì war jetzt in Schwung, und nichts vermochte ihn aufzuhalten. Er lief spornstreichs zum Bürgermeister und erklärte ihm, es sei eine Schande, einen armen alten Mann von siebenundachtzig Jahren in diesem Zustand herumlaufen zu lassen. „Eines Tages wird man den Ärmsten tot am Straßenrand finden, und dann habt Ihr ihn umgebracht!“

„Ich?“ murrte Peppone.

„Nicht Sie persönlich, aber die Gemeinde, die Sie vertreten.“

Don Chichì war ein sehr beredter Mann und begrub Peppone förmlich unter eine Lawine schwerer Anklagen, so daß dieser zuletzt bat: „Hochwürden, sagen *Sie* mir, was ich machen muß.“

„Es ist doch ein Altersheim im Dorf: Lassen Sie ihn dort unterbringen.“

„Giosuè ist ein alter Dickschädel, ich wüßte nicht, wie ich ihm das beibringen sollte.“

„Dann lassen Sie ihn eben behördlich einweisen, ehe es zu spät ist!“

Peppone versprach, die Sache an die Hand zu nehmen, und der Zufall wollte es, daß man den alten Giosuè ein paar Tage später bewußtlos auf seinem Gefährt fand, das an einem Kanalufer stillstand. Peppone nützte die Gelegenheit und ließ den Greis ins Altersheim überführen, ein Landhaus mit großem Garten, das etwa einen Kilometer außerhalb des Dorfes lag.

Don Chichì erfuhr es sogleich und eilte triumphierend zu Don Camillo, um ihm die ganze Geschichte zu erzählen.

„Das ist die größte Dummheit, die Sie überhaupt machen konnten“, erwiderte Don Camillo sehr schroff.

„Hochwürden, man hat ihn sterbend aufgelesen!“

„Dummes Zeug! Er hatte ganz einfach ein paar Gläser getrunken und war von der Hitze benommen. Das geht ihm im Sommer immer so. Morgen früh gehe ich und befreie ihn.“

Don Chichì blähte seinen kümmerlichen Brustkasten auf: „Daran werde ich Sie hindern, Don Camillo! Wenn es sein muß, mit Gewalt!“

„Mit der öffentlichen Gewalt, nehme ich an“, grinste Don Camillo. „Mit Ihrer privaten würden Sie es wirklich nicht schaffen.“

Don Camillo konnte Giosuè nicht befreien, denn Giosuè befreite sich selbst. Als sein Schwips verraucht war und er merkte, daß er im Altersheim war, kletterte Giosuè – noch in derselben Nacht – über die Einfriedungsmauer. Unglücklicherweise landete er drüben kopfvoran, doch gelang es ihm, sich bis zum Friedhof zu schleppen. Und dort fand man ihn am andern Morgen steif und tot vor dem Eingang einer kleinen Grabkapelle im dritten Quergang.

„Es ist seine eigene Grabkapelle“, erklärte Don Camillo seinem Hilfspfarrer. „Giosuè arbeitete nur dafür weiter, sie vollenden zu können. Er sagte: ‚Ich will wie ein Herr in der eigenen Kapelle begraben sein, mit meiner Frau zusammen, und solange ich sie nicht fertiggebaut habe, kann ich nicht sterben.‘“

„Das sind doch Dummheiten!“ rief Don Chichì aus. „Vor dem Tod sind wir alle gleich. Was spielt das Grab für eine Rolle? Man wird ein Gesetz schaffen müssen, das einen Einheitstyp des Grabes und einen Einheitstyp des Begräbnisses vorschreibt. Giosuè war ein kindischer, im Aberglauben befangener Greis. Ich habe nur zu seinem Besten gehandelt.“

„Ihrer Ansicht nach ist es also besser, man stirbt vor Wut als Gefangener in einem Armenhaus, als frei und glücklich von der eigenen Hände Arbeit zu leben?“

„Alte Leute haben die Pflicht, sich zur Ruhe zu setzen!“ beharrte der Priester.

„Mir scheint, sie haben auch das Recht zu leben“, knurrte Don Camillo.

Es vergingen ein paar Tage, und man sprach nicht mehr von Giosuè: Der Tod eines siebenundachtzigjährigen Mannes erregt kein großes Aufsehen. Es war der gekreuzigte Christus, der auf die Angelegenheit zurückkam. „Don Camillo", sagte er, „hörst du nicht, wie dieser arme kleine Priester jede Nacht in seinem Zimmer hin und her läuft?"

„Nein, Herr – ich tue, als hörte ich es nicht."

„Und es gelingt dir, dein Gewissen zu täuschen?"

„Nein, Herr. Aber es scheint mir einfach nicht recht, wie er um jeden Preis das Schlechte finden will, auch wo es gar nicht ist, und wie er alles und jedes umstürzen will!"

„Don Camillo, auch ich war ein Revolutionär."

„Herr, dieser Vergleich hinkt aber!"

„Warum läßt du dann den armen Jungen am Kreuze leiden?"

Also nahm sich Don Camillo den armen Jungen vor. „Ihr Aussehen gefällt mir gar nicht", sagte er zu ihm. „Gehen Sie zum Arzt und lassen Sie sich ein Beruhigungsmittel verschreiben."

„Keine Pille wird es mir ersparen können, jede Nacht diesen alten Mann vor mir zu sehen. Was will er bloß von mir?"

„Wahrscheinlich, daß Sie ihm helfen, sein Kapellchen fertigzubauen."

Don Chichì hatte zu viele Bücher gelesen und erwiderte deshalb: „Wozu Geld hinausschmeißen für einen Toten, der nichts mehr nötig hat, wo so viele Lebende alles nötig haben?"

„Das müssen Sie nicht mir sagen, sondern dem alten Giosuè, wenn er kommt und Sie belästigt."

„Giosuè ist tot, und die Toten belästigen niemanden."

„Erklären Sie ihm das. Bringen Sie ihm bei, daß er sich als Toter benehmen soll!"

Don Chichì mußte lachen; aber auch in dieser Nacht hörte Don Camillo ihn lange in seinem Zimmer auf und ab gehen.

Eines Morgens hielt Don Chichì nicht mehr an sich. „Woher soll man denn wissen, wie er seine verflixte Kapelle vollenden wollte?"

„Das ist ganz einfach", antwortete Don Camillo. „Ich habe den Plan. Die Kapelle war ein Geheimnis zwischen Giosuè und mir. Er wollte allen eine Überraschung bereiten. Er sagte: ‚Mit dem armen ratzekahlen Giosuè ist's aus, und wenn alle glauben, man werde ihn einfach in eine Grube werfen, ha, da sehen sie ihn in eine herrschaftliche Kapelle eingehen. Und weil er gern Gesellschaft hat, läßt Giosuè auch noch seine Frau nachkommen!‘ Es machte ihm Spaß, sich vorzustellen, was für Gesichter die Leute machen würden. Immer, wenn er ein bißchen Geld beisammen hatte, brachte er es mir, und ich ließ die Arbeiten ausführen. Um alles fertigzustellen, brauche ich noch 250000 Lire.“

Don Chichì betonte noch einmal, es wäre ja heller Wahnsinn, soviel Geld aus dem Fenster zu werfen. Dann verkaufte er seinen leuchtenden Sportwagen und begnügte sich mit einem Kleinstwagen aus zweiter Hand. Er beglich seine Schuld beim alten Giosuè und konnte endlich wieder schlafen.

Ihr sagt: „Märchen!“, ihr sagt: „Unsinn!“ – ihr könnt euch gar nicht vorstellen, was für starrköpfige Tote es dort unten gibt, in jenem Landstrich am Ufer des großen Stromes.

Es ist ein ganz besonderer Landstrich: flach, gleichförmig, und in seinem Himmel, der nirgends aufhört, ist für die Toten soviel Platz, wie sie wollen, während die Lebenden von diesem unermeßlichen Himmel erdrückt werden, unter dem sie sich noch kleiner vorkommen, als sie ohnehin sind.

Auch Cat wurde nach ihren heftigen rebellischen Taten ruhiger. Vielleicht war es eben jener Himmel, der sie zu einem Mädchen wie alle anderen machte.

Cat bekam daher stundenweise freien Ausgang, und sie nützte ihn nie aus, um etwas anzustellen. Es war klar zu erkennen, daß sie die Brücken zur Vergangenheit abgebrochen hatte.

Don Camillo barst fast vor Freude, und als am späten Nachmittag eines glühendheißen Augusttages Peppone und sein Stab den Kirchplatz überquerten, wo er ein wenig Schatten genoß, grüßte er den Genossen Bürgermeister vergnügt:

„Tag, Genosse! Wie geht's den herzigen Chineslein von La Rocca?“

Peppone und sein Gefolge blieben stehen.

„Ich kann mich nicht beklagen, Hochwürden“, antwortete Peppone. „Und Eure herzige Nichte? Man hört sie schon eine ganze Weile nicht mehr Kirchenglocken läuten.“

„Herr Bürgermeister“, sagte Don Camillo, „ich habe meiner Schwester versprochen, aus diesem Mädchen eine brave ‚Marientochter‘ zu machen, und das ist mir sozusagen gelungen.“

„Ich gratuliere“, gab Peppone zurück. „Ich gratuliere Euch, Hochwürden. Nicht dem Mädchen – das hielt ich für intelligenter und witziger.“

„Chef", unterbrach Smilzo. „Du kannst es dem Mädchen doch nicht als Schuld anrechnen, daß es einen Priester zum Onkel hat!"

„Da hast du recht", gab Peppone zu. „Einen Priester zum Onkel zu haben, ist ein großes Unglück."

Don Camillo kribbelte es in der Nase. „Ihr betrachtet es als Unglück für eine solche Göre, einen Onkel zu haben, der sie einer Horde schamloser Halbstarker entreißt und zu den anständigen, zivilisierten Leuten zurückbringt?"

„Ich habe mich nicht richtig ausgedrückt, Hochwürden: Ich wollte sagen, ein Mädchen kann sich auch anständig und gesittet aufführen, ohne deshalb in einem Rudel frömmlerischer alter Jungfern mitzulaufen. Ich hoffe nur, das arme Kind nie mit einem Kerzenstumpf in der Hand in der Prozession psalmodieren zu sehen."

„Tut mir leid für Euch, Herr Bürgermeister, aber genau das werdet Ihr demnächst zu sehen bekommen. Und es wird ein prachtvoller Anblick sein."

Peppone hob resigniert die Arme.

In diesem Augenblick hörte man auf der andern Seite des Platzes ein Getümmel, und dann erschien an der Einmündung der Straße, die zum Sportplatz führte, die Spitze eines langen Umzuges.

„Was geht hier vor?" fragte Don Camillo. „Ist die proletarische Revolution ausgebrochen?"

„Beruhigt Euch, Hochwürden", sagte Peppone lachend, „wir haben keine Revolution mehr nötig, um an die Macht zu gelangen. Wir werden sie mit den Wahlen erreichen. Das dort sind die Leute, die vom Fest der *Unità* zurückkommen."

Inzwischen war der Zug auf den Platz herausgekommen, und die Blechmusik, die ihn eröffnete, blies die ‚Rote Fahne'.

Das ganze Dorf war auf dem Platz und lief neben dem Zug her, der sich gegen die Kirche bewegte.

Hinter der Musik folgte, von einem Traktor gezogen, ein mit roten Tüchern behängter landwirtschaftlicher Lastanhänger. Auf dem Boden dieses Fahrzeuges war ein hohes Postament errichtet, dessen Stufen mit Girlanden aus roten Nelken geschmückt waren. Ganz oben prangte ein vergoldeter Thron, und an den Thron gelehnt stand ein Mädchen, elegant mit einem roten Umhang drapiert, der eine lange Schleppe, aber auf der linken Seite einen so mörderischen Schlitz hatte, daß sich ein schöner Ausblick auf ein ganzes, vortrefflich geformtes Bein bot. Die Festkönigin trug auf dem Kopf eine blitzende, von Hammer und Sichel überragte Krone und schräg über der Brust eine breite Seidenschärpe mit der Aufschrift ‚Miss Unità'.

Es war ein begeisterndes Schauspiel, denn es handelte sich um ein wirklich reizendes Mädchen, dessen linkes Bein Gewähr bot für die Vorzüglichkeit alles dessen, was sich unter dem Umhang nur erraten ließ.

Am Rande des Kirchenvorplatzes angekommen, blieb der Traktor stehen, während die Musik ‚Bella ciao' anstimmte. Und dann stieg die Miss, nachdem sie die applaudierende Menge mit der erhobenen Faust gegrüßt hatte, majestätisch eine kleine, rot ausgeschlagene Treppe hinunter, die eine Gruppe von Burschen blitzschnell an den Lastanhänger gelehnt hatte.

Don Camillo stand wie vom Donner gerührt.

„Gar nicht übel für eine ‚Marientochter'", bemerkte Peppone, der mit seinen Getreuen zusammen niederträchtigerweise an Don Camillo kleben geblieben war.

„Sicher", fügte Smilzo bei, „es muß eine große Befriedigung sein für einen Pfarrer, wenn er sieht, wie seine Nichte mit Ehren überhäuft wird!"

Cat, ein lebendes Bild der Dreistigkeit, schritt in der Haltung eines Mannequins auf das Pfarrhaus zu, gefolgt von vier Galgengesichtern von Ehrendamen, die ihr die Schleppe trugen.

Als sie an Don Camillo vorüberkam, lächelte sie ihn an, hob die Faust zum Gruß und sagte: „Bye-bye, Onkelchen!"

Von Peppone & Co. blockiert, konnte Don Camillo keinen Finger rühren. In seinen Augen jedoch stand eine so wilde Entschlossenheit, Cat einen Fußtritt in die Sitzfläche zu pflanzen, daß es das Mädchen merkte und mit einem kleinen Seitensprung auswich.

Im Haus des Glöckners angekommen, zeigte sich Cat auf dem Balkon des Obergeschosses, grüßte die jubelnde Menge mit der geballten Faust und warf Blumen und Kußhände hinunter.

Don Camillo keuchte; einen Augenblick lang glaubte er, ihn würde der Schlag treffen. Dann faßte er sich und sagte zu Peppone: „Genosse, das war eine große Gemeinheit von dir!"

„Noch lange nicht so groß wie die, mich mit Bognoni um die Wette schwimmen zu lassen! Übrigens dürft Ihr die große Genugtuung erleben, ein ganzes Jahr lang umsonst die *Unità* zu lesen. Zu den Preisen, die Eure Nichte gewonnen hat, gehört nämlich ein Jahresabonnement auf die *Unità*."

„Ich werde sie Euch jeden Morgen ins Haus bringen", versprach Smilzo.

Und er kam nur darum mit dem Leben davon, weil ein Blick, auch der eines wutentbrannten Priesters, nicht töten kann.

Sie hatte keine Beat-Platte anstelle des Herzens

Dafür hatte Cat anstelle des Verstandes ein Pulverfaß, und ihre Gedanken waren Explosionen. Das bekamen etliche Leute zu spüren. Aber glücklicherweise gibt es auch für solche Typen einen Herrgott, und was wie eine Tragödie aussah, endete heiter mit einer Tracht Prügel.

Von allen bösen Streichen, die die nichtsnutzige Cat ihm gespielt hatte, war der, sich zur ‚Miss Unità' wählen zu lassen, wohl der schlimmste für den armen Don Camillo; die Sache setzte ihm so zu, daß der Arzt ihm eine Spritze geben mußte, um ihn zu beruhigen.

Er sah das Mädchen erst am folgenden Nachmittag wieder. „Das hättest du mir nicht antun dürfen!" schrie er sie wütend an. Und er ohrfeigte sie nur darum nicht, weil Don Chichì zugegen war.

„Und warum nicht?" fragte Cat frech. „Ich wußte, daß es Euch gewaltig ärgern würde, und ich bin überglücklich, daß es mir so gut gelungen ist."

Smilzo hatte selbstverständlich die *Unità* unter der Tür des Pfarrhauses durchgeschoben, und Don Camillo pfefferte die Zeitung vor das Mädchen hin: „Da schau, was du angerichtet hast, du Miststück!" rief er. „Deine Mutter und deine Großmutter Celestina werden sich ja freuen, wenn sie diese Schweinerei sehen!"

„Meine Antike und die Mummelgreisin lesen die *Unità* nicht!" lachte Cat, während sie selbstgefällig die Fotografie in der Zeitung bewunderte.

„Es wird sie ihnen schon jemand zeigen, darauf kannst du Gift nehmen!"

„Na, und? Was ist schon dabei, wenn man bei einem Fest zur Schönheitskönigin gewählt wird? Übrigens waren die Leute reizend zu mir: ‚Cat, die bildhübsche, überaus sympathische Nichte von Pfarrer Don Camillo, ist zur ‚Miss Unità' proklamiert worden', und so weiter... ‚Wie wird sich der Onkel freuen!‘ Wie Ihr seht, bin ich diskret gewesen: Ich habe nur meinen Übernamen angegeben und sie lediglich gebeten, darauf hinzuweisen, daß ich Eure heißgeliebte Nichte bin.“

„Das hätten sie auf jeden Fall geschrieben!“ tobte Don Camillo.

Don Chichì begann zu lachen. „Don Camillo, warum regen Sie sich so auf? Man hat ja nicht Sie zur Schönheitskönigin gewählt! Im übrigen hat das Ganze etwas Entspannendes, das nützlich sein kann, um den Dialog zu beleben.“

„Junger Mann!“ brüllte Don Camillo ihn an. „Wenn ich damals blöd genug war, dich aus den Händen der Freunde dieser Gans zu befreien, so kann ich dir jetzt geben, was ich dir erspart habe! Mach, daß du fortkommst, und dialogisiere wo du willst!“

Don Chichì verkrümelte sich ohne einen Mucks, Cat aber kicherte: „Wie komisch, dieser Streit zwischen der großen und der kleinen Krähe!“

Da erinnerte sich Don Camillo an das fünfte Gebot, und das war ein Glück; aber um der Versuchung zu entfliehen, das Mädchen zu erwürgen, unternahm er einen Gang durch die Felder, und das war ein Unglück.

Wenig später nämlich lud ein Taxi vor dem Pfarrhaus die alte Celestina aus, Cats Großmutter väterlicherseits, die eilig in die Stube lief, wo Cat befriedigt noch einmal ihr Bild in der Zeitung betrachtete.

Die alte Celestina schien übergeschnappt zu sein; sie riß dem Mädchen das Blatt aus der Hand und schrie erbost: „Du Kanaille! Ich habe dir immer geholfen, aber diesmal ist’s aus! Das war eine Schandtat, dich von diesen Leuten zur Schönheitskönigin wählen zu lassen!“

„Ob diese oder jene, für mich sind sie genau gleich“, gab Cat lachend zurück. „Ich verstehe gar nicht, warum mein Großmütterchen sich so ereifert. Ich wollte doch nur der alten Krähe einen Streich spielen, und das ist mir auch gelungen!“

„Nein! Den Streich hast du deinem Vater gespielt!“

„Meinem Vater?“ staunte Cat. „Was hat denn der damit zu tun?“

„Sie waren es, die ihn umgebracht haben! Und sein Mörder ist wieder hier, frei und triumphierend, ohne auch nur einen einzigen Tag im Gefängnis gesessen zu haben. Der wird sich schieflachen jetzt, der verdammte ‚Henker', wenn er diese Fotografie sieht!"

In diesem Augenblick kam Don Camillo herein, packte die alte Frau und schleppte sie gewaltsam hinaus, wo er sie schnell in das wartende Taxi schob. Aber es war schon zu spät.

Als er wieder in die Stube trat, saß Cat ruhig rauchend da.

„Was ist denn in die Alte gefahren?" fragte sie.

„Das hat sie dir ja bereits erklärt, und weiter ist nichts dazu zu sagen."

„Warum hat mir das nie jemand gesagt?"

„Weil Kinder der Zukunft entgegengehen sollen, ohne die Last einer Vergangenheit nachschleppen zu müssen, die ihnen nicht gehört. Und dann auch, weil du genauso ein Wirrkopf bist wie er. Ja, noch viel schlimmer als er. Er handelte immer zuerst und dachte erst hinterher. Du handelst überhaupt bloß und denkst weder vorher noch nachher. Er war ein Mann, der sich vor nichts und niemandem fürchtete und immer sagte, was er dachte. Im Krieg war er Fallschirmspringer gewesen und hatte es gelernt, die Gefahr zu verachten."

„Wieso haben sie ihn umgebracht?"

Don Camillo breitete die Arme aus. „Kind, reden wir nicht mehr davon . . ."

„Zum Teufel mit dem Kind!" schnappte Cat. „Ich bin im Oktober sechsundvierzig geboren und werde also in ein paar Monaten zwanzig. Und wenn ich volljährig bin, werde ich es euch zeigen!"

„Ich glaube nicht, daß du noch größere Dummheiten machen kannst als die bisherigen. Auf jeden Fall ging es hier 1946 verteufelt heiß zu. Der Krieg war seit kurzem beendet. Der äußere Krieg, meine ich, denn der Bürgerkrieg ging noch weiter. Man maß dem Leben nur einen relativen Wert bei. Die Gemüter waren vergiftet vom Haß und von der Politik, und die Extremisten, die in der Schule der Gewalt herangewachsen waren, spielten sich als die Herren auf. Die Roten waren überzeugt, die Macht zu erobern, und mochten Leute nicht, die ihnen die Wahrheit ins Gesicht sagten. Der Krik . . ."

„Welcher Krik?" fragte das Mädchen.

„Dein Vater. Man nannte ihn den Krik, den Wagenheber, weil er so stark war. Er war ein Typ wie Veleno . . ."

„Was, ein blödes Vieh wie der?“ unterbrach Cat und ballte die Fäuste.

„Veleno ist weder ein Vieh noch ist er blöd! Der Krik also sprach klipp und klar in der Öffentlichkeit: in den Cafés, auf der Piazza. Und auch bei den Wahlversammlungen hielt er Gegenreden, wenn er etwas zu hören bekam, das ihm gegen den Strich ging. Und da schossen sie ihm eben eines Nachts auf dem Nachhauseweg eine Garbe in den Rücken. Du warst erst zwei Monate alt, denn das war im Dezember.

Dein Großvater und Großmutter Celestina verkauften ihr Landgut und zogen in die Stadt mit deiner Mutter und halfen ihr, dich aufzuziehen. Mit dem prächtigen Resultat, das wir alle bewundern können . . .“

„Und dieser ‚Henker‘ ist also, nachdem er meinen Vater und eine Menge anderer Leute ermordet hat und nachdem er zu lebenslänglichem Zuchthaus verurteilt wurde, ausgerückt und jetzt nach seiner Begnadigung unbehelligt und sogar im Triumphzug hierher zurückgekommen?“

„Mehr oder weniger“, murmelte Don Camillo.

„Pfui Teufel, habt Ihr eine feine Gesellschaft!“ rief Cat angewidert aus.

„Aber ich habe es doch gleich gespürt, daß da irgendwo ein Vakuum in meinem Leben ist.“

„Das Vakuum ist in deinem Kopf“, verbesserte Don Camillo.

„Nein, verehrtester hochwürdiger Onkel! Das Vakuum, das Ihr meint, ist in euren alten Lügnerköpfen. Wenn wir Jungen aufbegehren und unruhig sind, hat das seinen Grund. Wir fühlen es, daß eure Welt eine dreckige Welt von Feiglingen ist und eure Gesetze dazu dienen, eure Feigheit als Tugenden zu verkleiden. Wir Jungen haben nicht die Kraft, diese lausige Welt zu zerstören, aber wenigstens den Mut, ihr ins Gesicht zu spucken. Auf alle Fälle war mein Vater ein Dummkopf, sonst hätten sie ihn nicht umgebracht.“

„Er war ehrlich!“

„Wenn man es mit Halunken zu tun hat, ist Ehrlichkeit Dummheit!“

„Ehrlichkeit ist immer nur Ehrlichkeit. Dein Vater war im Recht.“

„Wer draufgeht, ist immer im Unrecht.“

„Nein!“ rief Don Camillo. „Es gibt eine Gerechtigkeit Gottes, und die bringt alles wieder in Ordnung.“

„Ich habe so was sagen hören“, spöttelte Cat. „Leider tut diese Gerechtigkeit, seit die Wunder aus der Mode gekommen sind, keinem Toten mehr den Gefallen, ihn auferstehen zu lassen.“

Don Camillo hatte furchtbare Angst gehabt, Celestinas unbesonnenes Dazwischentreten würde das Mädchen zu sehr erschüttern; als er sah, daß Cat die Enthüllung unbeteiligt, ja fast gleichgültig aufnahm, kochte er zwar innerlich vor Entrüstung, dankte aber Gott und brach die Diskussion ab.

Das Mädchen lebte im gewohnten Trott weiter, und nach einer Woche gelangte Don Camillo zur Überzeugung, es müsse anstelle des Herzens eine Beat-Platte haben.

Eines Nachmittags jedoch kam Anselma ins Pfarrhaus, um ihm zu sagen, Cat habe das Vorhängeschloß am Holzschuppen erbrochen und sei samt ihrem Motorrad verschwunden.

„Glückliche Reise!“ bemerkte Don Camillo. „Sie ist nach Hause gegangen – besser so für uns alle.“

„Das glaube ich nicht“, murmelte Anselma. „Sie hat alle ihre Sachen hiergelassen. Auch ihren Plattenspieler und diese verflixten Platten.“

„Wenn Mädchen ihres Schlages sich einmal entscheiden müßten, entweder ihr Kind oder das Plattenalbum zu retten, würden sie das Kind ins Meer schmeißen. Wir werden sie also baldigst wiedersehen. Aber wir wollen erst wieder an sie denken“, schloß Don Camillo, „wenn sie da ist.“

Er war indessen gezwungen, schon früher an sie zu denken, denn als er in sein Zimmer hinaufging, sah er sein Gewehr und die Doppelflinte wie immer übereinander an der Wand hängen, den fünfschüssigen Browning aber fand er nirgends mehr. Und die Patronentasche war leer. Ebenso leer fühlte sich plötzlich sein Kopf an, und er sagte: „Jesus, denkt Ihr für mich – ich kann es nicht mehr!“

Peppone war zu Hause und kontrollierte mit seiner Frau zusammen Listen, als Don Camillo mit einem Gesicht, wie er es an ihm noch nie gesehen hatte, vor ihm auftauchte.

„Mörder!“ schrie Don Camillo, „war es dir noch nicht genug, sie zur Schönheitskönigin zu machen? Mußtest du wirklich in deiner verfluchten Zeitung auch noch die Fotografie der Tochter von Krik erscheinen lassen?"

„Tochter von Krik?" stammelte Peppone. „Was für eine Tochter von Krik?"

„Cat!" bellte Don Camillo. „Cat ist die Tochter von Krik! Und die Mutter von Krik hat das Bild gesehen, ist hergerast und hat ihr alles gesagt! Und jetzt ist das Mädchen fort, samt ihrem Motorrad und meinem fünfschüssigen Browning!"

Peppone wurde aschfahl. „Das wußte ich nicht", keuchte er. „Ihr habt drei Schwestern, wie konnte ich ahnen, daß das die Tochter von Krik ist? Sie wollte ihren Namen ja nicht sagen."

„Meinetwegen, dann wußtest du es eben nicht, aber das ist mir egal!" brüllte Don Camillo. „Sie ist genauso ein Hitzkopf, wie ihr Vater war, und wenn sie etwas anstellt, bist du daran schuld!"

„Hochwürden, Ihr seid zu vorschnell", beschwichtigte Peppones Frau. „Vielleicht ist sie nur Frösche schießen gegangen."

„Das wolle Gott!" stöhnte Don Camillo. „Aber wenn sie statt dessen zum ‚Henker' gegangen ist und ihn erschießt?"

Peppone sprang auf die Füße.

„Das wäre noch das wenigste", sagte er. „Aber der ‚Henker' läuft doch immer mit zwei Leibwächtern herum und bringt es womöglich fertig, auch das Mädchen zu töten! Er ist unterwegs, um Propaganda zu machen – wir müssen ihn finden und aufhalten. Oder das Mädchen finden!"

Peppone organisierte die Expedition: Er würde mit seinem Auto losfahren, Brusco mit dem 600, Bigio mit dem Lieferwagen und Smilzo mit dem Motorrad.

„Wir wissen nicht, wohin der ‚Henker' sich gewendet hat. Und von La Rocca gehen fünf Straßen hinaus. Im Dorf selbst kann sie ihm nicht auflauern, weil der Lump an der Piazza wohnt. Sie wird ihn also an einer dieser Straßen erwarten. Wir fahren, so schnell wir können, nach La Rocca, und dann nimmt jeder einen andern Weg zurück. Maria, sobald Michelone hier ist, schickst du ihn nach La Rocca und sagst ihm, er soll über die Grabenstraße zurückfahren."

„Ich gehe schon voraus", sagte Don Camillo. „Ich nehme das Fahrrad, überquere den Stivione, der jetzt trocken ist, und folge der Grabenstraße nach La Rocca. Dann kehre ich um."

Cat wußte genau, wohin der ‚Henker‘ gegangen war und über welche der fünf Straßen er zurückkehren würde; an der Grabenstraße, hinter einer alten, von Gebüsch flankierten Wegkapelle versteckt, lag sie auf der Lauer. Das Mädchen hatte den Plan in allen Einzelheiten vorbereitet. Am Grabenrand stand neben der Kapelle eine Pappel, die Cat so angesägt hatte, daß nur ein Stück Rinde gegen die Straße hin stehenblieb. Eine an der Kapelle festgemachte Leine hielt den Baum aufrecht. Man brauchte lediglich die Leine loszumachen, dann würde er hinunterstürzen und die Straße blockieren. Das Motorrad hatte sie hinter der Hecke verborgen. Sie wußte alles; sie kannte den Wagen des ‚Henkers‘ und dessen Nummer. Und sie hatte sich Gelegenheit verschafft, sich sein Gesicht gut einzuprägen.

„Du wirst hier vorbeikommen müssen, du Aas, und du wirst aussteigen müssen, um den Weg freizumachen. Und wenn nur deine Gorillas aussteigen, knalle ich dich eben durchs Seitenfenster nieder!“

Don Camillo, der inzwischen die Grabenstraße erreicht hatte, radelte gegen La Rocca. „Herr“, betete er, „gebt mir nur genug Atem und scharfe Augen!“ Er war schon nahe bei der Kapelle, als ein Wagen ihn überholte, aber fast im gleichen Augenblick die Bremsen kreischen ließ, weil die Pappel, die neben der Kapelle stand, auf die Straße gestürzt war.

Don Camillo trat wie wild die Pedale und erreichte den Wagen, als die drei Insassen ausstiegen, um das Hindernis zu beseitigen. Er erkannte den ‚Henker‘ und lief auf ihn zu, um ihn zu warnen, aber es war schon zu spät.

„Geht weg, oder ich lege Euch ebenfalls um!“ gellte Cats Stimme.

Don Camillo pflanzte sich vor dem ‚Henker‘ auf und deckte ihn mit seinem Körper.

„Weg, sage ich!“ schrie Cat wütend. „Und ihr beide bleibt stehen, wo ihr seid, und Pfoten hoch, oder es knallt!“

Einer der beiden wollte schlauer sein, aber Cat schoß ihm so dicht vor die Füße, daß er einen kinowürdigen Sprung vollführte.

„Geht Ihr endlich weg!“ schrie Cat zum drittenmal. „Henker, mich erwischst du nicht wie meinen Vater, und wenn du krepiert bist, begnadigt dich niemand mehr!“

Cat war wie von Sinnen, und ihr Gesicht konnte einem bange machen. Aber Veleno, der einen Bogen um die Gruppe geschlagen hatte, sah nur Cats Rücken und hatte keine Angst.

Im Nu fühlte sich Cat entwaffnet und von einer Riesenfaust, die ihr den Atem benahm, im Nacken gepackt.

„Hochwürden, nehmt Ihr die Knarre, ich werde mit dieser dummen Gans schon fertig", sagte Veleno.

Don Camillo trat hinzu und brachte die Waffe in Sicherheit, während Veleno seinen breiten Gürtel abnahm und dem Mädchen damit die Arme so straff an die Hüften schnallte, daß sie fast in die Brüche gingen.

„Du Schuft! Wie dieser Lump, dein Vater, der mich nur Schönheitskönigin werden ließ, um dem Mörder meines Vaters ein Vergnügen zu machen!" tobte Cat und wand sich.

„Wenn der Vater von diesem Huligan Peppone ist", sagte der ‚Henker', der seine Kaltblütigkeit wiedergefunden hatte, „dann hat er mir schwerlich ein Vergnügen machen wollen. Hingegen werde ich ihm ein Vergnügen bereiten, diesem Verräter."

„Inzwischen bereitest du vielleicht mir eins", äußerte Veleno, ließ Cat fallen wie ein Bündel Lumpen und trat auf den ‚Henker' zu.

Der war kräftig wie ein richtiger Henker, aber die Russen hatten ihn nicht nur gelehrt, die Langhaarigen ‚Huligani' zu nennen, sondern sie hatten ihn auch gemästet wie ein Schwein: So trieb schon die erste Maulschelle Velenos ihm das Fett aus allen Poren.

Veleno war zwanzig und hatte, obwohl er ein Protestler war, noch immer einen vertrackten Respekt vor Leuten, die älter waren als er. Daher benutzte er nicht die Fäuste, sondern ging bloß mit Ohrfeigen vor. Und hatte aus lauter Rücksicht sogar die Handschuhe angezogen.

Einer der beiden Gorillas hatte inzwischen den Wagenheber aus dem Auto gegraben und machte sich von hinten an Veleno heran.

„Laß das!" riet ihm Don Camillo mit dem Browning in der Faust. „Das geht nur diese beiden an."

Als die Handschuhe zu zerfransen begannen, hörte Veleno auf, den ‚Henker' zu massieren.

„Das war dafür, daß du mich Gangster genannt hast“, erklärte er. „Das übrige kannst du mit meinem Vater ausmachen. Ich befasse mich nicht mit Politik.“

Der ‚Henker‘ und seine Leibwache verzogen sich. Wenig später traf Bigio ein, und Veleno warf Cat, ihr Motorrad und Don Camillos Fahrrad auf den Lieferwagen. Don Camillo stieg ein und setzte sich neben Bigio. Veleno eskortierte den Transport mit seinem dröhnenden Motorrad bis zum Pfarrhaus.

Es war inzwischen Abend geworden, und Veleno blieb zum Nachtessen. Cat sprach erst ganz zuletzt. „Darf man vielleicht wissen, warum Ihr Euch eingemischt habt?“ fragte sie Don Camillo angriffslustig. „Wieso habt Ihr mich ihn nicht umlegen lassen?“

„Aus zwei Gründen“, gab Don Camillo Auskunft. „Erstens, weil wir alten Priester immer noch die fixe Idee von den Zehn Geboten haben. Zweitens, weil du für dreißig Jahre ins Zuchthaus gewandert wärst, wenn du ihn getötet hättest, und niemand würde dich begnadigen.“

Cat starrte ihm böse ins Gesicht: „Und ihr behauptet, wir Jungen hätten nicht recht, wenn wir die Feinde eurer lausigen Gesellschaft sind, die die Mörder belohnt und es auf die Jungen abgesehen hat, bloß weil sie lange Haare tragen? Und ihr verlangt auch noch, daß wir in den Krieg ziehen, um eure dreckige Gesellschaft zu verteidigen?“

„Die Kleine redet gar nicht schlecht“, murmelte Veleno.

Cat warf ihm einen verächtlichen Blick zu. „Ja, ich rede gut, aber in den Militärdienst gehst du doch. Und das ist recht so: Militär paßt prima zu solchen Schlappschwänzen wie du, die sich vor den faulen Gesetzen dieser Heuchlergesellschaft fürchten. Es braucht mehr Mut, den Militärdienst zu verweigern, als ihn zu leisten. Und wenn sie dich kahlgeschoren haben, wirst du dann immer noch das Jäckchen mit der Aufschrift ‚Veleno‘ tragen?“

Veleno, der unter seiner Perücke schwitzte, errötete und stand auf.

„Gute Nacht allerseits“, murmelte er und ging.

„Ist das eine Art, einen Mann zu behandeln, der dich davon abgehalten hat, eine nicht wieder gutzumachende Dummheit zu begehen?“ schalt Don Camillo.

„Ob das, was ich mache, dumm ist oder nicht, kann ich allein beurteilen. Nicht dieser Trottel!“

„Ich habe dir schon einmal gesagt, er ist kein Trottel.“

„Alle Männer sind Trottel!“ brach es wild aus Cat heraus.

Don Camillo war beleidigt: „He, du Balg! Auch ich bin ein Mann!“

„Mit Euch hat das nichts zu tun“, gab Cat zurück. „Ein Priester ist kein Mann. Er ist etwas weniger ... oder etwas mehr. Je nachdem.“

Don Camillo blieb der Atem weg, denn auf so etwas war er nicht gefaßt.

Nicht immer hat der Teufel Schwanz und Hörner

Der Teufel ist nicht so häßlich, wie man ihn malt: Manchmal kann er sogar bildschön sein, und dann ist er noch teuflischer, als wenn er häßlich ist. Darum hätte sich Cat auch nicht wie Kleopatra durch einen Schlangenbiß das Leben nehmen können – bei ihr wäre die Schlange gestorben.

Nach dem Abenteuer an der Grabenstraße war Cat wie verwandelt. Sie hatte jede Extravaganz abgelegt und zog sich so unauffällig an wie ein normales Mädchen aus gutbürgerlichem Haus. Kurz, sie erschien wie ein hübsches, liebes Mädchen.

Überdies nahm sie mit solcher Andacht an allen kirchlichen Handlungen teil, daß Don Chichì – welcher nach der Behandlung, die Cats langhaarige Freunde ihm hatten angedeihen lassen, keine große Sympathie für das Mädchen empfand – Don Camillo gegenüber zugeben mußte: „Ihre Nichte scheint ein anderer Mensch zu sein. Ich verstehe gar nicht, was mit ihr geschehen ist."

Don Camillo breitete die Arme aus und antwortete: „Das weiß Gott allein" – dabei wußte er es genausogut.

Cat lauschte den feurigen Predigten des jungen Priesters aufmerksam, und eines Tages näherte sie sich ihm schüchtern und gestand: „Ihre Predigten sind nicht wie die üblichen, die aus lauter Gemeinplätzen bestehen. Sie sprechen von Gott, ohne die Erde zu vergessen. Ich wollte, die Jungen meiner Gruppe könnten Sie hören."

Don Chichì lachte säuerlich: „Die Jungen Ihrer Gruppe mögen mich nicht sehr, nach dem zu urteilen, wie sie mich an jenem berühmten Nachmittag zugerichtet haben."

„Das war ein Irrtum", beteuerte Cat ernsthaft. „Sie hatten Sie für einen der üblichen Priester vom Typ Don Camillos gehalten. Aber Sie sind kein Papagei, der von der Kanzel herab einfach die Lektion wiederholt, die er im Seminar gelernt hat. Sie haben keine Angst vor der Wahrheit. In dieser Hinsicht wundert mich eigentlich nur, daß Sie, der Sie so mutig den Krieg, jeden Krieg, verurteilen, noch nie das Thema der Militärdienstverweigerung aus Gewissensgründen aufgegriffen haben."

„Das ist ein heikles Thema, mein Fräulein."

„Allerdings, Don Francesco. Aber es gibt Priester, die es trotzdem anpacken, selbst auf die Gefahr hin, vor Gericht gezogen zu werden."

„Es ist keine Frage der Angst, sondern der Rücksicht", erklärte der Priester. „Ihr Onkel war Feldgeistlicher und hat darüber andere Ansichten ..."

„Falsche, sagen Sie es nur!" ereiferte sich Cat. „Mein Onkel ist ein Fossil! Und was die Rücksicht betrifft, so nimmt er auf Sie ja auch keine! Mir kommt es einfach unehrlich vor, daß er in seiner Kapelle draußen heimlich Messen nach dem alten Ritus zelebriert."

„Er tut nichts Heimliches", erwiderte Don Chichì. „Er hält mich immer auf dem laufenden. Es ist wirklich nichts Böses, wenn er jene Leute an seinem alten Altar versammelt, die nicht mehr hierherkommen, weil sie sich durch meine Offenheit beleidigt fühlen."

„Doch, es ist sogar etwas sehr Böses! Sie, Don Francesco, jagen die falschen Christen aus der Kirche, und er nimmt sie wieder auf. Sie verurteilen sie, und er vergibt ihnen und zerstört damit Ihr Werk. Auf diese Weise fängt ja das Mißverständnis immer wieder von vorne an. Überdies schafft er eine dissidente Kirche, eine Oppositionskirche, eine Anti-Kirche! Don Francesco, Sie wissen es doch: Die Katholiken zu spalten, ist richtige Ketzerei!"

„Diese Schlußfolgerung ist allzu dramatisch!" rief Don Chichì aus. „Und doch sind viele Ihrer Bemerkungen wirklich vernünftig. Ich werde nächsten Sonntag das Thema der Militärdienstverweigerung aus Gewissensgründen behandeln."

„Ich bewundere Sie, Don Francesco!" sagte das Mädchen bewegt.

Als Don Chichì am Sonntag die Kanzel bestieg, um zu predigen, blieb ihm die Luft weg: In ihren schwarzen Lederjacken und mit langen, zerzausten Haaren, finster und mit über der Brust gekreuzten Armen, schauten vierzig Skorpione zu ihm auf. Sie saßen alle beisammen in der Nähe der Tür, um jederzeit ihre Motorräder verteidigen zu können, die unter der Obhut von zwei Wachposten an der Kirchenfassade lehnten. Und Cat saß in ihrem schlichten dunklen Kleidchen und mit dem schwarzen Spitzentuch über den kupferglänzenden Haaren in der Mitte der vordersten Reihe der Burschen und lächelte ihm zu. Fast wie ein Engel sah sie aus.

Da stürzte sich Don Chichì kopfüber in die Gefahr: Er verdammte alle Kriege, von Kain und Abel über Julius Cäsar und die Kreuzzüge bis zu Korea und Vietnam. Und verkündete, daß die einzig richtige Haltung eines guten Christen gegenüber dem Militärdienst die Verweigerung aus Gewissensgründen sei. Er vergaß dabei auch nicht, die engstirnig-patriotische Kriegshetzerei der Feldgeistlichen mit etwelchem Sarkasmus zu geißeln.

Die vierzig Rebellen aus der Stadt wiegten anerkennend die struppigen Köpfe, und Cats Lächeln war so strahlend, daß es selbst einen Bischof geblendet hätte.

Nach der Messe suchte Cat den jungen Priester in der Sakristei auf, um ihn zu beglückwünschen.

„Ich hatte die Jungen benachrichtigt", erklärte sie. „Und was ich von Ihnen erzählt hatte, interessierte sie so, daß sie herkommen wollten, trotz des großen Risikos. Don Francesco, Sie waren wundervoll! Die vierzig werden um vieles gebessert nach Hause kommen!" (In Wirklichkeit kamen sie dort um vieles verschlechtert an; denn Veleno und seine ländliche Bande warteten außerhalb des Dorfes auf sie, bewaffnet mit dicken Akazienstöcken. Es war der reinste Kinofilm: Veleno hatte, der Himmel weiß wieso, einen persönlichen Strauß mit Ringo, dem Anführer der Skorpione, und während die beiden stärksten Büffel seiner Schar Ringo festhielten, band ihm Veleno mit einer Schnur die langen Haare am Hinterkopf zusammen und schor ihn ratzekahl.)

Cat war wirklich engelgleich anzusehen mit diesen Tränen, die in ihren großen Augen zitterten – Don Chichì schwoll das Herz in der Brust. Allerdings nicht für lange; denn nun erschien Don Camillo, der die Predigt von der Orgelempore aus heimlich mitangehört hatte und dessen Halsadern so dick wie sechsjährige Reben herausstanden.

„Don Chichì!" sagte er drohend: „Ein Soldatenpfarrer, wie ich einer gewesen bin, ist immer noch besser als ein Gangsterpfarrer, wie Sie einer sind! Und du, Rotznase, mach daß du hinauskommst!"

Cat brach in Schluchzen aus und ging mit gesenktem Köpfchen aus der Sakristei. Don Chichì empfand tiefen Abscheu gegen diesen großen, alten priesterlichen Grobian, der ein so sanftes, zartes Geschöpf leiden ließ. Als er ihre Schultern im Weinen beben sah, wunderte er sich, daß sie keine blütenweißen Flügel trugen. Seine Empörung war so heftig, daß er sich in seinen Kleinwagen stürzte und wie aus der Kanone geschossen in die Stadt verschwand.

Tags darauf erhielt Don Camillo von der Kurie einen Brief, der ihm den Atem verschlug: In Erwartung seiner Versetzung nach Rughino, der hintersten Pfarrei in den Bergen, und um schwerwiegende Maßregeln zu vermeiden, hatte Don Camillo:
1. aufzuhören, sich als subversiver Sezessionist zu betätigen;
2. aufzuhören, in seiner privaten Kapelle Messen zu lesen;
3. sich in keiner Weise in die Angelegenheiten der Pfarrei einzumischen, die bei seiner Abreise an Don Francesco übergehen würde.

Don Camillo bekam Fieber und mußte sich ins Bett legen.

Der Teufel ist nicht so häßlich, wie man ihn malt. Der Teufel muß sogar sehr schön sein, wie könnte er sonst die Leute verführen und hintergehen?

Dieses Wort hat sonst einen anderen Sinn, aber einen falschen; denn der Teufel, ob schön oder häßlich, ist und bleibt immer nur der Teufel. Übrigens wollte ich damit bloß sagen, daß Cat der Teufel war.

Als sie erfuhr, daß Don Camillo krank war, ging sie ihn besuchen.

„Nun, hochwürdigster Onkel", fragte sie, kaum daß sie im Zimmer stand, „was ist Euer letzter Wille?"

„Daß du zur Hölle gehst!" keuchte er. „Du kannst deine Koffer packen und nach Hause zurückkehren!"

„So stellt Ihr ein armes Waisenkind auf die Straße?" jammerte der kleine Teufelsbraten.

„Nein!" rief Don Camillo und warf ihr den Brief hin, den er auf den Nachttisch gelegt hatte, „du bist es, die mich auf die Straße gestellt hat!"

Cat las den Brief und zuckte mit den Schultern: „Was habe ich damit zu tun?"

„Du hast Don Chichì den Kopf vollgeschwatzt! Ich hatte nicht gewußt, daß du so gemein sein kannst. Nun, jedenfalls hast du gewonnen. Glücklich dein Vater, der gestorben ist, ohne sehen zu müssen, was für eine Giftkröte er in die Welt gesetzt hat. Und jetzt pack dich, oder ich feuere dich mit dem Gewehr hinaus!"

Trällernd ging Cat hinunter; als sie aus dem Pfarrhaus trat, um zu Anselma hinüberzugehen, stand Veleno vor ihr.

„Von Ringo mit besten Grüßen", sagte er und warf ihr die Mähne des Oberskorpions vor die Füße.

„Mörder!" schrie Cat entsetzt auf. „Du hast ihn skalpiert!"

„Nein, aber wenn er sich nochmals in diese Gegend wagt, tue ich's. Und bis er dann wieder aus dem Bett aufstehen kann, werden ihm die Haare knielang gewachsen sein."

Er machte kehrt und ging. Am Gartentor drehte er sich noch einmal um: „Eines ist sicher: Wer auf dich hört, macht immer ein schlechtes Geschäft!" knurrte er. „Laß dich bloß nie von einer Schlange beißen wie Kleopatra – nicht du, sondern sie würde an Gift sterben."

Mit einem wütenden Fußtritt pfefferte Cat den Skalp Ringos in eine Ecke des Hofes.

Dann erschien Don Chichì, der, als er von Cat vernahm, was Don Camillo zugestoßen war, sich nicht befriedigt zeigte. „Ich glaubte nicht, daß sie so weit gehen würden", sagte er. „Das ist übertrieben!"

„Nein", widersprach Cat. „Der Entscheid ist absolut richtig. Ich kenne Rughino: Es ist genau die Gemeinde, die zu ihm paßt. Alle jungen Menschen, Männer wie Frauen, sind ins Ausland abgewandert, um Arbeit zu suchen, und im Dorf sind bloß die Alten und die kleinsten Kinder zurückgeblieben; dort oben kann er nicht viel Schaden anrichten. Das hier ist hingegen ein lebendiges Dorf und braucht einen jungen, modernen Pfarrer. Don Francesco, spielen Sie mir nicht den Sentimentalen, sonst verliere ich noch meine große Hochachtung vor Ihnen. Obwohl . . ."

Hier brach sie unvermittelt ab und ging weg, nachdem sie sich mit einem traurigen Lächeln verabschiedet hatte.

Sie ließ sich erst zwei Tage später wieder blicken, und das erste, was Don Chichì zu ihr sagte, war: „Obwohl was . . .?"

„Ach, lassen wir das, Don Francesco. Wenn ich es Ihnen sagte, würde es Ihnen nur weh tun. Es gibt Dinge, die man zu einem Priester nicht sagen darf. Priester wird man ja nicht, sondern man ist dazu geboren."

„Sie irren, Fräulein Cat", entgegnete Don Chichì. „Ich bin nicht aus Berufung Priester, sondern aus vernunftmäßiger Überzeugung. Mir ist klar geworden, daß die Kirche sehr viel für alle Leidenden tun kann. Die Gläubigen im Glauben bestärken, ihn denen zurückbringen, die ihn verloren, ihn denen geben, die ihn noch nicht haben."

„Das verstehe ich!" rief Cat aus. „Der Glaube ist das kostbarste Gut. Aber in einer Welt, die so ganz anders ist als jene vor zweitausend Jahren, in einer vom Materialismus beherrschten Welt kann man den Glauben nur durch Taten geben, nicht durch Worte. Allzu viele Versprechungen sind im Namen Christi schon gemacht worden. Die Menschheit ist es müde, sich immer den Himmel nach dem Tode versprechen zu lassen."

„Fräulein Cat", widersprach Don Chichì, „der Glaube hilft leben."

„Nein, Don Francesco. Er hilft sterben. Wenn einer keine Schuhe besitzt, kann er noch so fest daran glauben, daß er im Jenseits wundervolle goldene Schuhe tragen wird, er kriegt doch nasse Füße und holt sich eine Lungenentzündung. ‚O armer Mensch, der du barfuß auf dem eisigen Schnee dahingehst, du wirst im Himmel Schuhe aus purem Gold tragen – inzwischen aber schütze deine Füße mit diesen bescheidenen, aber wasserfesten Kuhlederschuhen hier!‘ Wäre es nicht besser, man könnte so zu ihm sprechen?"

„Natürlich, und gerade deswegen hat sich die Kirche auf die soziale Ebene begeben", fiel Don Chichì ein.

„Ein sehr richtiger Entschluß!" lobte Cat. „Aber wenn einer heute Hungers stirbt, was nützt ihm dann der Glaube an die Mahlzeit des nächsten Jahres? Der Glaube ist das Brot des Geistes, nicht des Körpers."

„Fräulein Cat", versuchte der junge Priester zu protestieren. „Erlauben Sie, aber das ist denn doch ein allzu materialistischer Standpunkt."

„Das gebe ich zu, Don Francesco. Aber der Papst hat für das hungernde Indien auch nicht um Glauben und Gebete nachgesucht, sondern um Geld, Reis, Medikamente, Lastwagen. Lauter banale Ausdrücke für Materie."

„Ja, aber die Kirche kann doch ..."

„Eben", fiel Cat ihm ins Wort. „Die Kirche kann diese praktischen Probleme nicht lösen. Können Sie sich aber nicht vorstellen, wieviel Gutes Sie der Menschheit tun könnten, wenn Sie Ihre Intelligenz, Ihre Kultur, Ihre Begeisterung, Ihre sanfte und überzeugende Sprache, Ihren tiefen, aufrichtigen christlichen Glauben auf praktischem Gebiet einsetzten? Sie würden es niemals jenen nachtun, die Christus in den Dienst der Politik zu stellen suchen, sondern Sie würden die Politik in den Dienst Christi stellen!"

„Aber ich ...", stammelte Don Chichì.

„Könnten Sie", drängte Cat, „nicht die Arbeiter gerecht behandeln, wenn Sie Arbeitgeber würden? Könnten Sie nicht Gesetze zugunsten der Armen ausarbeiten und vorschlagen, wenn Sie Abgeordneter oder Senator wären? Könnten Sie nicht die Arbeitermassen auf den rechten Weg bringen, wenn Sie ein mächtiger Gewerkschaftsführer wären? Könnten Sie nicht das Haupt einer Friedenspolitik bilden, wenn Sie Außenminister wären?"

„Wirklich ...", stotterte der arme Don Chichì. „Ich weiß nicht, ob ich ..."

„Aber ich!" rief Cat erregt. „Ich weiß es! Ich gäbe mein ganzes Leben, mein ganzes Hab und Gut, meine ganze Liebe hin, wenn ..."

Sie unterbrach sich und schüttelte traurig den Kopf.

„Verzeihen Sie mir", flüsterte sie. „Ich bin ja wahnsinnig, so etwas zu sagen!"

Dann entfloh sie schluchzend.

Und diesmal kam Don Chichì nicht dazu, sich zu wundern: An den Schultern trug Cat, er sah es deutlich, zwei blütenweiße Flügel.

Nach einer Woche hatte Don Camillo den inneren Frieden und auch seine Kräfte wiedergefunden; er stand auf, ging hinunter und begann wehmütig seine Koffer zu packen.

„Was macht Ihr da, hochwürdigster Onkel?" fragte Cat mit ihrer gewohnten Impertinenz.

„Ich mache mich bereit, Don Chichì das Feld zu räumen“, entgegnete Don Camillo finster.

„Das könnt Ihr bleibenlassen: Don Chichì ist gestern abend fortgegangen.“

„Wohin?“

„Weiß ich nicht. Er muß die berühmte innere Krise haben, nach der viele Geistliche aus dem Priesterstand austreten und sich verheiraten. Armer Don Chichì! Er wird nie hierher zurückkommen.“

„Wie willst du das wissen?“

„Weil ich mich eher in einem Mönchskloster vergrabe, als daß ich einen Expriester heirate.“

Don Camillo starrte sie entgeistert an.

„Du!“ schrie er dann. „Du Scheusal, du bist schamlos genug gewesen . . .“

„Natürlich ich! Ihr jedenfalls hättet ihm den Kopf wohl nicht verdrehen können.“

Don Camillo dehnte den mächtigen Brustkasten.

„Vade retro, Satana“, rief er mit furchtbarer Stimme. „Zurück!“

Das Mädchen schaute ihn vergnügt an und erwiderte lachend: „Tut mir leid, hochwürdigster Onkel. Es stimmt zwar, daß ‚Cat‘ von ‚Caterpillar‘ kommt – aber einen Rückwärtsgang habe ich nicht.“

Don Camillo hob die Augen zum Himmel.

„Herr“, sagte er, „werdet Ihr dieser Unglückseligen je vergeben können, wenn sie vor dem göttlichen Gericht erscheint?“

„Das kann man noch nicht sagen, Don Camillo“, antwortete die ferne Stimme des Gekreuzigten. „Es kommt ganz darauf an, wie ihr Anwalt die Verteidigung anlegt.“

Es war eine ferne Stimme, und übrigens konnte sowieso nur Don Camillo sie hören.

Alte Pfarrer haben harte Knochen

Der Fortschritt klopft auch an Don Camillos Tür und heischt Eintritt. Doch der alte Priester ist überzeugt, daß die Religion Christi weder bequem noch unterhaltend sein soll und daß der Satan heutzutage nicht mehr Schwefel-, sondern Benzingestank hinter sich zurückläßt.

Die Straße, die den Dorfkern in ost-westlicher Richtung durchquerte, teilte das große Rechteck der Piazza in zwei Quadrate, deren eines, auf drei Seiten mit plumpen Steinpfosten bewehrt, als zur Kirche gehörig galt.

Eines Morgens kamen ein paar Gemeindearbeiter auf die Piazza und machten sich daran, mit ihren Pickeln einen der Pfosten auszugraben.

Einen Augenblick später stand Don Camillo vor ihnen. „Das ist der Kirchplatz“, sagte er. „Hier wird nichts angerührt.“

„Der Bürgermeister hat uns befohlen ...“, nahm der Vorarbeiter einen Anlauf.

„Sagt dem Bürgermeister, wenn er die Pfosten ausgraben will, soll er selber kommen“, unterbrach ihn Don Camillo.

In früheren Zeiten hätte Peppone keinen Augenblick gezögert, mit Pickel, Spaten und Vorschlaghammer auf der Piazza zu erscheinen. Doch auch für kommunistische Bürgermeister gehen die Jahre vorbei. So nahm er die Sache ruhiger auf und traf erst nach einer Stunde am Steuer eines der mächtigen Bagger ein, die für die Arbeiten an der neuen Brücke eingesetzt wurden.

Er stoppte das Riesending wenige Meter von einem der Pfosten entfernt und senkte den Baggerarm. Dann stieg er aus, zäumte den Pfosten mit dem Stahlseil, das von der Spitze des Armes herunterbaumelte, und Don Camillo ließ ihn gewähren. Dann, als Peppone wieder aufsteigen und den Baggerarm betätigen wollte, setzte sich Don Camillo seelenruhig auf den Pfosten.

Im Nu füllte sich der Platz mit Menschen.

„Ihr dürft öffentliche Arbeiten, die von der Gemeinde angeordnet sind, nicht behindern!“ bellte Peppone.

„Ihr dürft diese Pfosten, die der hochwürdige Pfarrer Don

Antonio Bruschini im Jahre 1785 auf dem Kirchengrundstück hat anbringen lassen, nicht entfernen", gab Don Camillo zurück, indem er sich gemütlich einen halben Stumpen anzündete.

Doch auch Peppone hatte sich vorbereitet: „Hochwürden", schrie er, „Ihr vergeßt, daß dieses Territorium 1796 in den Besitz der Zispadanischen Republik überging, und wenn also . . ."

„Wenn also", schnitt ihm Don Camillo das Wort ab, „Napoleon diese Pfosten nicht ausgraben ließ, braucht Ihr, die Ihr mit Verlaub noch lange nicht so bedeutend seid wie Napoleon, sie bestimmt auch nicht ausgraben zu lassen."

Peppone mußte schließlich klein beigeben, denn Don Camillo brachte auch noch Napoleons Gemahlin samt zugehörigem Herzogtum Parma, Piacenza und Guastalla aufs Tapet; zwei Tage später jedoch platzte der Sekretär des Bischofs ins Pfarrhaus, auch einer von der jungen Generation.

„Hochwürden!" rief er. „Können Sie denn wirklich keine Gelegenheit auslassen, Ihren politischen und sozialen Unverstand zu demonstrieren? Was soll diese neue Hanswurstiade? Mit Recht will der Herr Bürgermeister, um den Fremdenverkehr zu fördern und das Dorf den neuen Erfordernissen der Motorisierung anzupassen, auf der Piazza einen großen Parkplatz schaffen – und da widersetzen Sie sich?"

„Nein. Wir erlauben bloß nicht, daß der Kirche der Vorplatz genommen wird."

„Ach was, Vorplatz! Sie können doch nicht die halbe Piazza als Vorplatz mit Beschlag belegen! Begreifen Sie denn nicht, daß es, abgesehen von allem übrigen, auch für Sie ein Vorteil ist? Ist Ihnen nicht klar, daß viele Leute nicht zur Messe gehen, weil bei den Kirchen kein Platz zum Parken ist?"

„Doch, leider", antwortete Don Camillo ganz ruhig. „Aber ich glaube nicht, daß es die Aufgabe eines Seelenhirten ist, Parkplätze und Beatmessen zu organisieren, um den Gläubigen eine Religion mit allem modernen Komfort zu bieten. Die Religion Jesu Christi kann und soll weder bequem noch unterhaltend sein."

Diese banale priesterliche Argumentation brachte den Sekretär vollends auf die Palme: „Hochwürden, damit beweisen Sie, daß Sie überhaupt nicht begriffen haben, wie notwendig es für die Kirche ist, mit der Zeit zu gehen und den Fortschritt zu unterstützen, statt zu hemmen!“

„Sie dagegen haben nicht begriffen, daß Ihr ‚Fortschritt‘ in den Seelen viel zu vieler Menschen schon den Platz Gottes eingenommen hat und daß der Satan, wenn er heute durch die Straßen geht, nicht mehr Schwefel-, sondern Benzingestank zurückläßt. Und daß es im Vaterunser nicht mehr heißen sollte ‚Erlöse uns von dem Bösen‘, sondern ‚Erlöse uns von dem Wohlstand‘.“

Mit einem Fossil dieser Art ist nicht zu diskutieren, und so brach der Sekretär das Gespräch ab: „Don Camillo, Sie verweigern also den Gehorsam.“

„Nein. Seine Exzellenz der Bischof möge uns den Befehl erteilen, den Kirchplatz in einen Parkplatz umzuwandeln, und wir werden gehorchen, obwohl das Konzil festgelegt hat, daß die Kirche Christi eine Kirche der Armen sein soll – und sich infolgedessen kaum um die Automobile der Gläubigen zu bekümmern hätte.“

Der Befehl kam natürlich nicht, aber das Schicksal richtete es so ein, daß der Sekretär des Bischofs noch einmal aufkreuzen mußte.

Pünktlich jeden Morgen schob Smilzo die *Unità* unter der Tür des Pfarrhauses durch, worauf sie Don Camillo nicht weniger pünktlich, aber mit gerechtfertigter Reserviertheit – teils weil sie das offizielle Organ der Kommunisten war, teils weil sie ihn an die traurigen Machenschaften erinnerte, dank denen Cat das Gratisabonnement auf die Zeitung gewonnen hatte – überflog. Eines Tages jedoch sprang Don Camillo auf wie von der Tarantel gestochen: Auf der dritten Seite sah er sich der Fotografie eines Altars gegenüber, der von einem großen Kruzifix überragt wurde sowie einer Detailaufnahme des gleichen Kruzifixes. Die Bilder waren aus einer Illustrierten reproduziert und deshalb nicht sehr deutlich; dennoch ließen sie keinen Zweifel zu: Es handelte sich um den Altar und den Christus Don Camillos.

Don Camillo las den zugehörigen Text eilig durch, dann sprang er auf sein Fahrrad und hastete zu seiner Kapelle hinaus.

„Herr!“ keuchte er atemlos und streckte Christus die Zeitung entgegen. „Eure Fotografie ist in der *Unità!*“

„Das sehe ich“, entgegnete Christus. „Wir wollen nur hoffen, Don Camillo, daß ich dir damit nicht solche Unannehmlichkeiten bereite wie deine Nichte. Sonst ist es wirklich nicht meine Schuld."

Es war eine ganz merkwürdige Geschichte, die auf das Jahr 1944 zurückging, als eine deutsche Abteilung sich im Dorf einquartiert hatte. Unter diesen Leuten war ein Offizier, der trotz des Krieges nicht vergessen hatte, daß er ein bekannter Professor der Kunstgeschichte war. Der gekreuzigte Christus und gewisse Ornamente des Altars waren ihm aufgefallen, und er hatte sie so sorgfältig wie möglich fotografiert. Nach Hause zurückgekehrt, hatte er dann die Bilder eingehend studiert und herausgefunden, daß es sich um eines der besten Werke eines berühmten deutschen Künstlers des 15. Jahrhunderts handelte, der auf bemalte kirchliche Holzskulpturen spezialisiert war. Jetzt, zweiundzwanzig Jahre später, war der Deutsche wieder nach Italien gekommen, um die Skulpturen genauer und farbig aufzunehmen, hatte aber weder den Altar noch den Christus wiedergefunden. Darauf hatte er die Geschichte von seiner Entdeckung samt einigen Fotos aus dem Jahre 1944 in einer großen deutschen Illustrierten veröffentlicht, und die *Unità* hatte Bilder und Artikel übernommen, genauer gesagt, sie hatte den Kommentar auf wenige Worte beschränkt: „Wo ist dieser arme Christus hingeraten? Wurde auch er, wie so viele andere arme Christus, zur Auswanderung gezwungen?"

Andere Zeitungen übernahmen den ganzen Artikel aus der deutschen Illustrierten und ließen einen kleinen Skandal daraus erwachsen, so daß eines schönen Tages der Sekretär des Bischofs im Pfarrhaus auftauchte. Entrüstet fuhr er Don Camillo an: „Hochwürden, Sie können es also nicht lassen, uns Scherereien zu machen! Wo sind der Christus und der Altar, von denen die Zeitungen berichten?"

„Ihr habt uns befohlen, alles zu entfernen, also haben wir alles entfernt", erwiderte Don Camillo, ohne die Ruhe zu verlieren. „Ihr habt sogar, da wir die Befehle nicht schnell genug ausführten, einen politischen Kommissar hergeschickt, um das Verfahren zu beschleunigen."

„Sie hätten uns darauf aufmerksam machen müssen, daß es sich um ein bedeutendes Kunstwerk handelte!" wandte der Sekretär ein.

„Das wußten wir nicht, konnten es bei unserer Unwissenheit als armer Landpfarrer auch gar nicht ahnen. Auf alle Fälle haben wir Altar und Kruzifix vorsichtshalber in Sicherheit gebracht!“

„Um so besser“, atmete der Sekretär auf. „Holen Sie Altar und Kruzifix sofort wieder her. Verpacken Sie beides mit größter Sorgfalt und rufen Sie uns an, sobald alles bereit ist. Wir werden es abholen und in den bischöflichen Palast bringen lassen, wo es würdig untergebracht werden soll.“

Don Camillo neigte das Haupt zum Zeichen des Gehorsams.

„Herr Bürgermeister . . .“

Peppone hob den Kopf von seinen Papieren und ballte, als er Don Camillo vor sich sah, die Fäuste.

„Was wollt Ihr?“ brummte er unfreundlich.

„Ich wollte dem Herrn Bürgermeister nur mitteilen, daß ich mir die Sache mit dem Parkplatz nochmals überlegt habe“, antwortete Don Camillo. „Ihr könnt die Pfosten wegnehmen lassen.“

Peppone starrte ihn mißtrauisch an. „Wenn der Priester dir einen Knopf schenkt“, zitierte er, „will er dafür zum mindesten einen ganzen Anzug. Was soll die Gegenleistung sein?“

„Genosse Bürgermeister“, erklärte Don Camillo bescheiden, „wir sehen, daß Eure Partei sich seit einigen Jahren mit großer Liebe und Hingabe der kleinen und großen Probleme der Kirche annimmt. Wir möchten nun nichts weiter, als daß Ihr und ein paar Eurer Genossen bei der Abreise unseres kostbaren Kruzifixes zugegen seid, das nach dreihundertfünfzig Jahren ehrwürdigen Dienstes in unserem Dorf nun in die Stadt zieht, wo ein gutes Plätzchen im Bischofspalast es erwartet.“

Peppone sprang vom Stuhl hoch: „Seid Ihr verrückt, Hochwürden? Dieser Christus ist ein Kunstwerk, das der Gemeinde gehört und in der Gemeinde bleibt!“

Don Camillo hob hilflos die Arme: „Ich verstehe Euch wohl, Herr Bürgermeister. Unglücklicherweise bin ich noch nicht von Eurer Partei, sondern vom Bischof abhängig. Und deshalb werde ich dem Sekretär des Bischofs das Kruzifix und den Altar übergeben müssen. Ich verstehe, daß dieser Christus ein Teil des kostbarsten künstlerischen und geistigen Eigentums des Dorfes ist und daß sein Platz von Rechts wegen der sein müßte, den er dreihundertfünfzig Jahre lang innehatte: über dem Altar, an dem auch Ihr die heilige Kommunion empfangen und vor dem

Ihr geheiratet habt. Vor dem Eure Mutter betete, als Ihr im Kriege wart. Der arme alte Pfarrer versteht das alles, aber er kann eben nichts anderes tun als gehorchen. Und er wird auch gehorchen – es sei denn, jemand hindere ihn mit Gewalt daran. Was kann ein armer alter Pfarrer gegen Gewalt ausrichten? Genosse Bürgermeister, ich bitte Euch: Erklärt Euren Vorgesetzten meine bedrängte Lage und berücksichtigt sie auch selber, wenn Ihr mein Führungszeugnis zusammenstellt."

„Hochwürden", schrie Peppone, „wenn Ihr glaubt, ich hätte Lust, mich an der Nase herumführen zu lassen, so irrt Ihr Euch!"

Peppone meinte es ernst; am anderen Morgen war das Dorf mit großen Plakaten tapeziert, die die geplante Untat meldeten und mit zwei Zeilen in Riesenlettern schlossen: „Der Christus gehört uns! Hände weg vom Christus!"

Gegen Mittag begab sich Don Camillo, der sich durch Peppones Einsprache nicht stören ließ, mit seinem Fahrrad ruhig zu seiner privaten Kapelle in dem alten Herrenhaus weit draußen in den Feldern, wo eine große Überraschung seiner harrte: Die gröbsten Haudegen aus Peppones Team kampierten in dem ungepflegten Garten und vertrieben sich die Zeit mit Unkrautjäten.

„Seid ihr euch bewußt, daß dies Privatbesitz ist und daß ich euch wegen Hausfriedensbruchs anzeigen könnte?" sagte Don Camillo zu den Anführern Brusco und Bigio.

„Jawohl, Hochwürden", antwortete Brusco.

„Kann ich eintreten, um den Christus und die Altarteile zu verpacken?" erkundigte sich Don Camillo.

„Jawohl, Ihr könnt eintreten, aber verpackt wird nichts. Ihr seid Priester und nicht Spediteur."

„Mit den Gewerkschaften will ich natürlich keine Scherereien haben", sagte Don Camillo und kehrte um.

Die Polemik schlug hohe Wellen: Die Zeitungen räumten dem ‚umkämpften Christus' eine Menge Platz ein. Der entfesselte Peppone hielt Volksversammlungen ab und hetzte seine Propagandaabteilung in den Feldzug.

Nie hatte man eine so vollkommene Übereinstimmung erlebt wie bei dieser Gelegenheit. Mit einemmal schüttelte das Dorf seine Gleichgültigkeit ab und erhob sich. Es war der Aufstand des Dorfes gegen die Stadt, die das Land seit jeher verachtet, ausbeutet und zu erdrosseln versucht.

Jede politische Rivalität vergessend, scharte sich das ganze Dorf einmütig um seinen Christus. Selbst die Atheisten sprachen von ‚ihrem' Christus und von dem historischen, künstlerischen und geistigen Gut, das man dem Dorfe zu rauben versuchte.

Tag und Nacht war der Garten des alten Herrenhauses draußen in den Feldern voller Leute. Und da Don Camillo vergessen hatte, die Haustür zu verriegeln, konnten die Okkupanten sogar unter Dach schlafen.

Eine gemischte Kommission, die sich aus Vertretern aller Parteien und Vereinigungen zusammensetzte, ging in die Stadt und ließ sich vom Bischof empfangen, dem Peppone den respektvollen, aber energischen Protest der Gemeindebürger unterbreitete.

Der Bischof hörte ihm aufmerksam zu, dann breitete er lächelnd die Arme aus.

„Es ist nur ein Mißverständnis", sagte er. „Nichts hindert, daß der Altar, auch wenn die heilige Messe nach dem neuen Ritus zelebriert wird, angesichts seines außerordentlichen künstlerischen und geistigen Wertes mit allem, was dazu gehört, dorthin zurückkehren kann, wo er immer gewesen ist. Unter der Voraussetzung allerdings, daß der Pfarrer keine besonderen stichhaltigen Gründe hat, sich dem zu widersetzen. Ihm und nur ihm steht also die Entscheidung zu."

Als die Kommission Don Camillo berichtete, was der Bischof gesagt hatte, antwortete er demütig: „Wir sind hier, um den Anordnungen Seiner Exzellenz des Bischofs zu gehorchen."

Es war ein milder Herbstmorgen, und die Luft und die Felder schimmerten wie Goldstaub.

In der Nacht hatte eine freiwillige Mannschaft den Altar wieder dorthin gestellt, wo er jahrhundertelang gestanden hatte, und jetzt warteten die Menschen aus der ganzen Gemeinde – alle, alt und jung, Männer und Frauen ohne jede Ausnahme – in zwei endlosen Reihen links und rechts der Straße, die zu dem alten, einsamen Herrenhaus führte.

Aus dem Tor kam die Dorfmusik, und der Klang der Blasinstrumente erfüllte die Luft über den goldenen Feldern. Hinter der Musik ungefähr eine Milliarde Kinder, hinter den Kindern Don Camillo, der den großen gekreuzigten Christus trug und mit langsamen, festen Schritten vorrückte. Dahinter die Gemeindefahne und dann Peppone mit grün-weiß-rotem Bauchriemen, gefolgt von der gesamten Gemeindeverwaltung.

Und während der Zug sich vorwärtsbewegte, schlossen sich die Leute an der Straße fortlaufend hinten an.

Das große hölzerne Kreuz war schwer, und der Riemen der Ledertasche, in der der Fuß des Kruzifixes ruhte, schnitt Don Camillo in die Schulter. Und die Straße war lang.

„Herr“, flüsterte Don Camillo einmal, „bevor mein Herz aussetzt, möchte ich in die Kirche gelangen und Euch wieder dort überm Altar sehen.“

„Wir werden hingelangen, Don Camillo, wir werden hingelangen“, antwortete Christus, der jetzt allen viel schöner vorkam als früher.

Und sie gelangten hin.

Alte Pfarrer, auch die mit einem weichen Herzen, haben harte Knochen, und darum kann die Kirche Christi, die ganz auf ihren Schultern lastet, allen Stürmen trotzen.

Deo gratias.

Kompliziert ist die Jugend von heute

Niemand weiß, was in den Köpfen der Jugendlichen vorgeht: Ihr Leben ist ein fortwährender Protest, der manchmal dramatische Formen annehmen und sogar bewirken kann, daß ein rebellischer Jüngling einem Mädchen ausgeliefert ist.

Ins Pfarrhaus kam so ein Experte vom zuständigen Ministerium, um das berühmte Kruzifix, von dem die Zeitungen so viel geschrieben hatten, zu besichtigen und zu untersuchen. Und als er es besichtigt und untersucht hatte, sagte er, er werde veranlassen, daß es für die notwendige Restaurierung abgeholt würde.

„Das Kruzifix bleibt hier", antwortete ihm Don Camillo mit eiserner Miene. „Da gibt's nichts zu restaurieren."

Der Ministeriale war vom Sekretär des Bischofs begleitet, und dieser junge Geistliche, für den Don Camillo ohnehin ein rotes Tuch war, fuhr hoch:

„Hochwürden, reden wir doch keinen Unsinn! Die rechte Hand des Christus ist am Handgelenk abgebrochen und an der gleichen Stelle auch der Arm des Kreuzes, den irgendein Stümper mit einem hinten angeschraubten Eisenkloben notdürftig geflickt hat. Oder haben Sie das etwa nicht bemerkt?"

„Und ob!" gab Don Camillo zu. „Ich bin nämlich der Stümper, der das repariert hat."

Der ministerielle Sachverständige war einer von jenen rührigen Beamten, die imstande sind, den Bau einer notwendigen Brücke zwanzig Jahre lang zu blockieren, wenn beim Aushub der Fundamente eine Topfscherbe aus dem Jahre 1925 gefunden wird, während sie keinen Mucks machen, wenn jemand den Triumphbogen des Titus zerstört, um an seinem Platz eine Tankstelle zu errichten. Er schüttelte den Kopf und grinste mitleidig.

„Wir wollen keine Zeit verlieren, Hochwürden. Die Leute, die das Kruzifix abholen, werden Ihnen eine vorschriftsmäßige Quittung aushändigen."

Don Camillo erläuterte ihm mit bewunderungswürdiger Offenheit, was er mit diesem Blatt Papier anfangen würde, und erinnerte ihn daran, daß die Tür zum Verlassen der Kirche die gleiche sei wie die zum Eintreten. Der Sachverständige jedoch besaß einen Doktortitel, der ihn befugte, mit seinem Hinterteil einen wichtigen Sessel zu wärmen, und blähte seine Brust auf wie ein Truthahn: „Hochwürden, ich vertrete das Unterrichtsministerium!“

„Das Unterrichtsministerium war am Morgen des 15. Oktober 1944 nicht hier“, erwiderte Don Camillo. „Aber diejenigen, die ich vertrete, waren hier.“

„Hochwürden, verschonen Sie uns mit Ihren Witzen“, schnaubte der Sekretär des Bischofs verärgert.

„Es ist kein Witz: Ich habe mindestens dreihundert Augenzeugen. Wenn Sie wollen, schlage ich schnell mit dem Hammer an die Glocken, und in einem Augenblick sind sie alle hier.“

Obwohl der junge Geistliche aus den Bergen und der Sachverständige aus Rom stammten, wußten sie beide, daß in diesem fetten Landstrich am rechten Ufer des Stromes Leute leben, die leicht in Hitze geraten.

„Schon gut, schon gut“, sagte der Ministeriale. „Erzählen Sie nur.“

„Es ist ein Kriegswitz“, erklärte Don Camillo. „Die Deutschen kamen ins Dorf und versteckten ihre Panzer und Kraftfahrzeuge unter den Alleebäumen, in den Laubengängen und Hintergärten der Häuser. Aber auch hier gab es jemanden, der die Alliierten mit einem geheimen Radiosender über jede Bewegung der Deutschen auf dem laufenden hielt. Die Befreier wurden also unverzüglich informiert, und eines Sonntagmorgens waren ihre Flugzeuge über dem Dorf. Es war die Hölle – aber die Leute blieben ruhig in der Kirche, wo die Messe gelesen wurde. Auch ich bewegte mich nicht vom Fleck, nur war das meinerseits kein Verdienst, denn ich war Feldgeistlicher gewesen und an Bomben gewöhnt. Bei der Wandlung explodierte eine Bombe auf dem Dach des Glöcknerhauses. Ein großer Splitter drang durch das Chorfenster hinter dem Altar ein; Jesus aber beschützte uns und fing den Splitter mit dem rechten Kreuzesarm auf. Lachen Sie nur, Sie haben recht: Der gekreuzigte Christus des Altars ist ja nur bemaltes Holz. Diese Männer und diese Frauen hingegen waren nicht aus Holz, sondern aus Fleisch und Blut. Und doch war ihr Glaube stärker als ihre Furcht, und niemand rührte sich. Der Splitter riß das Ende des

Kreuzesarmes samt der Hand von Christus weg. Und die auf das Holzstück genagelte Hand fiel vor die Altarbrüstung, alle sahen sie dort liegen, diese arme leblose Hand. Agnus Dei qui tollis peccata mundi ... Sie verstehen: Über diesen Witz lacht man vielleicht in der Stadt. Hier hingegen hängen die Leute eben an dieser Art von Witzen, und darum schauen alle – die Alten, die es miterlebten, und die Jungen, die es von den Alten gehört haben – immer noch auf diese gebrochene Hand. Auch ich bin wie diese Leute: Ich bin ein alter Priester und finde, Christus habe keine Schönheitschirurgie nötig, um die Male seiner Rißwunden zu verstecken. Der Eisenkloben, wie ihn der Herr Sekretär richtig genannt hat, das ist der Splitter, der den Kreuzesarm und die Hand durchschlagen hat; ich habe mit dem Bohrer Löcher hineingemacht, um ihn hinten anschrauben zu können. Der Krieg muß ja wohl auch für etwas gut sein. Nun – Sie können natürlich nicht auf solche Witzchen Rücksicht nehmen, weil Sie den Staat vertreten."

„Nicht immer", sagte der ministerielle Sachverständige. „Manchmal vertrete ich auch mich selber. Von mir aus ist alles in Ordnung. Das Kruzifix ist in der Tat ein ungewöhnliches Kunstwerk, aber ich glaube, Ihnen brauche ich nicht zu sagen, Sie sollten es sorgfältig behüten."

„Da bin ich ganz Ihrer Meinung", antwortete Don Camillo mit einer Verbeugung.

Es ist der Menschheit gelungen, herauszufinden, wie man die Kernenergie im Zügel hält. Aber noch niemand hat herausgefunden, wie man Wirrköpfe vom Schlage Cats im Zügel halten kann.

Cat hatte eine neue Methode eingeführt. Sie saß tagelang im Glöcknerhaus, las oder schrieb etwas, um dann von Zeit zu Zeit plötzlich auf ihr verflixtes Motorrad zu hüpfen und zu verschwinden.

Wohin?

Niemand hatte eine Ahnung; Don Camillo besaß bloß ein Fahrrad, und es war deshalb gar nicht daran zu denken, dem ungezogenen Miniverstand zu folgen. So entschloß er sich, um Hilfe zu bitten, und sobald Peppone vor dem Pfarrhaus vorbeiging, rief er ihn herein.

„Genosse Bürgermeister“, sagte er, „ich möchte mit Eurem Sohn Michele reden; könnt Ihr ihm das ausrichten?“

„Nein“, gab Peppone zurück. „Das einzige, was ich könnte, wäre, diesem Galgenstrick eine herunterhauen.“

„Das wundert mich, Genosse Bürgermeister. Es ist doch in der Gegend seit längerer Zeit still. Man hört gar nichts mehr von jenen Schlägereien und Gaunerstückchen, die so unverwechselbar den Geist Eures Sprößlings verrieten. Ja, man sieht ihn überhaupt nicht mehr. Ich hatte schon beinahe Angst, das Bürschlein sei krank.“

„Ist er auch!“ schrie Peppone. „Krank im Hirn. Jetzt, wo er bald einrücken soll, weigert er sich auf einmal, Militärdienst zu leisten. Bandit will er werden, versteht Ihr das? Weglaufen und sich versteckt halten!“

„Da müßtet Ihr doch stolz sein, Genosse!“ meinte Don Camillo. „Offenbar hat sich der wackere Michele Eure antimilitaristischen Reden angehört. Ich erinnere mich, wie Ihr bei Eurer letzten Wahlversammlung gesagt habt, wenn die Gefängnisse Fortbildungsschulen für Diebe seien, so seien die Kasernen Fortbildungsschulen für Mörder.“

„Da redete ich von Amerika in bezug auf Vietnam!“ protestierte Peppone. „Michele hat nicht in meinen Versammlungen von Dienstverweigerung gehört, sondern in Eurer Kirche!“

„Für das, was Don Chichì gesagt haben mag, bin ich nicht verantwortlich“, wehrte sich Don Camillo. „Ich bin ich, und Don Chichì ist Don Chichì.“

„Das heißt, zwei hirnverbrannte Priester, die von der gleichen Kanzel herab im Namen des gleichen Herrgotts reden und einmal das Faß, einmal den Reifen schlagen!“

Peppone war rasch in Wut geraten und sagte nun Dinge über Priester, bei denen sich einem Kahlkopf die Haare gekräuselt hätten. Und Don Camillo blieb ihm nichts schuldig, aber als er eben die Selbstbeherrschung zu verlieren drohte, fand er mit einem Schlag seine Ruhe wieder.

„Genosse“, sagte er friedlich, „in dieser Welt, wo jeder sich einen Dreck um alle anderen kümmert, in dieser Welt, die vom Egoismus und von der Gleichgültigkeit beherrscht wird, kämpfen wir beide immer noch an einem Krieg herum, der schon lange aus ist. Hast du nicht auch das Gefühl, wir seien zwei Gespenster? Ist dir nicht klar, daß wir schon bald, nachdem wir so lange jeder für seine Fahne gestritten haben, mit Fußtritten fortgejagt werden – ich von meinen Leuten und du von deinen – und daß wir dann alt und elend miteinander unter einer Brücke schlafen müssen?"

„Und was würde das schon bedeuten?" entgegnete Peppone. „Dann streiten wir eben unter der Brücke weiter."

Don Camillo dachte, es sei in einer schmutzigen, lausigen Welt, wo es nicht möglich ist, einen wahren Freund zu haben, doch ein großer Trost, einen wahren Feind zu finden, und antwortete: „Einverstanden, Genosse. Schick mir Veleno."

Veleno kam, sein Gesicht war finster, und die Haare hingen ihm über die Augen.

„Wenn dir heiß ist, kannst du ruhig die Perücke abnehmen", sagte Don Camillo zu ihm.

„Die Perücke ist zu Hause in der Kommode", erwiderte Veleno. „Diese Haare sind meine eigenen. Auch Samson sind die Haare wieder nachgewachsen."

„Tja. Und wie Samson hast also auch du deine Kräfte wiedergefunden und hast jetzt im Sinn, alles zu zerstören, angefangen bei der Armee."

„Ich will nichts zerstören", murrte der junge Rebell. „Ich will einfach nicht in den Militärdienst, das ist alles. Kriege hat es genug gegeben, wir Jungen wollen den Frieden. Wenn ihr Krieg haben wollt, könnt ihr Alten ihn allein machen."

„Ich will keinen Krieg", erklärte Don Camillo. „Ich möchte nur wissen, was zum Teufel Cat wieder zusammenbraut. Alle paar Tage ist sie weg. Ich fürchte, sie hat den Kontakt mit diesen Stadtgangstern wiederaufgenommen. Weißt du nichts davon?"

Veleno schüttelte sein haarreiches Haupt.

„Tatsächlich habe ich das auch geglaubt und bin ihr einmal nachgefahren. Aber sie hat's gemerkt, ist abgestiegen und hat gesagt, ich soll mich um meine eigenen Angelegenheiten kümmern. Da schickte ich sie zum Teufel. Schließlich habe ich keinerlei Recht zu überprüfen, was sie macht."

„Ich hingegen habe nicht nur das Recht, sondern sogar die Pflicht", betonte Don Camillo. „Besorg dir einen Mietwagen und halte dich bereit. Ich werde dich für deine Bemühungen bezahlen."

„Es genügt, wenn Sie für das Auto aufkommen. Die Genugtuung, das freche Ding zu ärgern, ist mir der schönste Lohn. Wenn es soweit ist, pfeifen Sie einfach."

Don Camillo brauchte nicht einmal zu pfeifen: Als Cat zwei Tage später ihr Motorrad bestieg und fortschoß, stand Veleno schon nach einer Minute mit dem Wagen vor dem Pfarrhaus.

Don Camillo stieg zu, und die beiden machten sich an die Verfolgung. Veleno fuhr, als gälte es, einen Renntag in Indianapolis einzubringen, und sehr bald war Cat in Sicht. Sie fuhr ruhig und ohne Argwohn dahin, so daß man ihr mühelos folgen konnte.

Etwa zehn Kilometer vor der Stadt verließ Cat die Hauptstraße und bog in eine Nebenstraße ein, die sich in den Feldern verlor. Auch Veleno bog ab, und nach einer Weile verschwand Cat durch ein Tor, von dem aus eine lange, von hohen Pappeln gesäumte Allee nach hinten führte.

Don Camillo und Veleno fanden das Tor geschlossen und mußten anhalten. Links stand ein Pförtnerhäuschen; als Veleno hupte, erschien der Wärter.

„Sind Sie Mitglieder?" fragte der Mann.

„Mitglieder von was?" fragte Don Camillo.

„Wenn Sie nicht wissen, worum es sich handelt, brauche ich es Ihnen auch nicht zu sagen", knurrte der Mann, der anscheinend eine ausgesprochene Abneigung gegen Priester und gegen langhaarige Jünglinge hatte. Damit zog er sich in sein Häuschen zurück.

Die Liegenschaft war von einem hohen Metallgitter umschlossen, das der Straße entlanglief.

„Fahren wir rundherum, bis wir irgendwo hineinkönnen oder sehen, was es ist", schlug Veleno vor und setzte den Wagen wieder in Gang.

Das Gut mußte ein riesiges Viereck sein, denn als sie um die nächste Ecke bogen, sah es dort wieder gleich aus: Graben, Metallgitter und dichte Hecke.

Veleno hielt an. „Hochwürden", sagte er, „wenn Sie wollen, nehme ich die Zange und schneide das Gitter durch und gehe hinein, um nachzusehen. Die Sache ist faul."

„Nein“, meinte Don Camillo. „Zuerst wollen wir ganz herum fahren.“

In diesem Augenblick hörte man das Brummen eines Motors, das näher kam, und ein Flugzeug schoß in höchstens fünfzig Meter Höhe hinter der Hecke hervor und donnerte über ihre Köpfe hinweg. Sie stiegen aus und sahen ihm nach: Das Flugzeug gewann Höhe, kam zurück und wiederholte seine Schleifen, bis es zweitausend Meter erreicht hatte.

Mit einemmal löste sich etwas von der Maschine, und eine große weiße Blume ging in dem blauen Herbsthimmel auf.

„Ich verstehe nicht, daß es so verrückte Leute gibt, die sich damit amüsieren, mit einem Fallschirm abzuspringen!“

Aber da sie schon einmal da waren, konnten sie ebensogut das Schauspiel genießen: Das Männlein, das an dem großen weißen Schirm hing, lavierte geschickt mit den Schnüren, und es schien auch alles wunderbar zu klappen – aber plötzlich kam von irgendwoher so ein verflixter Wind auf, der den Fallschirm packte und gegen den Fluß zu trieb.

„Der Unglückswurm wird Gott weiß wo hinfallen!“ rief Don Camillo. „Gehen wir!“

Sie stiegen wieder ein und nahmen die Verfolgung dieses Schiffbrüchigen des Himmels auf, während Veleno murmelte: „So sind diese Pfarrer! Kaum haben sie einmal Gelegenheit, einen Toten zu schnappen, um ihn eingeschrieben an den Herrgott zu senden, so verlieren sie den Kopf!“

Der Fallschirm kam langsam tiefer. Veleno, der wie ein Wahnsinniger fuhr, brachte es fertig, ihm zu folgen.

„Die Hochspannung!“ schrie Don Camillo plötzlich auf, als er sah, wie der Fallschirm sich den Leitungsmasten näherte. Aber wenn es einen Gott für die Verrückten gibt, dann arbeitet für die Fallschirmspringer wohl die ganze Heilige Dreifaltigkeit, jedenfalls gelangte das Bündel glücklich über die Drähte.

„Der landet im Po!“ rief Veleno wenig später.

Statt dessen landete der Fallschirmspringer in einer Wiese am Fuß des Dammes, und der große weiße Schirm fiel in dem noch immer grünen Gras in sich zusammen.

Veleno flog auf einem wahren Selbstmordsträßchen den Damm hinunter, überquerte in voller Geschwindigkeit einen Dreschplatz, wobei er eine Schar Hühner hoffnungslos durcheinanderbrachte, und bekam einen Karrenweg unter die Räder.

Durch das nasse Gras stapfend, gelangten sie zu dem Fallschirmspringer. Er hatte sich bereits aus den Schnüren befreit und nahm eben seinen Helm ab.

Und da leuchtete in der Sonne das rote Haar Cats.

Don Camillo überwand die letzten Meter mit Känguruhsprüngen. „Kannst du denn wirklich nur verrückte Dinge tun?" brüllte er sie an.

Cat zündete sich eine Zigarette an und antwortete sehr ironisch: „Ein Sport für Priester oder für Bauernlümmel ist das ja allerdings nicht."

„Und wer heißt es dich tun?" keuchte Don Camillo.

„Wenn es mein Vater tat, warum sollte ich's nicht auch?"

„Dein Vater tat es, weil Krieg war und weil der Krieg die Männer zu den irrsinnigsten Dingen zwingt!" sagte Don Camillo.

„Mein Vater tat es, weil er Mut hatte. Und wenn einer Mut hat, verdient er sogar als Soldat Respekt."

Jetzt kamen die Leute vom Flugfeld auf die Wiese; sie waren besorgt, aber Cat beruhigte sie: „Alles prima. Das einzige schlimme Ereignis war das Eintreffen des hochwürdigen Onkels mit seinem Kirchendiener. Ihr wißt ja, wie es ist: Ein Unglück kommt selten allein."

„Da bin ich anderer Meinung", sagte Don Camillo. „Das einzige wirklich schlimme Ereignis war, daß sich der Fallschirm öffnete."

Veleno war vom Zorn so überwältigt, daß er die Sprache erst vor dem Pfarrhaus wiederfand. „Der werde ich es zeigen, dieser Göre, was für ein Kirchendiener ich bin!" sagte er, und in seiner Stimme lag ein solcher Haß, daß Don Camillo erschrak.

Von diesem Tag an war Veleno verschwunden. Don Camillo hörte erst lange Zeit später durch Peppone wieder von ihm. Genauer gesagt, es war Don Camillo, der Peppone fragte, was denn mit Veleno los sei, und Peppone gab ihm zur Antwort: „Das mag Euer Herrgott wissen, was mit ihm los ist. Zuerst will er nicht einrücken und redet vom Untertauchen. Dann geht er einen ganzen Monat früher, als er müßte, und stellt die tollsten Dinge an, nur um zu den Para eingeteilt zu werden! Versteht

Ihr? Para! Diese Kerle, die sich mit dem Fallschirm in die Luft schmeißen! Begreift Ihr noch etwas bei diesen Jungen?"

„Ich nicht", antwortete Don Camillo. „Die Jugend von heute ist entsetzlich kompliziert."

„Zum Verrücktwerden!" knirschte Peppone. „Und daß wir nicht mehr schlafen können, weil er in solcher Gefahr ist beim Abspringen, daran denkt er nicht, der Lümmel!"

„Die größte Gefahr ist nicht diese", murmelte Don Camillo.

Sankt Michael hatte vier Flügel

Eine Untersuchung des Verhaltens der Jugendlichen von heute ist unmöglich: Ihr Zynismus, ihre oft gotteslästerliche Ungezwungenheit machen aus dieser Jugend eine erbarmungslose, unberechenbare Generation. Keinerlei Hindernisse vermögen sie aufzuhalten – vielleicht nicht einmal der Tod.

Die Stube war noch die gleiche, und doch fühlte Don Camillo ein Unbehagen. Gewohnheit ist etwas, das dich auch Dinge sehen läßt, die nicht mehr da sind; das Unterbewußtsein dagegen macht dich auf Veränderungen aufmerksam. Ein bestimmtes Verhältnis der Raumeinheiten, zwischen ausgefüllten und leeren Stellen, zwischen Licht und Schatten ist gestört, und das Unterbewußtsein gewahrt es.

Zum viertenmal schaute Don Camillo sich um, und da endlich bemerkte er, daß das uralte kleine Bild von San Giovannino verschwunden war.

Desolina wußte von nichts; nach längerem vergeblichem Suchen entschied Don Camillo, das Bild müsse gestohlen worden sein, und sagte: „Ich gehe gleich zu den Carabinieri und melde den Diebstahl."

„Das täte ich nicht", bemerkte Cat, die in diesem Augenblick in die Stube trat. Ihre schwarze Lederjacke glänzte, weil sie mit dem Motorrad lange durch den Nebel gefahren war.

„Und warum nicht?"

„Weil das Bild hier ist", antwortete Cat, nahm den San Giovannino aus der Mappe, die sie bei sich hatte, und hängte ihn wieder an seinen Nagel.

„Ich hab's zu einem Mann in der Stadt gebracht: Er ist bereit, dafür fünfhundert Lappen herauszurücken. Halbe Million."

„Interessiert mich nicht", entgegnete Don Camillo scharf. „Das hat mir mein alter Bischof vor zwanzig Jahren geschenkt, und ich halte es in Ehren wie meinen Augapfel. Warum sollte ich es verkaufen?"

„Um Gerede zu vermeiden", setzte ihm Cat ruhig und ohne jede Scham auseinander. „Stellt Euch bloß vor: Der hochwürdige Herr Pfarrer läßt sich seine Nichte zur Umerziehung anvertrauen, und dieses Früchtchen bringt ihm ein uneheliches Kind ins Haus! Da ich in diesem Zustand nicht zu meiner Mutter zurückkehren kann, weil sie sonst der Schlag trifft, dachte ich, ich gehe fort, suche mir eine Arbeit und bringe das Kleine auf eigene Rechnung zur Welt. Aber dafür brauche ich Geld. Oder möchtet Ihr lieber, daß ich als Callgirl in die Stadt gehe?"

„Ich möchte bloß, daß der Himmel dich erschlägt!" schrie Don Camillo außer sich. „Eine solche Schurkerei hätte ich dir denn doch nicht zugetraut."

„Ein Kind haben ist doch keine Schurkerei."

„Hast du denn gar nicht daran gedacht, was du deiner Mutter antust?"

„Nein – in jenem Moment dachte ich nur an das, was Veleno mir antat."

„Veleno! Ich denke, den mochtest du nicht sehen?"

„Ich sah ihn ja auch nicht, es war um zwei Uhr früh."

Diese Unverschämtheit schrie nach Vergeltung, und Don Camillo ballte die Hände: „Diesmal entkommst du mir nicht; ich breche dir alle Knochen."

„Ihr würdet es wagen, eine Frau in meinem Zustand zu schlagen?" tadelte Cat. „Oh, aber Ihr seid natürlich nie Mutter gewesen und könnt nicht ahnen ..."

Don Camillo war ein Mann der raschen Entschlüsse: Vor der Frechheit dieses Mädchens ergriff er die Flucht. Er lief in den Garten und stieß von außen durch die dicken Gitterstäbe die Fensterscheiben auf. „Bleib mir weit genug vom Leibe, daß ich dich mit ausgestrecktem Arm nicht erreichen und erwürgen kann, und dann gib Antwort: Dieser Schuft also hat dich in Schwierigkeiten gebracht?"

Cat hatte sich ans Kaminfeuer gesetzt, eine Zigarette angezündet und rauchte ruhig. „In bin nicht in Schwierigkeiten, hochwürdiger Onkel. In Schwierigkeiten seid Ihr. Übrigens hat das mit einem Schuft nichts zu tun. Es ist klar, daß Veleno, wenn ich nicht gewollt hätte ..."

„Veleno!" brüllte Don Camillo und klammerte sich an das Fenstergitter. „Dieser Verbrecher wird die Last seiner Verantwortung tragen! Er muß dich sofort heiraten."

Das Mädchen grinste höhnisch: „Aber, aber, hochwürdigster Onkel, sind wir denn bei den Unterentwickelten, die ihre vierzehnjährigen Kinder verheiraten, bloß um die Familienehre zu retten? Welche sich dann weitervermehren wie die Karnickel und schließlich auf die Piazza oder in die Laubengänge des Rathauses kampieren kommen, weil sie finden, die Gesellschaft müsse sie füttern und unterbringen? Ist das die katholische Moral? Wie kann man eine Heirat zwischen zwei dummen Kindern als Ehe ansehen! Ist das die Achtung vor der Familie? Es ist doch viel unmoralischer, zwei Unzurechnungsfähige zu verheiraten, als zweihundert ledige Mütter herumlaufen zu lassen! Gerade wegen der Achtung, die ich vor der Familie und vor der Ehe habe, werde ich niemals einen verdrehten Dummkopf wie Veleno heiraten! Mußheirat! Um ein Löchelchen zu stopfen, reißt man ein ganzes Leck auf! Wie seriös das ist: Damit man einen lausigen kleinen Fünfhunderter fahren kann, muß man eine furchtbare Prüfung durchstehen und das Patent erwerben. Aber um zu heiraten und eine Familie zu gründen, was tausendmal wichtiger und schwieriger und für die Gesellschaft gefährlicher ist, dafür braucht man bloß vor einem Pfäfflein ‚ja' zu sagen."

Don Camillo, der sich mit beiden Fäusten am Gitter festhielt, litt Qualen, schwitzte und kochte vor Wut.

„Ich werde dich in ein Heim stecken", keuchte er.

„Seit gestern bin ich volljährig, Hochwürden, und niemand darf gegen meinen Willen etwas, das mich betrifft, unternehmen."

Da er nicht mit den Zähnen zupacken und einen der Gitterstäbe ausreißen konnte, brüllte Don Camillo: „Nimm das Bild, verkauf es und geh zum Teufel!"

Cat warf den Zigarettenstummel auf die brennenden Klötze, stand auf, nahm das Bildchen, steckte es wieder in ihre Mappe und ging zur Tür. „Okay, Hochwürden", sagte sie. „Wenn es ein Junge wird, nenne ich ihn Camillo."

Peppones Frau hatte eine fixe Idee: Sie wollte einen Pelzmantel. Nicht einen wie ein Filmstar, natürlich, sondern etwas Bescheidenes, das nicht mehr als eine Million Lire kostete. Peppone war fest entschlossen, nicht nachzugeben: „Stell dir doch vor: Wenn man mich sowieso schon verbürgerlicht schimpft, kann ich dir doch nicht auch noch einen Pelzmantel kaufen!"

„Hier sind wir nicht in China, wir haben keine Rote Garde", gab seine Frau zurück.

„Aber hier sind wir in einem Dorf, und hier leben Tausende von Tröpfen, die behaupten werden, ich bestehle das Volk und bereichere mich auf seine Kosten.“

„Dummes Zeug! Der Laden gehört dir, du hast ihn mit deinem und auch mit meinem Geld aufgemacht!“

„Maria! Verstehst du denn nicht, daß ich mich unmöglich mache, wenn ich auf der Piazza dauernd rufe, daß das Volk leidet, und dann hingehe und dir einen Pelzmantel kaufe?“

„Dann hör eben auf zu rufen, daß das Volk leidet. Es leidet ohnehin keiner mehr, und marschieren tut ihr mit dem Auto! Übrigens, wenn einer leidet, leidet er genau gleich, ob ich nun einen Pelz oder einen Wollmantel trage.“

In diesem Augenblick klopfte es, und Peppone kam zu einer Atempause.

Peppones Frau ging zur Tür und kam mit Cat zurück.

„Herr Bürgermeister“, sagte Cat, „ich hätte gern eine Auskunft.“

„Da müssen Sie ins Rathaus gehen und sich an den Gemeindesekretär wenden“, antwortete Peppone.

„Das kann ich nicht“, erklärte Cat. „Der Kindsvater ist nicht ein Sohn des Sekretärs, sondern des Bürgermeisters.“

Peppone starrte sie offenen Mundes an. „Fräulein, sind Sie übergeschnappt?“

„Nein. Nach Ansicht des Arztes erwarte ich ein Kind.“

„Dann erwarten Sie es, wo Sie wollen, aber nicht hier drin!“ schrie Peppones Frau wild auf.

„Sehr gut“, entgegnete Cat ruhig. „Nachdem mein Onkel mich hinausgeschmissen hat, und nachdem der Vater des Kindes, Veleno meine ich, beim Militär ist, werde ich mich eben auf die Freitreppe des Rathauses setzen und mein Kind erwarten.“

„Mir ist nicht bekannt, daß mein Sohn Michele ein Verhältnis mit Ihnen hat!“ behauptete Peppone entschlossen.

„Mir ist es bekannt“, kicherte Cat. „Und in ein paar Monaten wird es noch viel bekannter sein.“

Peppones Frau war außer sich vor Wut: „So etwas müssen Sie mit meinem Sohn ausmachen!“ rief sie. „Wir haben nichts damit zu tun. Hinaus!“

„Einen Augenblick, Maria!“ wandte Peppone ein. „Die hier ist verrückt, die ist imstande und zieht einen Skandal auf.“

„Das gleiche hat mein hochwürdiger Onkel gesagt, der eine halbe Million vom Nagel abgehängt hat, nur um mich loszuwerden."

„Ah, du Dirne!" explodierte Peppones Frau. „Du willst also von der heiklen Lage meines Mannes profitieren, um uns zu erpressen! Du willst mit Gewalt eine Heirat erzwingen!"

„Heirat?" wiederholte Cat höhnisch. „Ja, bilden Sie sich denn ein, ein hübsches und tüchtiges Mädchen wie ich werfe sich an einen einfältigen Halbstarken wie Ihren Sohn weg?"

Peppone fing seine Frau, die sich auf Cat stürzte, um sie zu zerfleischen, im Fluge auf und sagte: „Fräulein, wenn es sich nicht um Heirat handelt, würden Sie mir vielleicht sagen, was Sie dann möchten?"

„Ich möchte von hier fortgehen, irgendwo zwei Zimmer finden, mein Kind zur Welt bringen und es allein aufziehen. Ich habe nicht die leiseste Absicht, eine Lotterfamilie zu gründen, indem ich einen Nichtsnutz wie Ihren Sohn heirate. Ich habe meine Würde und meine moralischen Prinzipien."

„Hör dir das an!" kreischte Peppones Frau. „Die wagt es, von Würde und Moral zu reden. Nach dem, was sie gemacht hat!"

Cat hatte sich gesetzt und eine Zigarette angezündet.

„Gewiß, Frau Bottazzi", lächelte sie. „Ich habe mit Ihrem Sohn genau das gemacht, was Sie mit Ihrem Mann gemacht haben. Außer, Ihr Ältester wäre ein Phänomen, das mit vier Monaten zur Welt kam. Allerdings erniedrige ich mich nicht soweit, zu heulen und zu sagen: ‚Wenn du mich nicht heiratest, werfe ich mich unter den Zug!'"

„Ich habe nie damit gedroht, mich unter den Zug zu werfen!" widersprach die Frau.

„Das stimmt", bestätigte Peppone. „Sie drohte, sich in den Po zu werfen. Mädchen, wollen Sie uns jetzt sagen, was Sie von uns verlangen?"

„Ich verlange nichts: Ich hätte gern eine ehrliche Arbeit."

„Arbeit? Ich habe keine Arbeit, die ich Ihnen geben könnte."

„Herr Bürgermeister: Das Geld von meinem Onkel hat mir erlaubt, einen prächtigen gebrauchten Kombiwagen zu kaufen und in La Rocchetta zwei Zimmerchen zu mieten und einzurichten. Ich werde herumfahren und eure Waren verkaufen, und Sie geben mir eine Provision auf jedes verkaufte Stück."

„Und warum wenden Sie sich nicht direkt an die Fabriken?" brummte Peppone.

„Ich hab's versucht, aber überall möchte man von mir eine gewisse Art persönlicher Dienstleistungen, zu denen ich keine Lust habe. – Selbstverständlich werde ich offiziell nicht für Sie verkaufen, sondern um Ihnen Konkurrenz zu machen."

Die Frechheit des Mädchens war ohne Grenzen: Sie hatte im Flur die Diskussion zwischen Peppone und seiner Gattin mitangehört und nutzte das hemmungslos aus.

„Sie brauchen nicht so erstaunt zu sein, Herr Bürgermeister. Ich kenne die Leute. Die Leute haben mehr Freude am Unglück der andern als am eigenen Glück. Der Bauer ist zufrieden, wenn seine Ernte gut ist, aber noch zufriedener, wenn die des Nachbarn schlecht ist. In der Kirche ist es genauso: Viele Leute benehmen sich nicht deshalb wie Heilige, weil sie sich freuen, in den Himmel zu kommen, sondern weil sie sich freuen, daß die andern in die Hölle kommen. Warum sollen wir, Herr Bürgermeister, angesichts der Tatsache, daß mit der Güte und Intelligenz unserer Mitmenschen nicht zu rechnen ist, nicht ihre Bosheit und Dummheit ausnutzen? Warum kaufen Sie Ihrer Frau, anstatt sie wie eine Hausfrau vom Lande herumlaufen zu lassen, nicht einen Pelzmantel und einen so großen Brillantring? Eine Menge Leute wird euch hassen und, nur um euch zu ärgern, bei mir kaufen. Und wir machen alle drei großartige Geschäfte."

„Ich finde, man sollte es versuchen", riet Peppones Frau. „Die ist ja an List und Tücke dem Teufel noch um eine Nasenlänge voraus."

Eine irrige Feststellung, denn es waren mindestens zwei Nasenlängen.

Cat, schöner, perfider und strahlender als je, machte rasch Karriere und überflutete die Gegend mit Waschmaschinen, Geschirrspülautomaten, Kühlschränken, Fernsehgeräten, Transistoren und ähnlicher Handelsware.

Die Leute, die von der kolossalen Geschäftigkeit im Hinterraum des Ladens nichts wußten, genossen es unbändig zu sehen, wie bei Peppone die Kundschaft spärlicher wurde. Und wenn sie Frau Maria mit Pelzmantel und Brillantring sahen, grinsten sie und freuten sich schon auf den Augenblick, da die

Ärmste Pelz und Diamant würde verkaufen müssen, um ein paar Löcher in der Firma zu stopfen.

Nach vier Monaten hatte Cat einen ansehnlichen Kundenkreis, und alles ging großartig vorwärts, aber plötzlich kam Veleno auf einen kurzen Urlaub nach Hause.

Es war eine theatralische Heimkehr, wie man es dort, in der Heimat des Melodramas, liebt: Peppone sprach von der Tribüne der Piazza herab über Vietnam und die Barbarei des amerikanischen Militarismus. Er war gewaltig in Schwung und brachte es fertig, Wörter wie ‚Instrumentalisation' so gestochen scharf auszusprechen, daß sie dastanden wie in Leuchtschrift. Aber mit einem Mal erblickte er etwas, das ihm den Mund offenstehen ließ. Dort, ganz vorne, stand Veleno in der Uniform eines Fallschirmspringers.

Er schien mindestens zweieinhalb Meter groß, und Peppone fand, es fehlten ihm nur noch zwei Flügel an den Schultern und ein Schwert in der Hand, um auszusehen wie der Erzengel Michael.

Vietnam und Amerika kümmerten ihn nicht mehr, er kam unvermittelt zum Schluß: „Und so enden wir denn mit dem Schicksalsruf: ‚Es lebe die Freiheit, es lebe der Friede!'"

Peppones Frau war in ihrer Phantasie nicht so zurückhaltend wie ihr Mann, als Veleno vor ihr stand: Ihr kam es vor, der Junge habe tatsächlich zwei herrliche Flügel an den Schultern und ein Schwert in der Rechten. Und um seinen Kopf sah sie einen goldenen Heiligenschein. Und natürlich löste sie sich in Tränen auf und sagte das, was sie nicht hätte sagen sollen: „Und jetzt, Michele, was machen wir mit der armen Cat? Wenn du wüßtest, wie tüchtig sie ist und wie sie arbeitet . . ."

Veleno antwortete, er wisse nichts, und da erklärte ihm die Mutter, daß das Mädchen ein Kind erwarte und daß er doch sein Fleisch und Blut nicht so in der Welt herumirren lassen dürfe. Veleno klemmte sich das Motorrad zwischen die Beine und machte sich entschlossen auf den Weg nach La Rocchetta.

Er traf das arme Mädchen auf der Grabenstraße, und es lag ein leichter Nebel über der Landschaft, der dem Ganzen einen Hauch von Märchen verlieh.

Cat saß am Steuer ihres mit Haushaltmaschinen beladenen Kombiwagens, als Veleno ihr den Weg blockierte.

Cat wurde blaß und klammerte sich verzweifelt am Volant fest. Der Atem stockte ihr, der armen Kleinen; es ist ja schließlich nichts Alltägliches, auf einer einsamen Landstraße Sankt Michael persönlich mit zwei Flügelpaaren, doppeltem Heiligenschein und einem großen Flammenschwert in der Faust zu begegnen.

„B-bist du im Urlaub?“ stotterte Cat.

„Ja. Man hat mir gesagt, du erwartest ein Kind von mir.“

„Ich habe es auch gehört“, gab Cat zu. „Jedenfalls erwarte ich aber keins.“

„Um so besser“, sagte Sankt Michael und ließ das Flammenschwert kreisen. „Ich verstehe nur nicht, warum du deinem Onkel und meinen Leuten so etwas gesagt hast, wo doch zwischen dir und mir überhaupt nie etwas gewesen ist.“

Da bemerkte Cat, daß Sankt Michael doch bloß zwei Flügel hatte und daß das Schwert gar nicht flammte. Nachdem die Vision solchermaßen in die richtigen Dimensionen gerückt war, fand Cat auch ihre alte Sicherheit wieder. „Auch ich habe ein Recht auf einen Platz an der Sonne, oder nicht?“ antwortete sie. „Ich mußte doch eine Beschäftigung finden! Wie hätte ich anders meinen Onkel dazu bringen können, mir Geld herauszurükken, und deinen Vater, mir Arbeit zu geben? Oder glaubst du, nur du hast ein Recht zu leben?“

„Nein“, murmelte Veleno. „Ich meine nur: Warum gerade ich ...?“

„Eben du!“ attackierte Cat, die nun ihrerseits ein Flammenschwert trug und aussah wie die Jungfrau von Orléans. „Wer bist du denn? Bist du nicht auch ein Rebell wie ich? Einer, der gegen diese dreckige, faule Welt protestiert? Sind wir nicht gleich, auch wenn wir zu zwei verschiedenen Banden gehören? Gib Antwort, großer Veleno, großer Rebell: Gefällt dir die eklige Welt, die die alten Trottel aufgebaut haben und die sie uns aufhalsen wollen? Gib Antwort: Verdienen diese alten Heuchler und Schmutzfinken irgendwelche Rücksicht? Oder haben sie dir im Regiment außer den Haaren auch deinen Revolutionsgeist abrasiert?“

„Nein!“

„Also, warum sollen wir uns nicht dieser alten Dummköpfe und Lügner bedienen, um eine Welt aufzubauen, die uns gefällt? Die scheinheiligen Feiglinge fürchten den Skandal? Schön! Also habe ich sie terrorisiert, indem ich ihnen mit Skandal drohte. Du hast mir als Vorwand gedient: Ich habe dich benutzt, weil ich dachte, du seist einer der unsern. Bist du's nicht? Paßt es dir nicht? Willst du heimgehen und sagen, es sei nicht wahr, du habest nichts damit zu tun, du seist ein braves Bübchen, ich hingegen ein Luder? Dann geh nur!"

„Nein", erwiderte Veleno. „Ich habe mich nicht verändert und kenne die Pflichten der Solidarität. Immerhin, wenn schon ..."

„Was?"

„Wenn du schon gesagt hast, du erwartest ein Kind von mir, könnten wir es ebensogut auch wirklich machen. Der Protest wäre dann konkreter."

„Ich bin gegen Extremismen", erklärte Cat. „Außerdem bist du nicht mein Typ."

„Und was wäre dein Typ?" brauste Veleno auf. „Dieser lausige Ringo etwa? Dem schlage ich die Fresse ein."

„Nicht – er hat mich seiner Tante einen Kühlschrank, seiner Schwester einen Geschirrspülautomaten und seinem Schwager eine Waschmaschine verkaufen lassen. Im übrigen behauptete ich nie, er sei mein Typ."

Veleno schüttelte den Kopf. „Ich verstehe nicht, warum ich nicht dein Typ bin."

„Springst du schon?"

„Ich bin einer der ersten des Kurses. Sie sagen, ich sei gut."

„Wie ich?"

„Du bist nicht gut, du bist wahnsinnig. Ich komme auch beim Judo gut voran und lerne jetzt Karate."

„Das ist schon ein guter Schritt vorwärts", anerkannte Cat.

„Aber was das Kind betrifft", beharrte Veleno. „Wenn sie sehen, daß gar nichts passiert, wie windest du dich dann heraus?"

„Ich habe bereits meine feste Tour und meine Kundschaft. Aber für den Augenblick solltest du schon mitmachen."

„Ja, natürlich. Veleno ist jung und verrät die Jungen nicht."

„Bleibst du lange?"

„Morgen früh muß ich zurück. Wenn du willst, gebe ich dir meine Adresse. Vielleicht kannst du sie einmal brauchen."

„Wohl kaum. Aber schreib sie mir trotzdem auf. Ich gebe dir meine Visitenkarte."

„Gut. Könnte ja sein, daß ich in der Kaserne einen Kühlschrank nötig habe.“

Als er die Visitenkarte von Cat bekommen hatte, riß Sankt Michael sich eine blütenweiße Feder aus einem Flügel, schrieb seine Adresse auf die Karte und übergab sie Cat. Dann ging er ohne Abschied weg. So sind die Jungen von heute: hart. Ja, zäh wie Leder.

Als sie ihm nachblickte, sah Cat, daß es doch nicht nur zwei, sondern vier Flügel waren.

„Ich wußte ja, daß ich mich nicht getäuscht hatte“, murmelte sie vor sich hin, während sie den dritten Gang einschaltete, ohne zu kuppeln.

Es ist Mode, daß die Schafe heulen

Allerneueste Heuchelei: Während früher der böse Mensch sich befleißigte, gut zu scheinen, gibt sich heute der Gute oft alle Mühe, den Eindruck zu erwecken, er sei es nicht. Und so heult denn das Schaf wie ein Wolf, während die echten Wölfe im Schafspelz scheinheilig blöken.

Don Camillo röstete Kastanien im Kaminfeuer seiner Stube, als eine Stimme ihn zusammenfahren ließ.

„Guten Tag, hochwürdigster Onkel!"

„Wir hatten abgemacht, daß du nie mehr hierher kommen würdest", antwortete Don Camillo, ohne sich umzudrehen.

„In gewissem Sinne, ja", erklärte Cat. „Aber als ich vernahm, daß Ihr mich braucht, habe ich meinen Widerwillen gegen dieses Mäusenest überwunden und bin gekommen."

„Ich dich brauchen?" brauste Don Camillo auf.

„Nicht mich persönlich, aber einen guten Zweihundert-Liter-Kühlschrank mit Tiefkühlfach."

Don Camillo zog die Röstpfanne aus dem Feuer, sprang auf die Füße und pflanzte sich vor dem Frechdachs auf.

„Mach, daß du zum Teufel kommst mitsamt deinen Kühlschränken!" schrie er.

„Warum auch nicht!" lachte das boshafte Geschöpf. „Da unten könnte ich großartige Geschäfte machen."

Sie zog einen illustrierten Katalog aus der Mappe und blätterte ihn auf dem Tisch auf: „Das hier wäre der richtige für Euch. Zwölf Raten – Ihr werdet überhaupt nicht spüren, daß Ihr ihn bezahlt."

„Was soll ich mit einem Kühlschrank?" wehrte sich Don Camillo.

„Erstens macht Ihr ein gutes Geschäft, weil ich Euch einen großen Rabatt gewähre. Zweitens: Wenn Ihr ihn bei mir kauft, ärgert Ihr Peppone. Drittens: Ihr könnt mir den Kühlschrank als Hochzeitsgeschenk überlassen, wenn ich heirate."

Don Camillo blieb der Mund offen.

„Ah, du heiratest also doch!" rief er dann.

„Natürlich, früher oder später werde auch ich einmal heiraten. Oder sehe ich aus wie eine, die sich keinen Mann angeln kann, bei all den Idioten, die in Zirkulation sind?"

Die Enttäuschung schürte Don Camillos Zorn.

„Dann besteht also keine Hoffnung, einen Skandal zu vermeiden?" fragte er.

„Ach so, für Euch wäre es kein Skandal, wenn ein Mädchen nach zwei oder drei Monaten Ehe ein Kind bekommt? Ist das die Moral, die man Euch im Seminar beigebracht hat?"

„Fangen wir schon wieder an?" explodierte Don Camillo und schmetterte die Faust auf den Tisch.

„Nein, wenn Euch zwölf Monatsraten zu achttausend recht sind."

Die Dreistigkeit des Mädchens war so unerhört, daß Don Camillo seine Ruhe vollends verlor.

„Du unverschämtes Ding! Erst stiehlst du mir meinen San Giovannino, und jetzt willst du mir auch noch achttausend Lire im Monat stehlen?"

„Welche Opfer brächte wohl ein Onkel, der nicht Priester wäre, für seine verwaiste, schwangere Nichte?" seufzte die unbestrafte Diebin.

Cat war immer noch bildhübsch, zynisch und voller Spott; und doch lag Kummer in ihren Augen. Auch war sie dicker und etwas plump geworden.

„Ihr braucht nur hier zu unterschreiben, auf diesem Verträglein", erklärte sie. „Ich lasse es Euch hier; überlegt es Euch."

„Meinetwegen. Ich überlege es mir", knurrte Don Camillo.

„Schön", sagte Cat, „jetzt gehen wir in die Werkstatt hinüber."

„Welche Werkstatt?"

„Eure. Ich will beichten."

„Und ich soll dir die Beichte abnehmen?" schrie Don Camillo entsetzt. „Ich?"

„Natürlich", bestätigte Cat, indem sie eine Kastanie schälte. „Wenn Magdalena von Christus angehört wurde, warum sollte ein armseliger Landpfarrer nicht mir zuhören? Seid Ihr vielleicht mehr als Christus?"

„Nein!" brüllte Don Camillo. „Aber ich bin der Bruder deiner Mutter und weiß nicht, was ich mit einer solchen Nichte anfangen soll."

„Die Verwandtschaft hat nichts zu sagen. Ich bin hier als Sünderin und will dem Pfarrer beichten."

„Geh zu einem andern Pfarrer, um deine schwarze Pfütze zu leeren!"

„Nein, hochwürdiger Onkel. Ihr wißt schon alles, das macht die Sache einfacher."

„Nein! Ich hätte bei dir nicht die nötige Seelenruhe. Ich könnte meinen gerechten Grimm nicht einfach ablegen. Ich könnte nicht mit der gebührenden Unparteilichkeit über dich urteilen."

„Auf Euer Urteil pfeife ich, Hochwürden. Ihr seid nicht der Herrgott. Ihr hört zu, gebt dem Herrgott Bericht, und dann wird Er entscheiden. Ich sehe schon: Das Bild von San Giovannino wurmt Euch. Der Priester hat eine heilige Verachtung für das Geld. Für das Geld der andern, natürlich – aber wehe, wenn es an sein eigenes geht!"

„An dem Bild liegt mir nichts. Ich hätte dir alles gegeben, was ich besitze, nur um dich loszuwerden. Was mich empört, ist dein unmoralisches Benehmen!"

„Ehrliche Arbeit ist nichts Unmoralisches!" widersprach Cat. „Und meine Arbeit ist ehrlich, ich verrichte sie am hellichten Tag!"

„Wenn ich von Unmoral rede, meine ich die Arbeit, die du nicht am hellichten Tag, sondern im Dunkeln geleistet hast und die in Bälde ein unglückliches vaterloses Geschöpfchen in Umlauf setzen wird. Im übrigen verachte ich deine Bosheit. Ich habe dein perfides Spiel durchschaut: Um dich an dem Mann zu rächen, der dich ins Unglück gebracht hat, versuchst du nun seine Eltern zu ruinieren, indem du ihnen die Kunden wegschnappst."

Das Mädchen lachte: „Ich schnappe niemandem etwas weg. Ich verstehe das Verkaufen bloß besser als sie, und darum verkaufe ich mehr als sie. Sie warten darauf, daß ihnen die Amseln ins Netz gehen, ich aber fange die Amseln in ihrem Nest. Es ist das gleiche wie bei Euch. Ihr Pfarrer klebt auf euren Sesseln wie die Herren vom Steueramt und wartet, bis die Schäflein kommen. Das Dumme ist nur, daß zum Steueramt die Schäflein gehen *müssen,* um sich scheren zu lassen, weil man ihnen sonst das Bett beschlagnahmt und sie ins Kittchen steckt. Hingegen gibt es kein Gesetz, das sie zwingt, hierher zu kommen. Hochwürdiger Onkel: Wenn Ihr Kunden gewinnen wollt, müßt Ihr es machen wie ich: sie suchen gehen. Die neuen Priester wie Don Chichì haben das begriffen und gehen in die Wirtschaften, in die Unterhaltungslokale, als Arbeiter in die Fabriken. So lernen sie trinken, Karten spielen, fluchen und Beat tanzen. Nachher heiraten sie womöglich und kommen darum herum, Bürokraten zu werden wie ihr alten Pfarrer."

„Wenn du hierhergekommen bist, um lästerliche Reden zu führen", schimpfte Don Camillo, „kannst du gehen!"

„Ich bin hierhergekommen, um zu beichten. Und wenn Ihr euch weigert, mir die Beichte abzunehmen, gehe ich zum Sekretär des Bischofs und protestiere."

„Also gut", ergab sich Don Camillo und ging mit großen Schritten in die Kirche voraus.

Cat kniete im Beichtstuhl nieder.

„Vater, vergebt mir, denn ich habe gesündigt", sagte das ausgekochte Biest. „Bevor ich Euch die andern Sünden nenne, will ich das sagen, was mein Herz am schwersten bedrückt, weil ich es aus Arglist getan habe."

„Sprich, meine Tochter, ich höre."

„Ich habe die Naivität eines alten Landpfarrers ausgenutzt und ihm vorgemacht, ich erwarte ein Kind, nur um ihn zu zwingen, mir das Geld zu geben, das ich für die Gründung meiner kleinen Firma brauchte. Außerdem habe ich mir heute früh ein fest zusammengefaltetes Leintuch um die Taille gebunden, um ihn zu beschummeln und ihm einen Kühlschrank anzudrehen. Dann habe ich ihm alles gesagt, indem ich unehrerbietigerweise vom Beichtgeheimnis profitierte, damit er mich nicht bestrafen kann."

„Meine Tochter", antwortete Don Camillo mit gewaltiger Anstrengung, „den genau gleichen Streich hat mir vor einem Jahr ein Kerl gespielt, der mich in der Nacht mit einem Stock verprügelt hatte. Ich habe das Beichtgeheimnis gewahrt und ihm bloß einen Fußtritt in den Hintern verpaßt."

„Errare humanum est, diabolicum perseverare", mahnte ihn Cat. „Diesmal würde Gott Euch das nicht verzeihen."

„Meine Tochter, ich hoffe, daß es mir mit Gottes Hilfe gelingen wird, mich meines Grolls zu entäußern. Du willst also sagen, daß es zwischen dir und diesem Burschen zu keinen sündhaften Beziehungen gekommen ist?"

„Weder mit ihm noch mit einem andern", bestätigte Cat. „Ich schäme mich, es zu sagen, aber es ist so."

„Soll das heißen, daß du trotz des äußeren Scheins gesunde moralische Prinzipien hast?"

„Bewahre! Auf Eure Moral pfeife ich. Es heißt lediglich, daß mir mein Typ noch nicht begegnet ist."

„Meine Tochter, du wandelst auf dem Weg der Sünde. Die Sünde liegt nicht nur in den Taten, sondern auch in Worten, Gedanken und Unterlassungen. Es ist Sünde, einen Skandal heraufzubeschwören, wie du es getan hast. Es genügt nicht, daß ein Mädchen materiell keine Sünde begeht, es ist ihr auch untersagt, sich wie eine Sünderin zu benehmen. In deinem besonderen Falle hast du eine schwere Sünde begangen. Nicht die, deinen priesterlichen Onkel hintergangen zu haben, sondern die, einen unschuldigen Jüngling eines schlimmen Vergehens zu bezichtigen. Was wird der Junge sagen, wenn er erfährt, daß du ihn zu Unrecht beschuldigt hast?"

„Er weiß es bereits", gestand Cat. „Wir haben miteinander darüber gesprochen."

„Und was hat er dir gesagt?"

„Was konnte er denn sagen, das arme Dummerchen? Daß es ihm so recht sei."

„Meine Tochter – findest du es schön, was du zum Schaden dieses armen Burschen im Sinn hast?"

„Aber ich will doch gar nichts gegen ihn tun!"

„Du willst ihn heiraten, meine Tochter, das ist sonnenklar. Hältst du seine Fehler im Ernst für so groß, daß er eine derart schwere Strafe verdient?"

„Ich will ihn nicht heiraten, um ihn zu bestrafen, sondern weil er mir gefällt", sagte Cat.

„Wenn du ihn aber nicht bestrafen willst, warum tust du dann seinem Vater soviel Böses an, indem du seine Firma ruinierst?"

„Ich arbeite für Peppone", beichtete Cat. „Ich mache ihm Konkurrenz, aber er liefert mir alles, was ich verkaufe."

Don Camillo bat im stillen Christus um Hilfe: „Herr, steht mir bei – es passiert mir zum erstenmal, daß der Teufel persönlich bei mir beichtet. Was kann ich tun?"

„Don Camillo", antwortete die ferne Stimme des Gekreuzigten. „Man muß wissen, ob das Mädchen bereut oder nicht. Davon hängt alles Weitere ab."

„Meine Tochter", fragte Don Camillo Cat, „bereust du, was du getan hast?"

„Fällt mir nicht ein!" antwortete die Sünderin. „Ich bereue nie, wenn ich richtig handle!"

„Herr, habt Ihr gehört? Keinerlei Reue!"

„Genau das, was ich von ihr zu hören hoffte", antwortete Christus.

„Deine Sünden sind dir vergeben", seufzte Don Camillo. „Als Sühne wirst du dich zur Kapelle auf dem Damm begeben und vor diesem heiligen Bild der Madonna drei Vaterunser, Ave und Gloria beten. Beeil dich, meine Tochter! Hab Erbarmen mit einem armen alten Landpfarrer, der vom krampfhaften Wunsch gequält wird, dir das Gesicht mit Ohrfeigen zu bedecken!"

Don Camillos Stimme verriet den harten inneren Kampf, Cat verstand und flitzte hinaus wie ein Hirschkälbchen.

Wenige Augenblicke später hörte man den Kombiwagen des Mädchens mit aufheulendem Motor abfahren, und Don Camillo verließ den Beichtstuhl, um seinem Christus über dem Hochaltar sein trauriges Herz auszuschütten: „Herr, wenn diese jungen Leute, die sich über die heiligsten Dinge lustig machen, die neue Generation sind, was soll dann bloß aus Eurer Kirche werden?"

„Don Camillo", antwortete Christus mit abgeklärter Stimme, „laß dir von Kinos und Zeitungen nicht bange machen. Es ist nicht wahr, daß Gott die Menschen nötig hat – die Menschen sind es, die Gott nötig haben. Das Licht existiert auch in einer Welt von Blinden. Es ist gesagt worden: ‚Sie haben Augen und sehen nicht' – das Licht erlischt nicht, wenn die Augen es nicht sehen."

„Herr – warum benimmt sich dieses Mädchen so? Warum muß es, um Dinge zu bekommen, um die es bloß zu bitten brauchte, sie verdrehen, erlisten, stehlen, rauben?"

„Weil es, wie so viele junge Menschen, von der Angst besessen ist, als rechtschaffenes Mädchen betrachtet zu werden. Das ist die neue Art von Heuchelei: Früher versuchten die Unehrlichen alles, um für ehrlich zu gelten. Heute versuchen die Ehrlichen alles, um für unehrlich zu gelten."

Don Camillo breitete die Arme aus: „Herr, und wohin führt dieses närrische Tun? Ist es nicht vielleicht so, daß der Kreis sich schließt und die Welt ihrer raschen Selbstzerstörung entgegeneilt?"

„Warum so pessimistisch, Don Camillo? Soll mein Opfer denn umsonst gewesen sein? Soll meine Sendung zu euch Menschen gescheitert sein, weil die Bosheit der Menschen stärker wäre als die Güte Gottes?"

„Nein, Herr. Ich wollte bloß sagen, daß heute die Leute nur an das glauben, was sie sehen und berühren können. Aber es gibt doch wesentliche Dinge, die man nicht sehen und nicht berühren kann: Liebe, Güte, Erbarmen, Ehrlichkeit, Scham, Hoffnung. Und Glauben. Dinge, ohne die man nicht leben kann. Das ist die Selbstzerstörung, von der ich sprach. Mich dünkt, der Mensch zerstört sein ganzes geistiges Gut. Den einzigen wahren Reichtum, den er in Tausenden von Jahrhunderten zusammengetragen hat. Eines nicht allzufernen Tages wird er wieder Höhlenbewohner sein. Die Höhlen werden zwar Wolkenkratzer voller wunderbarer Maschinen sein, aber der Geist des Menschen der eines Höhlenbewohners. Herr: die Menschen fürchten sich vor den grausigen Waffen, die das Leben und die Dinge zersetzen. Aber ich glaube, nur diese sind es, die dem Menschen seinen Reichtum wiedergeben können. Denn sie werden alles zerstören, und dann wird der Mensch, aus der Sklaverei der irdischen Güter befreit, von neuem Gott suchen. Und wird ihn wiederfinden und das geistige Gut wiederaufbauen, dessen Zerstörung er heute vollendet. Herr, was können denn wir tun, wenn das geschieht?"

Christus lächelte: „Das, was der Bauer tut, wenn der Strom die Dämme einreißt und die Felder überflutet: den Samen retten. Wenn der Strom in sein Bett zurückkehrt, wird die Erde wieder auftauchen, und die Sonne wird sie trocknen. Wenn der Bauer den Samen gerettet hat, kann er ihn auf der Erde auswerfen, die der Schlamm noch fruchtbarer gemacht hat, und der Samen wird aufgehen, und die prallen, goldenen Ähren werden den Menschen Brot, Leben und Hoffnung schenken. Man muß den Samen retten: den Glauben. Don Camillo, man muß denen, die noch den Glauben haben, helfen, ihn sich zu bewahren. Die geistige Wüste dehnt sich jeden Tag weiter aus, jeden Tag vertrocknen neue Seelen, weil der Glaube sie verläßt. Jeden Tag zerstören mehr Menschen, die viele Worte, aber keinen Glauben haben, das geistige Gut und den Glauben der andern. Menschen jeder Rasse, jeder Schicht, jeder Kulturstufe."

„Herr", fragte Don Camillo, „wollt Ihr damit sagen, der Teufel sei schon so schlau geworden, daß er es manchmal fertigbringe, sich als Priester zu verkleiden?"

„Don Camillo!" mahnte Christus lächelnd. „Spielst du etwa auf Don Chichì an?"

„Verzeiht, Herr", entschuldigte sich Don Camillo. „Mir brummt schon der Schädel. Was könnte ich bloß tun?"

„Du könntest den Kühlschrank-Vertrag unterschreiben."

„Herr, befaßt Ihr Euch denn auch mit Haushaltmaschinen?"

„Ich nicht, Don Camillo, aber dieses arme Mädchen."

Don Camillo kehrte ganz verwirrt in die Stube zurück; er konnte es noch nicht fassen, daß Christus Cat ein ‚armes Mädchen' genannt hatte. Auf jeden Fall aber unterzeichnete er den Vertrag, wenn auch mit Mühe, denn – vielleicht war es der Rauch des Kaminfeuers, vielleicht der von Cat zurückgelassene teuflische Schwefeldunst – ihm tränten die Augen.

Erinnerungen an einen fernen November

Der verlorengegangene Don Chichì taucht wieder auf. Von seiner Krankheit geheilt, hat er eine Straße gebaut und eine Pfarrei zerstört und nimmt nun seinen Platz an Don Camillos Seite wieder ein. Doch der Teufel versucht ihn von neuem, allerdings mit dem präzisen Ziel, ihm einen Kühlschrank zu verkaufen.

Don Chichì war eines schönen Tages verschwunden, und Don Camillo hatte die Kurie davon unterrichtet, worauf man ihm antwortete, man wüßte es bereits, und er sollte sich keine Sorgen machen.

Don Camillo machte sich auch keine Sorgen: Wenn überhaupt, dann konnte höchstens die Anwesenheit des jungen Priesters ihm Sorgen bereiten, nicht seine Abwesenheit. Infolgedessen dachte er nicht mehr daran, aber als er vier Monate später in der Stadt mit einem Bergpfarrer zusammentraf, einem alten Klassenkameraden aus dem Seminar, da erfuhr er, daß Don Chichì bald nach seinem Verschwinden die kleine Pfarrei von Rughino zugewiesen bekommen hatte – dieselbe, die Don Camillo als Strafe zugedacht gewesen war.

„Er ist ein sehr dynamischer junger Mann", erklärte der Bergpfarrer. „Du weißt ja, daß Rughino ein entvölkertes Dörfchen ist, weil alle arbeitsfähigen Männer und Frauen im Ausland arbeiten und nur die Alten zu Hause zurückgelassen haben, um die Kinder und die Häuser zu hüten. Es ist nur drei Kilometer von meinem eigenen Dorf Lagarello entfernt, aber bis vor wenigen Wochen mußte man, um von Rughino nach Lagarello zu gelangen, mehr als neun Kilometer zurücklegen, weil keine direkte Straße und kein Brücklein da waren. Eine steinalte Geschichte. Tja, und diese alten Männer, samt den Frauen und größeren Kindern, haben plötzlich angefangen, zu arbeiten wie die Wilden, und jetzt haben sie endlich ihre Straße. Alles dank deinem Don Chichì, der die Initiative ergriffen, die Pläne ausgearbeitet, die Arbeiten organisiert und sich schließlich auch selber mit Pickel und Schaufel mächtig ins Zeug gelegt hat."

„Das freut mich", sagte Don Camillo. „Es muß für Don Chichì eine große Genugtuung sein."

„Wie man's nimmt", grinste der Geistliche. „Jetzt, wo die Straße da ist, nehmen die Leute von Rughino lieber die zweimal drei Kilometer unter die Füße, um zu mir zur Messe zu kommen, statt die sozialen Predigten von Don Chichì schlucken zu müssen. Ich glaube, wenn sie Don Chichì richtig einsetzen, wird er noch das ganze Bergstraßennetz in Ordnung bringen."

Das war zweifellos eine gute Idee, nur zogen die Herren von der Kurie sie anscheinend nicht in Betracht, denn Don Camillo wurde einige Zeit danach zum Bischof persönlich befohlen.

„Unser Don Francesco", erläuterte der Bischof, „ist vollkommen wiederhergestellt. Er hatte eine geistige Krise erlitten, und wir schickten ihn zur Erholung nach Rughino, wo der wackere junge Mann Großes geleistet hat, indem er seine Pfarrkinder dazu veranlaßte, eine Straße zu bauen, die sie sich seit Jahrhunderten gewünscht hatten. Wir haben sie zusammen mit den zivilen Behörden eingeweiht, und der Herr Präfekt hat Don Francesco begeistertes Lob gezollt."

„Wie mich das freut!" rief Don Camillo. „Es ist ein glänzender Sieg."

„Ein glänzender Doppelsieg", stellte der Bischof richtig. „Dank der Verbindung zwischen Rughino und Lagarello nämlich bekamen wir die Möglichkeit, eine überflüssige Pfarrei wie die von Rughino aufzuheben. Infolgedessen ist Don Francesco, nachdem seine Mission erfüllt ist, nun wieder verfügbar und kann zurückkehren, um Ihnen zu helfen, Don Camillo."

„Offen gestanden", gab Don Camillo respektvoll zu bedenken, „haben wir bei uns keine Straßenbauprobleme ..."

„Don Camillo", unterbrach ihn der Bischof, „Ihre große Erfahrung, gepaart mit dem jugendlichen Enthusiasmus Don Francescos, wird Ihrer Pfarrgemeinde neue Impulse verleihen. Übrigens – wir möchten Ihnen empfehlen, diese junge Nichte von Ihnen, die mir, wenn Sie gestatten, nicht der geeignete Typ zu sein scheint, sich in Pfarrhäusern aufzuhalten, an einem passenderen Ort unterzubringen."

„Das junge Mädchen", erklärte Don Camillo, der zu schwitzen begann, „war stets Gast der Glöcknerfamilie. Übrigens hat sie sich schon vor mehreren Monaten in einer anderen Gemeindegegend niedergelassen."

„Das ist uns gesagt worden", bestätigte der Bischof. „Wir wollten Ihnen lediglich anraten, sie bestmöglich von Ihrem Pfarrhaus fernzuhalten. Und zwar aus naheliegenden Gründen. Verstehen Sie mich?"

„Nein, Exzellenz", erwiderte Don Camillo.

„Don Camillo", erklärte der junge Bischof ungeduldig, „abgesehen von allem anderen macht die besondere politische Stellung des Mädchens ihre Anwesenheit in einem Pfarrhaus so unpassend wie nur möglich."

„Ich verstehe, Exzellenz", sagte Don Camillo mit äußerster Mühe. „Aber das Mädchen kann wirklich nichts dafür, daß ihr Vater von den Kommunisten ermordet wurde."

„Nein, aber es ist nicht unsere Aufgabe, den Haß lebendig zu erhalten, sondern vielmehr, ihn auszulöschen. Die Gegenwart dieses Mädchens verhindert eine Entspannung, es ist ein lebendes Zeugnis einer Vergangenheit, die vergessen werden soll. Im übrigen ist das Mädchen wahrhaftig nicht der richtige Typ, um die Reihen der ‚Marientöchter' aufzufüllen!"

„Das bestimmt nicht", gab Don Camillo ehrlich zu. „Sie ist jedoch ein modernes Mädchen, überschwenglich, aber anständig."

„Anständig", rief der Bischof kopfschüttelnd aus. „Auch das Feuer ist anständig, und trotzdem ist es besser, man legt es nicht neben das Benzin."

Don Chichì tauchte also wenige Tage später wieder auf und überraschte Don Camillo bei einem schwierigen Unternehmen: Er arbeitete nämlich an einem Plakat, das am Kirchenportal angeschlagen werden sollte, und hatte schon in Blockbuchstaben vorgezeichnet: ‚Messe für das Seelenheil der . . .'. Der Pinsel war für diese klobigen Hände schwer zu führen, und Don Chichì anerbot sich freundlich: „Darf ich Ihnen helfen, Hochwürden?"

„Danke", antwortete Don Camillo und fuhr in seiner Arbeit fort. „Ich habe von Seiner Exzellenz gehört, daß Sie eben von einer schweren Krankheit genesen sind, und möchte nicht, daß Sie sich anstrengen."

„Keine Sorge!" lachte Don Chichì, zog Don Camillo das Pinselchen aus der Hand und setzte sich an die Arbeit. „Meine Krankheit ist schon weit weg."

Statt dessen war sie aber ganz nah und trat in diesem Augenblick herein. „Guten Morgen, hochwürdigster Onkel!"

Als er Cats Stimme hörte, wurde Don Chichì kreidebleich und sprang auf die Füße.

„Oh, Don Francesco..." rief Cat mit teuflisch engelhafter Stimme. „Endlich sind Sie wieder da! Wenn Sie wüßten, wie sehr wir Sie hier nötig haben!"

„Das wird man noch sehen", meinte Don Camillo grimmig. „Dich jedenfalls hat hier niemand nötig! Du kannst gehen!"

„Ich habe dir den Kühlschrank gebracht", sagte Cat mit Tränen in der Stimme.

„Ich brauche keine Kühlschränke!" brüllte Don Camillo. „Ich werde ihn dir bezahlen wie verabredet, aber nimm ihn mit nach Hause und behalt ihn, um den Kabeljau hineinzustecken, der dich einmal heiratet!"

„Onkel!" protestierte Cat mit bewunderungswürdigem Erröten. „Ich denke gar nicht ans Heiraten. Im Gegenteil, ich habe mich entschlossen, ins Kloster zu gehen."

„Du bist verrückt!" schrie Don Camillo.

„Muß man verrückt sein", fragte Cat, „um das Verlangen zu verspüren, für die Errettung einer Menschheit zu beten, die die Gottesfurcht verloren hat?"

Ihre Unverschämtheit brachte Don Camillo um den letzten Rest von Ruhe. „Mach was du willst!" schrie er, „aber geh jetzt und mach mir nicht noch mehr Scherereien. Der Bischof will nicht, daß du im Pfarrhaus verkehrst!"

„Warum denn nicht?"

„Weil du ihm nicht gefällst!"

„Seine Exzellenz kennt mich nicht", sagte Cat mit lieblichem Lächeln. „Aber der liebe Gott kennt mich, ihm werde ich gefallen. Hochwürdiger Onkel, warum wollt Ihr in mir das heilige Feuer des Glaubens und des Verzichtes abtöten?"

Don Chichì, der inzwischen mit seinem Pinselchen weitergemalt hatte, sagte: „Hochwürden, ‚Messe für das Seelenheil der' habe ich jetzt. Wie soll ich weiterfahren?"

„‚Messe für das Seelenheil der Toten von Ungarn'", murmelte Don Camillo. „In drei Tagen ist der zehnte Jahrestag der

Unterdrückung der ungarischen Freiheitsbewegung durch die Sowjets."

Don Chichì legte den Pinsel hin und schüttelte den Kopf.

„Don Camillo", sagte er, und in seiner Stimme bebte die Empörung über die barbarische Art, wie Don Camillo die zarte kleine Cat behandelte, „an die Toten denkt Gott. Wir müssen an die Lebenden denken, denn ein Dialog ist nur mit den Lebenden möglich. Warum den Haß wieder anfachen? Die Kirche ist Liebe, nicht Haß. Die Kirche sagt: ‚Du sollst deine Feinde lieben.'"

Don Camillo waren die Ohren heiß geworden.

„Es ist fast zweitausend Jahre her, seit Christus gekreuzigt wurde", stellte er fest, „und noch heute stellt ihn die Kirche ans Kreuz genagelt dar. Nicht damit wir die Feinde Christi hassen sollen, sondern um uns die Liebe und das Opfer Christi in Erinnerung zu rufen! Überhaupt – Sie schreiben, was ich gesagt habe. Das übrige überlassen Sie mir."

Als Don Chichì sah, wie Don Camillo vor Wut in Schweiß geriet, lachte er amüsiert auf: „Don Camillo, wie ich sehe, ist hier noch ein zweites, schon ganz verblaßtes Plakat. Ich nehme an, Sie wollen auch eine feierliche Messe für den Waffenstillstandstag ankündigen?"

„Natürlich. Sie werden doch nicht verlangen, daß ich den Tag des Sieges unbeachtet lasse!"

„Sieg!" rief Don Chichì angewidert aus. „Ein unseliges Datum, das man streichen sollte. In den Kriegen gibt es keine Siege. In den Kriegen verlieren alle, und nur das Böse siegt. Aber das ist kein Anlaß zu Gedenkfeiern."

„Ich will der Toten jenes Krieges gedenken!" erklärte Don Camillo.

„Immer die gleiche Geschichte! Immer die gleichen Toten!" rief Don Chichì mit bitterem Hohn. „Auf diese Weise ist die Kirche der reinste Totengräber, der seine Zeit im Friedhof der Geschichte verbringt, um verkalkte Knochen auszugraben und ins Schaufenster zu legen. Hochwürden, was ist das bloß für eine Leichenreligion mit ihren trostlosen Slogans: ‚Wir sind geboren, um zu leiden', ‚Denk daran, daß du sterben mußt'. Nein! Denk dran, daß du leben mußt! Das ist der Sinn der Offenbarung Jesu; das ist der Sinn der Auferstehung!"

Cat bewunderte Don Chichì mit verzückten Blicken.

„Don Francesco", sagte sie bewegt, „das ist eine sehr tiefe Bemerkung. Das ist der Grund, warum sich die jungen Menschen von der Kirche entfernen. Weil die Kirche nur vom Tod spricht, weil sie nur das Sterben lehrt und nicht das Leben. Weil sie dem Menschen jedes Recht versagt und ihn nur mit Pflichten belädt. Weil sie kein Glück auf Erden zuläßt, sondern das Paradies in den Himmel verlegt. Während der, der nach dem Gesetze Gottes und der sozialen Solidarität lebt, das Glück auch auf Erden findet. Und weil sie als Priester schwarze Krähen schafft, für die das fröhliche, unschuldige Gezwitscher der bunten Vögelchen, die aus voller Kehle das Lob des Herrn singen, eine Todsünde ist."

„Cat!" rief Don Camillo. „Red keinen Unsinn!"

„Don Francesco", fuhr Cat mit schmeichelnder Stimme fort, „lassen Sie dem alten Pfarrer seine Leichen: Sie sind alles, was ihm von einem langen, unnützen Leben bleibt. Schreiben Sie ihm seine Plakate. Wenn außer ein paar Fossilien niemand kommt, wird er merken, daß dies nicht die Zeit der Toten, sondern der Lebenden ist. Wenn es Ihnen ein Trost sein kann: Ich bin voll und ganz, begeistert und ergeben, mit Ihnen einig..."

„Das genügt mir!" strahlte Don Chichì und malte weiter.

Cat wandte sich an Don Camillo, der seine schamlose Nichte noch immer entgeistert anstarrte: „Hochwürden, wo soll ich den Kühlschrank hinstellen lassen?"

„Ist mir gleich", murrte er.

„Ich lasse ihn in Eure Kammer bringen. Wenn Ihr Euch, anstatt allabendlich ins Bett zu legen, in den Kühlschrank einschließt, haltet Ihr Euch viel länger frisch. Die traditionalistische Kirche hat guterhaltene Leichen nötig."

Don Chichì kicherte belustigt.

Don Camillo ging hinaus, um das Verladen des Kühlschrankes zu überwachen. Dann, als Cat wieder in ihren Kombiwagen einsteigen wollte, packte er sie bei der Schulter.

„Du Biest", sagte er halblaut, „darf man wissen, was du jetzt wieder mit Don Chichì anstellen wirst?"

„Ihm einen Kühlschrank verkaufen", gab Cat offen zur Antwort.

„Bleib mir vom Hals! Mach mir keine Schwierigkeiten beim Bischof!"

„Keine Sorge, Hochwürden. Ich verkaufe auch dem Bischof einen Kühlschrank", sagte die Ruchlose mit leisem Lachen.

„So etwas darfst du nicht einmal zum Spaß sagen!"

„Warum denn nicht? Dem Sekretär des Bischofs habe ich einen Kühlschrank als Geschenk für seine Schwester verkauft. Wieso sollte ich nicht auch dem Bischof selber einen verkaufen?"

Während Cat mit ihrem Wagen wie eine Rakete davonbrauste, wandte Don Camillo die Augen himmelwärts.

„Jesus", sagte er, „was haltet Ihr von alledem?"

„Ich weiß nicht", antwortete die ferne Stimme Christi.

„Ich befasse mich nicht mit Kühlschränken."

Der Knabe, der die Englein sah

Ausnahmsweise kommt Don Camillo nicht als Pfarrer, sondern als Arbeitgeber in Bedrängnis; denn ‚recht haben' und ‚Recht haben' sind zwei ganz verschiedene Dinge, was manchen Leuten das Leben arg kompliziert. Doch das wird nur noch ein paar Jahrhunderte dauern, dann kommt alles in Ordnung.

Ein magerer, zerlumpter Junge stapfte mühsam mit bloßen Füßen durch den Schlamm der Grabenstraße und trug auf seinen schmächtigen Schultern einen Sack, der etwas Schweres zu enthalten schien. Das Schweigen, das über der Landschaft lag, die nackten schwarzen Bäume, die wie Gespenster aus dem eisigen Nebel auftauchten, um gleich darauf wieder zu verschwinden, all das gab einem das Gefühl, in einem andern Jahrhundert zu leben; unwillkürlich mußte man an Cosetta in ‚Les Misérables' denken.

Als Don Chichì den Knaben einholte, hielt er seinen kleinen Wagen an. „Wohin gehst du?" fragte er und öffnete den Schlag.

„Auf das Piletti-Gut", antwortete der Junge und legte den Sack neben sich auf den Grabenrand.

„Da hast du noch weit, und es ist kalt."

„Das macht nichts", erwiderte der Junge mit schüchternem Lächeln. „Ich gehe gern allein im Nebel, weil ich dann mit den Englein reden kann." Don Chichì lud den Kleinen und den Sack in seinen Wagen.

„Er ist ein bißchen schwer", gestand der Junge. „Es sind Kartoffeln drin – die kleinen, die die Bauern für die Schweine beiseitelegen. Ich habe sie mir mit kleinen Arbeiten verdient, und dann haben sie mir auch einen Kürbis geschenkt. Wenn man den in der Asche heiß macht, wird er schön süß, das haben meine kleineren Geschwister so gern."

„Seid ihr viele?"

„Fünf Schwestern und vier Brüder. Aber die Cetti, meine größte Schwester, arbeitet in der Stadt. Sie ist schon sechzehn."

„Was ist dein Vater?"

„Wir sind allein mit der Mutter; wir haben keinen Vater mehr."

„Wovon lebt ihr denn?"

„Das wissen wir nicht, Hochwürden. Das weiß nur der liebe Gott, aber uns genügt es, daß Er es weiß. Jetzt sollten Sie rechts abbiegen: Wir wohnen in jenem gelben Haus dort unten."

Das war kein Haus, sondern ein armseliger Schuppen. In dem einen großen Raum, der mit einer wackeligen Wand aus Traubenkisten abgeteilt war, lagerten sieben Kinder und eine Frau, deren elende Kleidung ihre blühenden dreißig Jahre nicht zu vertuschen vermochte. Keine Betten, sondern Lagerstätten, keine Möbel, sondern alte Packkisten. Der einzige Luxus ein beim Alteisenhändler gefundener zerbrochener Ofen.

Don Chichì war tief bewegt und entrüstet und sagte, es sei doch nicht möglich, in einer solchen Hütte zu hausen.

„Hochwürden", antwortete die Frau, „wir beklagen uns nicht. Wir wären zufrieden, wenn der Padrone bloß das Dach flicken ließe, weil es hereinregnet, und in diese Mauer ein Fenster bräche, denn hier drin ist es immer Nacht."

Das Haus der Piletti war nicht weit entfernt, und Don Chichì begab sich gleich entschlossen dorthin. Er fand den alten Bauer im Stall und kam ohne Umschweife zur Sache:

„Halten Sie es nicht für Ihre Pflicht, etwas für diese Leute zu tun?"

Piletti breitete die Arme aus: „Was kann ich tun, Hochwürden? Ich bin zum Bürgermeister gegangen, ich bin zu den Carabinieri gegangen, aber überall hat man mir nur gesagt, ich soll selber zusehen, wie ich fertig werde. Es bleibt mir nichts anderes übrig, als das Dach abzudecken, aber damit werde ich bis zum Frühling warten müssen."

„Das Dach abdecken?" schrie Don Chichì entsetzt auf. „Sie haben doch die Pflicht, es zu flicken, ein paar Fenster einzusetzen, für hygienische Einrichtungen zu sorgen, kurz, diese alte Bude bewohnbar zu machen!"

Da starrte Piletti ihn entgeistert an.

„Das Lumpenpack ist eines Nachts von Gott weiß wo hergekommen. Am Morgen habe ich sie in meinem Holzschuppen gefunden. Wie ich sie fortschicken wollte, hat die Frau zu schreien angefangen, so dürfe man arme Überschwemmungsopfer nicht behandeln, und weil dann auch noch die Kleinen brüllten wie am Spieß, mußte ich nachgeben."

„Sie fühlten sich nicht verpflichtet, armen Leuten zu helfen, denen die Fluten alles entrissen haben? Haben Sie denn im Fernsehen das gräßliche Bild der Verzweiflung in den überschwemmten Gebieten nicht gesehen?“

„Doch“, gab der Alte ungehalten zu, „aber das war im letzten Oktober, während diese Ratten im Juni hier angekommen sind.“

„Not ist in allen Monaten des Jahres gültig!“ behauptete Don Chichì. „Hier ist eine arme Witwe mit neun Kindern, und die Gesellschaft hat ihre Pflichten diesen Ärmsten gegenüber.“

„Ich bin nicht die Gesellschaft!“ schrie Piletti erbost. „Ich bin nur ein ganz kleiner Teil der Gesellschaft, und es gehört sich nicht, daß alle Pflichten nur mir aufgehalst werden. Die haben meinen Schuppen besetzt, plündern mir den Obstgarten, rauben mir den Hühnerhof aus, verbrennen mein Holz, melken meine Kühe, stehlen meine Wäsche, und da soll ich ihnen auch noch das Dach instand stellen und das Haus gemütlich machen? Wir rackern uns ab, um zu leben und um das Gut mit Müh und Not zu halten, meine Frau, meine Tochter und ich!“

„Die arme Witwe ist jung und kräftig“, meinte Don Chichì. „Warum geben Sie ihr nicht etwas zu verdienen?“

Da fuhr Piletti auf: „Hochwürden, diesen Sommer habe ich sie und die ältesten Kinder bei der Tomatenernte mitarbeiten lassen. Ich habe sie nach dem Tarif bezahlt, und dann hat mich dieses Gesindel noch als Ausbeuter von Witwen und Waisen verklagt und einen Arbeitsinspektor herkommen lassen, was mich mit Buße und allem Drum und Dran glatt eine Kuh gekostet hat! Und dabei kann ich noch von Glück reden, weil ich damals mit einem amtlichen Formular die unbefugte Besetzung des Schuppens bei den Carabinieri angezeigt hatte – sonst hätten mich die vom Inspektorat auch noch um den ganzen Stall gebracht, denn dieses Weib hat sich als fest angestellt, wohnhaft auf dem Gut und ohne Vertrag, ohne Arbeitsbüchlein, Krankenkasse, Ferienmarken und all den anderen Mist ausgegeben!“

„Es ist nur recht und billig, daß der Staat die Rechte der Arbeiter schützt!“ sagte Don Chichì.

„Und die Arbeitgeber?“ schrie der Alte. „Sind die vielleicht Vagabunden, die nichts zu tun haben als sich den Bauch zu kratzen?“ „Christus hat gesagt: ‚Wehe dem, der dem Arbeiter seinen gerechten Lohn vorenthält!‘“

„Das weiß ich!“ kreischte der Alte. „Aber er hat ‚Lohn‘ gesagt, nicht ‚Beute‘!“

„Pfui!“ sagte Don Chichì. „Man scherzt nicht mit der Not der arbeitenden Klasse!“

Dann verzog er sich, denn Piletti hielt die Mistgabel in den Händen und schien gesonnen, sie als abschließendes Argument seiner leidenschaftlichen Stellungnahme einzusetzen.

Don Chichì fühlte sich mit einer heiligen Mission betraut, und nachdem er Don Camillo die grausame Not der Witwe und ihrer Waisenkinder geschildert hatte, sagte er: „Hochwürden, wir haben zwar in vielen Dingen nicht die gleichen Ansichten, aber hierin müssen wir doch einig sein: Wir müssen diesen Unglücklichen nach unseren Kräften helfen!“

„Don Francesco“, antwortete Don Camillo, „ich wüßte hierzu einiges zu sagen, aber ich verzichte darauf. Diese Frau hat neun Kinder: Wir können die kleinsten davon unentgeltlich ins Pfarrwaisenhaus aufnehmen, einkleiden und füttern lassen.“

„Das ist schon etwas, Don Camillo. Aber ich denke an diesen Knaben, der barfuß dahinging und mit den Englein redete. Er muß feinfühlig und intelligent sein; nehmen wir ihn doch zu uns. Er wird uns als kleiner Meßdiener nützlich sein, den Pfarrkindern die Zeitschriften und Zirkulare bringen, die Kirche in Ordnung halten. Wir geben ihm dafür Kleider, Essen und das bißchen Geld, das wir eben geben können. Hochwürden – er hat etwas Wunderbares gesagt, als ich ihn fragte, wovon sie denn lebten: ‚Ich weiß nicht, das weiß nur der liebe Gott, aber uns genügt es, daß Er es weiß.‘ Dieser Junge ist einer von den Armen, denen das Elend und der Hunger und die Mühsal noch nicht das Herz vergiftet haben, wie es so oft geschieht. Sein Elend macht im Gegenteil seinen Glauben an den Herrn lebendiger und ermöglicht es ihm, mit den Engeln zu reden. Wenn wir ihm helfen, werden wir in ihm die Berufung vertiefen, die aus ihm wahrscheinlich einen würdigen Geistlichen machen wird. Einen echten Priester der Kirche der Armen, ist er doch selber in Armut geboren und aufgewachsen. Don Camillo, denken Sie an Matthäus, die Stelle, wo Jesus sich den Armen gleichstellt: ‚Ich bin hungrig gewesen, und ihr habt mich gespeist ... Ich bin nackt gewesen, und ihr habt mich bekleidet ... Was ihr getan habt einem unter diesen meinen geringsten Brüdern, das habt ihr mir getan ...' Don Camillo, denken Sie wiederum an Matthäus, aber auch an Markus, Lukas und Johannes: ,Wer ein Kind wie dieses in meinem Namen aufnimmt, nimmt mich auf ...'"

Don Camillo dachte an Matthäus, Markus, Lukas und Johannes und vergaß alles übrige.

Marcellino erwies sich als das, was Don Chichì vorausgesehen hatte. Ein perfekter kleiner Meßdiener, eine glockenhelle Stimme im Chor. Den ganzen Tag schlenderte er im Pfarrhaus umher, stets bereit, sich aufs Fahrrad zu schwingen, um irgendeine Besorgung zu machen. Er war von freundlichem Wesen und nett anzusehen, und wenn er am Sonntag mit der Sammelbüchse durch die Reihen der Gläubigen ging, zog sein Lächeln dem ärgsten Filz ein paar Münzen aus der Tasche.

Er verbrachte viele Stunden in der Kirche, um mit den Englein zu reden oder Bücher zu lesen, die Don Chichì ihm lieh.

Eines Sonntagmorgens nach der Messe näherte sich Marcellino in der Sakristei Don Camillo, streckte ihm die Sammelbüchse voller Kleingeld hin und sagte mit sanfter, unterwürfiger Stimme: „Hochwürden, es wird Zeit, daß wir über den Anteil sprechen."

„Was für einen Anteil?"

„Meinen", erwiderte Marcellino lächelnd. „Ich sammle das Geld ein, also habe ich das Recht auf einen Anteil. Eigentlich würden mir fünfzig Prozent zustehen, aber ich will mich mit fünfundvierzig begnügen."

Don Camillo starrte ihn verblüfft an.

„Marcellino", erkundigte er sich, „haben dir das die Englein gesagt?"

„Nein, Hochwürden", hielt der Junge fest. „Mit den Englein rede ich über andere Dinge."

„Das ändert die Sache", sagte Don Camillo und jagte den Bengel mit einem Fußtritt hinaus. „Paß auf, daß du dich hier nie mehr blicken läßt."

Marcellino verschwand, ohne etwas zu sagen. Am Nachmittag jedoch erschien seine Mutter.

Die Frau war in voller Kriegsrüstung und drang in klassischer Keilformation vor, das kleinste Kind auf dem Arm, die beiden

Mädchen von fünf und vier Jahren rechts und links an die Hüften geklammert und die restlichen vier Kinder dahinter.

Sie fiel ins Pfarrhaus ein, wies mit dramatischer Geste auf ihre unglücklichen Kleinen und sagte: „Hochwürden, Ihr ruiniert mich, wenn Ihr Marcellino ausgerechnet jetzt die Arbeit wegnehmt, wo auch meine Cetti ihre Stelle in der Stadt verloren hat!"

„Sie hat nicht ihre Stelle verloren, sie hat die vierzehnte Stelle verloren und muß jetzt den Aufenthaltsort wechseln", stellte Don Camillo richtig.

Die geheiligten Forderungen der Arbeiter waren damals gerade große Mode. Die Regel lautete: ‚Der Arbeitgeber hat immer unrecht.' Daher gab es Leute wie die wackere Concettina, genannt Cetti, die sich irgendwo anstellen ließen, um sich nach kurzer Zeit so aufzuführen, daß sie entlassen wurden. Darauf liefen sie zur Arbeitskammer und zeigten den gewesenen Prinzipal wegen einer Unmenge von Verstößen an.

Unverzüglich stürzten sich dann tüchtige Beamte auf den Prinzipal, beschlagnahmten seine Buchhaltungsbücher, durchsuchten alles, sogar sein Bett, und fanden unweigerlich irgendwelche Regelwidrigkeiten, die mit ungeheuerlichen Bußen und angemessenen Entschädigungen an den betrogenen Arbeitnehmer geahndet wurden.

Es war ein sehr sinnreiches System, um nicht arbeiten zu müssen und trotzdem Geld zu verdienen und, was am meisten zählt, den verhaßten Arbeitgeber schädigen zu können. Cetti hatte dieses Spielchen bereits vierzehnmal erfolgreich gespielt, mit der Zeit aber hatte es sich natürlich herumgesprochen, und niemand wollte sie mehr haben.

„Sie ist doch nicht schuld, die arme Kleine, daß sie lauter unehrliche Meister gefunden hat", jammerte die Frau. „Ihr könnt Marcellino nicht auf die Straße setzen – ich bin eine arme Witwe und habe neun Kinder durchzubringen!"

„Niemand hat Euch geheißen, sie zur Welt zu bringen!" gab Don Camillo zurück.

„Hochwürden!" schrie sie empört auf. „Ich bin keine von den Schlampen, die die Pille benützen!"

„Das weiß ich", versetzte Don Camillo ruhig. „Ihr seid eine Schlampe, die neun Kinder in die Welt setzt, ohne auch nur einen einzigen Ehemann gehabt zu haben, und jetzt verlangt Ihr, daß die Gesellschaft sie erhalte. Hinaus mit Euch!"

Die Frau ging mit lautem Geheul, kräftig unterstützt vom Schreien und Schluchzen der sieben Kinder. Don Chichì, der die Szene mitangesehen hatte, protestierte betrübt: „Don Camillo, so geht man doch nicht mit einer armen Mutter um, die ihre Kinder beschützt!"

„Sie ist keine arme Mutter, und sie beschützt ihre Kinder nicht, sondern benützt sie! Viel zu viele Leute setzen ganze Herden von Kindern in die Welt, nur um sich hinter deren Hunger und Not zu verschanzen. Es ist reine Ausbeuterei."

„Aber was können die Kinder dafür?"

„Den Kindern gebe ich auch gar keine Schuld", sagte Don Camillo. „Ich meine nur, man soll ihre gewissenlosen Eltern nicht noch ermutigen oder gar loben – wie es heutzutage allzu oft geschieht. Man soll vielmehr verhindern, daß sie ihre Kinder zu Feinden der Gesellschaft machen."

Zwei Tage später kam ein Gewerkschaftsfunktionär ins Pfarrhaus geschneit. „Sie", sagte er zu Don Camillo, „haben einen dreizehnjährigen Jungen im Dienst gehabt und auch an Sonntagen arbeiten lassen."

„Die Messe bedienen ist keine Arbeit", erklärte Don Camillo, „sondern die freiwillige Teilnahme an einer kirchlichen Handlung."

„Jede Tätigkeit, die etwas produziert, ist notgedrungen eine Arbeit", behauptete der Funktionär.

„Die Messe produziert nichts Konkretes, Greifbares, sie ist eine geistige Veranstaltung."

Da lachte der Funktionär: „Das Theater produziert auch nichts Greifbares – aber es bringt eine Unterhaltung hervor, und darum gibt es auch beim Theater Arbeitnehmer mit fest umschriebenen Rechten. Gewerkschaftlich ausgedrückt, kann die Messe als Theater betrachtet werden. Der Junge hatte eine wichtige Rolle inne und mußte dafür regulär entlohnt werden. Er hat Anspruch auf eine Sonderzulage für Sonntagsarbeit, auf eine Entlassungsentschädigung, auf eine Liquidation. Außerdem brauchte er ein Arbeitsbüchlein, ein Gesundheitsbüchlein, da er in einem öffentlichen Lokal tätig war, und es mußten für ihn die gesetzlichen Beiträge bezahlt werden."

Der Funktionär war, wie es sich gehört, ein harter Mann, gewöhnt, die Arbeitgeber vor Schrecken beben zu sehen; er staunte daher nicht wenig, als Don Camillo auf die Tür zeigte und sagte. „Ich habe Ihren Fall verstanden, ich werde für Sie beten."

„Sie irren, Hochwürden, wenn Sie glauben, so leicht davonzukommen", rief der Funktionär.

„Irren ist menschlich", antwortete Don Camillo und schlug ihm die Tür vor der Nase zu.

Natürlich erschien in der Wandzeitung am Volkshaus eine heftige Attacke gegen Don Camillo, der Nächstenliebe predige und dabei einen armen Jungen mit Fußtritten fortjage und ihm den gerechten Lohn vorenthalte.

Peppone begnügte sich aber nicht mit diesem Angriff, sondern stellte Marcellino als Ausläufer in seiner Haushaltmaschinenhandlung ein – und zwar unter Beachtung aller von der Gewerkschaft festgesetzten Vorschriften. Und er sorgte dafür, daß das ganze Dorf es erfuhr.

Marcellino benahm sich so mustergültig, daß Don Chichì eines Tages Don Camillo gegenüber bemerkte: „Hochwürden, ich hatte doch recht. Marcellino ist ein braver Junge, Sie haben ihn bloß nicht verstanden."

„Vielleicht", gab Don Camillo zu. „Wer weiß, ob er mitten unter Kühlschränken und Waschmaschinen immer noch die Englein sieht?"

In Wirklichkeit sah Marcellino keine Englein mehr, dafür aber sah er, da er wirklich sehr feinfühlig war, in einer Waschmaschine versteckt ein gewisses ‚Geheimregister', das er zum Studium mit nach Hause nahm.

Dann ließ er Peppone wissen, wenn man ihm nicht 150000 Lire ausbezahle, werde er diese Liste einem gewissen Mann im Finanzamt bringen, dessen Hobby die ‚geheimen' und ‚vertraulichen' Register waren.

Peppone konnte natürlich nicht derjenige sein, der die Instanzen der Arbeiterklasse nicht in hohem Ansehen hielt, und so brachte er das Geld persönlich zu Marcellinos Mutter hinaus, um von ihr das Register zurückzubekommen.

Er traf die Ärmste im Bett, eben im Begriff, der Gesellschaft das zehnte Waisenkind zu schenken.

Noch ein Märchen vom großen Strom

Das Geschäftsleben hat Cat nicht verbürgerlicht; wenn sie das Kommando einer Kampfhandlung übernimmt, ist sie entfesselter denn je. Die Pilzköpfe rufen eine gesunde Protestaktion ins Leben, und Don Camillo wird in eine Beat-Messe verwickelt, die ihm aber eigentlich gar nicht mißfällt.

Am Freitag wurde Cat um elf Uhr nachts ans Telefon gerufen. Es war die Tota, eins der Mädchen der Skorpione: „Cat, was zum Teufel hast du bloß mit Ringo gemacht?"

„Er belästigt mich immer, und so habe ich ihn zur Hölle geschickt", erklärte Cat lachend.

„Ringo ist außer sich und will sich rächen. Er weiß von allen Burschen von Velenos Bande, wer sie sind und wo sie wohnen. Er will sie einzeln mit seinen Leuten zu Hause aufsuchen und zusammenschlagen. Die Expedition ist auf morgen früh angesagt; ich rufe dich an, sobald sie abfahren."

Cat wußte, was Ringo für eine Bestie werden konnte, wenn er vergaß, daß er ein Mann war. Ohne eine Sekunde zu verlieren, lief sie, um die drei Anführer von Velenos Bande zu benachrichtigen.

Die ländlichen Pilzköpfe zuckten hilflos die Schultern und stammelten, sie wüßten nicht, was sie tun sollten.

„Gebt sofort Alarm durch. Morgen früh um sieben erwartet ihr mich alle im Gehölz."

Bevor sie nach Hause ging, klopfte Cat noch bei Peppone an. Er war eben dabei, zu Bett zu gehen, und erklärte, um diese Zeit wollte er nichts mehr von Haushaltmaschinen hören.

„Davon will ich auch gar nichts sagen", erklärte Cat. „Geben Sie mir die schwarze Lederjacke von Veleno und helfen Sie mir, sein Motorrad in den Kombiwagen zu laden. Morgen wollen die Skorpione hierherkommen und Stunk machen."

Peppone glühten die Ohren: „Schon wieder diese Lumpenkerle? Ich melde es der Wache und lasse sie alle festnehmen!"

„Sie brauchen sich nicht zu bemühen", antwortete Cat. „Das ist unsere Sache. Geben Sie mir nur das Zeug heraus und gehen

Sie zu Bett, um von Stalin zu träumen. Vielleicht gibt er Ihnen gute Lottonummern an!“

Am nächsten Morgen um sieben war die ganze ländliche Bande am vereinbarten Platz im Gehölz versammelt. Ohne Veleno fühlten sie sich wie verirrte Kinder. Der Morgen war frisch, und die Burschen hatten mit Gestrüpp ein großes Feuer angemacht, um sich zu wärmen – aber Furcht ist eine Art von Kälte, die man nur schwer aus den Knochen kriegt.

Sie diskutierten über die Lage, und nach einer Stunde war ihr Entschluß gefaßt: in den Sattel zu springen und hügelwärts zu fliehen. In diesem Augenblick jedoch vernahmen sie das starke, wohlbekannte Brummen eines Motorrades und sprangen auf die Füße.

Cat ging in der schwarzen Jacke Velenos fast verloren und sah auf dem mächtigen Motorrad noch zarter aus als sonst; trotzdem überlief alle ein Schauer.

„Sie sind losgefahren“, sagte Cat. „Ihrer dreißig, genau wie wir. Um nicht aufzufallen, kommen sie getrennt auf verschiedenen Straßen. Sie treffen sich in der Mitte der Grabenstraße. Wir postieren uns hinter dem kleinen Damm und bürsten sie der Reihe nach ab, wie sie eintreffen. In die Sättel, los!“

Cat wirkte schon von vorn begeisternd; als sie sich nun aber nach einer tollkühnen Wendung mit dem Motorrad der Straße zuwandte und die Jungen auf ihrem Rücken den weißen Totenschädel und die Aufschrift ‚Veleno‘ sahen, setzten sie alle, ohne Ausnahme, mit einem heftigen Tritt ihre Motoren in Gang, schwangen sich in die Sättel und waren bereit, die Welt in Stücke zu hauen.

Die Taktik war richtig, und die ersten Skorpione, die auf der Grabenstraße eintrafen, wurden mühelos überwältigt. Dann, als die Hauptmacht kam, wurde die Schlacht heiß. Von der Böschung herab dirigierte Cat die Kampfhandlungen der ländlichen Bande. Auf der Seite zum Schwemmland hin war der kleine Damm mit großen, von Gittern gehaltenen Steinblöcken verstärkt; Cat hatte das in Rechnung gezogen, und als sie nun sah, daß ihre Bande ein wenig den Schneid verlor, ließ sie vier der Burschen auf den Damm heraufkommen, gab jedem von ihnen eine Zange und befahl: „Schnell, schneidet das Gitter durch – es ist Zeit, die Artillerie einzusetzen.“

Die Sache sah recht bedrohlich aus, denn die vier ländlichen Raufbolde gehorchten Cat, wie die Gardegrenadiere Napoleon gehorcht haben würden.

„Leute!" rief Cat, als sie sah, daß ihre Artilleristen melonengroße Steinbrocken in den Händen hielten, „zielt auf die Hohlkugel mit den langen verlausten Haaren, die die Skorpione zwischen den Schultern haben!"

„Cat!" brüllte Ringo von unten herauf, „wenn ich dich in die Finger kriege, reiße ich dich in Fetzen!"

Ein großer Stein streifte seinen Kürbis: drei Fingerbreit tiefer, und das Oberhaupt der Skorpione wäre erledigt gewesen.

Der Bursche erbleichte.

„Ah, ihr seid auf Totschlag aus!" rief er. „In diesem Fall machen auch wir Ernst. Jungen, die Eisen heraus!"

Die Skorpione zogen die Messer aus der Tasche – die Ländlichen taten einen Satz rückwärts, und einen Augenblick später hielt jeder von ihnen ein Stück Motorradkette in der Hand.

Es war eine Frage von Minuten, wann einer tot auf dem Platz liegenbleiben würde; beide Gruppen hatten sich zusammengerottet und warteten bewegungslos auf den Befehl Ringos und Cats zum Angriff und zum Massaker.

Doch der Befehl kam nicht. In die Stille platzte eine Donnerstimme: „Werft das Dreckzeug, das ihr in den Händen habt, zu Boden, alle!"

Peppone und sein Stab waren mit angelegten Doppelflinten auf der Böschung aufgetaucht.

„Schöne Logik!" höhnte Ringo. „Um uns zu hindern, einander zu verhauen, wollt ihr uns erschießen? Daß ich nicht lache!"

„Wer redet vom Erschießen?" gab Peppone zurück. „Unsere Patronen sind mit Salzkörnern gefüllt. Blei erzielt zwar die besseren Resultate, aber ihr werdet euch schon erinnern, daß eine Ladung Salz auch eine ganz schöne Wirkung hat. Also werft diese Schweinereien weg, oder wir versalzen euch!"

In diesem Augenblick erschien Don Camillo auf dem Damm.

„Hochwürden, geht aus dem Weg!" schrie Peppone. „Das geht Euch nichts an!"

„Und ob es mich angeht! Wenn einer von diesen Dummköpfen krepiert, gebt Ihr ihm dann die Letzte Ölung?"

„Fort mit den Waffen!" schrie Peppone nochmals; aber er

war verwirrt, man spürte, daß er niemals den Mut aufbringen würde, zu schießen.

Cat bemerkte es. „Drücken Sie doch ab, statt zu schwatzen!“ schrie sie, riß Peppone die Doppelflinte aus der Hand und legte auf Ringo an.

Der Junge wurde leichenblaß und ließ sein Messer fallen. „Nehmt ihr das Gewehr fort!“ brüllte er. „Die schießt wirklich! Ich weiß es. Wenn sie nicht so wäre, hätte ich sie nicht zur Freundin genommen!“

Cat lachte hart auf: „Du lausiger Wurm! Ich bin nie deine Freundin gewesen und werde es auch nie werden. Ich werde die Freundin von dem, den *ich* will!“

Ringo begann zu lachen: „Kleine Kratzbürste! Wenn ein Skorpion sich ein Mädchen aussucht, dann gehört es ihm und keinem andern. Dieses Aas mit dem Totenkopf auf dem Buckel hat es gewagt, ein Auge auf mein Mädchen zu werfen, und das soll er mir mit seiner ganzen Bauernflegelbande büßen.“

„Ich möchte eher sagen, sie habe ein Auge auf ihn geworfen“, mischte sich Don Camillo ein. „Jedenfalls hat das nichts mit eurer Strafexpedition zu tun.“

„Natürlich hat es etwas damit zu tun!“ schrie Ringo. „Wer einen Skorpion beleidigt, beleidigt alle Skorpione. Das ist unser Gesetz. Warum übrigens ist er nicht hier, dein großer Wicht?“

„Er hat anderes zu tun. Um mit einem Pinsel wie dir fertig zu werden, genüge ich!“ rief Cat und drückte ab.

Don Camillo hatte gewußt, daß es so herauskommen würde, darum war er bereit, und seine Pranke fiel blitzschnell auf die Flintenläufe. Die Salzladung prasselte in die Pfütze, die die beiden Banden trennte.

Alle Pilzköpfe hatten nun ihre Waffen zu Boden geworfen, und Smilzo stieg vom Damm hinunter, um Messer und Ketten einzusammeln.

„So –“, sagte Don Camillo. „Ihr seid also die Protestierer. Und wenn ihr euch gegenseitig die Knochen zerschlagt, tut ihr das ebenfalls aus Protest?“

„Klar“, antwortete Ringo. „Es ist eine Methode genau wie die andern auch, um euer faules Gesetz zu mißachten und unser eigenes anzuwenden.“

„Und was ist das für ein Gesetz?“ erkundigte sich Peppone.

„Das Gesetz des Stärkeren. Das ist das Gesetz der Natur. Die Schwachen müssen ausgemerzt werden."

„Verstehe", grinste Don Camillo. „Ich habe gestern gelesen, daß ein russischer Junge von achtzehn Jahren seine alten Eltern umgebracht hat, weil sie ihn ärgerten."

„Das ist keiner von uns", erklärte Ringo. „Für uns sind die Alten bereits tot. Sie sind Leichen auf Urlaub. Auch euer Gesetz verbietet ja, Tote umzubringen. Leichenschändung."

„Und wann beginnt das Alter?" fragte Peppone, der bereits kochte.

„Mit vierzig", erläuterte Ringo, „fängt die Verwesung an."

„Verwest bist du selber", rief Don Camillo. „Und verwest und verfault sind die andern Verlausten wie du. Ihr feigen Wichte, die von Geschwätz und Schlagern leben. Die sich jeder Pflicht entziehen und den verwesten Eltern das Kleingeld abbetteln oder stehlen."

Ringo trat einen Schritt näher: „Hochwürden, ich habe weder vor Eurer schmierigen Soutane noch vor Eurem Alter Respekt. Wenn ich nicht hinaufkomme, um Euch zu ohrfeigen, dann ist es nur, weil Ihr mir leid tut."

„Das ist ein ehrenwertes Gefühl, das leider nicht in meiner verwesten Brust wohnt", gab Don Camillo zurück und stieg schnell von der Böschung hinab.

Ringo kannte sich in Boxen, Judo und Karate aus – aber die ersten beiden Klapse trafen ihn an die Ohren und ließen ihn alles vergessen, selbst die eigene Adresse. Don Camillo krallte sich mit beiden Pranken in den langen Haaren fest und lud sich den Jüngling auf die rechte Schulter, um ihn durch die Luft kreisen zu lassen; doch Cats Stimme hielt ihn zurück.

„Nein, Onkel, skalpiert ihn nicht! Veleno soll ihn skalpieren!"

„Auch junge Leute haben Rechte", gab Don Camillo zu, ließ die Strubbelmähne los und kletterte wieder auf die Böschung.

„Wenn ihr nicht solche Spitzbuben wärt", fuhr er dann mit hallender Stimme fort, „wenn ihr wirklich einen kühnen Protest gegen diese unsere faule Welt erheben wolltet, statt Krieg zu spielen, dann würdet ihr euch beispielsweise für diese armen Leute einsetzen, denen die Überschwemmung alles fortgetragen hat."

„Sollen sie doch verrecken, die Überschwemmten!" brüllte Ringo und stand wieder auf.

„Das werden sie auch, wenn ihnen nicht jemand hilft, der ein echter Rebell ist!“ antwortete Don Camillo.

Es war der zweite Tag der berühmten Überschwemmung, die ein Drittel des Landes verwüstet hatte, und die Leute, die auf den Dächern ihrer versunkenen Häuser kauerten, warteten noch immer darauf, daß jemand sie bemerkte.

„Das wäre wirklicher Protest!“ fuhr Don Camillo fort. „Protest gegen die Fabrikanten von Worten, die alles mit Geschwätz lösen und mit Fernsehübertragungen, welche die Katastrophen in Varietéprogramme verwandeln, um die Spießer zu unterhalten, die sich in ihren Lehnstühlen und in ihrem Egoismus räkeln. Eingreifen, diesen Ärmsten helfen, um die Politiker und die Bürokraten zu ärgern – das wäre ein Protest für Männer!“

„Und was sollte man denn Eurer Meinung nach tun?“ grinste Ringo. „In die überschwemmten Gebiete hinausschwimmen, nachdem alle Straßen überflutet und die Verbindungen unterbrochen sind?“

„Nicht alle“, antwortete Don Camillo. „Eine ist leider durch die Überschwemmung besser geworden. Wenn es einen tüchtigen Bürgermeister gäbe, würde er Lebensmittel, Decken und so weiter einsammeln, alles auf ein paar große Barken verladen, und so könnte man dorthin gelangen, wo der Fluß und das Meer die Felder und Dörfer überflutet haben.“

„Der tüchtige Bürgermeister ist hier!“ brüllte Peppone.

„Jawohl, Genosse“, stimmte Don Camillo zu. „Aber um sich in Bewegung zu setzen, braucht der die Bewilligung vom Kreml oder von Mao.“

„Bewilligung braucht er keine“, antwortete Peppone. „Aber das Schlimme ist, daß die Leute nichts mehr geben mögen. Sie haben schon zu oft miterlebt, was aus ihrer Hilfe geworden ist.“

„Nein, Herr Bürgermeister“, behauptete Don Camillo. „Wenn wir persönlich dafür bürgen, daß wir die Sachen selber verteilen, werden sie geben.“

„Wer wir?“

„Ihr und ich. Wer dem Priester nicht traut, wird dem Genossen trauen, und umgekehrt.“

Peppone wandte sich an die Jugendlichen: „Die Angsthasen nehmen jetzt ihre Motorräder und fahren nach Hause, um sich auf dem Plattenspieler Protestlieder anzuhören. Die andern können mit mir kommen."

„Ich mache mit", meldete sich Cat. Dann sah sie die ländlichen Pilzköpfe an und fügte bei: „Ich und die Mannschaft von Veleno."

„Die Überschwemmten können mir gestohlen bleiben, aber wenn es darum geht, jemandem einen Streich zu spielen, bin ich auch dabei!" stellte Ringo klar.

„Wir auch", sagten die Skorpione. „Es wird großartig sein, zuzuschauen, wie die Mummelgreise, die dort befehlen, es fertigbringen, die Hilfsorganisation zu desorganisieren."

Die Schlacht war sehr ausgeglichen gewesen, und bei Durchsicht der Kräfte ergab es sich, daß zwanzig Burschen von jeder Bande einsatzfähig waren. Mit zerschlagenen Köpfen, Armen und Rippen mußten zehn Landleute und zehn Skorpione in die Reparaturwerkstätte spediert werden.

Peppone nahm den Lastwagen und fuhr mit Don Camillo an der Seite durch die ganze Gemeinde. Das Motto lautete: „Kein Geld, nur Waren!" Ein kluges Motto; denn ein Bauer gibt euch lieber einen ganzen Sack Mehl als auch nur fünfhundert Lire. Es gaben überhaupt alle gern etwas, denn sie erinnerten sich gut an die Überschwemmung, die vor fünfzehn Jahren ihr Dorf betroffen hatte, und sie wußten gut genug, wie sie, trotz allen Versprechungen, alles allein und aus eigener Kraft hatten wieder instand stellen müssen. Während diese Ernte vor sich ging, rüsteten Bigio, Brusco und Smilzo mit Hilfe der Pilzköpfe die Flotte aus.

Zwei Motorlastkähne, jene riesigen, schweren, die für den Transport von Sand und Kies verwendet werden. Plus die beiden mit einer Brücke verbundenen Fährboote, die zum Übersetzen von Fahrzeugen von einem Ufer ans andere dienten, gezogen von einem Schlepper. Auf der Brücke ein Lastwagen und ein Traktor mit vier Triebrädern, samt Anhänger. Die gesammelten Waren, gut verpackt in wasserfeste Plastiksäcke, wurden auf die vier Boote verteilt.

Es war ein Blitzunternehmen: Auf einem von Peppone befehligten Boot nahmen Ringos zwanzig Skorpione Platz, auf dem andern, unter dem Kommando von Don Camillo, die zwanzig Burschen, die Cat unter sich hatte.

Don Chichì hatte um jeden Preis an der Expedition teilnehmen wollen, aber Don Camillo erinnerte ihn daran, daß man die Pfarrei nicht unbesetzt lassen durfte.

„Und überdies", setzte er weise hinzu, „bin ja schon ich bei der Expedition. Man soll nie übertreiben mit den Priestern."

Die Flotte stach kurz nach Mitternacht in See, unter strömendem Regen; die Besatzungen waren verbeult und todmüde und sanken, von großen Planen einigermaßen geschützt, sogleich in Schlaf. An der Spitze der Formation tuckerte Don Camillos Barke, dann folgten der Lastkahn Peppones und der Schlepper mit der Fähre. Ein kleines, schnelles Boot mit Außenbordmotor, das mit Scheinwerfern ausgerüstet war, fungierte als Aufklärungsboot und führte die Flotte.

Gegen zehn Uhr ließ der Regen nach, und es klarte auf. Es verstand sich von selbst, daß Don Camillo das ausnützte; außerdem war Sonntag. Im Heck des Kahns hatte man einen großen Block von Kisten mit Konservenbüchsen untergebracht; darauf stellte Camillo seinen alten Feldaltar und schickte sich an, die Messe zu lesen.

Auch auf Peppones Schiff war die ganze Mannschaft unter den Planen und aus dem Schlaf hervorgekrochen.

„Diese Priester!" maulte Peppone und nahm den Hut ab. „Jede Gelegenheit ist ihnen gut genug, um eine Vorstellung zu geben!"

Ringo wollte in Hohngelächter ausbrechen, aber die Motoren der Lastkähne und des Schleppers waren abgestellt worden, und in dieser Einsamkeit, in dieser Stille schwebten die Worte des Priesters weit über die unendliche, schlammige Wasserfläche, und Ringo verzichtete auf sein Gelächter.

Man weiß es ja: Ein Pilzkopf ohne Gitarre ist wie ein Soldat, der ohne Gewehr in den Krieg zieht. Die Skorpione hatten Gitarren bei sich, und bei der Wandlung stimmten sie im Chor den ‚Ol' man river' und bei der Kommunion eines der bekannten Beat-Gewinsel an.

„Herr", sagte Don Camillo, „warum bringt Ihr sie nicht zum Schweigen? Warum hindert Ihr sie nicht daran, diese heilige Handlung mit ihren profanen Gesängen zu stören?"

„Don Camillo", antwortete die ferne Stimme des Gekreuzigten, „jeder singt das Lob des Herrn wie er kann."

„Ja, schon, Herr, aber hört doch nur: sie pfeifen sogar!"

„Bei gewissen Gelegenheiten darf man das Lob des Herrn auch pfeifen", erklärte Christus.

„Herr, wie soll das enden? Wer hätte je gedacht, daß ein armer alter Landpfarrer eine Beat-Messe zelebrieren würde?"

„Ich, Don Camillo", antwortete Christus.

Mit der Messe war auch die Aufheiterung zu Ende; die Motoren begannen wieder zu knattern, und alle suchten unter den Planen Zuflucht vor dem Regen.

Am frühen Nachmittag kamen sie in den überschwemmten Gebieten des Po-Deltas an, und als sie die ersten halbversunkenen Bauernhäuser sahen, begannen auch schon die Schwierigkeiten.

Es war der große Augenblick der Koordination. Die aus der Hauptstadt hergesandten Koordinatoren trafen einer nach dem andern ein, um die Hilfsaktionen zu koordinieren und die verschiedenen Kompetenzbereiche festzulegen. Dann sollten die Superkoordinatoren kommen, um die Koordinatoren zu koordinieren. Inzwischen warteten die Leute, auf ihren Hausdächern zusammengekauert, auf Hilfe.

Ein Motorboot mit Funktionären und Wachen hielt die Flotte auf: Wer seid ihr? Was sucht ihr? Zu welcher Organisation gehört ihr? Was bringt ihr? Warum mischt ihr euch ungebeten in diese Dinge ein?

„Es kommt noch so weit, daß sie uns eine Buße verpassen, weil wir keine Begleitpapiere von der Verbrauchssteuer bei uns haben!" schrie Cat erbost.

„Sei still", erwiderte Don Camillo. „Begreifst du nicht, daß die staatliche Unfähigkeit die private Fähigkeit nicht dulden kann?"

Die Pilzköpfe rührten sich; Ringo schlug vor, das Motorboot zu entern und Funktionäre und Wachen ins Wasser zu werfen.

Die Idee war gut, aber es war nicht mehr nötig, sie in die Tat umzusetzen. Schließlich fanden die Koordinatoren, daß sie nun die Hilfsaktion zur Genüge verzögert hatten, sie zogen ab, und die Flotte konnte ihre Fahrt fortsetzen.

Die Jugendlichen holten Leute, die auf den Dächern der halb untergegangenen Häuser hockten, auf die Kähne. Sie brachten die Ärmsten auf die Dämme, verpflegten sie und begleiteten sie dann mit dem Lastwagen und dem Traktor in die vom Wasser verschonten Dörfer. Sie verteilten an jeden einzelnen Lebensmittel, Decken und Kleidungsstücke.

Die letzte Operation des Tages war die der ‚Cascina Rossa'. Das kleine Haus stand bis fast zur Decke des ersten Stockes im Wasser. Ein alter Mann und eine alte Frau hatten auf dem Dachboden mit ihren Siebensachen Schutz gesucht.

Sie wollten ihr Haus und ihre Sachen nicht verlassen. Als alles Zureden nichts nützte, machte Peppone kurzen Prozeß; er befahl Ringo: „Holt diese beiden Unglückswürmer heraus und werft sie auf den Kahn!"

Die Skorpione liebten Gewalt und führten den Befehl ohne Widerrede aus; um den Protest der beiden alten Leute kümmerten sie sich nicht.

Der Kahn hatte sich kaum von dem Häuschen entfernt, als es in sich zusammenfiel und in dem schlammigen Wasser versank.

„Da!" rief der Greis voller Bitterkeit. „Jetzt werdet ihr froh sein!"

„*Ihr* solltet froh sein!" schrie Ringo ungehalten. „Wenn wir fünf Minuten länger gewartet hätten, wärt ihr jetzt alle beide ertrunken!"

„Eben!" beklagte sich die alte Frau. „Jetzt wäre alles vorüber. Statt dessen sind wir dazu verdammt, ohne ein Haus, ohne einen Garten, ohne einen Hühnerhof weiterzuleben!"

„Der Staat wird euch helfen", antwortete Ringo.

„Der Staat", murrte der Alte. „In Armenhäuser werden wir gebracht. Sie hierhin, ich dorthin. Für immer getrennt, statt daß wir zusammen sterben konnten, in unserem eigenen Haus."

„So ein Unsinn!" grinste Ringo. „Ob man allein stirbt oder in Gesellschaft, ist doch einerlei."

„Junge", erwiderte der Greis, „du hast dein Leben noch vor dir, wir haben das unsere hinter uns. Von einem gewissen Zeitpunkt an – das wirst du dann schon sehen – geht es nicht mehr darum, gut zu leben, sondern gut zu sterben."

Die beiden Kähne lagen Seite an Seite, und Don Camillo ließ sich vernehmen: „Guter Mann, ich verstehe Euch wohl, aber diese Jugendlichen können Euch nicht verstehen. Sie interessiert es nicht, wie die Alten sterben. Sie interessiert es nur, daß die Alten so schnell wie möglich sterben."

„Warum haben sie uns dann nicht sterben lassen?" fragte die Frau.

„Wenn ihr wirklich unbedingt krepieren wollt, hält euch ja nichts davon ab, ins Wasser zu springen!" schrie Ringo.

„Nur wer uns das Leben geschenkt hat, kann es uns nehmen", entgegnete die Greisin. „Du weißt das nicht, mein Junge, aber der hochwürdige Herr weiß es."

„Motoren an!" brüllte Don Camillo. „Mission beendet, wir kehren zur Basis zurück!"

„Und diese beiden, laden wir sie nicht aus?" fragte Peppone halblaut.

„Wir sind für ihre traurige Situation irgendwie verantwortlich. Ich werde sie in das alte Haus mit der Kapelle bringen. Es ist schadhaft, aber ein paar Zimmer sind bewohnbar. Dann ist ein schönes Stück Land dabei; wir bringen es in Ordnung, und dann können sie wieder einen Garten und einen Hühnerhof errichten."

Die Augen der alten Frau leuchteten auf.

„Einen Hühnerhof!" rief sie. Doch gleich wurde sie wieder traurig: „Meine armen Hühner, alle ertrunken . . ."

„Spanische Galione backbord voraus!" brüllte Cat.

Ein großer Misthaufen, schön viereckig und festgefügt, schaukelte langsam und rauschend auf dem schlickigen Wasser dahin. Und obenauf etwa zwanzig Hühner, die melancholisch in dem Mist herumscharrten.

„Tiger von Malaya, entert das Schiff!" schrie Cat.

Sie gingen längsseits, und die Hühner wurden eingefangen.

„So, da habt ihr auch die Hühner!" rief Ringo den beiden Alten zu. „Was ist sonst noch gefällig?"

„Die Hilfe Gottes", antwortete die Frau und breitete die Arme aus.

„Da müssen Sie sich an den Laden nebenan wenden", grinste der Bursche. „Wir haben keine Beziehungen zu Jesus Christus."

Die Motoren brummten so laut, daß Don Camillo es nicht hörte. Jesus hörte es, ließ es aber durchgehen. Im Grunde war ja auch er ein langhaariger Rebell gewesen.

Und er hatte mit seinem Protest so viele Leute geärgert, daß er zuletzt ans Kreuz geschlagen wurde.

Und auch das hier ist eine von den Geschichten, die der große Strom denen erzählen wird, die in den Pappelhainen und an den sandigen Ufern den Märchen nachgehen.

Don Chichì prellt vor wie ein Panzer

Don Chichì, Priester des aktiven Einsatzes, hat sehr klare Vorstellungen, zu klare vielleicht. Doch die Reaktion, als Don Camillo verkleidet, ist wach und zu allem bereit und trägt noch einmal den Sieg davon. Das nützt natürlich der Teufel, der in der Haushaltmaschinenbranche tätig ist, aus.

Don Chichì, der junge Helfer Don Camillos, hatte klare Vorstellungen.

„Die Kirche“, erläuterte er Don Camillo eines Tages, „hat in ihrer jahrhundertealten Verkalkung aus den Priestern lauter gleichgültige Bürokraten gemacht, die in ihrem Büro darauf warten, daß jemand kommt, um zu heiraten, ein Kind zu taufen, einen Verwandten zu bestatten und so fort. Das alte Prinzip der Herde und des Hirten ist überholt. Der Fortschritt hat die Sitten und die Mentalität verändert: Die Zeiten sind vorbei, da der Hirte bloß seine Glocken zu läuten brauchte, daß die ganze Herde zusammenströmte! Sie haben Freude daran, Hochwürden, Ihre Glocken zu läuten wie einst – früher war der Klang der Kirchenglocken die einzige Stimme, die sich gebieterisch in der großen Stille erhob. Heute ist die große Stille vom Knattern der Motoren, von den Rufen und der Musik der Lautsprecher getötet worden, und die Stimme der Glocken ist nur mehr eins der hunderttausend Geräusche, die uns an die Ohren schlagen. Sie ist kein feierlicher Mahnruf mehr, sondern eine Belästigung. Vom Eifer der Produktion und von den neuen Anforderungen des Fortschritts erfaßt, wird die Herde dem Ruf der Kirche gegenüber jeden Tag tauber. Und der gute Hirte, der *temporibus illis* die Herde verließ, um ein verlaufenes Schaf zu suchen, findet heute den Stall leer, weil alle Schafe sich verlaufen haben. Verstehen Sie?“

„Ich verstehe“, antwortete Don Camillo. „Sie wollen sagen, man soll die Schafzucht aufgeben und sich produktiveren Tätigkeiten zuwenden.“

„Nichts weniger als das!“ protestierte Don Chichì. „Ich will sagen, wenn die Schafe nicht mehr auf den Ruf des Hirten hören, muß eben der Hirt die Schafe aus ihren Schlupflöchern holen, eins nach dem anderen. Wenn unsere Schafe nicht mehr in den Stall kommen, um geistige Nahrung aufzunehmen, müssen wir diese eben zu ihnen bringen."

„Richtig", pflichtete Don Camillo bei. „Kurz und gut, dem Beispiel der Lebensmittelgeschäfte folgen und auf Hauslieferdienste umstellen."

„Nein, Hochwürden!" rief Don Chichì. „Zu den Ursprüngen zurückgehen, zu Christus und den Aposteln, die den Leidenden das tröstliche Gotteswort brachten! Von Haus zu Haus gehen, an alle Türen klopfen, sich für alle Probleme der Gläubigen interessieren, tatkräftig eingreifen, wo es not tut. Aus einem bürokratischen Priester einen Freund machen. Das möchte ich tun."

Das Prinzip war richtig, und überdies hatte es den großen Vorzug, Don Camillo den jungen Priester vom Hals zu halten; so entfaltete Don Chichì, mit der uneingeschränkten Zustimmung des Pfarrers, eine fieberhafte Tätigkeit.

Natürlich gab es viele, die ihm sagten, sie wüßten, wo die Kirche sei, und wenn sie einen Priester brauchten, würden sie ihn rufen lassen.

Aber es gab auch solche, die ihn freundlich aufnahmen und ihm ihr Herz ausschütteten. Zu diesen gehörte Zelinda Brugnazzi, die Frau des Pächters auf der Palazzina.

„Hochwürden", vertraute ihm diese wackere Frau an, die in großer Bedrängnis zu sein schien, „Sie wissen ja, wie die Dinge liegen; die jungen Leute wollen nichts mehr davon hören, Bauern zu werden, und um zu verhüten, daß sie in die Fabrik abwandern, muß man sie zufriedenstellen. Mit unendlichen Opfern haben wir unseren Jungen ein Auto gekauft. Für arme Bauern ist das eine sehr große Verpflichtung, aber wir haben sie auf uns genommen. Und jetzt, da wir jeden Centesimo sparen müssen, um die Raten bezahlen zu können, jetzt trifft uns das Unglück, daß der alte Tolini gestorben ist. Er war ein guter Mensch, aber sein Sohn, der ist aus anderem Holz geschnitzt!"

Zelinda erzählte klagend die ganze Geschichte: Vor ein paar Jahren waren die Brugnazzis aus Halbpächtern zu Pächtern geworden und hatten den Anteil an Vieh, Maschinen, Geräten und Inventar, der dem Gutsbesitzer, dem alten Tolini, gehörte, mit der Verpflichtung übernommen, ihn in kleinen Raten abzuzahlen. Einen Teil davon hatten sie schon bezahlt, aber ausgerechnet jetzt, da sie die Zahlungen für das Auto leisten mußten, war Tolini gestorben, und der Erbe verlangte ohne Aufschub den Restbetrag.

„Hochwürden", stöhnte Zelinda, „wir müssen binnen wenigen Tagen zwei Millionen aufbringen! Wo sollen wir zwei Millionen hernehmen?"

Das Gut Tolinis, die Palazzina, hatte seinen Namen von der kleinen Villa, die der alte Tolini sich ein paar Jahre vor dem Krieg etwa fünfzig Meter vom Pächterhaus entfernt hatte bauen lassen.

Ein großes, schönes und solides Haus mit einem großen Garten. Ein richtiges ländliches Herrenhaus, mit allen Bequemlichkeiten ausgestattet und von einer gewissen Protzigkeit, die ziemlich abstoßend wirkte.

Wenn man es betrachtete und an die bevorzugten Menschen dachte, die es bewohnen durften, konnte man nicht einmal sagen ‚daß der Blitz euch treffe' – denn Tolini hatte zuoberst auf dem Dach einen mächtigen Blitzableiter anbringen lassen. Das sind Einzelheiten, die den meisten Leuten entgehen, die aber von den armen Bauern tief empfunden werden.

„Hat er denn nicht genug daran, dieser Sohn, daß er alles geerbt hat?" jammerte Zelinda. „Warum will er uns arme Leute zugrunde richten, die sich von früh bis spät abrackern, bis sie Blut schwitzen?"

Don Chichì, von glühendem Zorn erfaßt, beschwichtigte die arme Frau mit einer Handbewegung und marschierte stracks auf das Herrenhaus zu.

Frau Tolini, eine abgezehrte, gebrochene Frau von etwa fünfundsechzig Jahren, empfing Don Chichì mit betonter Zurückhaltung. Als sie hörte, daß er ihren Sohn sprechen wollte, führte sie ihn in den oberen Stock hinauf.

„Die plötzliche Kälte ist ihm nicht bekommen", erklärte sie, „und da hat ihm der Arzt befohlen, im Bett zu bleiben."

Auch innen war das Haus schön und gediegen, mit schweren, sehr guten und teuren Möbeln. Der Erbe, ein magerer fünfunddreißigjähriger Mann mit bereits angegrautem Haar, hatte ein von tiefen Furchen durchzogenes Gesicht, was Don Chichì unverweilt als Zeichen für einen ausschweifenden Lebenswandel nahm.

Sie sprachen über dies und jenes, dann aber kam Don Chichì zur Sache.

„Ich möchte Ihre Aufmerksamkeit auf die arme Familie Brugnazzi lenken", sagte er.

„Die Brugnazzis?" fragte der Erbe erstaunt. „Was wollen denn die?"

„Es ist wegen der Schuld, die sie Ihrem seligen Vater gegenüber eingegangen sind. Sie können nicht bezahlen."

Der Erbe war sehr bedrückt, fand aber doch die Kraft, aufzulachen. „Hochwürden, Sie scherzen wohl! Die können und müssen bezahlen! Und zwar sofort! Von zweieinhalb Millionen Lire haben sie in fünfzehn Jahren nur gerade eine halbe Million mit Ach und Krach abgestottert. Und dabei ist das Geld heute die Hälfte oder noch weniger von dem wert, was es vor fünfzehn Jahren war."

„Dafür Ihr Besitz doppelt soviel wie vor fünfzehn Jahren", gab Don Chichì zurück. „Es gleicht sich immer alles wieder aus. Die göttliche Vorsehung hat Ihnen dieses prächtige Haus und das prächtige Gut geschenkt, das die armen Brugnazzis seit gut zwanzig Jahren bearbeiten ..."

„Die göttliche Vorsehung schenkt gar nichts!" unterbrach ihn der Erbe wütend. „Dieses Gut haben meine Eltern mit ihrer ehrlichen Arbeit und unter Opfern erworben, weil sie sich einbildeten, sie hätten dann ihr Stück Brot für die alten Tage. Das Geschenk, das die göttliche Vorsehung mir machte, ist ein Herzfehler, um dessentwillen ich meine kleine Transportfirma, die ich in der Stadt ganz allein auf die Füße gestellt hatte, aufgeben mußte, und der mich jetzt zwingt, hier und meiner armen Alten auf der Tasche zu liegen. Keine Spur von Geschenken der Vorsehung! Wir sind Leute, die immer gearbeitet haben."

„Arbeiten ist die elementarste aller Pflichten", wies ihn Don Chichì zurecht. „Denken Sie nur an Paulus und den zweiten Thessalonicher-Brief: ‚Wer nicht arbeitet, soll auch nicht essen.'"

„Ich kann aber nicht mehr arbeiten", protestierte der Mann keuchend. „Ich bin invalid. Wenn meine alte Mutter nicht den Gemüsegarten und den Hühnerhof besorgen könnte, würden wir mit dem bißchen, was die Steuern und andere Räubereien vom Pachtzins übriglassen, glatt verhungern."

Don Chichì war ein moderner Geistlicher, der sich nicht blenden ließ. „Es ist ein trauriges Schauspiel", sagte er, „wenn ein Armer sich über sein Elend beklagt. Aber wenn es ein Reicher tut, ist das Schauspiel so traurig, daß es schon abstoßend wird. Wie kann jemand behaupten, er müsse verhungern, wenn er ein Kapital von Gott weiß wie vielen Millionen geerbt hat?"

„Siebenundneunzig, wenn Sie es genau wissen wollen", sagte der Erbe. „Der Fiskus hat wenigstens festgelegt, daß das ganze Kapital siebenundneunzig Millionen wert sei, infolgedessen muß ich fünfunddreißig Millionen Erbschaftssteuer berappen."

„Steuern müssen nicht nur die Armen, sondern auch die Reichen bezahlen", stellte Don Chichì aggressiv fest. „Jammern Sie doch nicht: Verkaufen Sie das Gut, bezahlen Sie die gerechte Steuer, und dann bleiben Ihnen immer noch mehr als sechzig Millionen. Das ist kein Pappenstiel!"

„Gewiß", sagte der Kranke mit müder Stimme. „Sechzig Millionen sind allerhand. Tatsache ist aber, daß das neue Gesetz mich verpflichtet, das Gut dem Pächter zu verkaufen. Der zwar die zwei Millionen nicht bezahlen kann, die er uns seit fünfzehn Jahren schuldet, aber ohne weiteres bereit ist, das Gut zu dem von der Kommission festgesetzten Preis zu erstehen. Und zwar gegen bar. Nämlich dreißig Millionen. Womit sich meine Erbschaft auf fünf Millionen Schulden beläuft."

Don Chichì brauste auf: „Herr Tolini, reden Sie nicht daher wie ein armer Schlucker! Erzählen Sie mir keine Märchen!"

„Sie kennen das Vorkaufsgesetz nicht . . ."

„Ich kenne es und weiß, daß es ein sehr gerechtes Gesetz ist!" schrie Don Chichì. „Wer im Schweiße seines Angesichts ein Stück Erde bearbeitet, hat das heilige Recht, es vor jedem andern zu besitzen, denn er hat es erworben! Er bekommt es nicht geschenkt wie Sie. Was haben Sie schon getan, um ein Recht auf dieses Land zu haben?"

Dem Erben bereitete das Atmen Mühe. „Dieses Gut verkörpert die Anstrengungen meines Vaters und meiner Mutter", protestierte er schwach.

„Gott hat die Erde erschaffen, die Nahrung für alle Menschen schenkt. Die Erde gehört der ganzen Menschheit, wie die

Luft, das Licht, das Wasser! Niemand darf sie dem gemeinschaftlichen Besitz vorenthalten! Auch wenn er sie rechtmäßig erwirbt, stiehlt er sie!"

„Und die Brugnazzis?" wandte der Erbe ein. „Warum ist es gerecht, daß sie sie haben sollen?"

„Weil sie sie bearbeiten! Weil sie Brot für alle produzieren. Letzten Endes wollen die Brugnazzis ja nur die Frucht von zwanzig Jahren harter, ehrlicher Arbeit opfern, um das Recht zu erwerben, weiterhin hart und ehrlich für das Allgemeinwohl zu arbeiten."

„Und mein Vater? Hat der nicht hart und ehrlich für das Allgemeinwohl gearbeitet?"

„Ihr Vater ist tot, Friede seiner Seele, und hat nichts damit zu tun. Er hat bereits sein Stück Land auf dem Friedhof."

„Aber meine Mutter lebt!" rief der Kranke erregt. „Und diese Tröpfe von Brugnazzis wollen uns aus dem Hause jagen, um selber hier einzuziehen! Wie sollen wir ohne Haus und ohne Geld weiterleben?"

„Die Gesellschaft wird sich eurer annehmen", sagte Don Chichì. „Die demokratische Gesellschaft verwendet das Geld der Bürger weise und denkt auch an die Alten und Kranken. Auch ihr werdet die Armut kennenlernen. Und die Armut wird euch von dem Unrecht, das ihr im Reichtum getan habt, erlösen. So wird die soziale Gerechtigkeit verwirklicht – Sie sollten den neuen Kurs nicht behindern, sondern diesen armen Bauern brüderlich die Hand reichen und auf das Guthaben Ihres Vaters verzichten. Nur dann werden Sie ohne Scham zu Gott sagen können: ‚Vergib uns unsere Schulden, wie auch wir vergeben unseren Schuldnern!'"

Tolini setzte sich mit einem Ruck im Bett auf, packte die Wasserflasche, die auf dem Nachttisch stand, und schrie: „Die zerschlage ich dir auf dem Schädel, du verdammtes Rabenaas!"

Don Chichì war draußen wie der Blitz, während die alte Frau eintrat, zu ihrem Sohn hinging und flehte: „Reg dich doch nicht auf! Du weißt doch, daß es dir schadet. Schlüpf du wieder unter die Decke und mach dir keine Sorgen: Die Brugnazzis werden bezahlen, und hier kommen sie nie herein. Niemand kann uns dieses Haus nehmen; es gehört uns und wird immer uns gehören!"

Don Chichì lief zu Don Camillo, um seiner Empörung Luft zu machen. Nachdem er keuchend sein dramatisches Abenteuer berichtet hatte, schloß er: „Don Camillo, der erbarmungslose Egoismus der Reichen ist der Feind Nummer eins der Gesellschaft. Und das erste Ziel der erneuerten Kirche muß es sein, die Reichen zu bekämpfen. Reichtum ist eine Erfindung des Satans, wenn man den Reichtum bekämpft, bekämpft man den Satan. Darum wollte Jesus arm geboren werden; darum müssen wir Soldaten des Arbeiter-Christus werden!"

„Um genau zu sein", versetzte Don Camillo ruhig, „war Christus kein Arbeiter, sondern ein Handwerker."

„Das spielt keine Rolle, ob Arbeiter oder Handwerker."

„Doch", erklärte Don Camillo. „Wenn wir uns schon aktiv in den neuen sozialen Kurs einschalten wollen, müssen wir uns zuerst einmal genau an die Regeln der Gewerkschaften halten."

„Hochwürden!" empörte sich Don Chichì. „Sie sind zum Scherzen aufgelegt. Vergessen Sie nicht, daß dieser Unmensch mir gedroht hat, eine Flasche auf meinem Kopf zu zertrümmern, und daß ich nur mit dem Leben davongekommen bin, weil ich entfliehen konnte."

„Tolini hat einen großen Fehler begangen", gab Don Camillo zu. „Er hätte nicht drohen sollen – sondern Ihnen gleich die Flasche über den Kopf hauen. Dann wäre es Ihnen nicht gelungen, zu entkommen."

Tolini starb wenige Tage später, und die alte Mutter kam ins Pfarrhaus, um das Begräbnis zu regeln.

„Don Camillo", sagte sie und zeigte auf Don Chichì, „es war dieser verfluchte Mensch hier, der ihm den letzten Rest gegeben hat. Entweder Ihr macht alles allein, so daß ich Euren Gehilfen nicht zu sehen bekomme, oder mein Junge wird zivil bestattet."

„Frau Tolini!" brauste Don Chichì auf. „Passen Sie auf, was Sie sagen! Denken Sie daran, daß auch Sie vor Gottes Gericht treten müssen!"

„Das weiß ich", antwortete die alte Frau finster. „Aber davor fürchte ich mich nicht, denn Sie werden ganz bestimmt nicht zum Gerichtshof gehören."

Am Tag des Begräbnisses schickte Don Camillo Don Chichì in die Stadt, und alles ging glatt.

Es war ein kalter, nebliger Dezembernachmittag; die alte Frau Tolini kehrte, nachdem sie ihren Sohn begraben hatte, langsam nach Hause zurück.

Dort verriegelte sie die Haustür und die Fenster des Erdgeschosses und versiegelte sie mit Selbstklebeband. Als der Abend kam, ließ sie in der Küche die beiden großen Gasflaschen, die am Morgen geliefert worden waren, auf den Boden rollen, drehte die Hähne auf und stieg im Dunkeln in den ersten Stock hinauf, nachdem sie die Tür zur Treppe ebenfalls verriegelt und mit Klebstreifen dichtgemacht hatte. Im Dunkeln streckte sie sich auf dem großen Bett aus und wartete.

Die Küche lag unter dem Schlafzimmer, und die alte Frau hörte das Zischen des Gases, das aus den Flaschen drang. Als sie nichts mehr hörte, sagte sie: „Sie werden unser Haus nicht bekommen, mein Junge!“ und drückte auf den Knopf, der die elektrische Klingel in der Küche betätigte.

Die Gasflaschen stellen eine der größten sozialen Errungenschaften unseres Jahrhunderts dar, machen sie doch einen Sprengstoff, der mächtiger ist als Dynamit, jedem Bürger zugänglich; die Explosion war entsetzlich und riß alles in Stücke, die Möbel, das Haus und die alte Frau. Außerdem geriet der Holzschuppen in Brand und gab die Flammen an die Bäume im Garten weiter, so daß nichts übrigblieb als Trümmer und Asche.

Die göttliche Vorsehung, die es ganz im stillen mit den Bürgerlichen hält, wollte es, daß ein Hagel von Ziegelsteinen in die Garage der Brugnazzis flog, nachdem das Tor eingestürzt war, und die glitzernde Alfa Giulia der armen Bauern roh ermordete.

Don Chichì war außer sich: „Warum hat sie sich an dem Morgen zwei große Flaschen flüssiges Gas bringen lassen? Warum hat sich bei der Untersuchung der Trümmer ergeben, daß die Hähne der Gasflaschen nicht beschädigt, sondern voll aufgedreht waren? Das ist kein Unglücksfall, wie Sie behaupten, Hochwürden. Das ist Selbstmord, und die sterblichen Reste der Frau haben kein Recht auf Bestattung in geweihter Erde!“

Don Camillo schaute ihm in die Augen.

„Mhm. Wenn ich hingegen, von jähem Wahnsinn befallen, weil Sie sich der kirchlichen Bestattung widersetzen, Sie mit Fußtritten in die Kehrseite ermorde, dann haben Ihre sterblichen Reste das Recht, in geweihter Erde zu ruhen.“

Don Chichì wußte, daß Don Camillo ihn niemals töten würde. Er wußte aber auch, daß Don Camillos Elefantenfüße in schweren Schuhen Nummer 45 steckten, und beharrte nicht weiter auf seinem Standpunkt.

„Wie Sie meinen“, sagte er nur. „Sie sind der Pfarrer. Sie müssen es nachher mit dem Herrgott ausmachen. Ich mache jetzt mit dem Rad eine Fahrt den Fluß entlang.“

„Das ist besser“, knurrte Don Camillo.

„Aber“, rief Don Chichì vom sicheren Ausgang her zurück, „ich muß schon sagen, das Bürgertum ist ein schlechter Verlierer!“

„Vielleicht ist es auch so, daß die Feinde des Bürgertums schlechte Gewinner sind“, erwiderte Don Camillo ruhig. „Jedenfalls können Sie, falls Sie bei den Brugnazzis vorbeikommen, Ihren Freunden ausrichten, die Schuld von zwei Millionen sei bis morgen zu begleichen; die alte Frau Tolini hat nämlich die Wechsel auf mich überschrieben und das Guthaben dem Waisenhaus geschenkt.“

Auf der Dammstraße kreuzte Don Chichì den Kombiwagen, an dessen Steuer Cat saß; als das Mädchen ihn sah, hielt es an.

Der Priester war tief niedergeschlagen, und die unglaubliche Cat nützte das schamlos aus und brachte es fertig, ihm auf Raten eine Waschmaschine und einen Elektrobohner als Weihnachtsgeschenk für seine Schwester und seine Cousine zu verkaufen.

Dann breitete Cat die blütenweißen Flügel aus und entschwebte hurtig in den trübgrauen Himmel.

Wenigstens kam es Don Chichì so vor, und die Tatsache, daß er die Waschmaschine und den Elektrobohner bei einem Engel erstanden hatte, tröstete ihn.

Zwei Räuber, aus denen drei wurden

Wohlstand verlangt viele Opfer, und wer nichts anderes kann, verlegt sich eben auf das gute alte Stehlen. So etwas mag im Klima der Vorweihnachtszeit einmal als Ausbruch von Sentimentalität durchgehen – doch darum handelt es sich bei dieser Geschichte nicht.

Es waren Zeiten des Wohlstandes. Man weiß nicht genau, wie das funktionierte, aber es muß eine gut ausgeheckte Sache gewesen sein, denn die Leute arbeiteten immer weniger und verdienten immer mehr.

Dieser Wohlstand hatte eine Menge Neuerungen mit sich gebracht: Nachtclubs, Cabarets, Striptease, Festivals, Whisky à gogo, Sexfilme, Beatmusik, Beatmode, ja sogar Beatmessen.

Die Frauen gaben ihren Kindern nicht mehr die Brust, sondern zogen sie mit Büchsennahrung, Tiefkühlmahlzeiten und heißen Imbissen von Straßengrills, Wurst- und Fritürenverkäufern auf.

Der Wohlstand verpflichtete jede Familie, ein rationales Heim voller ‚Zonen' zu besitzen, ein Auto, einen Fernseher, eine Unzahl von Haushaltmaschinen zu kaufen und laufen zu lassen, jede Woche übers Weekend dieses Heim zu verlassen und die Sommerferien am Meer, in den Bergen oder auf Kreuzfahrten zu verbringen.

Lauter wunderschöne Dinge, die aber viel Geld verschlangen; wer also von seiner Arbeit lebte, war gezwungen, fortwährend zu streiken, um einen höheren Lohn zu bekommen; wer keine Arbeit hatte, behalf sich auf verschiedene Weise. Er zog sich zum Beispiel einen Damenstrumpf über den Kopf und raubte Juweliere, Banken und Postbüros aus.

Gegen Weihnachten nahmen, da der Wohlstand beträchtliche Extra-Auslagen forderte, die Diebstähle zu. So geschah es eines Spätnachmittags, als der Posthalter in Don Camillos Dorf eben seinen Laden schließen wollte, daß zwei Typen vor ihm standen, die sich das Gesicht bis zu den Augen mit schwarzen Taschentüchern verdeckt hatten.

Während der Größere der beiden, der sich vor dem Schalter aufgepflanzt hatte, den Posthalter mit dem Revolver in der Hand zwang, so zu tun, als schriebe er, leerte der andere sekundenschnell den Kassenschrank. Dann eilten sie hinaus, schwangen sich auf die Motorräder, die sie vor dem Postbüro gelassen hatten, und verschwanden.

Der Postbeamte brauchte längere Zeit, bis er der Sprache wieder mächtig war. Den Gebrauch der Augen und Ohren jedoch hatte er nicht verloren, und so war er in der Lage, sich zu vergewissern, daß es sich um zwei langhaarige Burschen handelte, die Ringo und Luky hießen. In der Hitze des Gefechtes hatten sie sich nämlich beim Namen genannt, und Ringo war der mit der schwarzen Mähne, während Luky eine rübenrote trug. Außerdem gelang es ihm sogar, die Nummern der Motorräder zu notieren.

Es war ein Kinderspiel für die Polizei in der Stadt, festzustellen, daß die beiden Motorräder Ringo, dem Chef der Skorpione, und dem roten Luky, seinem Stellvertreter, gehörten. Damit nicht genug, waren Ringo und Luky auch aus der Zirkulation verschwunden.

Die von der Polizei wußten alles über die Skorpione und fanden die Tatsache höchst aufschlußreich, daß Ringos Freundin ausgerechnet in dem Dorf wohnte, wo der Coup durchgeführt worden war. Sie eilten infolgedessen sogleich hin, um Cat zu holen. Das Mädchen, das den Braten gerochen hatte, war zu Don Camillo geflüchtet, und dort fanden es die Polizisten.

„Du bist die Freundin von Ringo", sagte der Chef entschieden zu Cat.

„Zweifacher Irrtum", entgegnete sie ruhig. „Ich bin eine volljährige Bürgerin, nicht vorbestraft und folglich mit ‚Sie' anzureden. Außerdem habe ich schon seit längerer Zeit keine Verbindung mehr mit Ringo oder mit seiner Bande. Ich verkaufe Haushaltmaschinen mit vorschriftsmäßiger Lizenz der Handelskammer und kann über jede meiner Bewegungen Rechenschaft ablegen. Übrigens verstehe ich nicht, warum Sie die beiden Burschen suchen: Die Skorpione haben noch nie gestohlen."

Der Chef wußte es besser und ließ sich nicht einschüchtern.

„Nur merkwürdig", antwortete er bissig, „daß die beiden Räuber sich Ringo und Luky nannten, schwarze beziehungsweise rote lange Haare hatten wie Ringo und Luky und die Motorräder von Ringo und Luky fuhren."

„Noch merkwürdiger, daß sie dem Posthalter nicht ein Foto mit Autogramm daließen, und am allermerkwürdigsten, daß sie, nachdem sie sich schon soviel Mühe gegeben hatten, identifizierbar zu sein, dann nicht gekommen sind, um sich zu stellen", lachte Cat.

„Also", schrie der Chef aufgebracht, „wo sind Ringo und Luky? Warum sind sie verschwunden?"

„Fragen Sie die Polizei, die weiß alles, nicht eine Haushaltmaschinenhändlerin", sagte Cat.

„Nun gut!" entschied der Chef sehr verärgert. „Sie kommen mit uns. Wir setzen das Verhör in meinem Büro fort."

Da griff Don Camillo ein. „Herr Kommissar, ich bin der Onkel dieses Mädchens", sagte er. „Wenn Sie sie ohrfeigen wollen, können Sie das auch hier tun."

„Hochwürden!" protestierte der Chef. „Wir schlagen niemanden und haben nicht die geringste Absicht, Ihre Nichte zu ohrfeigen!"

„Schade!" seufzte Don Camillo ehrlich enttäuscht. „Eine solche Gelegenheit kommt nie wieder."

Um neun Uhr morgens wurde Cat fortgebracht, und um neun Uhr abends kam sie mit einem Taxi zurück.

„Wie ist es gegangen?" erkundigte sich Don Camillo.

„Hochwürdigster Onkel", antwortete Cat. „Ich muß gestehen, daß ich in einem gewissen Moment Angst hatte."

„Warum das? Ist es denn nicht wahr, daß du nichts damit zu tun hast?"

„Gerade weil es wahr ist. Wie kann man einen unschuldigen Menschen verteidigen? Die Wahrheit ist immer dumm, banal und niemals überzeugend. Wenn einer keine Lügen auftischt, hat er kaum die Möglichkeit, davonzukommen."

„Du hast also gelogen?" fuhr Don Camillo auf.

„Natürlich. Wie könnte ich sonst beweisen, daß ich die Wahrheit sagte?"

„Du bist ein Unglückswurm! Du wirst sehen, die machen sich wieder bemerkbar."

„Hoffentlich!" meinte Cat. „Ich habe ihnen nämlich einen Kühlschrank, zwei Waschmaschinen, einen Geschirrspülautomaten und einen Elektrobohner verkauft. Aber was mir Sorgen macht, wo sind die beiden armen Teufel Ringo und Luky?“

„Du hast noch die Unverfrorenheit, zwei Posträuber zu bemitleiden?“

Cat schüttelte den Kopf.

„Hochwürdiger Onkel, Ihr habt den Beruf verfehlt. Ihr hättet Polizist werden sollen. Die richtige Postur habt Ihr. Und außerdem ist ein schlechter Priester schädlicher als ein schlechter Polizist.“

Die Untat geschah um zwei Uhr in derselben Nacht. Jemand klopfte mit einer Stange an Don Camillos Schlafzimmerfenster, und als Don Camillo sah, worum es sich handelte, nahm er die Doppelflinte und ging hinunter, um zu öffnen.

Zwei verbeulte Fahrräder hinter sich nachziehend, traten Ringo und Luky ein. Sie waren tropfnaß und arg mitgenommen.

Don Camillo ließ das Gewehr nicht los. „Warum seid ihr hergekommen?“

„Klopfet an, so wird euch aufgetan ...“ zitierte Ringo mit müdem Lächeln. „Wir frieren, haben Hunger und sind vor Müdigkeit ganz zerschlagen. Vier Tage und Nächte haben wir wie Hunde im Gebüsch gelebt.“

„Wie Wölfe, nicht wie Hunde“, korrigierte Don Camillo hart. „Jedenfalls habe ich nur die Pflicht, die Carabinieri anzurufen.“

„Meinetwegen“, sagte Ringo bitter. „Wir hätten ohnehin nicht mehr die Kraft, aufs Rad zu steigen. Geben Sie uns wenigstens etwas zu essen.“

„Das wird euch der Gefängniswärter geben“, antwortete Don Camillo und ging zum Telefon.

„Ihr braucht Euch nicht zu bemühen, hochwürdigster Onkel“, sagte eine Stimme hinter seinem Rücken. „Ich habe die Drähte durchgeschnitten.“

Vollständig angezogen trat Cat in die Stube und pflanzte sich zwischen der Doppelflinte Don Camillos und den beiden Burschen auf.

„Ich werde ihnen zu essen geben“, sagte sie. „Mein Kombiwagen ist im Schuppen. Nehmt ihn heraus, ihr beiden. Dann steigt ein und wartet auf mich.“

„Cat!“ schrie Don Camillo. „Geh mir aus dem Weg und laß dich nicht mit diesen beiden Gangstern ein!“

„Ich bin kein Pfäfflein, das vor Angst und vor Schlaf umfällt“, sagte das Mädchen. „Bevor ich jemanden verurteile, will ich ihn anhören.“

„Laß gut sein, Cat“, sagte Ringo. „Er hat recht. Du darfst dich hier nicht einmischen. Gib uns ein Stück Brot und deck uns den Rücken, bis wir abgehauen sind.“

Die beiden Burschen sahen zum Erbarmen aus, und Don Camillo kam sich mit seiner Büchse selber lächerlich vor. Überdies war die verflixte Cat noch näher gekommen und hatte ihre Hand vor die Mündungen der Doppelflinte gelegt.

Don Camillo zog die Waffe zurück und stellte sie in einen Winkel.

„Mach das Feuer an und gib ihnen zu essen“, sagte er. „Ich verurteile auch niemanden, ohne ihn anzuhören. Aber ich wüßte nicht, was diese beiden Bengel noch sagen könnten.“

„Wir können sagen, daß wir mit dieser dreckigen Sache nichts zu tun haben“, sagte Ringo, während im Kamin ein Reisigbündel prasselnd aufflammte. „Irgendwelche Gauner haben uns hereingelegt. Sie haben unsere Motorräder gestohlen und den Überfall so ausgeführt, daß wir als die Schuldigen dastehen.“

„Genau das, was ich der Polizei gesagt habe“, stimmte Cat bei, während sie Brot, Wurst und Wein auf den Tisch stellte.

„Faule Ausreden!“ rief Don Camillo. „Wenn es so wäre, hättet ihr den Diebstahl der Polizei gemeldet und wärt jetzt nicht in Schwierigkeiten.“

Die Wärme und der Wein hatten die beiden Jünglinge neu belebt. Ringo grinste: „So sehen wir aus! Der Chef und der Vize der Skorpione lassen sich nicht nur die Motorräder klauen wie Anfänger, sondern gehen sich auch noch bei der Polente ausweinen wie zwei lausige Spießer! Wir haben unsern Stolz. Und außerdem trauen wir eurer verfaulten Gerechtigkeit nicht. Die einzige Gerechtigkeit, an die wir glauben, ist die, die wir selber machen. Das hier ist eine Angelegenheit, die einzig und allein uns Skorpione und die beiden Lümmel angeht.“

„Drei“, präzisierte Cat. „Es ist doch ganz klar: Zwei haben den Überfall mit den Motorrädern durchgeführt, dann sind sie zum dritten gestoßen, der mit dem Wagen auf sie wartete. Die

Motorräder haben sie irgendwo zurückgelassen und sind seelenruhig mit dem Auto davongefahren. Nur ein Polizist oder ein Priester bringt es fertig, etwas so Simpeleinfaches nicht zu kapieren."

Don Camillo hatte zwar großen Respekt vor den Ordnungskräften, aber einem Polizisten gleichgestellt zu werden, ging ihm doch verteufelt wider den Strich. Verwirrt betrachtete er die beiden Kerle. Er hatte ihnen zugeschaut, wie sie lachend ihr Leben aufs Spiel setzten, um die Überschwemmungsopfer zu retten. Mit diesen langen, zerzausten Haaren, den Bartstoppeln und verdreckten Kleidern sahen sie aus wie Räuber. Aber gewöhnlich, dachte Don Camillo, sehen ja die echten Räuber nicht wie Räuber aus.

„Und wer garantiert mir, daß es so ist?" murrte Don Camillo.

„Wir", antworteten die beiden.

„Das genügt nicht", beharrte Don Camillo. „Ich möchte eine Sicherheit haben, die ihr mir nicht geben könnt, weil ihr ja auf Gott pfeift."

„Das ist nicht wahr", stellte Ringo richtig. „Gott tut seine Sache, wir die unsere. Friedliche Koexistenz."

„Also", rief Don Camillo, „glaubt ihr nun an die Existenz Gottes oder nicht?"

Ringo lachte: „Wenn wir die Existenz Gottes verneinten, würden wir ja unsere eigene Existenz und die des ganzen Weltalls verneinen. Wir sind zwar Rebellen, aber unsere Rebellion richtet sich gegen die Menschen, nicht gegen Gott."

Don Camillo war ein typisches Produkt des Landes, aus dem das Melodrama kommt, und verzichtete niemals auf die Gelegenheit zu einer Inszenierung.

„Kommt mit!" forderte er die beiden auf und ging hinaus.

Die Kirche, nur von wenigen Votivkerzen erleuchtet, war von tiefem, eisigem Geheimnis erfüllt. Don Camillo blieb vor dem alten Hochaltar stehen.

„Bekreuzigt euch!" verlangte er.

Sie bekreuzigten sich.

„Schwört ihr bei dem gekreuzigten Christus, daß ihr mit diesem Raubüberfall ganz und gar nichts zu tun habt?"

„Wir schwören es", sagten die beiden mit fester, sicherer Stimme.

Dann kehrten sie ans Kaminfeuer zurück.

„Genügt Euch ihr Wort nicht?“ fragte Cat. „Glaubt Ihr, es könne jemand vor einem Baldachin nicht falsch schwören?“

„Natürlich kann man das“, entgegnete Don Camillo finster. „Aber damit eröffnet dieser Jemand ein Konto beim Allmächtigen. Einen armen Landpfarrer betrügen oder Gott zu betrügen versuchen, das sind zwei Paar Stiefel.“

„Wir versuchen niemanden zu betrügen“, versicherte Ringo. „Aber sagen Sie lieber: Was machen wir jetzt?“

„Vorläufig bleibt ihr hier. Natürlich nicht in diesem Aufzug. Ich besorge euch anständige Kleider und schneide euch die Haare ab.“

„Alles, was Sie wollen, nur das nicht!“ rief Ringo.

„Begreift ihr denn nicht, daß wir alle in der Tinte sitzen, wenn euch jemand mit diesem Haargestrüpp sieht?“

„Doch, das verstehen wir“, antwortete Ringo. „Danke für die Gastfreundschaft. Aber wir stellen uns lieber der Polizei, als daß wir uns die Haare schneiden lassen.“

Don Camillo fand eine Kompromißlösung: Sie sollten sich im zweitobersten Geschoß des Glockenturmes verstecken.

„Aber Don Chichì?“ rief Cat besorgt. „Der steckt doch seine Nase überall hinein und wird sie entdecken.“

„Er wird sie nicht entdecken können, denn ich werde es ihm selber sagen“, bemerkte Don Camillo friedlich.

„Wird er uns nicht verraten?“ zweifelte Ringo.

„Nein“, erklärte Don Camillo. „Man muß ihn nur glauben machen, daß ihr die wirklichen Täter seid und daß ihr es aus Auflehnung gegen die soziale Ungerechtigkeit getan habt. Dann wird er euch mit dem blanken Schwert verteidigen. Hauptsache ist, er schöpft keinen Verdacht, daß ihr unschuldig seid.“

„Überlaßt das mir, hochwürdiger Onkel“, bat Cat lachend. „Ich werde es Don Chichì erklären. Ich kenne den Jargon dieser progressistischen Priester. Und ich werde mich auch um alles übrige kümmern. Als der Posthalter Alarm schlug, machte die Polizei alle Straßen dicht, sah aber keine Motorräder. Die müssen also noch hier in unserer Zone sein. Man muß sie finden.“

Cat mobilisierte die Bande Velenos; der Befehl lautete: „In kleinen Gruppen vorgehen und zwei Motorräder suchen. Wenn ihr sie findet, rührt ihr sie nicht an, sondern bewacht sie, und einer soll mich benachrichtigen."

Der große Strom hatte seine böse Laune erschöpft, die Fluten, die am Fuß des Hauptdammes geleckt hatten, waren wieder zurückgegangen. Unten an der Böschung, die von der Dammstraße zu einem Heuschober im Schwemmland hinunterführte, tauchten aus dem Schlamm zwei Motorräder auf. Von Cat informiert, gingen die Carabinieri hin und bargen sie. Es waren die beiden Motorräder vom Überfall, und in den Seitentaschen wurden eine schwarze und eine rote Perücke, zwei Revolver und zwei schwarze Taschentücher gefunden.

Don Camillo selbst trug die Nachricht in den Glockenturm hinauf.

Ringo lachte: „Hochwürden, wenn wir auf Sie gehört und uns die Haare abgeschnitten hätten – in welche Schwierigkeiten würden wir jetzt geraten, wenn man uns kahlköpfig fände?"

Tags darauf wurde in der Umgebung der Stadt ein gestohlenes Auto aufgefunden, in dem sich Dokumente fanden, die die Räuber in der Eile samt dem Geld aus dem Kassenschrank des Postbüros zusammengerafft hatten. Der Wagen hatte auf dem Rückweg vom Überfall in Castelletto Benzin tanken müssen, und der Tankwart erinnerte sich sehr gut an die Gesichter der drei Insassen.

Es waren drei bekannte Berufsverbrecher aus der Stadt; man fischte sie auf und ließ sie singen. Und dann wurde die Geschichte des langen und breiten von den Zeitungen berichtet.

„Jetzt", sagte Don Camillo zu den beiden Burschen, die wieder auf die Erde heruntergekommen waren, „könnt ihr ruhig zur Polizei gehen und alles klarstellen."

Ringo schüttelte den Kopf: „Die Polente soll sich um ihre eigenen dreckigen Angelegenheiten kümmern. Für uns geht es jetzt nur noch darum, mit den drei Gaunern abzurechnen, die uns diesen Streich gespielt haben. Wir kennen sie, aber sie wissen nicht, wer Ringo und Luky sind. Sie werden es lernen."

„Und wo wollt ihr sie zu fassen bekommen, im Gefängnis?" fragte Don Camillo.

„Wir müssen nur Geduld haben", erklärte Ringo. „Bei der nächsten Amnestie schnappen wir sie uns und bringen das in Ordnung."

Da mischte sich Don Chichì, der ebenfalls anwesend war, ein: „Tut das nicht! Denkt daran, daß diese drei armen Teufel Opfer der sozialen Ungerechtigkeit sind und ihre Tat eine verständliche Auflehnung gegen den Egoismus der Reichen darstellt!"

„Was soll das sein? Das elfte Gebot?" spottete Ringo. „Jedenfalls brauchen Sie sich keine Sorgen zu machen, Hochwürden. Wir werden Ihre Worte beherzigen und versichern Ihnen, daß wir Stöcke aus weichem Holz benützen werden, um ihnen die Knochen zu zerschlagen."

„Das ist ein zartfühlender Gedanke", gab Don Camillo zu. „Es wäre aber auch ein netter Gedanke, wenn ihr, bevor ihr abzieht, einen Augenblick in der Kirche vorbeigehen wolltet, um Gott für seine Hilfe zu danken."

„Nicht nötig", antwortete Ringo. „Wir werden daran denken, wenn wir in unseren Stützpunkt zurückgekehrt sind. Gott ist auch in der Stadt."

Das war eine beruhigende Nachricht, und Don Camillo freute sich darüber.

So endet auch diese Ballade

Sie hatte lediglich den Zweck, zu beweisen, daß die Welt sich verändert, die Menschen aber so bleiben, wie Gott sie erschaffen hat, denn Gott hat keine Reformen durchgeführt, und seine Gesetze sind vollkommen, ewig und unwandelbar.

Peppone war so wütend, daß er, hätte man ihn mit einer Fingerspitze berührt, ganze Funkenbündel gesprüht hätte.

Bisher hatten Peppone und seine Bande unbestritten die Gemeinde regiert, weil nämlich Kommunisten und Sozialisten zusammen das Doppelte plus eine Stimme des Blockes der Sozialdemokraten und der Klerikalen ausmachten. Dann aber geschah es, daß die Genossen der Fraktion La Rocca eine autonome ‚chinesische' kommunistische Sektion gründeten, unter der Führung der jungen, hitzigen Apothekerin Bognoni, die als Gemeinderat eine der Spitzen von Peppones Mannschaft gewesen war.

Dann, in der Folge der katastrophalen Überschwemmung, die ein Drittel des Landes verwüstete, schlossen sich die Sozialisten zu einer neuen Partei zusammen und bildeten einen Block mit den Klerikalen.

Peppone und Genossen waren nun isoliert und hatten genau gleich viel Stimmen wie die Klerikalen und Sozialisten zusammen. So hatte die Apothekerin die Situation in der Hand, da sie ihre Stimme auf der einen wie auf der anderen Seite in die Waagschale werfen konnte.

Und da die Sünden der Söhne auf die unschuldigen Väter zurückfallen, machte sich die junge Frau Bognoni – die seinerzeit von Veleno mit Lebertran abgefüllt worden war – ein Vergnügen daraus, jede Initiative Peppones zu blockieren.

Peppone hielt eine Zeitlang durch, dann faßte er den Entschluß, Sozialisten, Klerikale und Apotheker zur Hölle zu schikken und sich nur noch um seine Geschäfte zu kümmern. Die Welt geht nicht unter, wenn ein Bürgermeister zurücktritt; Peppone aber war ein Bürgermeister ganz besonderer Prägung. Er hatte sich in der stürmischen unmittelbaren Nachkriegszeit ans

Steuer des auf den Wellen dahintreibenden Gemeindeschiffleins gesetzt und es, wenn er auch die rote Fahne hißte, durch alle Fährnisse sicher auf dem richtigen Kurs gehalten. Darum hatten bei den Wahlen jeweils auch jene, für die der Kommunismus ein rotes Tuch war, Peppone ohne Zögern ihre Stimme gegeben.

Als es sich herumsprach, daß Peppone zurücktreten wollte, begann man sich zu sorgen. Zwei ausländische Industrielle, die beschlossen hatten, in der Gemeinde eine Sperrholzfabrik und eine für Plastikmaterial zu errichten, und die auf dem von der Gemeinde überlassenen Boden bereits mit dem Aushub für die Fundamente begonnen hatten, stellten die Arbeiten ein und gingen nach Hause. Der Besitzer einer Werkstätte für landwirtschaftliche Geräte traf sofort Anstalten, das Unternehmen in eine andere, weniger gefährliche Gemeinde zu verlegen.

Da knöpfte Don Camillo sich Peppone vor und versuchte, ihn umzustimmen: „Genosse, diesen Posten hat dir nicht deine Partei gegeben, sondern die große Mehrheit der Einwohner."

„Die Mehrheit denkt, und die Politik lenkt", gab Peppone zurück. „Ich kann nicht bleiben, wenn ich einem Frauenzimmer auf Gnade oder Ungnade ausgeliefert bin!"

Wenn Peppone sich etwas in den Kopf gesetzt hatte, fuhr er drauflos wie ein Panzer, und man weiß ja, wie schwer es ist, mit einem Panzer zu diskutieren. Der fährt einfach drauflos.

Don Camillo ging in die Apotheke und versuchte, die maoistische ‚Rote Garde' zu überreden, ihre Revolution aufzugeben und in den Stall zurückzukehren. Die Apothekerin lachte ihm ins Gesicht: „Daß ausgerechnet ein Priester so etwas von mir verlangt, ist der beste Beweis dafür, daß Peppone den leninistischen Gedanken und die Arbeiterschaft verraten hat. Stellen Sie ihn doch als Küster ein!"

Wenn Frauen politisieren, sind sie noch sturer als Panzer, und so verlor Don Camillo keine Zeit mit Diskutieren, sondern wandte sich sofort an Belicchi, einen der Sozialisten, die bis vor kurzem mit Peppone gemeinsame Sache gemacht hatten. Belicchi hörte ihm zu und meinte dann mit unverhohlenem Abscheu: „Es ist aber schon eine Schande, daß ein Priester versucht, den Kommunisten zu helfen."

„Ich versuche, einer guten Regierung zu helfen", erwiderte Don Camillo.

„Die Regierung spielt keine Rolle“, behauptete Belicchi. „Wichtig ist nur die Partei!“

„Schade, daß die Abwasser nichts von Politik verstehen, sonst könnten sie auch ohne Kanalisation aus dem Dorf laufen. Und die beiden Fabriken? Und die Werkstätte? Das ist Beschäftigung für zweihundertfünfzig Arbeiter.“

Belicchi lachte bloß: „Lieber zweihundertfünfzig Arbeiter ohne Beschäftigung lassen, als drei Mistkerle von Industriellen begünstigen. Wir übernehmen die Macht, und mit Planung bringen wir alles in Ordnung.“

So ist es nun einmal um den Verstand mancher Leute bestellt, und Don Camillo breitete die Arme aus.

„Darf ich Euch wenigstens um eine Auskunft bitten?“

„Natürlich.“

„Was würdet Ihr sagen, wenn jemand an einem der nächsten Abende, zur Dämmerstunde, ein paar Holzprügel auf Eurem Buckel tanzen ließe?“

Belicchi brach in Gelächter aus.

„Hochwürden, Peppone macht niemandem mehr Angst. Die Kommunisten sind viel zu verbürgerlicht.“

„Aber ich nicht“, wandte Don Camillo ein.

„Und Ihr würdet mich tatsächlich um Peppones willen verhauen?“

„Nein, um meiner selbst willen, Genosse Belicchi. Früher einmal, als ich ein linksstehender junger Priester war wie Don Chichì, da marschiertest du im schwarzen Hemd, und eines Nachts hast du mir eine Tracht Prügel verabreicht. Die kann ich dir jetzt zurückgeben. Und zwar allein, ohne daß ich mir von drei Schurken helfen lassen muß wie du damals.“

Belicchi winkte ungeduldig ab: „Hochwürden, das waren Kindereien! Es ist bald hundert Jahre her – wer erinnert sich noch daran!“

„Ich“, antwortete Don Camillo. „Der, der sie gibt, vergißt sie leicht, aber der, der sie einsteckt, nicht.“

„Aber ich war doch damals noch ein grüner Junge; inzwischen habe ich meine Vergangenheit gutgemacht, indem ich im Widerstand kämpfte!“

„Das will ich berücksichtigen: Ich werde nicht den ehemaligen Partisan, sondern nur den ehemaligen Faschisten verdreschen.“

Don Camillo hatte Belicchi an den Rockaufschlägen gepackt, und dieser wurde bleich.

„Das könnt Ihr nicht tun! Es wissen es doch alle, daß ich damals ein Doppelspiel spielte!"

„Mein Buckel weiß das nicht", erklärte Don Camillo und begann Belicchi gegen die Wand zu hämmern.

„Was wollt Ihr denn, daß ich tun soll?" stammelte das Männchen.

„Die sozialistische Partei verlassen und zu den Kommunisten gehen."

„Und gerade Ihr verlangt so etwas von mir? Ihr, ein Priester?"

„Für mich seid ihr Marxisten alle miteinander Teufelsbraten", gab Don Camillo zur Antwort. „Es ist mir einerlei, ob du in einem Tiegel oder in einer Pfanne geröstet wirst."

Don Camillo hatte sehr überzeugende Argumente, und so wechselte Belicchi vom Tiegel in die Pfanne hinüber. So bekam Peppone die absolute Mehrheit, und die Gegenstimme der Apothekerin hatte nur noch die rührende Bedeutung einer Ehrenbezeigung für Mao.

Natürlich war Don Camillo unter größter Verschwiegenheit vorgegangen, und anläßlich einer Volksversammlung für den Frieden in Vietnam dankte Peppone es ihm mit einer Brandrede gegen die klerikalen Machenschaften, die vergeblich versucht hätten, die demokratische Gemeindeverwaltung aus dem Sattel zu heben. Es war eine wirklich großartige Rede, bei der Don Camillo der Mund offenblieb.

Er hörte sie sich mit Cat zusammen an und rief zuletzt: „Ich verstehe gar nicht, wie dieser Laffe eine solche Rede zusammengebracht hat."

„Er hat sie bloß abgelesen. Er hatte die allgemeinen Thesen aufgestellt, und ich habe sie entwickelt", erklärte Cat mit ihrem diabolischen Lächeln.

„Ach so! Und wo hast du denn alle die Zitate von Paulus, Augustinus, Thomas, aus dem Rerum Novarum und von Papst Johannes her?"

„Für etwas ist Don Chichì schließlich auch gut", sagte Cat.

„Und du Ungeheuer", rief Don Camillo empört, „du hast dich gegen deinen eigenen Onkel gestellt?"

„Nein, hochwürdiger Onkel. Ich habe bloß dem Großvater meiner zukünftigen Kinder geholfen."

Don Camillo schaute die Bedauernswerte in tiefem Mitleid an: „Und du glaubst wirklich, der Junge sei dumm genug, dich zu heiraten?"

„Er? Ich heirate ihn!"

„Und weiß er überhaupt, daß du beschlossen hast, ihn zu heiraten?"

„Natürlich. Ich habe es ihm geschrieben, und er hat geantwortet, er freue sich."

„Dummes Zeug! Einen Mann, der in solchem Maße blöd ist, kann es gar nicht geben. Das glaube ich dir erst, wenn du mir seine Antwort zu lesen gibst."

„Das ist technisch unmöglich", erklärte Cat ruhig. „Es war gerade Poststreik, und da habe ich, um keine Zeit zu verlieren, meinen Brief persönlich abgegeben, und er hat mir mündlich geantwortet."

Don Camillo sprang auf: „Auch das hast du getan! Und deine Mutter? Ist sie einverstanden?"

„Meine Mutter?" lachte das Mädchen auf. „Meint Ihr damit vielleicht dieses langweilige Frauenzimmer, das bei mir zu Hause den ganzen Tag herumtratscht und mir immer sagt, was ich nicht tun darf?"

„Hör auf mit deinen witzigen Bemerkungen. Weiß deine Mutter, daß du heiratest, oder weiß sie es nicht?"

„Sie wird es schon noch erfahren: Es gibt so viele Klatschbasen auf dieser schmutzigen Welt."

Don Camillo hätte Cat am liebsten gepackt und ebenfalls gegen die Wand geschlagen.

„Soweit sind wir also!" schimpfte er. „Ein Mädchen heiratet, ohne es auch nur seiner Mutter zu sagen!"

„Hat sie es mir vielleicht gesagt, als sie heiratete?" Der Frechdachs lachte laut heraus und fügte dann hinzu:

„Daß Ihr es nur gleich wißt, hochwürdigster Onkel, ich heirate im Minirock. Ob es Euch paßt oder nicht."

„Ob es dir paßt oder nicht, hier herein kommst du nur anständig angezogen und mit sauberem Gesicht!" gab Don Camillo zurück.

„Wenn Ihr glaubt, daß ich mich vor den Jungen in der Aufmachung einer ‚Marientochter' blicken lasse!"

„Um die brauchst du dich nicht zu kümmern; diese Gangster mit ihren verfilzten Mähnen werden nicht dabei sein. Auch wenn heute die Neigung besteht, die Trauung in eine Posse zu verwandeln, ist sie doch immer noch eine ernste Sache."

Cat brauste auf: „Ich will mich zur Hochzeit anziehen, wie es mir gefällt, und kommen, mit wem ich will. Oder ich lasse mich bloß im Rathaus trauen!"

„Mädchen!" drohte Don Camillo und streckte einen Fuß vor. „Wie du siehst, trage ich Schuhnummer 45. Also, wenn du binnen fünf Sekunden nicht draußen bist, wirst du sie auch fühlen!"

Das Mädchen fuhr hinaus wie eine Rakete.

Damit schien alles aus zu sein, aber eine Woche später kam Cats Trauung von neuem aufs Tapet, und zwar war es Don Chichì, der wieder davon sprach: „Don Camillo, ihre Nichte ist ein impulsives, aber gutgesinntes Mädchen. Sie hat es sich überlegt: Sie will mit dem Segen Gottes heiraten, aber natürlich trotzdem ihre unbestreitbare Persönlichkeit wahren."

„So?"

„Sie ist Fallschirmspringerin, er ist Fallschirmspringer. Sie werden das schicksalhafte Ja nach dem Sprung aus einem Flugzeug aussprechen. Eine Trauung dieser Art wurde auch schon vollzogen. Eigentlich finde ich es wundervoll! Stellen Sie sich doch dieses fern vom Schmutz der Erde, im freien Himmel abgelegte Versprechen vor! Näher bei Gott."

„Ich verstehe", brummte Don Camillo. „Und der Priester gibt sie zusammen, indem er sie von unten mit dem Fernglas anstarrt?"

„Aber nein! Der Priester springt mit dem Brautpaar. Morgen schon beginne ich mit den Springstunden."

„Aha!" bemerkte Don Camillo. „Cat hat Sie also überredet."

„Es war nicht viel dazu nötig, Don Camillo", erklärte der junge Priester. „Denken Sie nur: Eine Gruppe von Waffenbrüdern des Bräutigams wird an der Hochzeit teilnehmen und mit abspringen. Ich sehe jetzt schon dieses herrliche Aufgehen von großen weißen Blumen im blauen Himmel. Ja, auch der Fortschritt hat seine Poesie. Auf der Wiese, über der der Hochzeitsabsprung stattfindet, lasse ich einen Feldaltar aufstellen, und dort lese ich dann die Messe im Fallschirmspringeranzug. Glauben Sie mir, Hochwürden: Auch auf diese Weise geht die Kirche mit der Zeit und paßt sich dem Fortschritt an."

Don Camillo nickte ernsthaft.

„Diese Heirat wird Epoche machen", sagte er.

Don Camillo sah Cat erst einen Monat später wieder.

„Wie Ihr seht", sagte sie fröhlich, „haben wir einen Mittelweg gefunden und werden eine christliche und doch keine banale Trauung haben. Don Chichì ist ein Schatz: Er hat schon mit Springen angefangen. Er macht es ganz gut und wird für den großen Tag bereit sein. So sollten die Priester sein: modern, dynamisch. Um die Trauung eindrucksvoller zu gestalten, springen wir aus 2500 Metern. 2000 Meter legen wir gemeinsam im freien Fall zurück und haben somit Zeit genug, ja zu sagen. Auf 500 Meter Höhe öffnet Don Chichì seinen Fallschirm und löst sich von uns. Bei 400 Meter öffnet Veleno den seinen, bei 300 Meter ich."

„Noch eindrucksvoller wäre es, wenn du ihn überhaupt nicht öffnetest", knurrte Don Camillo. „Ist dieser Trottel, der dein Mann werden soll, damit einverstanden?"

„Selbstverständlich."

„Springen auch die Zeugen?"

„Sie müssen. Bei Veleno geht das gut, weil seine Zeugen der Leutnant und ein Kurskamerad sind. Die meinen, nämlich Luky, der Vizechef der Skorpione, und Krik, der Vizechef von Velenos Bande, nehmen noch einen Springerkurs."

Nach beendetem Militärdienst kehrte Veleno nach Hause zurück und stellte sich sofort mit Cat im Pfarrhaus ein.

Veleno war verlegen. „Hochwürden", stotterte er. „Ihre Nichte und ich, wir haben die Absicht, zu heiraten."

„Ich weiß", antwortete Don Camillo. „Es tut mir leid, daß nicht ich euch trauen kann. In meinem Alter springt man eben wirklich nicht gern aus 2500 Meter Höhe ab."

Veleno warf Cat einen fragenden Blick zu, dann meinte er: „Was sagen Sie da von einem Sprung aus 2500 Meter Höhe?"

„Ich sag's dir nachher", erklärte Cat hastig. „Was wir wissen möchten, Hochwürden: Läßt sich das schnell erledigen, oder ist ein Riesenanlauf nötig?"

„Wenn die Gesundheitsbehörde nicht dazwischentritt und euch ins Irrenhaus steckt, könnt ihr in einer Woche die größte Dummheit eures Lebens begehen."

Veleno kam nach drei Tagen wieder.

„Könnten Sie uns am Samstagmorgen hier in der Kirche trauen?“ fragte er.

„Sicher“, antwortete Don Camillo. „Sind die Zeugen der Braut immer noch Luky und Krik?“

„Vorläufig schon“, antwortete Veleno stirnrunzelnd.

„Aber es sind ja noch fünf Tage bis dahin.“

Veleno war sehr nervös und trug auf der rechten Wange tiefe Kratzspuren, und Don Camillo sagte nichts mehr.

Als Don Camillo an diesem Samstagmorgen in die berstend volle Kirche trat, brach ihm der kalte Schweiß aus. Und wie er dann Cat am Arm des Bruders ihres Vaters auf den Altar zuschreiten sah, drohte sein Herzschlag auszusetzen.

Gott sei Dank trug Cat aber keinen Minirock, sondern ein so langes Kleid, daß es überhaupt nicht aufhören wollte. Einzige Extravaganz war ein blauer Fleck unter dem linken Auge. Zum Ausgleich trug Veleno jetzt auch auf der linken Wange tiefe Kratzer.

Doch der Atem stockte ihm vollends, als die Trauzeugen Cats vor ihm standen. Korrekt in dunkelgrauem Anzug und mit kurzgeschnittenen Haaren, hatten Luky und Krik etwas seltsam Unwirkliches.

„Es ist unser Hochzeitsgeschenk an Cat“, erklärte Luky flüsternd und deutete auf sein Haar.

Don Camillo rieselte ein Schauer über den Rücken, als er sich vorstellte, was dieses Geschenk die beiden Bengel gekostet haben mußte.

Den bangsten Moment erlebte Don Camillo, als das ‚Ja‘ fällig war. „Herr“, dachte er, „haltet Eure Hand über ihr Haupt, sonst sagt mir dieser Fratz noch nein, nur um mich zu ärgern.“

„Das ist nicht nötig“, antwortete die ferne Stimme Christi.

In der Tat sagte Cat ohne jedes Zögern ja.

Genau in diesem Augenblick sprang Don Chichì, zutiefst verstimmt, aber nicht unterzukriegen, allein aus 2500 Metern ab. Es war ein perfekter Sprung, nur stieß in geringer Höhe ein niederträchtiges Lüftchen den Fallschirm gegen eine hohe Pappel, in deren Wipfel sich die Schnüre so verhedderten, daß die Feuerwehr mit der größten Leiter kommen mußte, um Don Chichì auf die Erde zurückzuholen.

Inzwischen aber mußte er eine gute Weile oben bleiben und durfte zum Trost das Auto von Cat und Veleno unten auf der Landstraße vorbeifahren sehen, das, gefolgt von einer wilden Horde von achtzig gemischten Pilzköpfen auf Motorrädern, der Autobahn zustrebte.

Und all das, weil, auch wenn der Priester ganz zuoberst auf der Pappel sitzt, alle Psalmen mit dem Lobe Gottes enden.

...aber Don Camillo gibt nicht auf...

Koloß auf tönernen Füßen

Muskatellertrauben trug nur ein einziger Rebstock. Er stand im Pfarrgarten – und Don Camillo hatte eine ausgesprochene Schwäche für Muskatellertrauben. Verständlich, daß er ärgerlich wurde, als er sah, wie sich irgendein Kerl mit Händen und Mund an seinen Muskatellertrauben zu schaffen machte.

Eine ganze Weile blieb Don Camillo hinter den Jalousien des Küchenfensters stehen in der Hoffnung, das Gesicht des Übeltäters sehen zu können: berechtigt war seine Neugier, doppelt berechtigt, weil er fürchten mußte, den Traubenfrevler nicht rechtzeitig erreichen und packen zu können.

Aber der Verbrecher fuhr fort, lediglich zwei völlig ausdruckslose Schultern zu zeigen, und da hielt es Don Camillo nicht länger auf seinem Beobachtungsposten; mit kleinen, vorsichtigen Schritten ging er in den Garten hinaus und begann gegen den Feind vorzurücken. Ein Traktor kam mit höllischem Lärm in die Nähe des Pfarrgartens, und das ermöglichte es Don Camillo, seine Operation glücklich zu beenden.

„Verzeihung, störe ich?“

Don Camillos Stimme ließ den Missetäter zusammenfahren. Langsam drehte er sich um: es war der Smilzo.

Don Camillo schaute ihn sich lange an, dann rief er:

„Was machst denn du hier?“

„Ich bin zufällig vorbeigekommen, und da hab' ich einen Moment haltgemacht, um mir ein paar abzuzupfen. Gehört das Zeug Euch?“

„Die Tatsache, daß sich dieser Rebstock innerhalb des Pfarrgartens befindet, hätte dich das vermuten lassen können.“

„Ich war ganz in Gedanken, da hab' ich's nicht gemerkt.“

Don Camillo schüttelte ernst den Kopf.

„Ich verstehe. Du mußt wirklich sehr in Gedanken gewesen sein, wenn du nicht einmal gemerkt hast, daß du über einen Maschenzaun steigst.“

„Ich bin über keinen Maschenzaun gestiegen“, stellte der Smilzo richtig und fuhr fort, die Beeren von der Traube in seiner Hand abzuzupfen.

Es schien, als ginge ihn die Gegenwart Don Camillos überhaupt nichts an, so ruhig blieb er. Aber plötzlich war er unter den Weinstöcken verschwunden – wie vom Erdboden verschluckt.

Der Smilzo war schnell: wie eine Eidechse huschte er durchs Gras, erreichte in wenigen Sekunden die Stelle, an der der Maschenzaun gut zwei Spannen weit vom Boden hochgezogen war – und schickte sich an hindurchzuschlüpfen.

Unglückseligerweise war Don Camillo auf dem Quivive: er hatte sofort zur Verfolgung angesetzt und bekam gerade noch einen Fuß von Smilzo zu fassen. Energisch zog er daran, und der Übeltäter kehrte im Rückwärtsgang zurück.

„Im Grunde hattest du recht“, meinte Don Camillo, nachdem er den Smilzo zurechtgeschüttelt und wieder auf die Füße gestellt hatte. „Um hier hereinzukommen, mußtest du nicht über den Maschenzaun. Dafür wirst du es beim Hinausgehen müssen – die sowjetische Luftfahrt braucht Unterstützung!“

„Hochwürden“, erwiderte der Smilzo, dem die Vorstellung, an Nacken und Hosenboden gepackt und im Flug über den Eisernen Vorhang expediert zu werden, keineswegs behagte, „Ihr könnt doch so eine Nebensächlichkeit nicht politisch ausschlachten!“

„Ach, das nennst du eine Nebensächlichkeit: Hausfriedensbruch mit Diebstahl?“

„Lassen wir doch die Kirche im Dorf! Ich hab’ keinen Diebstahl begangen, sondern mir lediglich erlaubt, einen Vorschuß zu nehmen. Der Tag der Proletarischen Revolution steht vor der Tür, und da werden alle Entrechteten ihr Teil bekommen.“

Inzwischen war Don Camillos Wut verraucht. „Smilzo“, sagte er, „wenn die Sache so ist, dann nimm dir nur noch einen weiteren Vorschuß. Und wenn du außerdem noch einen Vorschuß auf Wein willst: Ich hab’ eine Flasche Bianco amabile im Brunnen kaltgestellt.“

Es war ein Nachmittag Ende August, und kein Blättchen regte sich, nicht einmal, wenn man drüberblies. Eine Hitze zum Krepieren. Don Camillo ging zum Brunnen, zog den Eimer mit der Flasche hoch und trat ins Haus.

Der Smilzo folgte ihm, und als Don Camillo die Flasche entkorkt und die zwei Gläser gefüllt hatte, die bereits auf dem großen Küchentisch standen, fragte er:

„Hochwürden, worauf wollt Ihr hinaus?“

„Smilzo, das einzige, worauf ich hinauswill, ist, mich hinzusetzen und ein Glas kühlen Wein zu trinken. Wenn du auch darauf hinauswillst, dann setz dich hin und trink. An einem Augustnachmittag um drei macht man keine Politik.“

Der Smilzo setzte sich hin und schüttete sein Glas Wein auf einen Zug hinunter.

„Wenn er nicht vergiftet ist, ist er gut“, bemerkte er.

Don Camillo ging nicht darauf ein. Er trank ebenfalls und füllte die beiden Gläser neu. Dann zog er eine Toskanozigarre aus der Tasche, zerbrach sie mit den Daumennägeln und streckte Smilzo die eine Hälfte hin.

„Nein“, erklärte der Smilzo, „ich rauche nur Zigaretten. Auch Zigarettenstummel.“

Don Camillo stand auf, wühlte in zwei, drei Schubladen und warf schließlich ein Päckchen Nazionali vor Smilzo auf den Tisch:

„Man muß auch dieses Zeug im Haus haben, denn es gibt immer wieder einen Trottel, der lieber Zigaretten als Zigarren raucht.“

Smilzo ließ es gut sein: er hatte Wein und Zigaretten. Alles übrige scherte ihn nicht.

Er rauchte und trank.

„Wenn Peppone erfährt, daß ich hier war!“ rief er plötzlich.

„Da kannst du beruhigt sein: Ich erzähl’ es ihm bestimmt nicht. Im übrigen reden wir schon eine Ewigkeit nicht mehr miteinander. Ehrlich gesagt, es tut mir eigentlich ein bißchen leid. Bei all seinen Fehlern ist er noch lang nicht der Übelste. Es gibt viel größere Narren im Dorf. Und nicht nur bei euch Wirrköpfen.“

Smilzo erwiderte nichts. Er trank einen langen Schluck Wein, dann seufzte er:

„Tja . . .“

Dieses „Tja“ ließ Don Camillo die Ohren spitzen. Er füllte die Gläser nach und sagte dann, während er sich den Schweiß von der Stirn wischte:

„Ich hab’ keine Lust aufzustehen. Andererseits ist die Flasche leer, und um eine neue zu kriegen, muß man sie holen. Die Tür zum Keller wäre die hier.“

„Weiß oder Rot?“ fragte der Smilzo und stand auf.

„Rot.“

„Ich wär’ mehr für Weiß, um beim gleichen zu bleiben.“

„Finden wir einen Mittelweg: Rot, begleitet von einer Salami.“

Smilzo schoß wie eine Rakete davon und kam mit einer Flasche und einer Salami zurück.

„Das Brot ist dort in der Kredenz. Da findest du auch das Brett und das Messer“, informierte Don Camillo mit müder Stimme.

Wenn der August in der Po-Ebene Ernst macht, dann sind die Kehlen so ausgedörrt, daß man einfach trinken muß. Und um richtig trinken zu können, gibt es nichts Besseres, als eine gute Salami anzuschneiden, die höllisch Durst macht.

Die Salami war hervorragend, und Don Camillo meinte:

„Warum nimmst du nicht mein Fahrrad und holst Peppone? Bei einer solchen Salami, da bin ich sicher, würden wir uns verstehen.“

Smilzo schüttelte den Kopf.

„Smilzo“, rief Don Camillo, „versteh mich nicht falsch! Ich hab’ nicht die mindeste Absicht, jemanden hereinzulegen. Morgen können wir uns meinetwegen in der Luft zerfetzen, aber wer verbietet uns heute, zwei Scheiben Salami miteinander zu essen? Sag ehrlich: Du glaubst doch nicht im Ernst, daß ich jeden Augenblick nur an die dreckige Politik denke?“

Smilzo schüttelte wieder den Kopf.

„Hochwürden, es ist nicht deswegen. Lassen wir Peppone. Reden wir nicht mehr von ihm.“

Don Camillo sah ihn an: „Ich wußte nicht, daß ihr zerstritten seid. Wenn dem so ist: Schwamm drüber!“

„Wir haben nicht gestritten! Wenn wir überhaupt miteinander streiten würden, dann stritte höchstens er mit mir, denn ich würde mich nie mit ihm streiten. Es geht um andere Dinge.“

„Smilzo, spülen wir’s hinunter und reden wir von was anderem. Heut’ interessiert mich die Politik nicht.“

Smilzo spülte es zwar hinunter, aber als er getrunken hatte, fühlte er sich doch noch zu einer Richtigstellung verpflichtet:

„Es geht nicht um Politik. Sondern um Privatsachen. Kleinigkeiten ohne Bedeutung, aber mir gehn sie auf die Nerven.“

Don Camillo schüttelte den Kopf: „Das tut mir wirklich leid. Ich hätte nicht geglaubt, daß auch Peppone einer von denen ist, die plötzlich mit ihren Freunden Schindluder treiben. Du bist zwar ein Halunke, aber Peppone gegenüber hast du dich immer wie ein Freund verhalten. Es ist undankbar von ihm, wenn er dich schlecht behandelt."

Smilzo protestierte: „Ihr habt mich falsch verstanden! Es geht nicht darum, daß er mich schlecht behandelt. Er ist genauso zu mir wie früher. Aber er selber ist nicht mehr so wie früher. Wie soll ich Euch das erklären, Hochwürden? Es ist ungefähr so, wie wenn Ihr der beste Freund des Weltmeisters im Radrennen wärt. Zwischen Euch und dem Weltmeister passiert gar nichts, die Freundschaft ist die gleiche, die Behandlung ist die gleiche. Aber was passiert, ist, daß der Weltmeister dick wird und anfängt, die Rennen zu verlieren. Und dann ist Eure Freundschaft mit ihm nicht mehr so wie früher."

„Wenn ich mit deinem verworrenen Gehirn denken würde, vielleicht", antwortete Don Camillo. „Aber da ich mit einem normalen Gehirn denke, ändert sich meine Freundschaft nicht, denn ich bin der Freund des Menschen und nicht des Weltmeisters. Im Gegenteil: Je mehr Unglück er hat, desto mehr fühle ich mich als sein Freund."

„Ja", rief der Smilzo. „Aber es tut Euch leid, daß er die Weltmeisterschaft verliert! Es ist so, wie wenn einer Ehefrau die Zähne ausfallen. Man mag sie noch immer, aber es tut einem leid, daß ihr die Zähne ausfallen!"

Don Camillo schüttelte den Kopf: „Peppone ist weder Radweltmeister noch deine Ehefrau: Meiner Ansicht nach hast du dir einen Sonnenstich geholt."

Smilzo fing an zu brüllen: „Hochwürden, ist es denn möglich, daß Ihr überhaupt nichts kapiert?"

„Wenn du willst, daß ich etwas kapiere, dann drück dich deutlich aus!" antwortete Don Camillo schroff.

Smilzo goß ein Glas Wein in einem Zug hinunter und fing an, sich deutlich auszudrücken:

„Hochwürden, schuld an allem ist jener Unglücksmensch, der Peppones Frau den Floh ins Ohr gesetzt hat, ihre *sala* zu renovieren..."

Es war ein drückend heißer Augustnachmittag – wieder ein glühender Augustnachmittag. Don Camillo troff vor Schweiß, aber er rührte sich nicht von der Stelle: Seit mehr als einer Stunde stand er hinter der Hecke und paßte auf. Er hatte den Mann, den er suchte, da hineingehen sehen, und er wollte ihn auch wieder herauskommen sehen.

Und als der Mann dann endlich herauskam und sich auf sein Fahrrad schwingen wollte, sah er Don Camillo vor sich.

„Guten Tag, Herr Bürgermeister."

Peppone maß Don Camillo mit einem Blick voll Mißtrauen.

„Guten Tag, Herr Pfarrer."

Don Camillo hob die Schultern.

„Ich glaube nicht, daß ich es bei meinem Gruß an Respekt habe fehlen lassen", beklagte er sich.

„Sie sind einer, der es den Leuten gegenüber immer an Respekt fehlen läßt. Sie sind eine permanente Provokation."

Don Camillo hob die Augen zum Himmel.

„Herr", rief er aus, „ist es denn möglich, daß diese Leute immer im Dienst sind? Ist es denn möglich, daß diese Leute alles nur politisch sehen? Herr, was denken diese Leute bloß beim Anblick eines Sonnenuntergangs – oder eines Sonnenaufgangs – oder einer Mondfinsternis? Was denken diese Leute, wenn sie im Frühling die blühenden Kirschbäume sehen? Können diese Leute denn nicht einmal angesichts eines Vulkanausbruchs, eines Erdbebens, einer Wasserhose oder einer Lawine in ihrem Hirn einen Gedanken produzieren, der nichts mit der Partei und ihren letzten Direktiven zu tun hat?"

Peppone lauschte stirnrunzelnd Don Camillos Erguß, dann sagte er: „Solche Vorhaltungen dürft Ihr nicht mir machen, Hochwürden; ich bin es, der sie Euch machen muß, denn Euer Blut ist durch und durch von der Politik vergiftet."

„Peppone", erklärte Don Camillo geduldig, „seit einer Ewigkeit habe ich dich nicht gesehen. Es hat mich gefreut, dich so gesund und munter zu finden, und meine einzige Schuld ist, daß ich diese meine aufrichtige Freude offen gezeigt habe."

„Hochwürden, woran erkennt man, wann Ihr aufrichtig seid und wann nicht?"

Don Camillo war zu Fuß, und Peppone schob nun sein Fahrrad neben ihm her. Die Straße war voller Staub, und Staub hing auch in der Luft und dörrte die Kehle aus. Es hatte tatsächlich den Anschein, als sei Don Camillo von den aufrichtigsten Absichten erfüllt, und so gab Peppone nach und nach sein ganzes Mißtrauen auf, und die Unterhaltung wurde immer gelöster.

Sie redeten über dies und jenes, und als sie zum Pfarrhaus kamen, fand Don Camillo es ganz natürlich, Peppone zu einem Glas Bianco amabile einzuladen. Und Peppone fand es ganz natürlich, die Einladung anzunehmen.

Sie tranken eine Flasche, und als sie hinausgingen, sagte Don Camillo zu Peppone: „Ich muß noch zum Bicci, ich begleite dich bis zu deinem Haus."

Sie nahmen die Abkürzung, einen scheußlichen Weg, der es fertigbrachte, selbst bei der mörderischen Hitze noch sumpfig zu sein, denn er lag in einer Senke, in der sich das Wasser der Abflußgräben aus den umliegenden Feldern sammelte.

Als sie vor Peppones Haus standen und der Bürgermeister sah, wie Don Camillo keuchte, fand er es natürlich, ihn auf ein Glas hereinzubitten.

Der Flur war schattig und kühl.

„Setzen wir uns hier hin?" fragte Don Camillo.

„Nein, nein, wir gehen da hinein."

„Da hinein" hieß in den „Salon", die „gute Stube", jenen Raum, den man in der Bassa *la sala* nennt. In ihm stehen die Eßzimmermöbel, hängen die vergrößerten Fotografien der verstorbenen Verwandtschaft, findet sich der Krimskrams, den man bei Lotterien gewonnen oder irgendwann geschenkt bekommen hat. Für gewöhnlich ist es der Raum, den keiner von der Familie freiwillig betritt, denn diese ganze Pracht schüchtert einen ein, und außerdem ist er der tristeste und ungemütlichste Ort der ganzen Wohnung.

Aber als Peppone nun die Tür öffnete, blieb Don Camillo der Mund offen stehen.

Das hatte er nicht erwartet – trotz Smilzos Beschreibung: alles frisch getüncht, supermoderner Lampenschirm, neue Möbel, an den Fenstern gestickte Vorhänge und, Wunder aller Wunder, ein Fußboden aus Fliesen wie Marmor, ein Fußboden, der funkelte wie Kristall: unglaublich glatt, unglaublich sauber und blank.

„Na?" sagte Peppone, als er sah, daß Don Camillo keine Anstalten machte einzutreten.

„Peppone!" rief Don Camillo. „Das ist ja sagenhaft! Eine so schöne und moderne *sala* wird man kaum in einem städtischen Herrschaftshaus finden!"

„Na, wir wollen's nicht übertreiben!" meinte Peppone grinsend. „Nur hinein!"

Vorsichtig wagte sich Don Camillo ins Zimmer, und Peppone wollte ihm eben folgen, als ein fast unmenschlicher Schrei erscholl. Peppones Frau stürzte herbei, klammerte sich an ihren Mann und nagelte ihn auf der Schwelle fest. Schreckensstarr betrachtete sie seine staubigen, schlammverkrusteten Schuhe und redete wie irr auf ihn ein – Schreie ausstoßend wie ein verwundeter Adler.

Peppone verschwand aus der Tür, und als er wieder auftauchte, hatte er unter seinen Füßen die *pattìne:* jene verdammten, rechteckigen Filzlappen, die von den biederen Bürgersfrauen in der Stadt erfunden worden waren, um den Glanz der Fußböden zu schonen.

Don Camillo betrachtete Peppone, der wie ein Schlittschuhläufer über den Boden glitt: Groß und kräftig, wie er war, mit dem knallroten Tuch um den Hals, den wirren, auf der Stirn klebenden Haaren, und Händen so groß wie Schaufeln und dunkel von der Sonne und vom Maschinenöl, hätte er eigentlich zum Lachen reizen müssen, aber statt dessen tat er einem fast leid.

Don Camillo war hergekommen, um zu lachen, aber nun verging ihm die Lust dazu. Er kehrte ebenfalls um, stellte sich mit seinen Schuhen auf zwei andere an der Tür bereitliegende Filzlappen und glitt nun seinerseits über den blitzenden Fußboden.

Wortlos setzten sie sich an den Tisch, dessen Platte genauso glänzte wie der Boden und schwiegen sich an, bis Peppones Frau wieder erschien, in der Hand ein Tablett mit Gläsern und einer Flasche Wein. Die Frau setzte alles auf den Tisch, füllte die beiden Gläser und befahl beim Hinausgehen: „Die Flasche aufs Tablett, die Gläser auf die Untersetzer!" Noch ehe er trank, wischte Don Camillo den Fuß des Glases an seinem Ärmel ab und setzte es dann mit Anstand in die Mitte des Untersetzers.

Keiner der beiden wußte, wie er anfangen sollte. Zum Glück erschien der Smilzo unter der Tür und schwenkte einen großen gelben Umschlag.

„Chef, ganz eilig, von der Parteileitung!"

„Bring es her!“ befahl Peppone, der sich wieder aufraffte.

„Nein, ich leg’s hierher“, antwortete Smilzo und machte Anstalten, den Brief auf dem Polsterstuhl neben der Tür zu deponieren. Peppone fand wieder zum donnernden Ton vergangener schöner Zeiten zurück:

„Smilzo, bring den Brief her!“ brüllte er. Smilzo zögerte einen Moment, dann bemächtigte er sich eines dritten Paares Filzlappen, das neben der Tür geparkt war, und glitt über den blitzenden Boden auf seinen Chef zu.

„Setz dich hin und trink!“ schrie Peppone und goß ihm ein Glas ein.

Smilzo biß die Zähne zusammen und setzte sich hin.

„Flasche aufs Tablett, Glas auf den Untersetzer!“ brüllte Peppone weiter und schmiß ein rundes gesticktes Deckchen vor Smilzo auf den Tisch.

Er las den ganz eiligen Brief und steckte ihn in die Tasche. Danach schüttete er seinen Wein in einem Zug hinunter, und nach einer gebührenden Pause absoluten Schweigens donnerte er:

„Hochwürden, das laßt Euch gesagt sein: Am Tag der Proletarischen Revolution werden wir *nicht* auf Filzlappen marschieren!“

„Steht das in dem Brief von der Partei?“ erkundigte sich Don Camillo.

„Das steht in der Geschichte der Völker!“ entgegnete Peppone.

Und er sagte das mit soviel Stolz und soviel edler Entschlossenheit, daß sich der Smilzo wieder in seinem Glauben an den Endsieg bestärkt fühlte.

„Jawohl, Chef!“ pflichtete er ihm bei.

Die Lotterie

Hört man auf die Bauern, so geht es ihnen immer schlecht. Wenn es regnet, dann weil es regnet; wenn es nicht regnet, dann weil es nicht regnet; wenn sie zehn Prozent herausschlagen, dann weil es nicht zwölf sind. Und wenn es zwölf sind, dann weil sie nicht vierzehn herausschlagen konnten.

Don Camillo wußte das genau und machte sich daher nie Illusionen, wenn er herumlaufen und um Geld für diesen verflixten Kindergarten betteln mußte, der nun mal errichtet worden war und jetzt wohl oder übel zu funktionieren hatte.

Diesmal war Don Camillos Herz jedoch voll Optimismus: Das Jahr war für die ganze Landwirtschaft außergewöhnlich gut gewesen, und der Käse lag hoch im Preis. Aber nachdem der Seelenhirt an drei Türen geklopft hatte, kannte er bereits die ganze Litanei: Die Tomaten hatten nicht das gebracht, was sie hätten bringen sollen, die Rübenpreise waren gefallen, außerdem hingen die Trauben noch an den Stöcken.

Don Camillo beschloß, auf der Stelle seine Taktik zu ändern. Um den nötigen Mammon aufzutreiben, mußte man zum äußersten Mittel greifen: zur berüchtigten Lotterie mit verlockenden Preisen.

Also machte er sich daran, die verlockenden Preise zusammenzubringen.

Was die Lotterien und die Wohltätigkeitsbasare angeht, so ist es auf dem Land nicht anders als in der Stadt: Jeder nützt die Gelegenheit, seine Wohnung vom gräßlichsten Plunder zu befreien. Und zu guter Letzt sind es immer dieselben Scheußlichkeiten, die bei den Wohltätigkeitsveranstaltungen die Runde machen. Jedes Stadtviertel und jedes Dorf besitzt seinen festen Fundus, denn, wer immer eine dieser Raritäten gewinnt, hat nichts Eiligeres zu tun, als sie bei der nächsten Wohltätigkeitslotterie wiederum großzügig als Preis zur Verfügung zu stellen.

Don Camillo arbeitete vierzehn Tage lang, und am Ende hatte er sein Pfarrhaus in einen afrikanischen Basar verwandelt. Wenn er mutig genug gewesen wäre, hätte er die Gelegenheit nutzen und das Dorf ein für allemal von dem ganzen Krempel befreien können – und tatsächlich fühlte er auch den heftigen Wunsch, das ganze Zeug auf dem Kirchplatz auszubreiten und mit der Straßenwalze darüberzufahren, aber er wußte sich zu beherrschen.

Nachdem er nun die Masse an *normalen* Preisen beisammen hatte, mußte er die zwei oder drei *außergewöhnlichen* auftreiben, ohne die keiner ein Los kaufen würde.

Es blieben ihm noch die zwei großen Brocken: Filotti und die Gemeinde.

Aber Filotti erklärte sofort, daß er mehr als fünfzig Flaschen Weißwein nicht herausrücken könne, denn die Tomaten seien nicht gut gegangen und die Rüben auch nicht und so weiter und so weiter. Da setzte Don Camillo alle Hoffnung auf die Gemeinde und ging hin, um beim Herrn Bürgermeister vorzusprechen.

Peppone ließ ihn nicht einmal ausreden: „Hochwürden, ich weiß alles. Der Kindergarten braucht dringend Geld, genauso wie die Gemeinde. Mit dem einfachen Unterschied, daß der Kindergarten Lotterien veranstalten kann, um zu Geld zu kommen, die Gemeinde aber nicht. Folglich geht es uns schlechter als euch."

Don Camillo sog einen Strom Luft ein – lang wie der Simplontunnel –, bis er ganz aufgeblasen war, dann explodierte er:

„Der Herr Bürgermeister will also sagen, daß sich die Gemeinde weigert, ihren Beitrag zu leisten?"

„Nein: Der Herr Bürgermeister will sagen, daß die Gemeinde gibt, was sie kann."

Peppone öffnete eine Schreibtischschublade und zog ein paar Handvoll Zeug heraus, wobei er erklärte:

„Fünfzig Bleistifte Superbus, dreißig Radiergummi, fünfundzwanzig Packungen Protokollpapier und fünfzig Kugelschreiber Perry. Als meinen persönlichen Beitrag stifte ich fünf Dosen Bodenwichse Marke Ceratom."

„Damit kannst du . . ."

„Hochwürden", unterbrach ihn Peppone streng, „beachten Sie bitte, daß Sie hier mit dem Herrn Bürgermeister sprechen. Nehmen Sie das Schreibmaterial selbst mit oder soll ich es Ihnen ins Haus schicken?"

Don Camillo gab überhaupt keine Antwort. Er machte kehrt

und ging zur Tür. Auf der Schwelle drehte er sich noch einmal um: „Weißt du, was ich dir sagen muß?“ schrie er.

„Sagen Sie es.“

„Daß ihr mir alle widerwärtig seid. Arme, Reiche, Kommunisten und Antikommunisten!“

„Einen Augenblick, Hochwürden! Reden wir doch mal offen miteinander.“

Don Camillo kehrte zum Schreibtisch zurück und sah Peppone fest in die Augen:

„Wenn du meinst, daß wir offen miteinander reden sollen – ich bin dabei! Paßt dir was nicht?“

„Mir paßt es nicht, daß Sie blödes Zeug verzapfen. Kommunisten, das lassen Sie sich gesagt sein, sind nicht widerwärtig! Kommunisten verhalten sich bei jeder Gelegenheit vorbildlich!“

Don Camillo ergriff das Bündel Bleistifte, hielt es Peppone unter die Nase und schrie:

„Fünfzig Bleistifte Superbus, die miesesten auf der ganzen Welt: Geschenk der kommunistischen Verwaltung!“

„Geschenk der *kommunalen* Verwaltung!“ korrigierte ihn Peppone. „Die Kommunisten haben damit nichts zu tun. Bevor Sie behaupten, daß die Kommunisten widerwärtig sind, müssen Sie erst mal abwarten, was Ihnen die Sektion der Kommunistischen Partei antwortet.“

Don Camillo legte die Bleistifte auf den Schreibtisch zurück, dann stemmte er die Fäuste in die Hüften:

„Und was würde mir deiner Meinung nach die Sektion der Kommunistischen Partei antworten, wenn ich käme und sie um eine Spende für die Lotterie bitten würde?“

Peppone zuckte die Schultern.

„Mal sehen“, murmelte er. „Meiner Meinung nach ... Wenn Sie sich an die Sektion der Kommunistischen Partei wenden würden, könnte Ihnen die Sektion – zum Beispiel – ein Fahrrad Stucchi anbieten, Luxusausführung, funkelnagelneu, mit elektrischer Beleuchtung und Simplex-Schaltung. Und sogar noch mit Satteldecke, Kippständer und Gepäckträger.“

Don Camillo starrte ihn einen Augenblick mit offenem Mund an. „Du willst dich wohl über mich lustig machen!“ rief er schließlich.

„Ich vielleicht schon. Aber die Sektion der Kommunistischen

Partei nicht. Wer das Fahrrad Stucchi Luxusausführung, funkelnagelneu und so weiter, haben will, braucht nur ein kurzes schriftliches Gesuch direkt an die Sektion zu richten."

„Natürlich", lachte Don Camillo höhnisch, „damit du mir antworten kannst: ‚Wenden Sie sich an Pella!'"

Peppone schüttelte den Kopf: „Nein, Hochwürden. Sie schreiben ein winziges Gesuch, und zwei Stunden später ist das Fahrrad im Pfarrhaus, noch in der Originalverpackung. Selbstverständlich muß es bei der Ausstellung der Preise den Ehrenplatz bekommen, mit einem Schild vierzig auf dreißig Zentimeter, auf dem in großen Druckbuchstaben steht: *Gespendet von der Kommunistischen Partei Italiens*. Um Ihnen die Mühe zu ersparen, liefern wir das Schild gleich fertig mit."

„Oh, bitte keine Umstände", erwiderte Don Camillo trocken. „Behalt dein Schild samt dem Fahrrad. Ich bin doch keine Werbeagentur."

„Hochwürden! Und wenn wir an dem Fahrrad Stucchi Superluxus und so weiter noch einen kleinen Mosquito-Motor anbrächten, ebenfalls funkelnagelneu?"

„Nicht einmal, wenn du einen Super-Motor mit Kompressor einbaust!"

„Das tut mir leid. Überlegen Sie es sich noch mal, Hochwürden."

„Ich hab' es mir schon überlegt."

Don Camillo lief auf Hochtouren, und als er nach Hause kam, stürmte er in die Kirche, um sich mit dem Gekreuzigten am Hochaltar auszusprechen. „Jesus", keuchte er, „wer ist wohl der größte Halunke unter all diesen Halunken?"

„Du", antwortete Christus.

Don Camillo sah verständnislos nach oben: „Ich? Wieso denn ich?"

„Weil dein Herz voll Zorn ist, Don Camillo."

„Jesus", flehte er verzweifelt, „ist es denn möglich, daß einer nicht zornig wird, nach all dem, was mir passiert ist?"

„Ja, Don Camillo, das ist sehr gut möglich."

Don Camillo traten die Tränen in die Augen.

„Jesus, ich habe an neunundneunzig Türen geklopft, und keiner hat mir aufgemacht. An der hundertsten haben sie mir aufgemacht, aber nur um mich zu verhöhnen. Wie soll ich da ruhig bleiben können?"

„Don Camillo, ich klopfe tagtäglich bei hunderttausend Seelen an, und keine macht mir auf, und da bin ich traurig. Aber wenn ich dann nach hunderttausend eine finde, die sich mir öffnet, wird mein Herz mit Freude erfüllt, auch wenn mich hinter der Tür dieser Seele nur Spott erwartet. Gott nicht zu kennen ist tausendmal schlimmer, als ihn zu verspotten. Wer Gott nicht kennt, ist wie der Blinde, der niemals das Licht sehen wird. Wer Gott nicht kennt, wird nie als rechter Mensch leben können, denn wer Gott nicht kennt, ist auch kein Mensch."

Don Camillo lief immer noch auf vollen Touren und versuchte sich zu rechtfertigen:

„Herr, wenn ich Hunger habe, und neunundneunzig Menschen verweigern mir ein Stück Brot, ist dann nicht vielleicht der hundertste am niederträchtigsten, der mir zu essen anbietet, auch noch reichlich, aber unter der Bedingung, daß ich eine ehrlose Tat begehe?"

„Natürlich, Don Camillo: Wenn Peppone versucht hat, dich zu einer Tat zu verleiten, die gegen die Gebote Gottes verstößt, dann ist er der Niederträchtigste."

Don Camillo wischte sich den Schweiß von der Stirn.

„Herr, es läßt sich nicht exakt feststellen, ob er mir tatsächlich vorgeschlagen hat, gegen die Gebote Gottes zu verstoßen, schon weil sich in den Geboten Gottes keine eindeutigen Hinweise auf Stucchi-Fahrräder und Wohltätigkeitsbasare finden ... Auf alle Fälle aber steht fest, daß ich nichts tun kann, was den politischen Anschauungen Peppones nützt. Anschauungen, die nach dem Urteil der Kirche im Widerspruch zu den christlichen stehen. Findest du nicht, Herr?"

„Don Camillo, ich wüßte nicht, was ich dir exakt antworten sollte. Auch ich kenne mich mit Fahrrädern und Wohltätigkeitsbasaren nicht genügend aus."

Don Camillo senkte den Kopf.

„Jesus", sagte er mit trauriger Stimme. „Wie sich wohl Peppone freuen würde, wenn er wüßte, daß auch du dich über mich lustig machst!"

Don Camillo kehrte ins Pfarrhaus zurück, um den zusammengetragenen Trödel noch einmal zu inspizieren. Kurz darauf erschien der Smilzo und deponierte auf dem Tisch im Hausflur die Bleistifte und das andere Zeug.

„Von der Kommunalverwaltung", erklärte er. „Wenn es Euch gelingt, einen von diesen Bleistiften zu spitzen, dann könnt Ihr ihn als Ahle benützen."

„Ich lasse dem Herrn Bürgermeister danken. Sag ihm, er hätte nicht so viel Umstände machen sollen."

„Das sind doch keine Umstände. Euer Hochwürden dienlich sein zu können ist immer eine Freude. Wenn ich Euch helfen soll, diesen Krimskrams auf den Abfallhaufen zu werfen, tu ich's gern."

Don Camillo griff nach einer scheußlichen Katze aus bemaltem Gips und schleuderte sie in Richtung Smilzo. Doch der war auf der Hut: er fing die Gipskatze im Flug auf und setzte sie behutsam auf den Tisch.

„Besser eine Gipskatze in der Hand als ein Fahrrad mit Motor auf dem Dach", rief er und zog Leine.

Don Camillo zertrat unter seiner Schuhsohle einen alabasternen Turm von Pisa, der aussah wie aus Zuckerguß.

Selbst wenn man die Flaschen vom Filotti bestmöglich placierte, wirkte die Ausstellung der Preise für die Kindergartenlotterie erschreckend dürftig.

Zum zweitenmal wurde Don Camillo von der heftigen Versuchung gepackt, all diese Scheußlichkeiten zu zertrümmern. Es gelang ihm jedoch noch einmal, ihr zu widerstehen, und er ging statt dessen, um sich mit Christus am Hochaltar zu unterreden:

„Herr", sagte er, „kann der Zweck die Mittel rechtfertigen?"

„Nein, Don Camillo. Aus dem Bösen kann zwar das Gute erwachsen, aber du darfst dich nicht bewußt des Bösen bedienen, um das Gute zu bekommen. Denn du mußt immer nach den Geboten Gottes handeln, und die Gebote Gottes verbieten dir, Böses zu tun."

„Jesus, Strychnin ist doch ein schreckliches Gift, aber der Apotheker kann daraus bei richtiger Dosierung eine heilsame Arznei gewinnen."

„Don Camillo, die christliche Moral ist nicht in der Apotheke gemacht worden."

Don Camillo senkte den Kopf und ging.

„Alle gegen mich", seufzte er, als er sich in seiner Stube an den Schreibtisch setzte.

Dann nahm er ein Blatt Papier und schrieb das Gesuch.

Das Fahrrad mit Hilfsmotor kam eine Stunde später, es wurde vom Smilzo mit dem Lieferwagen gebracht. Dazu das Schild mit dem Text in riesigen Druckbuchstaben.

„Hochwürden", mahnte Smilzo, „nicht vergessen: Ehrenplatz!"

Die Ausstellung der Lotteriepreise wurde am nächsten Tag eröffnet, und die Leute drängten sich in dem großen Raum. Das Fahrrad mit Motor, „Gespendet von der Kommunistischen Partei", machte einen ungeheuren Eindruck.

Spiletti mißbilligte die Sache in aller Deutlichkeit: „Hochwürden, ich hätte von diesem Pack Spenden weder erbeten noch angenommen."

„Ich auch nicht, wenn Sie und alle anderen mir statt dem ganzen Schund aus Gips und vergoldetem Blech etwas gegeben hätten, das für eine anständige Lotterie taugt."

„Wenn keine Preise da waren, hättet Ihr die Lotterie nicht veranstalten dürfen. Ihr hättet uns eine Blamage erspart."

„Richtig", rief Don Camillo, „wenn einer die Krätze hat, sorgt man dafür, daß er in der Öffentlichkeit nicht die Handschuhe auszieht, sondern immer schön die Hände bedeckt hält, damit die Leute sagen: ‚Oh, was für ein eleganter, gepflegter Herr!'"

Natürlich kamen alle Roten, um ihr prächtiges Fahrrad mit Motor zu bewundern, und sie plusterten sich auf wie die Truthähne.

Am Tag der Ziehung erschien auch Peppone mit seinem Stab. Das Zimmer und der Kirchplatz waren gesteckt voll.

Die letzten Lose wurden verkauft und die dazugehörigen Abschnitte in die Urne gesteckt.

Die Ziehung begann: Don Camillo hatte nur fünfzig halbwegs anständige Preise zusammenstellen können. Wenn die in der Reihenfolge ihres Werts verlost waren, sollte der Rest des Plunders stückweise an jeden Losinhaber verteilt werden, so daß keiner mit leeren Händen heimgehen müßte.

„Erster Preis: ein Fahrrad mit Hilfsmotor!" verkündete Don Camillo.

Ein kleiner Junge zog eine Nummer aus der Urne.

„Achthundertsiebenundvierzig!" rief Don Camillo. „Wer die Nummer achthundertsiebenundvierzig hat, gewinnt das Fahrrad!"

Keiner der Anwesenden hatte diese Nummer.

„Das Fahrrad bleibt zur Verfügung des Besitzers der Nummer achthundertsiebenundvierzig!" rief Don Camillo. „Die vollständige Liste der Gewinner wird morgen veröffentlicht. Zweiter Preis: ein Korb mit fünfzig Flaschen Weißwein. Nummer..."

Der Junge zog eine Nummer.

„Zweitausenddreihundert!"

Der Mann mit der Nummer zweitausenddreihundert bahnte sich, das Los in der Hand schwenkend, seinen Weg nach vorn und nahm mit Hilfe seiner Freunde grinsend den Korb mit den Flaschen in Empfang.

Damit war die Losziehung praktisch beendet, denn das einzige, was die Leute interessiert hatte, war das Fahrrad mit Motor. Der Rest, mit Ausnahme der Weinflaschen, schien kaum der Rede wert. Aber keiner rührte sich, bis alle fünfzig „halbwegs anständigen" Preise verlost waren.

Und als die fünfzig Gewinner ihre Preise abgeholt hatten, fingen die Leute zu murren an. Es sei doch sehr merkwürdig, daß von den fünfzig Gewinnern ausgerechnet der mit dem Fahrrad fehle.

„Ich", sagte ein junger Mann, „habe die Nummer achthundertsechsundvierzig gekauft, und zwar hier drinnen, im letzten Moment, und ich habe gesehen, daß auf dem Block noch vier Lose übrig waren: die Nummern achthundertsiebenundvierzig, achthundertachtundvierzig, achthundertneunundvierzig und achthundertfünfzig. Ich würde gern mal den Losblock sehen. Man könnte ja das unverkaufte Los in die Urne gesteckt haben statt des Nummernabschnitts."

Jemand ging zu Don Camillo und sagte es ihm. Keuchend kam er an.

„Hier gibt es keine Schiebung!" rief er aufgebracht. „Wir haben nur die Gegenabschnitte in die Urne getan. Bitte, da ist die gezogene Nummer. Und da ist der Block. Die Lose sind alle verkauft worden."

„Und wer bezeugt das?" brummte der junge Mann.

„Der Polizeichef und der Notar, die beide hier anwesend sind!"

„Und woher wissen die, ob das Los verkauft worden ist? Vielleicht hat es jemand abgerissen und in die Tasche gesteckt. Daß der Gegenabschnitt in der Urne ist, bedeutet noch lange nichts."

Don Camillo wurde blaß: „Dieser jemand könnte nur ich sein, weil ich die letzten vier Lose verkauft habe."

„Ich will ja nichts behaupten...", meinte der junge Mann.

„Aber wenn die Lose hier drinnen verkauft wurden, warum ist dann der mit der Losnummer achthundertsiebenundvierzig nicht aufgetaucht?"

Don Camillo verspürte wahnsinnige Lust, diesen aufsässigen jungen Mann am Kragen zu packen und an die Wand zu werfen, aber er mußte Ruhe bewahren.

„Meine Herrschaften!" rief er. „Die Nummer achthundertsiebenundvierzig ist vor kurzem hier verkauft worden. Wer sie gekauft hat, muß hier sein. Schaut doch noch einmal alle genau nach: Die Angelegenheit muß auf der Stelle geklärt werden. Alle, die vor kurzem hier bei mir ein Los gekauft haben, sollen noch einmal in ihren Taschen suchen."

Jeder kramte in seiner Tasche, auch die, die überhaupt kein Los gekauft hatten, und plötzlich hörte man jemanden murmeln: „Das hab' ja ich!"

Und Peppone trat vor und reichte Don Camillo ein Los. Don Camillo stieß einen riesigen Seufzer der Erleichterung aus.

„Alles in Ordnung?" fragte er fröhlich. „Ist der junge Mann jetzt überzeugt? Ausgezeichnet! Mit großer Freude händige ich hiermit den ersten Preis dem Herrn Bürgermeister aus. Nichts ist gerechter: Da der Preis von der Kommunistischen Partei gestiftet worden war, ist es nur recht und billig, daß er wieder an die Kommunistische Partei zurückgeht."

Die Leute lachten.

„Na, die haben sich wirklich nicht angestrengt", brummte der alte Cibia. „Sie haben das Fahrrad gestiftet und es sich jetzt wiedergeholt. Die taugen auch bloß dazu, den Gänsen Wasser zu bringen, wenn's regnet!"

Peppone fuhr herum, rot wie die Oktoberrevolution: „Was redet Ihr da für einen Stuß? Ich hab' mein Los genauso gekauft wie alle anderen. Was kann ich dafür, wenn der erste Preis auf mich fällt?"

„Hättest du das Los nicht gekauft, dann hättest du auch nicht gewonnen."

Smilzo mischte sich ein. Er ergriff das Fahrrad bei der Lenkstange und sagte zu Peppone:

„Laß sie doch reden, Chef! Wir sind vollkommen im Recht und in der Legalität."

Er ging auf den Ausgang zu, und Peppone folgte ihm zähneknirschend.

„Das ist das sowjetische System", erklärte Don Camillo lächelnd. „Große Versprechungen und nichts dahinter. Sand in die Augen."

Peppone, der das gehört hatte, drehte sich um: „Kommt bloß noch einmal und bittet mich um was, dann werdet Ihr sehen, was ich Euch stifte!"

„Da ist noch Euer Schild", antwortete ihm Don Camillo grinsend.

„Von wegen *Geschenk der Kommunistischen Partei.* Ihr hättet lieber draufschreiben sollen: *Leeres Versprechen der Kommunistischen Partei.*"

Peppone ging rasch hinaus, um nicht aus der Rolle zu fallen.

Und als Don Camillo triumphierend zum Hochaltar kam, um Christus zu danken, sagte dieser zu ihm: „Don Camillo, der niederträchtigste Halunke bist immer noch du."

„Herr, das weiß ich", erwiderte Don Camillo und breitete resignierend die Arme aus. „Und es tut mir leid. Aber in der Politik ist die Niedertracht eine schmerzliche Notwendigkeit, denn in der Politik hat man es nicht mit Menschen, sondern mit Parteien zu tun. Und die Parteien sind keine Geschöpfe des lieben Gottes. Amen."

Die halbe Portion

Peppone benötigte einen Meter Kupferrohr von der Dicke eines Daumens, und da er im ganzen Dorf nichts dergleichen auftreiben konnte, die Arbeit aber am nächsten Tag in aller Frühe fertig sein mußte, nahm er kurz entschlossen den Bus, um in der Stadt nach dem Rohr zu suchen.

Als er ankam, läutete es gerade zwölf, und er mußte bis drei Uhr nachmittags warten. Doch damit, daß die Geschäfte wieder aufmachten, war die Geschichte keineswegs zu Ende, denn kein einziger Eisenwarenladen hatte daumendickes Kupferrohr, und so war Peppone gezwungen, die Werkstätten abzuklappern.

Kurz und gut: Als er das verdammte Rohr endlich aufgetrieben hatte, begann es bereits Abend zu werden. Und der Bus war auch schon fort.

Dreißig Kilometer sind kein Kinderspiel. Auf der anderen Seite konnte die Arbeit nicht verschoben werden, denn es handelte sich um einen Auftrag von der Tomatenmarkfabrik, und die von der Fabrik wollten am nächsten Morgen schon um vier Uhr kommen, um die reparierte Maschine abzuholen.

Peppone machte sich auf den Weg, in der Hoffnung, ein Auto zu finden, das ihn mitnähme.

Hier, an der großen Straße, war es zwecklos, Zeit und Kraft darauf zu verschwenden, ein Auto anzuhalten: Hunderte von Autos passieren die Hauptstraße. Wie soll man da herausfinden, welches ausgerechnet in das und das Dorf fährt? Er mußte zumindest bis zur Landstraße gehen. Was dort fuhr, war bereits eine Vorauswahl: Wagen, bei denen wenigstens die Richtung stimmte.

Er ging also mit langen Schritten bis zur Landstraße, und kaum war er in sie eingebogen, kam auch schon ein Lieferwagen. Er fuhr langsam, und als der Fahrer Peppone winken sah, hielt er sofort.

Nach Peppones Ort fuhr er allerdings nicht, aber immerhin ungefähr sieben Kilometer weit den gleichen Weg wie Peppone, und so stieg Peppone ein. Sieben plus drei (von der Stadt bis hierher) ist zehn: besser zwanzig Kilometer als dreißig.

An der Abbiegung der neuen Brücke sprang Peppone vom Lieferwagen, verabschiedete sich vom Fahrer und setzte seinen Weg auf Schusters Rappen fort.

Inzwischen war es schon fast dunkel, und als ob das allein nicht genügte, fing es auch noch zu regnen an.

Nicht weit entfernt stand eine kleine Wegkapelle mit einem Madonnenbild, unter deren Dach sich Peppone retten konnte.

„Verzeih, wenn ich dir den Rücken zukehre", murmelte Peppone zum Madonnenbild und griff sich an die Hutkrempe. „Aber ich darf die Straße nicht aus den Augen lassen. Ich hab' wegen diesem verdammten Rohr den Bus versäumt und brauche jetzt jemand, der mich mitnimmt."

Je mehr die Dunkelheit zunahm, desto stärker wurde auch der Regen, und beim Anblick der aufgeweichten und völlig verlassenen Straße beschlich einen das unangenehme Gefühl, für immer von der Welt abgeschnitten zu sein.

Peppone wartete eine halbe Stunde, er wartete eine Stunde, dann verlor er die Geduld.

„Wenn kein Auto mehr vorbeikommt", rief er zur Madonna gewandt, „dann mußt du mir sagen, was ich tun soll!"

Die Madonna sagte es ihm nicht, und Peppone fing an zu brüllen.

Doch siehe da: zwei Autoscheinwerfer auf der richtigen Seite! Peppone trat in Aktion und bereitete sich unter dem äußersten Rand des Daches auf den Sprung vor; denn natürlich mußte er das Auto erwischen, aber gleichzeitig mußte er versuchen, nicht triefnaß zu werden.

Als das Auto, das wegen des strömenden Regens und der Pfützen langsam fuhr, bis auf wenige Meter an die kleine Kapelle herangekommen war, sprang Peppone mitten auf die Straße.

Der Wagen, ein grauer Fiat 1400, stoppte. Mit einem Satz war Peppone bei der Tür und streckte seinen Kopf durchs Fenster, während ihm der Regen den Rücken und die angrenzenden Gebiete einweichte.

Der Fahrer hatte die kleine Lampe am Armaturenbrett angeknipst, und Peppone sah in ein leichenblasses Gesicht.

„Was ist los?" stammelte der Fahrer.

„Nichts", antwortete Peppone. „Was soll schon los sein? Nur daß es mir den Hintern vollregnet. Wohin fahren Sie?"

„Nach Torricella“, erklärte der Fahrer, ein magerer, eleganter, sehr zarter und, wie es schien, auch sehr schüchterner junger Mann.

„Ausgezeichnet“, rief Peppone, riß die Wagentür auf und ließ sich neben dem jungen Mann ins Auto fallen. Während Peppone auf dem Sitz herumrutschte, um es sich bequem zu machen, stieß er mit dem Ende des Kupferrohrs den jungen Mann vor die Brust, der zurückwich und die Hände in Schulterhöhe hob.

Peppone wunderte sich einen Augenblick über das seltsame Verhalten des jungen Mannes, doch als er merkte, daß die Augen des Unglücklichen auf das Kupferrohr starrten, begriff er.

„Für was halten Sie denn dieses Ding?“ rief er. „Für ein Maschinengewehr? Sehen Sie denn nicht, daß das ein Stück Kupferrohr ist, eingewickelt in schwarzes Ölpapier?“

Der junge Mann entlockte seinem schmächtigen Brustkorb einen Seufzer, der überhaupt nicht mehr aufhören wollte.

„Sie müssen mich begreifen“, erklärte er verärgert. „Auf einer dunklen Landstraße springt einem plötzlich so ein Mordskerl mit solch einem Ding in den Weg, da kann es einem schon anders werden. Gerade in der heutigen Zeit . . .“

Peppone zuckte die Achseln: „Was hätte ich denn sonst tun sollen? Seit einer Stunde steh' ich da und warte, weil ich den Bus versäumt habe, und ich muß unbedingt heut abend daheim sein, und es schüttet in Kübeln! Man muß sich auch mal die Situation vorstellen, in der sich ein anderer befindet!“

„Ich stelle sie mir vor“, erwiderte der junge Mann kühl, legte den Gang ein und fuhr los. „Aber es kommt auch auf die Art und Weise an . . .“

Auch der ruhigste und besonnenste Mensch wird nervös, wenn er einen völlig durchnäßten Hintern hat:

„Man hat leicht reden, wenn man bequem im Auto fahren kann und sich keinen Dreck um die anderen scheren muß!“ knurrte Peppone übellaunig. „Aber wenn man sich, um zu leben, von morgens bis abends in Stücke reißen muß, dann sieht die Sache anders aus!“

„Ich reise nicht zum Vergnügen“, rechtfertigte sich schüchtern der junge Mann.

„Das bezweifelt auch keiner!“ grinste Peppone mit grimmigem Hohn. „Wenn Sie zum Vergnügen reisen würden, hätten Sie sich nicht diese Straße und dieses Wetter ausgesucht. Der Unterschied ist nur der, daß Sie Ihre Berufsreisen trocken im Auto machen und ich die meinen im Regen und zu Fuß. Und wenn ich jetzt heimkomme, kann ich noch nicht einmal ins Bett, sondern muß in der Werkstatt herumhämmern bis zwei Uhr früh. Wenn alles gutgeht!"

Der junge Mann, aufs Fahren konzentriert, antwortete nicht, und auch Peppone sagte nichts mehr. Als sie zwei bis drei Kilometer in absolutem Schweigen zurückgelegt hatten, stellte Peppone bei sich selbst folgende bedeutsame Betrachtung an:

„Ich bin doch ein Idiot", dachte er. „Ich stoppe diese halbe Portion und jage ihr einen Schrecken ein, der sie fast umbringt; ich springe in ihren Wagen, als ob es Gemeindeeigentum wäre. Und anstatt dem armen Kerl zu danken, daß er mir keinen Tritt in den Hintern gibt, halte ich ihm noch eine Predigt gegen das Bürgertum und setze ihn ins Unrecht. Ich muß das Stadtjüngelchen wieder ein bißchen aufrichten, sonst krieg' ich noch ein schlechtes Gewissen."

Das Auto fuhr am Friedhof von Borghetto vorbei, dessen Tor zur Straße hin lag, direkt unter einer der spärlichen Dorflaternen. Peppone nahm seinen Hut ab, und ihm schien, daß das Jüngelchen diese Geste der Achtung vor den Verstorbenen durchaus zu würdigen wußte.

„Arm, aber christlich!" rief Peppone. „Unsere Dörfer sind zwar nicht schön, aber sie sind gesittet."

„Ich weiß", murmelte die halbe Portion aus der Stadt mit geringer Überzeugung.

„Kennen Sie sich hier aus?" fragte Peppone.

„Nein, ich komme zum erstenmal in diese Gegend, aber ich weiß, wie die Leute in der Bassa sind ... *Falco rosso, Mitra, Pistolero,* stammen die nicht von hier?"

Peppone kam es vor, als höre er einen leisen sarkastischen Unterton in der Stimme der halben Portion, vor allem bei der Erwähnung der drei berühmtesten Figuren der äußersten Linken in der Bassa, und er empörte sich.

„Mein lieber Herr, *Falco rosso, Mitra* und *Pistolero* sind keine Leute aus der Bassa. Das sind drei verdammte Wirrköpfe, die zwar hier geboren sind, aber genausogut woanders hätten auf die Welt kommen können. Sie dürfen uns in der Bassa nicht nach drei Halbstarken beurteilen, die ihren Beruf als Schweinediebe auf die Politik übertragen haben und jetzt zu Recht im Gefängnis sitzen. Sie müssen sich die anderen ansehen! Glauben Sie vielleicht, daß hier in der Bassa die Gewalttätigen, die Lumpen und die Gottlosen das Wort führen?"

„Nein, nein!" protestierte die halbe Portion lebhaft. „Das wollte ich nicht behaupten. Ich hab' die drei nur erwähnt, weil die Zeitungen soviel über sie geschrieben haben..."

„Die Zeitungen! Sie dürfen nicht in die Zeitungen schauen, wenn sie die Bassa verstehen wollen. Sie müssen uns anschauen!"

Der Wagen fuhr an der Madonnenstatue von Crociletto vorbei, und Peppone zog den Hut, um der Madonna die Ehre zu erweisen. Die halbe Portion, die keinen Hut aufhatte, neigte den Kopf.

„Ich sehe mit Freude, daß auch Sie ein guter Christ sind!" bemerkte Peppone befriedigt. „Und gute Christen verstehen einander immer, auch wenn sie unterschiedliche Anschauungen haben."

Die halbe Portion warf ihm einen so perplexen Blick zu, daß Peppone den Jackenkragen hochschlug, um unauffällig das Parteiabzeichen aus dem rechten Knopfloch zu fingern. „Wenn dieses Muttersöhnchen auch nur ahnt, daß ich Kommunist bin, haut es ihn um", dachte er.

„Gute Christen sind auch gute Familienväter und damit auch gute Patrioten – hab' ich nicht recht?" rief er mit Pathos.

„Natürlich", erwiderte die halbe Portion. „Gott, Vaterland und Familie! Das ist die Basis."

„Bravo! Das ist die richtige Einstellung! Glauben, gehorchen und kämpfen!"

Peppone merkte, daß er etwas gesagt hatte, was er so eigentlich gar nicht hatte sagen wollen. Doch wie auch immer: Als er nach dem Reisegefährten schielte, entdeckte er auf den Lippen der halben Portion ein beifälliges Lächeln. Versteht sich – genau das hatte Peppone erwartet. Aber er wollte es noch einmal bestätigt bekommen.

„Ich sehe, daß man mit Ihnen offen reden kann. Also gradheraus: Zwei Menschen können denken, was sie wollen, aber wenn es sich um Ehrenmänner handelt, müssen sie anerkennen, was recht ist. Tatsachen sind Tatsachen, und Märchen sind Märchen. Man kann einen Menschen nicht bloß verurteilen und behaupten, alles, was er gemacht hat, ist falsch. Er hat manches verkehrt gemacht, aber seien wir doch ehrlich, er hat auch Gutes getan. Und wenn das einer leugnet, dann ist er ein gemeiner Kerl! Hab' ich recht oder nicht?"

„Sehr recht!" rief die halbe Portion. „Ich bin völlig Ihrer Ansicht! Er war ein außergewöhnlicher Mensch. Außergewöhnlich in seinen Vorzügen und in seinen Fehlern, aber außergewöhnlich. Solche Männer gibt es nicht mehr auf der Welt."

Inzwischen hatte es aufgehört zu regnen, und als sie durch die Ortschaft Fraschetto kamen, mußte das Jüngelchen langsamer fahren, weil sich vor dem Volkshaus eine Menschenmenge um zwei junge Männer gebildet hatte, die Plakate zum bevorstehenden Landarbeiterstreik anschlugen.

Das Jüngelchen wandte sich mit einem besorgten Blick zu Peppone, doch der beruhigte es:

„Lassen Sie sich nicht beeindrucken", sagte er grinsend. „Angeklebtes Papier, in das man nicht einmal mehr die Kartoffeln einwickeln kann! Das hat überhaupt keine Bedeutung. Wissen Sie, was vor ein paar Tagen beim Generalstreik hier los war?"

„Nein", sagte der junge Mann.

„Plakate, Spruchbänder, Reden, Befehle und Gegenbefehle, nur um den Generalstreik vorzubereiten – und dann haben alle gearbeitet. Alle, verstehen Sie: Rote, Schwarze, Grüne, Weiße und Gelbe. So ist die Bassa: Hier zählt nur die Sache, nicht das Geschwätz!"

„Sehr gut!" stimmte der junge Mann befriedigt zu. „Wenn man sich um die Politik kümmern wollte ..."

„Die Politik ist der Ruin der Familie!" rief Peppone. „Daher hab' ich meine eigenen Anschauungen, und an die halte ich mich, ohne daß ich deshalb einer Partei beitreten muß! Und Sie?"

„Ich genauso! Man braucht wirklich kein Parteibuch, um Anschauungen zu haben! Im Gegenteil, meistens haben die, die eines besitzen, keine und umgekehrt."

„Wie wahr!" rief Peppone.

Doch inzwischen waren sie angekommen. Bei der Einfahrt ins Dorf fing der Wagen wegen der großen Löcher, mit denen die Hauptstraße zwischen dem Schotterbelag übersät war, zu hopsen an.

„Zum Teufel mit dem Bürgermeister und seinem ganzen Gemeinderat!“ fluchte der junge Mann. „Schauen Sie sich nur diese Schweinerei an!“

Dann bekam er plötzlich Angst, einen Fauxpas begangen zu haben und fragte mit dünner Stimme: „Wer stellt denn hier die Verwaltung?“

„Die Kommunisten“, erwiderte Peppone.

Das Jüngelchen stieß einen tiefen Seufzer der Erleichterung aus: „Das hab' ich mir gedacht. Statt Politik zu machen, sollten sie lieber die Straßen richten.“

„Ganz recht!“ pflichtete ihm Peppone bei.

Dann bat er den jungen Mann anzuhalten.

„Ich bin da“, sagte er und stieg aus. „Ich danke Ihnen vielmals. Gute Weiterfahrt.“

Er machte zwei Schritte, aber der junge Mann rief ihn zurück: „Ihr Maschinengewehr!“ sagte er lachend und streckte das Kupferrohr durchs Autofenster.

„Wenn alle Maschinengewehre so wären wie das hier, dann ginge es besser zu auf der Welt“, erwiderte Peppone ebenfalls lachend, während er das Rohr herauszog.

Der Fiat 1400 fuhr weg, und Peppone sah ihm nach. „Was gibt es Schöneres“, dachte er, „als einem armen Irren eine Freude zu machen? Dieser Trottel da wird heut nacht ruhig schlafen, und wenn er morgen in die Stadt zurückfährt, wird er den anderen halben Portionen dort erklären, daß es überhaupt keine kommunistische Gefahr gibt und daß die berüchtigte Bassa völlig harmlos ist.“

Um mit seiner Arbeit fertig zu werden, hämmerte Peppone bis um vier Uhr morgens herum und schlief dann bis elf. Er hätte auch noch länger geschlafen, wenn nicht der Smilzo um diese Zeit gekommen wäre, um ihn zu holen.

„Chef, der Bezirkssekretär von der Partei ist da“, erklärte er ihm. „Er erwartet dich in deinem Büro.“

Um elf Uhr zwanzig war Peppone im Volkshaus. Er trat in

sein Büro, und wen fand er dort? Die halbe Portion vom Vorabend! Die Verblüffung war auf beiden Seiten gleich groß.

Die halbe Portion fand als erster die Sprache wieder: „Ich bin der Bezirkssekretär“, stellte er sich vor.

„Und ich der Sektionsvorsitzende und Bürgermeister“, antwortete Peppone.

Sie schüttelten sich die Hand.

„Die Bezirksleitung möchte wissen, wie der Generalstreik in der Gemeinde verlaufen ist.“

„Ausgezeichnet! Totale Arbeitsniederlegung!“

„Gratuliere, Genosse! Und wie läßt sich der Landarbeiterstreik an?“

„Noch besser als der Generalstreik.“

Die halbe Portion lächelte: „Bravo, Genosse! Ich hab' schon von dir gehört, und ich freue mich, daß ich dich jetzt kennenlerne.“

Sie setzten sich hin.

Smilzo brachte eine Flasche Wein und zwei Gläser, dann entfernte er sich und schloß die Tür sorgsam hinter sich.

Peppone schenkte den Wein ein. Sie tranken.

„Das war eine interessante Fahrt gestern abend“, begann die halbe Portion. „Du bist großartig, Genosse Bottazzi, du kannst deine wahren Gefühle ausgezeichnet verbergen.“

„Auch du kannst deine wahren Gefühle ausgezeichnet verbergen, Genosse Bezirkssekretär.“

Feierlich kam die halbe Portion zu dem Schluß: „Wir sind beide großartig. Die Partei kann mit uns zufrieden sein.“

Peppone wiegte den Kopf: „Jetzt ginge es nur noch darum“, murmelte er, „ob wir mit der Partei zufrieden sein können.“

Die halbe Portion füllte die beiden Gläser und sagte: „Mach weiter so, Genosse Bottazzi!“

Darauf tranken sie.

Dann stellten sie übereinstimmend fest, daß der Lambrusco ein ausgezeichneter Aperitif sei, und gingen zum Molinetto über.

Und darauf aßen sie.

Das Katzenrohr

Die Gnappi saßen seit fast einem Jahrhundert als Halbpächter auf Fossa, und Fossa gehörte zu einer Gruppe von Höfen, die seit fast einem Jahrhundert im Besitz der Barotti waren.

Man hätte also meinen können, daß die Gnappi für die Barotti schon fast zur Familie gehörten. Doch jedesmal, wenn der alte Bia, der Stammeshäuptling der Gnappi, in Villabianca auftauchte, bekam der Doktor Barotti vierzig Grad Fieber. Und zum Ausgleich dafür bekamen sämtliche Gnappi vierzig Grad Fieber, sobald der Doktor Barotti auf der Tenne von Fossa erschien.

Der Doktor Barotti hatte sich noch nie mit Politik befaßt, und er hatte auch nicht die geringste Absicht, sich künftig damit zu befassen. Dagegen befaßten sich die Gnappi damit, und das genügte, jede Unstimmigkeit zwischen Grundherr und Pachtbauer in eine politische Streitfrage zu verwandeln.

Die Tatsache zum Beispiel, daß der Doktor Barotti nicht auf den Vorschlag einging, eine Reihe Maulbeerbäume herauszunehmen, hatte nichts mit Politik zu tun, und Barotti dachte auch gar nicht daran, daraus eine politische Streitfrage zu machen, aber während es für ihn um nichts als eine Reihe Maulbeerbäume ging, ging es für die Gnappi um eine Episode im Kampf zwischen dem ausbeuterischen Kapitalisten und dem ausgebeuteten Arbeiter.

Natürlich, wenn die Gnappi dickschädlig waren, so war auch Barotti nicht gerade die Nachgiebigkeit in Person, und die Beziehungen zwischen Grundherr und Pachtbauer wurden immer schwieriger. Bis der Moment kam, an dem Barotti keine Lust mehr hatte, mit unvernünftigen Leuten vernünftig zu reden, und die Diskussion schroff abbrach:

„Wie dem auch sei, das Land gehört mir, und ich möchte es so bebaut haben, wie ich es mir vorstelle. Wenn euch das nicht paßt, dann müßt ihr euch eben einen anderen Grundherrn suchen!"

Der alte Gnappi hob den Zeigefinger: „Bevor Ihr so daherredet, solltet Ihr Rücksicht auf jemand nehmen, der Euch auf den Armen getragen hat. Wißt Ihr noch, wie oft Ihr mich vor fünfundvierzig Jahren, als Ihr noch ein so kleiner Dreikäsehoch wart, angepinkelt habt?"

„Das ist noch lang kein Grund, daß ich mich jetzt von euch anpinkeln lassen soll", entgegnete Barotti mürrisch.

„Anstatt Euch auf den Schultern herumzutragen, hätte ich Euch lieber in den Kanal schmeißen sollen!" schrie der alte Bia, der zwar schon achtundsechzig war, im Notfall jedoch so hitzig werden konnte wie ein Zwanzigjähriger.

Bei diesem Stand der Dinge hätte es der Sache mit dem Katzenrohr wirklich nicht mehr bedurft. Doch der Teufel hatte seinen Schwanz dazwischen.

Das ganze Wasser auf dem zu Fossa gehörenden Land floß in ein Kanälchen, das das Grundstück in zwei Teile zerschnitt und durch ein „Katzenrohr" in den Canalnuovo mündete. Genauer gesagt: Das Kanälchen stieß an der Ostgrenze des Grundstücks auf den Grenzgraben, der dem Besitzer des Nachbarhofes gehörte, und um in den Canalnuovo zu gelangen, mußte das Abflußwasser vom Barottigrundstück unter dem Grenzgraben durchfließen. Dazu diente das berühmte „Katzenrohr", eine etwa elf Meter lange Leitung aus solidem Zement.

Man nennt das hier „Katzenrohr", um anzudeuten, daß nur noch eine Katze durchkäme, da die Katzen sieben Leben und Knochen aus Gummi haben und durch alle Löcher kommen. Niemandem fiele es ein, von „Hunderohr" zu sprechen, denn obwohl eine solche Leitung einen Durchmesser von einem halben Meter hat, wird sie mit der Zeit durch Erdreich, Gestrüpp und sonstige Dinge, die sich fatalerweise im Knie sammeln, beträchtlich verengt.

Dem Hund von Doktor Barotti war diese Tatsache leider unbekannt, und als er eines Tages seinen Herrn bei der Inspektion der Felder begleitete, sah er eine Katze, die, nachdem sie auf dem fast trockenen Grund des Grabens dahingeflitzt war, plötzlich im Abflußrohr verschwand. Sofort nahm er die Verfolgung auf. Doch nachdem er mit Leichtigkeit in das Katzenrohr geschlüpft war, verhedderte er sich weiter drinnen so unglücklich in Schlamm und Unrat, daß er sich nicht mehr befreien konnte.

Barotti bemerkte das traurige Abenteuer, in das sich sein Hund gestürzt hatte, erst eine Stunde später, nämlich als er das herzzerreißende Jammern hörte, das aus dem Abflußrohr drang. Darauf lief er sofort zum Haus der Gnappi, um Hilfe zu holen, doch als er mit zwei oder drei von ihnen an die Unglücksstelle zurückkam, konnte er seinem armen Hund nur noch einen bewegten letzten Gruß nachsenden: Oben am Canalnuovo hatte irgend jemand nach Beendigung seiner Bewässerungszeit die Schleuse geöffnet, und das Wasser, das nun wieder im Canalnuovo floß, hatte den unteren Teil des Katzenrohrs gefüllt.

„Amen", murmelte der alte Bia. „Er ist so gestorben, wie gewisse Leute krepieren sollten, die ich kenne."

Der Doktor Barotti kehrte sehr betrübt nach Hause zurück, die Tage vergingen, aber er konnte seinen armen Hund, der wie eine Ratte verreckt war, nicht vergessen. Als es dann zu regnen anfing, mußte er erst recht an ihn denken, denn nach zwei Tagen wolkenbruchartiger Regenfälle kam der alte Bia nach Villabianca, um mitzuteilen, daß der Abflußkanal überlaufe und die Felder sich in die Lagune von Venedig verwandelten.

Barotti verwunderte sich: „Das ist ja was ganz Neues. Zieht der Canalnuovo nicht mehr?"

„Der Canalnuovo zieht", erklärte Bia. „Das Katzenrohr zieht nicht mehr."

„Das passiert doch nicht zum erstenmal", rief Barotti. „Wenn das Katzenrohr verstopft ist, dann schaut, daß ihr es ausräumt!"

„Das geht uns nichts an", antwortete Bia kühl. „Das ist Eure Sache. Ihr habt es verstopft."

„Ich?"

„Jawohl. Der Hund war von Euch und nicht von uns. Der Hund war schließlich nicht auf Halbpacht."

„Eine schöne Logik! Auch der Schlamm, die Steine und das Gestrüpp sind nicht auf Halbpacht, und doch habt ihr das Katzenrohr noch immer ausgeräumt, ohne zu diskutieren."

Bia schüttelte den Kopf: „Damit kommt Ihr nicht durch. Die Steine, das Gestrüpp und der Schlamm sind Naturereignisse wie der Hagel, die Trockenheit oder der Nebel. Dafür könnt weder Ihr was noch wir. Aber wenn Euer Hund morgen meinem jüngsten Enkel das Bein wegfrißt, zahlen wir dann vielleicht das Bein zur Hälfte? Für Euren Hund seid Ihr ganz allein verantwortlich, das hat überhaupt nichts mit dem Hof zu tun. Euer Hund hat das Katzenrohr verstopft, also müßt Ihr es ausräumen. Wenn Ihr es nicht ausräumt, dann wird der Schaden, den das Wasser anrichtet, nicht geteilt, sondern den zahlt Ihr ganz allein!"

Die Argumentation des alten Bia war einleuchtend, und Barotti, der Doktor der Jurisprudenz war, mußte das anerkennen. Er machte nur einen Einwand:

„Ja, das ist alles logisch. Doch wenn ich sehen würde, daß Ihr in einen Kanal fallt, dann würde ich Euch herausziehen, obwohl es sich um ein Unglück handelt, das nichts mit der Halbpacht zu tun hat."

„Ich dagegen würde Euch nicht herausziehen, wenn ich sehen würde, wie Ihr in den Kanal fallt", antwortete Bia eiskalt. „Ich halte mich nur an das, was im Vertrag steht."

„Gut, von jetzt an werde auch ich mich daran halten."

Der Doktor Barotti schickte fünf Männer nach Fossa mit dem Auftrag, das Katzenrohr um jeden Preis freizuräumen. Das Katzenrohr wurde freigeräumt, und das Abflußwasser fand wieder seinen gewohnten Weg. Doch von nun an ließ sich Barotti jedesmal von zwei Zeugen begleiten, wenn er die Felder in Fossa inspizierte. Und jedesmal, wenn er etwas zu beanstanden hatte, teilte er das den Gnappi mit, aber nicht mehr mündlich, sondern per Einschreiben.

Nach dem fünften Brief riß den Gnappi die Geduld, und der älteste von Bias Söhnen legte Peppone die provozierenden Dokumente vor und erklärte ihm:

„Chef, wenn sich der Barotti das nächste Mal auf der Tenne sehen läßt, jag' ich ihn mit Fußtritten davon, samt den verfluchten Kerlen, die er immer als Zeugen mitschleppt."

„Du jagst gar niemanden mit Fußtritten davon", erwiderte Peppone. „Wenn er dich schikaniert, schikanierst du ihn auch – und ebenfalls per Einschreiben."

Gnappi sah ihn verständnislos an: „Und was soll ich ihm schreiben?"

„Alles, was euch nicht paßt: Reparaturen, sanitäre Anlagen, Steuern, Ungerechtigkeiten, Übergriffe, Vertragsbrüche und so weiter."

Diese Erläuterungen schienen Gnappis Zweifel jedoch nicht zu zerstreuen. „Chef, der Barotti ist zwar ein Schwein, aber an die Abmachungen hält er sich."

„Als ob so ein verdammter Grundbesitzer sich an Abmachungen halten könnte!“ höhnte Peppone. „Es geht nicht nur um das, was im Vertrag steht. Es gibt auch Pflichten, die nicht im Vertrag stehen, und das sind die wichtigsten! Steht vielleicht in deinem Vertrag, daß sich der Grundherr verpflichtet, für einen Ausguß ohne Kakerlaken zu sorgen?“

„Nein.“

„Und sind in deinem Ausguß Kakerlaken?“

„Milliarden!“

„Genügt dein Grundherr damit also den Anforderungen des sozialen Fortschritts?“

„Nein.“

„Gut. Fang also mit den Kakerlaken an. Zeugen und Einschreibebrief! Wenn er nicht dafür sorgt, daß dein Ausguß den hygienischen Vorschriften entspricht, dann schreib an den Bürgermeister, und ich schick' dir einen vom Gesundheitsamt, der die Sache feststellt.“

Der junge Gnappi kehrte nach Hause zurück, und die erste Vergeltungsaktion wurde unternommen – mit eingeschriebenen Kakerlaken.

Vier Tage später war er schon wieder bei Peppone.

„Er hat geantwortet.“

„Und was schreibt er?“

„Wir sollen einmal in der Woche das weiße Pulver unter den Ausguß streuen. Er hat es auch gleich mitgeschickt. Das Pulver wirkt prima: Die Kakerlaken sind weg.“

Peppone wurde grün vor Wut.

„Ihr laßt euch wie Trottel an der Nase herumführen!“ schrie er. „Jedenfalls müßt ihr sofort weitermachen. Jetzt fangt ihr mit dem Abort an. Wie ist euer Abort?“

Gnappi öffnete die Arme: „Wie alle andern auch: eine Sauerei.“

„Gut! Schreibt einen Einschreibebrief: Wenn er sich nicht drum kümmert, schicken wir ihm die Behörde.“

Die Gnappi schrieben, und der Doktor Barotti antwortete sofort:

„Ich nehme Eure berechtigte Beanstandung zur Kenntnis. Ich bestelle unverzüglich eine komplette Sanitäranlage. Sobald die Gemeinde die Wasserleitung gelegt hat, bitte ich um Mitteilung, ich lasse dann die Installation vornehmen. Sollte die Gemeinde nicht die Absicht haben, die Leitung zu legen, werde ich eine elektrische Wasserpumpe installieren, vorausgesetzt, daß mir die Gemeinde sagt, wo ich die vier Millionen Lire herbekomme, die ich für die dreieinhalb Kilometer Stromleitung benötige. Ich bin auch jederzeit bereit, einen Brunnen mit Motor- oder mit Saugpumpe zu installieren, wenn die Gemeinde auch alle anderen Grundbesitzer verpflichtet, das zu tun."

Es war eine in jeder Hinsicht komplizierte Angelegenheit, und Peppone beschloß, im Moment nicht darauf einzugehen. Vielmehr riet er den Gnappi, es mit den Naturalabgaben zu versuchen.

„Ihr habt doch Abgaben?"

„Natürlich: Hühner, Eier und so weiter, wie alle anderen."

„Die Abgaben sind vom Gesetz verboten. Weißt du das nicht?"

„Doch, aber das regelt man außerhalb des Vertrags, weil die Hühner und das Schwein nicht auf Pacht sind und deshalb nicht zur Hälfte dem Grundherrn gehören."

„Das hat keine Bedeutung. Steht im Vertrag, daß es dir verboten ist, Hühner und Schweine zu halten?"

„Nein."

„Darauf kommt's an. Wenn der Vertrag abläuft, wird man weitersehen."

Die Gnappi besprachen die Sache mit den Abgaben, und alle fanden sie ausgezeichnet. Sie warteten den ersten Fälligkeitstermin ab und schickten ihren Einschreibebrief:

„Da wir erfahren haben, daß die Abgaben verboten sind, schicken wir Euch heute statt der zwei von Euch unrechtmäßig geforderten Kapaune diesen Brief. Kocht Euch eine Brühe daraus. Es wird zwar eine leichte Brühe geben, aber sie ist genau richtig."

Barotti war gekränkt. Nicht wegen der Kapaune, die er zur Genüge hatte, sondern wegen der kleinlichen Haltung. Und er beschloß, ein für allemal ein Ende zu machen.

Er schickte ebenfalls einen Einschreibebrief: „Da ich erfahren habe, daß Ihr außer meinem Hof auch noch das Anwesen Piopetta in Pacht führt, könnt Ihr nicht mehr als Kleinbauern gelten. Da ich jedoch gehalten bin, einen Kleinbauern auf mein

Anwesen zu setzen, sehe ich mich leider gezwungen, Euch die Pacht aufzukündigen."

Von da ab ließ sich der Doktor Barotti nicht mehr in Fossa sehen, und die Gnappi tobten alle vor Wut.

Die Sache wurde von Tag zu Tag verwickelter, weil Peppone und die Roten sie zu ihrer persönlichen Angelegenheit machten. Es gab Plakate an den Straßenecken, Artikel in der Zeitung, und an die Torpfosten von Villabianca schrieb eine Geisterhand mit Pech: „Barotti, Ausbeuter des Volkes, deine Stunde ist nahe!"

Doch Barotti hatte das Gesetz auf seiner Seite. Das Gesetz und die Durchschläge der Einschreibebriefe. Der Krieg dauerte ein ganzes Jahr, aber dann wurde entschieden, daß die Gnappi zum Martinstag Fossa verlassen mußten.

Der Sankt-Martins-Tag kam, und die Gnappi übersiedelten auf den neuen Hof, den Bia gepachtet hatte. Der letzte Wagen fuhr von der Tenne, auf dem Traktor saß Bias ältester Sohn. Er passierte die kleine Brücke und fuhr auf die Straße hinaus, dann stellte er den Motor ab.

„He, beeilt Euch, es kommt jeden Augenblick zum Regnen!" rief er seinem Vater zu, der unter dem Vordach stand, zusammen mit dem Mann, den der Doktor Barotti mit der Übernahme des toten und lebenden Inventars beauftragt hatte.

Der alte Bia machte ein paar Schritte. An der Hand führte er ein kleines Kind, den jüngsten seiner fünf Enkel, und hinter ihm trottete Togo, der altersschwache Hofhund. Als Bia in der Mitte der leeren und verlassenen Tennen angekommen war, blieb er stehen.

„Ich rühr' mich nicht vom Fleck", erklärte er. „bis der kommt und mir Lebewohl sagt."

Dem Vertrauensmann des Doktor Barotti blieb der Mund offen stehen.

„Aber . . ." stammelte er, „wie soll man das denn machen? Ich weiß nicht . . ."

Da mischte sich Gnappi junior vom Traktor herab ein: „Papa", schrie er, „kommt jetzt! Es fängt gleich an zu regnen. Laßt ihn doch sein, diesen Lumpenkerl!"

„Sei du still!" fuhr ihn der Alte an. Dann wandte er sich an den Vertrauensmann: „Ich rühr' mich nicht vom Fleck, bis der kommt und mir Lebewohl sagt", wiederholte er mit fester Stimme.

Inzwischen begann es in dichten Fäden zu regnen. Der Alte zog das Kind unter seinen Umhang, und der Hund kauerte sich zu seinen Füßen.

„Nach hundert Jahren verlassen die Gnappi Fossa", sagte er. „In einem Jahrhundert werden die Gnappi doch auch etwas Gutes für die Barotti getan haben!"

Als der Vertrauensmann sah, daß der alte Bia starr wie eine Statue im Regen stand, sprang er in seinen Topolino und raste in Höchstgeschwindigkeit nach Villabianca.

Der Doktor Barotti saß in seinem Arbeitszimmer vor dem Kamin.

„Bia will Sie sehen", sprudelte der Vertrauensmann heraus, sobald er im Zimmer war.

„Zum Teufel mit ihm und seiner ganzen Sippschaft!" antwortete Barotti.

„Er steht mitten auf der Tenne, mit einem Kind und dem Hund. Im Regen. Er sagt, wenn Sie nicht kommen und ihm Lebewohl sagen, rührt er sich nicht vom Fleck. Der älteste Sohn wartet mit der letzten Fuhre auf der Straße. Ich an Ihrer Stelle würde nicht hingehen. Der Sohn ist halbverrückt, das wissen Sie ja."

Barotti stand auf: „Bleiben Sie hier. Ich geh' allein."

Als Barotti die kleine Brücke von Fossa erreicht hatte, hielt er an und stieg aus dem Auto. Gnappi junior, der immer noch am Lenkrad des Traktors saß, drehte ostentativ den Kopf auf die andere Seite. Barotti trat auf die kleine Brücke, und da sah er den alten Bia vor sich mit dem schwarzen Umhang, reglos im Regen, in der Mitte der großen verlassenen Tenne.

Der schwarze Umhang bewegte sich, und das Kind schlüpfte heraus. Togo, der Hund, erhob sich.

Nach einem kurzen Zögern ging Barotti entschlossen auf den alten Bia zu.

„Nach einem Jahrhundert verlassen die Gnappi Fossa", sagte der Alte. „Sie sind als Ehrenmänner gekommen, und sie gehen auch als Ehrenmänner, mit erhobener Stirn."

Seine rechte Hand kam aus dem Umhang hervor und traf sich auf halbem Weg mit der Rechten des Doktor Barotti.

Der Händedruck war hart und lang, nach Bauernart.

Als die rechte Hand des alten Bia wieder unter den Umhang zurückgekehrt war, schlüpfte die linke heraus, die zwei große Kapaune an den Füßen hielt.

„Jedem, was ihm zusteht – und was er verdient", sagte der alte Bia und streckte Barotti die beiden Kapaune hin.

Der Doktor blieb wie eine Salzsäule mit den beiden Kapaunen in der Hand stehen, während der alte Bia langsam mit dem Kind und dem Hund auf die Brücke zuschritt. Auf der Brücke wandte sich Bia um und zog mit ausholender, feierlicher Geste den Hut.

Mit ausholender, feierlicher Geste zog auch Barotti den Hut.

Der alte Bia setzte seinen Hut wieder auf, machte kehrt und stieg auf den Wagen. Der Traktor ratterte los und verschwand.

Jetzt war alles leer und verlassen: die Straße, die große Tenne. Und inmitten der leeren und verlassenen großen Tenne stand immer noch reglos der Doktor Barotti, den Hut in der Rechten und die Kapaune in der Linken. Und er wußte nicht, ob er dem Rattern des davonfahrenden Traktors lauschte oder dem Pochen seines Herzens.

Wie es doch regnete!

Die alte Lehrerin

„In diesem Jahr“, meldete der Smilzo, „scheint der Direktor wegen der Pflanzen einen großen Zirkus aufführen zu wollen.“

„Was für Pflanzen?“ fragte Peppone, der in seinem Büro am Schreibtisch saß und Papiere unterschrieb.

„Die Pflanzen im Schulhof“, brummte Smilzo. „Ich meine den Tag der Pflanze.“

„Die Pflanzen im Schulhof heißen Bäume“, korrigierte ihn Peppone. „Der Tag der Pflanze heißt also Tag des Baumes!“

„Pflanzen oder Bäume, ist doch egal. Worum es geht, ist, daß morgen früh eine Reihe Nervensägen aus der Stadt zu uns kommen: Schulrat, Vizepräfekt und so weiter.“

Peppone hörte mit dem Unterschreiben auf: „Und wenn der Papst kommt, ich rühr’ mich nicht vom Fleck!“ erklärte er entschlossen. „Ich hab’ für solchen Blödsinn keine Zeit.“

Smilzo hob die Schultern: „Chef, die Pflanzen sind kein Blödsinn, finde ich wenigstens.“

„Die Pflanzen nicht, aber die Bürokraten aus der Stadt“, entschied Peppone. „Unsere Bäume können wir auch allein setzen, dazu brauchen wir nicht die von der Regierung. Die rühren sich nur von ihrem Sessel, wenn es darum geht, Schulkinder singen zu hören, oder wenn sie ein Band durchschneiden sollen zur Eröffnung von irgend etwas, das bereits fertig ist. Aber wenn es wo Schwierigkeiten gibt, rühren die sich bestimmt nicht. Von mir aus können sie alle zum Teufel gehen!“

Der Smilzo gab es noch nicht auf, Peppone zur Vernunft zu bringen: „Chef, ich bin ganz deiner Meinung: Alles Gauner, vom Präfekten bis zum Hausmeister. Trotzdem hast du als Bürgermeister die Pflicht...“

„Als Bürgermeister habe ich die Pflicht, an Wichtigeres zu denken!“ brüllte Peppone und ließ seine Pranke auf den Schreibtisch fallen.

Smilzo zog Leine und hütete sich, noch einmal auf das Thema zurückzukommen, so daß Peppone, als er an diesem Abend zu Bett ging, Festivitäten und Obrigkeiten bereits völlig vergessen hatte.

Die ganze Angelegenheit fiel ihm erst wieder ein, als am nächsten Morgen Bigio und Brusco hereinstürzten:

„Die von der Regierung kommen! Das ganze Dorf ist auf den Beinen, auf der Straße zur Schule drängen sich die Leute. Beeil dich! Wenn du zu spät kommst, verlierst du eine Menge Stimmen!"

Das bedeutete, daß Peppone sich seinem Amt entsprechend anziehen mußte, sich rasieren, jemanden zum Schuster schicken, um die neuen Schuhe abzuholen – und er geriet sofort in Panik. Er richtete ein höllisches Durcheinander an, begleitet von Salven von Flüchen und einem Gebrüll, daß sich die Dachziegel hoben, und wenn ihm Bigio und Brusco nicht geholfen hätten, wäre es ihm nie gelungen, sich in eine präsentable Form zu bringen.

Endlich konnte Peppone das Haus verlassen, aber die von der Regierung waren bereits alle da, und im Schulhof drängte sich eine solche Menschenmenge, daß Peppone sich vom Bürgermeister in einen Panzer verwandeln mußte, um überhaupt hineinzukommen.

Die Regierungsvertreter standen schon auf der weiß-rot-grün geschmückten Tribüne, und als Peppone sah, daß der Schuldirektor bereits ein dickes Bündel Blätter herausgezogen hatte und Anstalten machte, seine Rede zu beginnen, war er der Verzweiflung nahe: Wenn es ihm nicht gelang, sich auf die Tribüne zu hieven, ehe dieser Unglücksmensch zu reden anfing, war er ruiniert!

Er schaffte es nicht. Der Direktor drehte sofort den Hahn auf, und nachdem Peppone mit seinem Drängeln viel wütendes Gezisch hervorgerufen hatte, blieb er zornbebend stehen.

Der Direktor sprach hervorragend. Er war einer jener begnadeten Redner, denen es gelingt, eine halbe Million schöner Worte hervorzusprudeln, ohne etwas damit zu sagen. Diese Art Redner findet bei der Menge am meisten Anklang, denn die Leute lauschen ihnen wie Sängern und brauchen sich gar nicht erst Mühe zu geben, dem Sinn der Worte zu folgen.

Peppone hörte mit offenem Mund zu, als ihm von hinten jemand ins Ohr flüsterte: „Bravo, bravo, der erste Bürger kommt als letzter."

Peppone drehte sich nicht einmal um: „Wenn schon, dann

als vorletzter“, gab er halblaut zurück. „Mir scheint, da ist jemand noch nach dem Bürgermeister gekommen.“

„Ich war vor allen anderen da“, erklärte Don Camillo. „Ich hab' mich nur hier hinten hingestellt, um nicht mit gewissen Individuen auf die Honoratiorentribüne zu müssen. Aber das kannst du dir merken: Du hast das Dorf ganz schön blamiert! Die höchsten Regierungsvertreter der Provinz beehren unser Dorf, um an diesem Fest teilzunehmen, und keine Spur von einem Bürgermeister oder Vizebürgermeister, der sie empfängt!“

Peppone lüftete seinen Hut und wischte sich den Schweiß ab.

„Kümmert Ihr Euch um Eure eigenen Angelegenheiten!“ knurrte er mit zusammengebissenen Zähnen. „Um die meinen kümmere ich mich schon selbst.“

„Das *sind* meine Angelegenheiten, denn auch ich bin ein Teil der Bürgerschaft“, erwiderte Don Camillo.

„Priester haben keine Heimat“, antwortete Peppone.

Don Camillos erster Impuls war, seinem Vordermann einen Fußtritt in den Bürgermeisterhintern zu geben. Aber er entsagte diesem Gelüst aus einleuchtenden Gründen, vor allem jedoch aus Platzmangel. Tatsächlich stand er rechts und links von der Menge eingezwängt, unmittelbar vor sich hatte er Peppones Rücken und hinter sich den Gitterzaun des großen Schulhofs.

Mittlerweile hatte der Direktor seine Rede unverdrossen fortgeführt, doch nun war er damit fast am Ende. Als er beim allerletzten Blatt angelangt war, richtete er seinen Blick auf die Seite, wo Don Camillo stand und entdeckte dabei Peppone. Lächelnd fügte er noch zwei Sätze ein:

„Und nun möchte ich den Herren von der Regierung danken – im Namen des Lehrkörpers. Im Namen der Bürgerschaft wird dies der Herr Bürgermeister tun.“

Damit wies der Redner mit liebenswürdiger Geste auf Peppone, der sofort eine Milliarde Augen auf sich gerichtet fühlte. Dann hörte man die Schlußsalve des Direktors, den Applaus, der dem letzten Pistolenschuß des Redners folgte – und dann gar nichts mehr.

Tatsächlich hielten alle den Atem an, und jeder wartete darauf, daß der Bürgermeister das Wort ergriff.

Alle warteten, und mit Ausnahme der roten Anhängerschaft taten sie das mit diabolischer Freude auf Peppones übliche Stilblüten, über die man dann zwei bis drei Monate lang im Kaffeehaus oder daheim lachen konnte.

Peppone schwitzte vor Aufregung, aber er brachte kein Wort heraus.

„Bitte!“ rief der Direktor lächelnd von der Tribüne, „kommen Sie hier herauf ans Mikrofon, Herr Bürgermeister. Darf ich bitten, Platz zu machen!“

Irgend etwas mußte jetzt geschehen.

„Danke, danke“, stotterte Peppone. „Ich möchte lieber nicht von der Tribunale . . .“

Das Publikum jubelte. Die Sache ließ sich großartig an.

Es war ein kalter Novembermorgen, und der Nebel war zwar nicht allzu dicht, aber er drang wie flüssiges Eis in die Lungen. Don Camillo zog seinen Umhang bis an die Augen und drückte seine warme schwarze Kappe tief ins Gesicht.

„Ich möchte lieber nicht von der Tribüne, sondern von hier unten aus sprechen“, flüsterte Don Camillos Umhang.

„Ich möchte lieber nicht von der Tribüne, sondern von hier unten aus sprechen“ wiederholte Peppone.

Der Umhang: „Denn ich habe mich absichtlich hierhergestellt . . .“

Peppone: „Denn ich habe mich absichtlich hierhergestellt . . .“

Der Umhang: „. . . um mich wieder wie früher als Schuljunge zu fühlen, wie eines von den Kindern, die hier zu Hunderten versammelt sind.“

Und Peppone: „. . . um mich wieder wie früher als Schuljunge zu fühlen, wie eines von den Kindern, die hier zu Hunderten versammelt sind.“

„In eben diesem Schulhof haben auch wir damals feierlich unsere Bäume gepflanzt. Der Himmel und das Dorf waren zwar wie alle Tage, und doch lag etwas Geheimnisvolles in der Luft.“

Peppone war großartig: Er wiederholte Wort für Wort der langen Tirade, und Don Camillos Umhang soufflierte weiter: „Und unsere alte Lehrerin war bei uns.“

Peppone zögerte einen Moment, dann nahm er seinen Hut ab und sagte mit veränderter Stimme: „Und unsere alte Lehrerin war bei uns.“

„Und heute, nach so vielen Jahren“, sagte Don Camillos Umhang ein, „erneuert sich dieses Staunen . . .“

Aber Peppone griff es diesmal nicht auf:

„Unsere alte Lehrerin war bei uns, damals, an jenem längst vergangenen Morgen. Die alte Signora Giuseppina, die keiner von uns jung gekannt hat, vielleicht, weil sie nie jung gewesen war. Die alte Signora Giuseppina ist tot, aber sie ist immer noch lebendig, denn sie kann gar nicht sterben, und jetzt ist sie hier, ich fühle, daß sie da ist, da hinten, hinter den Schulkindern, die klassenweise um ihre Lehrerinnen stehen.

Die Signora Giuseppina ist hier, in ihrem gewohnten schwarzen Kleid und mit ihrem gewohnten schwarzen Hütchen auf den weißen Haaren. Mit ihrer gewohnten finsteren Miene. Und hin und wieder fährt ihre kleine, dürre Hand durch die Luft und läßt irgendeinen kurzgeschorenen Kopf die harten Knochen fühlen."

Die Leute lachten nicht, und Peppone fuhr fort:

„Ja, auch die Signora Giuseppina ist hier, und wie alle anderen Lehrerinnen hat sie ihre Schüler um sich versammelt. Alle sind sie da. Kein einziger fehlt: Diego Perini, der mit acht Jahren unter die Räder eines Karrens kam; Angiolino Tedai, mit sechs Jahren an Typhus gestorben; Tonio Delbosco, mit zweiundzwanzig im Krieg gefallen. Mario Clementi, Giorgino Scamocci, Dante Fretti, Girolamo Anselmi, Giuseppe Rolli, Alvaro Facini... Alle sind da, kein einziger fehlt, alle um die Signora Giuseppina geschart. Und alle, auch die, die mit vierzig oder fünfundvierzig gestorben sind, haben noch ihr Kindergesicht. Alle sind so, wie sie als Schüler gewesen waren. Die Signora Giuseppina hat sie zurückgeholt, einen nach dem anderen, und nach den Regeln der Grammatik bringt sie ihnen nun die Regeln der Ewigkeit bei.

Das ist für mich der Sinn dieser Feier heute morgen, und die kleinen Bäumchen, die ihr Kinder in die Erde pflanzen werdet, sind wie das Band zwischen Tod und Leben: zwischen dem Leben über der Erde und dem Tod unter der Erde. Wenn die Zukunft des Baumes auch über der Erde liegt, wenn er auch nach oben wächst, so hat er seine Wurzeln doch unter der Erde. Und das bedeutet, daß die Zukunft aus der Vergangenheit genährt wird. Wehe denen, die nicht die Erinnerung an die Vergangenheit pflegen: Das sind Menschen, die nicht in die Erde säen, sondern auf Beton..."

Peppone wischte sich den Schweiß von der Stirn, dann sagte er mit ruhigerer Stimme:

„Kinder, ich spreche zu euch, ihr jungen Bäume, die ihr den Wald des Lebens mit neuem Laub schmückt, und ich sage euch, nicht als heutiger Bürgermeister, sondern als ehemaliger Schüler: Ich weiß, daß meine alte Lehrerin jetzt da ist, zusammen mit ihrer ganzen Schülerschaft. Ich weiß es ganz sicher, und ich könnte sie sehen, wenn ich nur den Kopf in eine bestimmte Richtung drehen würde. Aber ich habe nicht den Mut dazu, weil ich der schlimmste Schüler von der ganzen Welt war. Ich habe nicht den Mut, meiner alten Lehrerin ins Gesicht zu sehen. Paßt auf, daß ihr euch nicht eines Tages in meiner traurigen Lage findet ...

Ich werde die Frist leben, die mir vom Schicksal bestimmt ist, und nach meinem Tod werde ich mich bei meiner alten Lehrerin melden, wie sich die anderen gemeldet haben. Aber ich hab' Angst, daß sie mich nicht mehr in der Klasse haben will. Ich hab' Angst, daß sie wieder wie damals, als ich eine besonders große Frechheit begangen hatte, zu mir sagt: ‚Mach, daß du rauskommst, elender Spitzbube!'"

Peppone schloß seine Ansprache leise und mit gesenktem Kopf, den Hut in den Händen drehend, und die Leute waren ein paar Augenblicke ganz benommen. Dann brach ein rasendes Händeklatschen los.

Peppone hielt es nicht länger auf der Stelle. Er schlüpfte zwischen dem Zaun und den Leuten durch, und als er aus dem Schulhof war, schluckte ihn der Nebel.

Beim ersten Feldweg verließ er die Straße, ohne sich um die neuen Schuhe und den Bürgermeisteranzug zu kümmern.

Er ging langsam, mit gesenktem Kopf, um das Sträßchen am Damm zu erreichen und am Dorf vorbei nach Hause zu gelangen.

Da merkte er, wie Don Camillo ihn einholte, sich seinem Schritt anpaßte und an seiner Seite ging, aber er sagte kein Wort.

Auch Don Camillo redete nichts.

Sie erreichten den Damm und schienen noch weltentrückter, denn der Damm war völlig im Nebel ertrunken, und man sah nichts als das Band der Straße, fast als ob sie in der Luft schwebte.

Sie gingen langsam mit gesenkten Köpfen. Plötzlich hörte Don Camillo in der großen Stille eine leise Stimme hinter seinem Rücken:

„Camillo, ich hab' es dir schon tausendmal gesagt, daß du nicht einsagen sollst, wenn einer abgefragt wird. Du bist ein Esel. Du bist ein Esel, auch wenn dieser Unglücksmensch von deinem Vater dich aufs Seminar schicken will. Aufs Seminar! Es wäre viel besser, er würde dich Stallknecht werden lassen!"

Don Camillo ging stur weiter, denn wenn er sich umgedreht und geantwortet hätte, hätte Peppone ihn bestimmt für verrückt gehalten.

Dann wandte sich die Stimme an Peppone:

„Spitzbube! Spitzbube! Hast du gesehen, was aus dir geworden ist? Der Oberspitzbube des Dorfes. Chef der Gottlosen, Chef der Anarchisten ..."

„Ich ...", stammelte Peppone. Aber die Stimme versagte ihm.

„Schweig! Und paß auf, daß du dich anständig benimmst, wenn du nicht willst, daß ich dich wie damals rauswerfe, sobald du im Klassenzimmer erscheinst... Was deine Leistung von heut früh betrifft... Nun, dafür bekommst du ein Genügend: sagen wir eine Drei."

„Das ist eine Ungerechtigkeit" flüsterte Peppone.

„Drei minus! Und wenn du noch weiter maulst, bekommst du eine Vier. Und der Esel da, der dir falsch eingesagt hat, kriegt eine Fünf!"

Die Stimme schwieg, und die beiden Männer gingen weiter schweigend im Nebel nebeneinander her.

Doch plötzlich blieben sie stehen, sahen sich ins Gesicht und drehten sich wie auf Kommando um.

Natürlich: Da stand die Signora Giuseppina, reglos mitten auf dem Damm, und um sie herum alle ihre toten Schüler.

Die Signora Giuseppina hob den Arm und bewegte den Zeigefinger drohend in der Luft.

Mit einem Ruck wandten sich Don Camillo und Peppone wieder ab und setzten ihren Weg fast im Laufschritt fort.

Don Camillo murmelte beim Gehen eilig ein paar Gebete, und Peppone sagte hin und wieder: „Amen".

O Land des wirren Widerspruchs...

Togo

Das war einer jener Vorfälle, die für gewöhnlich auf den Farbseiten des *Domenica del Corriere* landen. Doch keine Zeitung erwähnte ihn auch nur. Denn es gab da besondere Umstände, die die Leute im Ort veranlaßten, so zu tun, als hätten sie nichts gesehen und nichts gehört.

Es war am Nachmittag von Silvester, und in allen Häusern war man dabei, das große Mitternachtsessen und die Verabschiedung des alten Jahres vorzubereiten. Wer nicht zu Hause blieb, schlenderte durchs Dorf und pendelte von einem Weinausschank zum anderen oder lungerte unter den Laubengängen herum.

Die Kinder waren schon seit dem frühen Morgen nicht mehr zu halten, und sie vertrieben sich die Wartezeit bis zum Schlußspektakel, indem sie vorzeitig ein paar Knallfrösche und Feuerwerkskörper opferten. Auf der Tenne bei den Rosi war ein halbes Regiment Kinder versammelt, und trotz des Gebrülls der Erwachsenen wurde genauso herumgeknallt wie an allen anderen Orten.

Als es jedoch Zeit wurde, das Vieh aus dem Stall zur Tränke zu führen, trat der alte Rosi mitten auf die Tenne und verkündete, wenn er jetzt auch nur noch einen einzigen Knall höre, werde er die ganze Bande mit dem Riemen verdreschen.

Die Kinder hörten mit dem Lärm auf, und die Tiere konnten in Ruhe trinken. Aber gerade als die Reihe an Togo kam, ging hinter dem Geräteschuppen so ein verdammtes Feuerrad los, zischte über die Tenne und explodierte auf Togos Maul.

Togo war ein kolossaler Stier, eine Art Panzer aus Fleisch, dessen bloßer Anblick einem schon Angst einjagte.

Als er fühlte, wie auf seinem Maul die Hölle losging, drehte er durch.

Mit einem Satz riß er sich vom Knecht los, zerschmetterte die dicke Holzstange, die man über die Toreinfahrt gelegt hatte, und war im Nu auf der Straße.

Die Tenne der Rosi lag sozusagen mitten im Dorf: nach fünfzig Metern zwängte sich die Straße zwischen die Häuser, und nach weiteren hundert Schritten war man auf der Piazza.

Bis sich die Rosi also von dem Schock erholt hatten und die Verfolgung aufnahmen, stürmte Togo bereits wie ein Blitz auf die Piazza.

Was nun geschah, dauerte bloß ein paar Sekunden und ließ sich hinterher nur schwer rekonstruieren: Togo war gerade im Begriff, seine Wut an einer Gruppe kreischender Frauen auszulassen, die zwischen einer Häuserwand und zwei großen parkenden Lastwagen eingekeilt standen, als der Polizeichef, von wer weiß woher, mit der Pistole in der Hand auftauchte und sich dem Stier in den Weg stellte.

Der Maresciallo schoß, streifte Togo aber nur, und das machte die Bestie noch wütender als zuvor.

Für den Maresciallo und für die in der Falle sitzenden Frauen schien das letzte Stündlein geschlagen zu haben. Nur eine Maschinenpistolensalve in Togos Schädel hätte den Amoklauf des rasenden Stiers noch aufhalten können.

Und tatsächlich: die Salve kam im rechten Augenblick.

Man weiß nicht, von wo, aber sie kam, und das Untier brach unmittelbar vor den Füßen des Polizeichefs zusammen.

Der Polizeichef steckte seine Pistole in die Tasche zurück, nahm die Mütze ab und trocknete sich die schweißgebadete Stirn. Dann blickte er reglos auf das leblose Tier. Um ihn herum herrschte ein höllisches Durcheinander, und die Frauen kreischten, als würden sie immer noch von Togo bedroht. Aber der Polizeichef hörte nichts als das Knattern der Maschinenpistole.

Die Waffe hatte ihre blitzschnelle Salve von sich gegeben und dann geschwiegen, aber für den Maresciallo schoß sie noch immer. Er war sicher, wenn er sich jetzt umdrehte und nach oben schaute, würde er ganz genau das Fenster ausmachen können, aus dem die Salve abgefeuert worden war.

Und deswegen schwitzte der Maresciallo. Nicht, weil ihm die Gefahr solche Angst eingejagt hätte, sondern weil er fühlte, daß er sich umdrehen *mußte*, und dazu hatte er nicht den Mut.

Er drehte sich nicht um.

In Wirklichkeit konnte er sich auch gar nicht umdrehen, weil er sich von einem riesigen Kerl gepackt sah – es war Don Camillo.

„Bravo, Herr Maresciallo, bravo!“ brüllte Don Camillo. „Alle diese Menschen verdanken Ihnen ihr Leben!“

„Er war wirklich sehr mutig!“ kreischte eine schwachsinnige alte Frau. „Aber wenn der andere nicht geschossen hätte, der mit der . . .“

Sie wollte sagen „mit der Maschinenpistole“, aber sie kam nicht dazu, denn jemand trat ihr so kräftig auf den Fuß, daß ihr schwarz vor den Augen wurde. Und die Menge verschluckte sie sofort.

„Bravo, Herr Polizeichef!“ riefen die Leute. „Bravo, bravissimo!“

Don Camillo zog sich ins Pfarrhaus zurück und wartete ruhig darauf, daß der Maresciallo wieder auf der Bildfläche erschiene.

Und tatsächlich, nach etwa einer Stunde erschien er.

„Hochwürden“, sagte der Maresciallo, „Sie sind der einzige Mensch, mit dem ich offen reden kann! Wollen Sie mich anhören?“

„Dazu bin ich hier“, erwiderte Don Camillo und ließ ihn vor dem Kaminfeuer Platz nehmen.

„Hochwürden“, begann der Maresciallo nach kurzem Schweigen, „haben Sie den ganzen Vorgang beobachtet?“

„Ja, ich bin in dem Moment aus dem Tabakladen gekommen, wo ich mir Briefmarken gekauft hatte. Ich habe alles ganz genau gesehen: Wie Sie sich vor die Bestie geworfen, wie Sie geschossen und wie Sie das Tier erledigt haben.“

Der Maresciallo schüttelte lächelnd den Kopf: „Sie haben tatsächlich gesehen, wie ich mit einer normalen Pistole auf den Stier geschossen und ihn mit einer Maschinenpistole erledigt habe?“

Don Camillo hob die Arme: „Maresciallo, ich verstehe nichts von Waffen und von Ballistik. Ich weiß nur, daß Sie eine Feuerwaffe in der Hand hatten, aber ich könnte nie mit Sicherheit sagen, um welche Waffe es sich dabei handelte.“

„Ich verstehe“, murmelte der Polizeichef. „Sie wollen also sagen, daß Sie nicht in der Lage sind, einen einfachen Pistolenschuß von einer Maschinenpistolensalve zu unterscheiden?“

„Im Priesterseminar werden solche Dinge nicht gelehrt.“

„Auf der Polizeischule dagegen schon“, beharrte der Maresciallo. „Und daher ist es meine verdammte Pflicht zu wissen, daß dieses Tier, auf das ich mit meiner Dienstwaffe geschossen habe, durch eine Maschinenpistolensalve getötet wurde.“

„Herr Polizeichef, wenn Sie das behaupten, kann ich nichts dagegen sagen. Das fällt nicht in mein Fach. Aber das Wichtigste ist doch, daß der Stier getötet wurde, bevor er Sie und die armen Weiber, die hinter Ihnen standen, aufschlitzen konnte! Ich finde, man sollte daraus nicht eine ballistische Streitfrage machen."

Der Maresciallo seufzte: „Hochwürden, diese Maschinenpistolensalve hat mir und einigen anderen Leuten das Leben gerettet, das steht außer Zweifel. Aber es steht auch außer Zweifel, daß eine Maschinenpistolensalve eben aus nichts anderem als einer Maschinenpistole stammen kann."

Don Camillo zuckte die Achseln: „Maresciallo, wie gesagt, ich verstehe nichts von Feuerwaffen, aber wenn ich mir eine Meinung erlauben darf, so würde ich sagen, daß das, was Sie als ‚Maschinenpistolensalve' bezeichnen, beispielsweise auch aus einem mit Kugeln geladenen Jagdgewehr stammen könnte. Ich sehe keinen Grund, warum es Ihre Vorgesetzten merkwürdig finden sollten, daß man einen wildgewordenen Stier mit einer Doppelflinte erlegt."

„Wenn es nur darum ginge, die Sache meinen Vorgesetzten zu erklären, dann könnte die These mit der Jagdflinte ausreichen", erwiderte der Maresciallo. „Aber was soll ich tun, um sie mir selbst zu erklären? Sehen Sie, Hochwürden, ein Polizist ist nie allein, er hat immer noch einen Maresciallo hier drinnen."

Dabei klopfte er sich an die Brust, und Don Camillo antwortete lächelnd: „Und wenn Sie jetzt tot wären, wo befände sich dann der Polizist, den Sie da drin haben?"

„Der wäre auch tot. Aber ich bin nicht tot, und der Polizist, den ich da drin habe, sagt mir: ‚Es gibt jemanden im Ort, der eine tadellos funktionierende Maschinenpistole besitzt. Das stellt einen schweren Verstoß gegen das Gesetz dar: Du mußt einschreiten!'"

Don Camillo hatte sich die übliche halbe Toskanozigarre angezündet und zog ein paarmal daran.

„Maresciallo, es bringt nichts, wenn wir dauernd um den heißen Brei herumreden. Sprechen Sie offen. Wenn Sie gegen mich einen Verdacht hegen, dann schreiten Sie ein. Ich stehe zu Ihrer Verfügung, zu Ihrer und der Ihres inneren Polizisten."

„Spaß beiseite, Hochwürden. Ich weiß genau, wer die Maschinenpistole abgefeuert hat. Und Sie wissen es auch. Sie wissen es sogar noch besser als ich, weil Sie ihn gesehen haben."

Don Camillo blickte dem Polizeichef in die Augen.

„Sie haben sich in der Tür geirrt", sagte er hart. „Für diese Art von Information wenden Sie sich überallhin, nur nicht an mich. Wenn Ihnen das nicht paßt, dann zeigen Sie mich doch an! Ich hab' hier drin zwar keinen Maresciallo, aber mein Gewissen, und das kann Ihnen und Ihrem Polizisten eine Menge beibringen."

„Es wird uns nie beibringen können, daß ein gewöhnlicher Bürger, der noch dazu der örtliche Anführer von Revolution und Volksjustiz ist, eine Maschinenpistole besitzen darf!" schrie der Maresciallo.

„Ich will weder etwas von örtlichen Anführern noch von Revolutionen wissen", erwiderte Don Camillo. „Ich will Ihnen nur klarmachen, daß mein Beruf nicht der eines Spitzels ist. Und wenn Sie sich von mir eine Denunziation erhoffen, können Sie gleich wieder gehen."

Der Polizeichef schüttelte den Kopf: „Ich wollte von Ihnen bloß hören, wie ein anständiger Mensch jemanden anzeigen soll, der ihm und anderen das Leben gerettet hat. Und ich wollte auch hören, wie derselbe anständige Mensch einen Waffenbesitzer, der eine ernste Gefahr für das Gemeinwesen darstellt, *nicht* anzeigen soll."

Don Camillos Zorn verrauchte.

„Maresciallo, die Gefahr ist nicht der Waffenbesitzer, sondern die Waffe. Man muß sich vor Augen halten, daß man diese sogenannte Maschinenpistole aus Gründen der politischen Polemik zu sehr hochgespielt hat. Die MP ist eine furchtbare, mörderische Waffe, aber das heißt noch nicht, daß jeder, der eine MP besitzt, ein Mörder ist, eine Gefahr für die Gesellschaft. Für die Gesellschaft kann der Besitzer eines Nagels oder eines Küchenmessers gefährlicher sein. Und für einen, der gekämpft hat, wird die Waffe schließlich zu einem liebgewordenen Gegenstand, zu einem Erinnerungsstück an eine ehrenvolle Vergangenheit, an harte, entbehrungsreiche Tage, voll Opfermut, Glauben, Hoffnung ..."

„Ich verstehe", unterbrach ihn der Maresciallo. „Ein ‚Souvenir', ein glattpoliertes Andenken, das mit einer Salve den größten Stier des ganzen Bezirks niedermähen kann ..."

„Und damit einen Polizeichef und verschiedene Bürger vor dem Tod bewahren“, fügte Don Camillo hinzu.

Der Maresciallo stand auf.

„Hochwürden“, rief er, „ich kann den Besitzer der Maschinenpistole suchen, und ich kann ihn möglicherweise nicht finden. Was ich aber um jeden Preis finden muß, ist die Maschinenpistole.“

Auch Don Camillo erhob sich:

„Sie werden die Maschinenpistole finden. Dafür verbürge ich mich. Ich werde sie Ihnen selbst überbringen.“

Nachdem der Polizeichef gegangen war, flog Don Camillo zu Peppone in die Wohnung.

„Den Stier hast du getötet, bravo! Aber jetzt her mit der MP!“

Peppone schaute ihn erstaunt an: „Was redet Ihr für Zeug, Hochwürden?“

„Peppone, der Polizeichef weiß, daß du es warst, der geschossen hat. Auch wenn du ihm das Leben gerettet hast, ist es seine Pflicht, dich wegen unerlaubten Waffenbesitzes aus dem Krieg anzuzeigen ...“

„Der Maresciallo spinnt ja“, grinste Peppone. „Er kann überhaupt nichts wissen, aus dem einfachen Grund, weil ich weder eine Waffe besitze noch auch nur im Traum daran dächte, auf Stiere zu schießen.“

„Peppone, hör auf, dich lustig zu machen! Du hast geschossen. Ich hab' dich gesehen, mit diesen meinen Augen.“

„Dann geht doch hin und erzählt es dem Maresciallo! Warum kommt Ihr hierher und erzählt es *mir*?“

„Ich bin kein Spitzel, ich bin ein Diener Gottes, und Gott hat es nicht nötig, von mir darüber informiert zu werden, was hier oder anderswo passiert.“

Peppone schüttelte den Kopf: „Ihr seid ein Diener des Vatikans und Amerikas, und deshalb versucht Ihr auf jede Weise, einen ehrlichen Mann hereinzulegen.“

Don Camillo hatte beschlossen, sich auf keinerlei politische Provokation einzulassen und erwiderte daher nichts darauf. Statt dessen versuchte er, Peppone die seelische Zwangslage des Maresciallo in allen Farben zu schildern. Er bat, flehte, beschwor.

Aber Peppone antwortete ihm nur mit höhnischem Grinsen: „Ich verstehe überhaupt nicht, worauf Ihr anspielt. Ich weiß weder etwas von Maschinenpistolen, noch von Stieren, noch von Polizisten. Vielleicht habt Ihr anderswo mehr Glück. Versucht es doch mal beim Pfarrer: Wenn Ihr lang genug bohrt, rückt der bestimmt mit einer MP heraus."

Mit betrübtem Herzen verließ Don Camillo Peppones Haus. „Es tut mir nicht leid für dich, wenn man dich anzeigt", sagte er noch, bevor er wegging. „Dir geschieht es recht, denn du bist ein schlechter Kerl. Aber mir tut der Maresciallo leid, der dem, der ihm das Leben und seinen Kindern das Brot gerettet hat, seine Tat mit einer Anzeige vergelten muß."

„Darauf könnt Ihr Euch verlassen", rief ihm Peppone grinsend nach, „wenn ich eine MP gehabt hätte, wie Ihr es behauptet, dann hätte ich nicht auf den Stier, sondern auf den Polizisten geschossen!"

Wieder zu Hause, konnte Don Camillo keine Ruhe finden, und er ging rastlos in der kalten Diele des Pfarrhauses auf und ab. Schließlich faßte er einen Entschluß und stürmte die Treppen hinauf. Der große, staubige Dachboden war vollkommen dunkel, aber Don Camillo brauchte kein Licht, um zu finden, was er suchte.

Tatsächlich fand er rasch den Kamin, der zum Dachfirst hochging. Und er fand den berühmten Ziegel, den man rechts hineindrücken und dann am linken Ende herausziehen konnte. Nachdem er ihn weggenommen hatte, fuhr Don Camillo mit dem Arm in das Loch und tastete mit der Hand, bis er den Nagel zwischen den Fingern spürte. Am Nagel war ein Eisendraht befestigt. Er löste ihn und begann daran zu ziehen, wobei er mit der anderen Hand nachhalf. Schließlich fühlte er das längliche Paket.

Nachdem er es herausgezogen und den Inhalt ausgepackt hatte, ging er hinunter und schloß sich in seinem Zimmer ein, um nachzuprüfen, ob noch alles in Ordnung war. Dann nahm er seinen Umhang und verließ das Haus.

Er ging am Zaun des Pfarrgartens vorbei und nahm den Weg über die Felder. Als er das Wäldchen am Kanal erreicht hatte, wartete er darauf, daß es Mitternacht schlug.

Und als Schlag zwölf die Leute überall anfingen herumzuknallen, um das alte Jahr zu verabschieden, schoß auch er, im Abstand von ein paar Sekunden, einen Schuß nach dem anderen.

Dann marschierte er auf die Polizeistation.

Der Polizeichef war noch auf, und sobald Don Camillo ihn sah, sagte er:

„Hier ist das Ding, das Sie Maschinenpistole nennen. Fragen Sie mich nicht, woher es kommt, noch, wer es mir gegeben hat."

„Ich frage Sie gar nichts", antwortete der Polizeichef. „Ich beschränke mich darauf, Ihnen für Ihre Hilfe zu danken. Ein gutes neues Jahr!"

„Ein gutes neues Jahr auch Ihnen und Ihrem inneren Polizisten", murmelte Don Camillo, zog den Umhang fester um sich und ging hinaus.

Aber es vergingen keine zehn Minuten, bis die Glocke der Polizeistation von neuem läutete. Der Maresciallo ging selbst, um zu öffnen, und beim Öffnen fiel ihm etwas Massives, Schweres, das von außen an die Tür gelehnt war, entgegen. Der Polizeichef hob den Gegenstand auf, an dem mit Draht ein Schild befestigt war.

Und auf diesem Schild stand mit Buchstaben, die aus der Zeitung ausgeschnitten und aufgeklebt worden waren: *Maschinenpistole, schuldig, einem Maresciallo das Leben gerettet zu haben.*

„Am Stil erkennt man den Mann", sagte der Polizeichef grinsend zu sich selbst.

Dann legte er das Ding neben das andere, das kurz zuvor Don Camillo gebracht hatte, breitete die Arme aus und rief – ohne sich darum zu kümmern, ob das auch die Meinung des verstorbenen Togos gewesen sein könnte: „Zuviel der Gnade, heiliger Antonius von Padua!"

Die „Flughühner“

Zur Feier des neuen Jahres hatte sich Don Camillo etwas Großartiges ausgedacht. Großartig, aber doch auch wieder ganz einfach, da sich sein Programm in die wenigen Worte fassen ließ: „Zu Neujahr jedem Armen ein Huhn im Topf!“

Und mit diesem Slogan hatte Don Camillo klugerweise schon zwei Wochen vor Neujahr seine Sammeltour gestartet.

Jeder Hof wurde besucht. Jeder Grundbesitzer, jeder Pachtbauer der Pfarrei lauschte den Worten Don Camillos mit großer Aufmerksamkeit, und keiner unterließ es, zum Schluß den edlen Eifer des Pfarrers zu loben.

Unglückseligerweise hatte jedoch auf vielen Höfen eine Seuche im Hühnerstall gewütet, auf anderen hatten die Pflichtabgaben zu Weihnachten den Hühnerbestand aufs äußerste reduziert, und auf wieder anderen war die geringe Zahl an verfügbarem Federvieh bereits verkauft worden.

Resultat: Am 30. Dezember hatte Don Camillo mit Müh und Not sechs Hühner zusammengebracht – und er brauchte mindestens dreißig.

Don Camillo ging, um seine Not Christus am Hochaltar anzuvertrauen:

„Jesus“, sagte er, „ist soviel Egoismus überhaupt denkbar? Was ist denn schon ein Huhn für einen, der so viele hat?“

„Es ist ein Huhn“, erwiderte Christus traurig.

Don Camillo riß die Arme hoch und rief entrüstet: „Jesus, ist es denn möglich, daß die Menschen nicht begreifen, wie schön solch ein kleines Opfer sein kann, das soviel Freude bereitet?“

„Don Camillo, es gibt zu viele Menschen, für die jedes Opfer groß ist, zu vielen Menschen geht ihre eigene Freude über alles. Und für zu viele Menschen liegt die Freude darin, nichts von ihrem eigenen Überfluß herzugeben.“

Don Camillo geriet aus der Fassung.

„Jesus“, sagte er mit zusammengebissenen Zähnen, „wenn du diese Menschen so gut kennst, warum behandelst du sie dann nicht, wie sie es verdienen? Warum schickst du nicht einen gewaltigen Frost, der ihnen das Korn auf den Feldern kaputtmacht?“

„Das Brot ist für alle, nicht nur für den, der das Korn sät. Die Erde bringt ihre Früchte für alle Menschen hervor, nicht nur für die, denen das Land gehört. Du versündigst dich, Don Camillo, wenn du deinen Gott bittest, das keimende Korn zu zerstören. Unser tägliches Brot gib uns heute – das ist es, worum die Gerechten Gott bitten sollen."

Don Camillo senkte den Kopf.

„Verzeih mir", flüsterte er. „Ich wollte nur sagen, daß diese Egoisten es nicht verdienen, das Land zu besitzen und zu bebauen."

„Wenn sie anstatt Getreide Steine säten, dann verdienten sie es nicht. Aber sie erhalten von der Erde das, was die Erde hervorbringen muß, und da ist es natürlich, daß sie das Land besitzen und bebauen."

Don Camillo verlor vollends die Fassung.

„Jesus", protestierte er, „das heißt also, daß du die Interessen der Grundbesitzer verteidigst?"

„Nein", erwiderte Christus lächelnd, „ich verteidige die Interessen der Erde. Auf einer kleinen Insel lebte einmal ein kleines Volk von armen Menschen, unter denen zwei Ärzte waren. Der eine großzügig und mildtätig, der andere geizig und egoistisch. Der erste begnügte sich für seine Behandlungen mit einem ganz kleinen Entgelt. Der zweite dagegen verlangte Wucherpreise. Leider war der gute und mildtätige Arzt aber ein ganz schlechter, während der egoistische und wucherische seine Kunst ausgezeichnet verstand. Und alle Kranken gingen zu dem egoistischen Arzt und keiner zu dem guten und mildtätigen. War das gerecht, Don Camillo?"

Don Camillo zuckte die Achseln: „Jesus, daß sich die Kranken lieber von dem Arzt behandeln lassen, der sie gesund macht, als von dem, der sie sterben läßt, das ist natürlich. Daß aber der Mildtätige in Armut lebt, während der Egoist Reichtümer anhäuft, das ist nicht gerecht."

„Da hast du's, Don Camillo: Es ist nicht gerecht, aber es ist *natürlich*. Es ist natürlich, daß die Menschen den besseren Arzt belohnen. Es ist gerecht, daß Gott den egoistischen Arzt bestraft, der in seinem Leben unrechterweise eine Gabe Gottes ausnützt."

Don Camillo schüttelte seinen Dickschädel: „Jesus, ich ..."

„Wenn du zu den Bewohnern dieser abgelegenen Insel gehörtest, würdest du Gott dann bitten, den fähigen, aber egoistischen Arzt mit dem Blitz zu erschlagen und dem mildtätigen, aber unfähigen ein langes Leben zu bescheren?“

„Nein“, antwortete Don Camillo.

„Ich würde Gott bitten, den tüchtigen, aber egoistischen Arzt mildtätig und den mildtätigen, aber unfähigen Arzt tüchtig werden zu lassen.“

„Ist nicht der Bauer so etwas wie ein Arzt“, fragte Christus lächelnd, „dem die Gesundheit und das Wohl der Erde anvertraut sind?“

„Jesus“, rief Don Camillo, „ich habe begriffen. Und ich bitte Gott um Verzeihung wegen meiner dummen Worte. Aber ich werde meine Sorge nicht los, wenn ich daran denke, daß ich für morgen dreißig Hühner brauche und erst sechs besitze.“

„Acht“, präzisierte Christus.

„Acht“, bestätigte Don Camillo, dem in der Verwirrung entgangen war, daß er selbst zwei Kapaune im Gitter hatte.

Es ist nicht leicht, von einem Tag auf den anderen zweiundzwanzig Hühner aufzutreiben. Don Camillo wußte das genau, denn er hatte sich zwei volle Wochen plagen müssen, um sechs zusammenzubringen. Dennoch wollte er nicht von seinem Programm abrücken: „Zu Neujahr jedem Armen ein Huhn im Topf.“

Don Camillo zerbrach sich den Kopf, um irgendeine Lösung des schwierigen Problems zu finden. Plötzlich tauchte in seinem Hirn eine Frage auf: „Ein Huhn ist ein Huhn, gut. Aber was ist ein Fasan?“

Ein Fasan ist ein Fasan, wenn man es ganz genau nehmen will. Aber muß man wirklich alles so genau nehmen? Könnte man nicht beispielsweise sagen: „Ein Fasan ist ein Huhn, das fliegt?“

Don Camillo folgerte, daß sein Neujahrsprogramm im Grunde nicht wesentlich verändert würde, wenn der Slogan anstatt „Zu Neujahr jedem Armen ein Huhn im Topf“ lautete: „Zu Neujahr jedem Armen einen Fasan in die Pfanne.“

In diesem Fall gab es nur zwei Schwierigkeiten: die mangelnde Zeit, um das *Flughuhn* richtig abhängen lassen, und die mangelnde Zeit, jemanden zu finden, der bereit war, Don Camillo zweiundzwanzig Fasane zu schenken.

Don Camillo ging in der Diele des Pfarrhauses kilometerlang auf und ab. Und welche Lösung hatte er nach dieser Wegstrecke gefunden?

Er hatte lediglich gefunden, daß der Slogan noch einmal ein bißchen geändert werden könnte: „Zu Neujahr jedem Armen einen Fasan in den Einkaufskorb." Denn das Wesentliche war doch, daß jeder Arme einen Fasan im Hause hatte.

Der Hund Ful, nach seiner Meinung befragt, gab zu verstehen, daß auch er es für das Wichtigste halte, die zweiundzwanzig Fasane zu finden, die an die Stelle der nicht gefundenen zweiundzwanzig Hühner treten sollten. Daraufhin erschien es Ful nur natürlich, daß sich sein Herr in eine Hose und eine Jacke aus braunem Flanell zwängte und sich eine Radfahrermütze auf den Kopf setzte. Es war nicht das erstemal, daß sich Don Camillo in der Lage befand, an Orten jagen zu müssen, wo ihm die lange Soutane hinderlich gewesen wäre.

Nicht natürlich erschien es Ful dagegen, daß Don Camillo ohne seine Doppelflinte fortging.

Ful dachte an ein Versehen. Er rief seinen Herrn, der bereits in der Tür zum Garten stand, zurück: „He, du hast ja die Flinte vergessen!"

Don Camillo machte kehrt und fand Ful im Wohnzimmer, den Blick auf die Flinte, die Jagdtasche und die Patronentasche gerichtet, die neben dem Büfett an der Wand hingen.

„Ful, komm jetzt!" fuhr ihn Don Camillo an.

Aber der Hund rührte sich nicht, sondern antwortete: „Nimm zuerst die Flinte, dann gehen wir."

Natürlich sagte er das bellend, aber sein Herr verstand ihn genau.

„Los, komm jetzt und hör auf, Lärm zu machen!" rief Don Camillo. „Die Flinte bleibt hier. Stell dir vor, ich würde dieses Ding mitnehmen! Wir dürfen keinen Lärm machen, sonst sind wir geliefert."

Als Ful sich jedoch immer noch nicht rührte, nestelte Don Camillo an seinem Gürtel herum, zog aus dem linken Hosenbein eine Büchse mit nur einem Rohr und zeigte sie Ful.

Ful betrachtete das Ding voll Erstaunen und verglich es mit

der Doppelflinte, die an der Wand hing. Dann sagte er: „Das ist keine Flinte. Die Flinte ist das da oben."

Don Camillo kannte Ful gut: ein Rassehund und daher voll Würde.

„Das ist auch eine Flinte", erklärte er ihm, „ein kleiner alter Vorderlader, der nur einen ganz leichten Knall verursacht, aber völlig reicht; um so einen blöden Fasan aus zwei oder drei Meter Entfernung herunterzuholen."

Don Camillo zeigte ihm, wie man die kleine Büchse lud, dann öffnete er das Fenster, das auf den Obstgarten ging, und schoß auf eine leere Konservendose, die jemand auf einen Pfosten gestellt hatte.

Die kleine Büchse machte „plick", und die Konservendose flog vom Pfahl.

Ful sprang in den Garten, kontrollierte die Dose, dann wandte er sich um.

„Na gut", knurrte er, „dann gehn wir eben auf Konservendosenjagd."

Die Fasane hockten fast völlig verblödet auf den Zweigen der niederen Bäume herum.

Schon seit drei Jahren befanden sich die Finetti im Ausland, und seit drei Jahren hatte niemand in dem ganzen Jagdrevier auch nur einen Schuß abgefeuert.

Die Fasane dösten also dumm und fett vor sich hin, und wenn einer keine Büchse gehabt hätte, hätte er sie mit seinem Hut fangen können.

Doch Don Camillo hatte eine Büchse und konnte daher auf seine Mütze verzichten. Auf jedes „plick" der Büchse folgte der Aufschlag eines Fasans, und obwohl Don Camillo einen Haufen Zeit mit dem Einsammeln verlor, kam er großartig voran. Bis zum einundzwanzigsten Fasan lief alles wie am Schnürchen.

Der zweiundzwanzigste aber bereitete ihm Kummer.

Ful hatte schon zuvor Anzeichen von Unruhe von sich gegeben, die darauf schließen ließen, daß etwas nicht stimmte, und zwar etwas, das weder mit Fasanen noch mit Hasen zu tun hatte. Aber Don Camillo wollte um jeden Preis auf die zweiundzwanzig *Flughühner* kommen und sagte daher zu Ful, er solle ihn nicht nervös machen und sich ruhig verhalten.

Ful gehorchte widerwillig, aber gerade als Don Camillo auf den zweiundzwanzigsten Fasan schoß, riß es ihn hoch.

Don Camillo begriff, daß er zu weit gegangen war, aber jetzt war es zu spät. Der Jagdhüter befand sich bereits im Anmarsch.

Don Camillo warf die Büchse ins Gebüsch, packte den Sack mit den einundzwanzig Fasanen und rannte, was das Zeug hielt.

Es fing bereits an, dunkel zu werden, und ein Nebelstreifen senkte sich gnädig zwischen Don Camillo und den Jagdhüter. Das erlaubte dem Wilderer, seinen Verfolger abzuhängen.

Ful führte mit äußerster Sicherheit den Rückzug an, und nachdem er das Loch im Maschenzaun, der das Jagdrevier umschloß, gefunden hatte, trat er zur Seite, um seinem Herrn den rettenden Ausweg zu zeigen.

Nun war Don Camillo eine Art Elefant, und zudem mußte er noch einen Sack mit einundzwanzig Fasanen mitschleppen. Doch er stürzte sich mit einer Genauigkeit und Behendigkeit in das Drahtnetz, die einem Torhüter der Nationalelf Ehre gemacht hätten.

Der Jagdhüter kam gerade noch rechtzeitig, um zu sehen, wie Don Camillos Nachhut die Bresche passierte. Er gab von weitem und ohne rechte Überzeugung einen Doppelschuß auf eben diese Nachhut ab.

Don Camillo sprang über den Graben und befand sich auf der Straße. Er konnte nicht über die Felder fliehen, denn auf der anderen Straßenseite floß der große Kanal, der zweieinhalb Meter breit war und viel Wasser führte. Er war also gezwungen, auf der Straße zu gehen, und der Jagdhüter würde ihn mit der Zeit bestimmt ausmachen, denn der Zaun des Jagdreviers verlief mindestens einen Kilometer stromauf- und einen Kilometer stromabwärts neben der Straße.

„Los, lauf nach Haus", befahl Don Camillo seinem Hund, der wie eine Rakete davonschoß und verschwand. Er selbst lief keuchend hinterdrein.

„Und wenn ich mich ins Wasser stürzen muß", sagte Don Camillo zu sich selbst, „der wird nicht rausbringen, wer ich bin."

In der Kurve mit der Heiligenstatue sah Don Camillo einen Laster mit Höchstgeschwindigkeit auf sich zukommen. Er rettete sich auf die Kanalböschung und schwenkte seine Mütze.

Don Camillo wartete nicht einmal, bis der Laster hielt, sondern sprang schon vorher auf das Trittbrett, so daß der Fahrer den Wagen erschrocken zum Stehen brachte.

Don Camillo riß die Tür auf und zwängte sich ins Führerhaus.

„Nur weg! Schnell! Um Himmels willen!" keuchte er.

Der Fahrer ließ die Kupplung los, und der Laster fuhr an, als hätte er einen Tritt in den Hintern bekommen.

Nach etwa einem Kilometer brummte der Fahrer: „Ich hätt' Euch beinahe für einen Banditen gehalten. Was ist denn los? Warum so eilig?"

„Ich muß den Zug um sechs Uhr zweiundzwanzig erreichen."

„Ach! Handelt Ihr mit Geflügel?"

„Nein, mit Waschpulver für deine schwarze Seele."

Der Fahrer grinste.

„Ich bin doch ein Trottel", sagte er. „Ich hätt' Euch lieber stehenlassen sollen. Dann hätte der Jagdhüter Euer schönes Vatikanspitzelgesicht erkennen können. Aber alle Achtung, Ihr habt ganze Arbeit geleistet! Wie viele Gäste kommen denn zum Essen?"

„Dreißig. Sechs Hühner hab' ich auftreiben können, zwei hatte ich selber, und dann brauchte ich noch zweiundzwanzig Stück Geflügel, um keinen Armen in der Gemeinde leer ausgehen zu lassen. Einundzwanzig hab' ich erwischt – beim zweiundzwanzigsten hat der Jagdhüter *mich* erwischt. Das ist alles. Brauchst du noch etwas für deinen Rapport an die Partei?"

„Ich möchte gern wissen, was Ihr für eine Moral habt."

„Die eines guten Christen und anständigen Bürgers", erwiderte Don Camillo.

Peppone stoppte den Wagen.

„Gut. Und nun, Hochwürden, gehen wir mal einen Schritt zurück: Als ich Euch im vergangenen Monat vorgeschlagen habe, bei dem Brennholz für die Arbeitslosen mit mir gemeinsame Sache zu machen, warum habt Ihr Euch da gegen mich gestellt und eine riesige Kampagne veranstaltet?"

Don Camillo zündete sich seine halbe Toskano an.

„Weil ich den Leuten nicht helfen darf, das Gesetz zu brechen", antwortete er.

„Welches Gesetz?"

„Das Gesetz zum Schutz des Privateigentums. Die Armen brauchen Brennholz zum Einheizen – darüber sind wir uns einig. Aber man darf nicht zu ihnen sagen: ‚Wir gehen und holen uns das Holz aus den Wäldern der Reichen.' Du sollst nicht stehlen, lautet Gottes Gebot. Du sollst nicht stehlen, heißt auch das Gesetz der Menschen."

„Du sollst nicht stehlen, sagen die Gesetze Gottes und der Menschen!" brüllte Peppone. „Aber während der Arbeiter den Besitz der Reichen nicht antasten darf, dürfen die Reichen dem Arbeiter die paar Groschen stehlen, die sie ihm für seine Arbeit schulden und ihm das Recht auf Leben verweigern!"

„Es ist unnütz, daß du hier eine Parteirede hältst", erwiderte Don Camillo. „Ich darf niemandem helfen, das Gesetz zu brechen."

„Ausgezeichnet!" donnerte Peppone. „Und damit kommen wir zum Kapitel zwei: Die Armen haben das Recht, am Neujahrstag etwas Gutes zu essen – aber wer hat, will nicht geben. Und was macht da der Herr Pfarrer? Er verstößt gegen das Gesetz Gottes und der Menschen und stiehlt die Fasane! Gibt es für Pfarrer eine Sondermoral? Wieso maßt Ihr Euch das Recht an, gegen das sogenannte Gesetz zu verstoßen?"

„Ich maße mir überhaupt kein Recht an, Genosse Bürgermeister. Ich ziehe meinen Priesterrock aus und verkleide mich, um meine Identität zu verbergen und versuche heimlich das Gesetz zu brechen. Ich ziehe nicht Arm in Arm mit dem Genossen Bürgermeister durchs Dorf und brülle, wie es der Genosse Bürgermeister wollte: ‚Das Gesetz sind wir! Nieder mit dem Gesetz! Das Gesetz ist unmoralisch und ungerecht!' Ich handle wie ein gewöhnlicher Dieb. Ich entledige mich meiner Autorität als Pfarrer und agiere im Verborgenen, wie ein ganz normaler Verbrecher. Und allein die Tatsache, daß ich mich verkleide und heimlich vorgehe, bedeutet, daß ich die Existenz und die Gültigkeit des Gesetzes anerkenne. Wenn ich Soldat bin und am General vorbeigehe, muß ich ihn grüßen. Wenn ich vom General nicht gesehen werden möchte, kann ich versuchen, mich zu verdrücken. In dem Fall brauche ich ihn auch nicht zu grüßen. Aber ich kann nicht an ihm vorbeigehen, die Hände in den Hosentaschen, ihn mit arrogantem Blick mustern und schreien:

‚Scheißgeneräle wie Sie werden nicht gegrüßt!‘ Ich habe die Fasane gestohlen. Aber ich habe nicht gebrüllt: ‚Kommt, Freunde! Die Fasane gehören uns!‘“ Peppone schüttelte den Kopf und schlug mit der Faust aufs Lenkrad.

„Ihr seid einer, der die andern lehrt, man darf nicht stehlen, und dann selber stiehlt. Ihr seid einer, der das Gute predigt und das Schlechte tut!“ brüllte er.

„Peppone, wenn ich lehre, daß man nicht stehlen darf, und dann selber stehle, wäre ich nach deiner Moral doch eher einer, der das Schlechte predigt und das Gute tut. Aber du hast vollkommen recht: Ich predige das Gute und tue das Schlechte. Doch wenn ich der Masse Gutes predige, tue ich damit der Masse auch etwas Gutes; wenn ich ausschließlich für mich und auf meine private Rechnung Schlechtes tue, dann tue ich damit doch nur mir allein etwas Schlechtes. Und wegen dieser schlechten Tat werde ich mich verantworten müssen. Wegen dieser schlechten Tat werde ich meine gerechte Strafe empfangen. Ich mag der menschlichen Gerechtigkeit entfliehen, der göttlichen kann ich nicht enfliehen.“

Peppone grinste: „Es ist bequem, auf dieser Welt Schulden zu machen und dann zu sagen: ‚Ich zahle, wenn ich tot bin!‘ Es muß sofort gezahlt werden!“

„Ich werde sofort zahlen, und zwar mit dem Kummer, den mir der Gedanke bereitet, daß ich das Gesetz Gottes und das der Menschen gebrochen habe. Mein Gewissen als Christ und Staatsbürger . . .“

„Hmm“, röhrte Peppone. „Euer Gewissen! Ich sag’ Euch, wo Ihr Euer Gewissen habt, als Christ und Staatsbürger: da, worauf Ihr sitzt!“

Don Camillo seufzte.

„Na gut, Peppone“, sagte er versöhnlich. „Nehmen wir mal an, daß ich mein Gewissen dort habe, wo du meinst. Ändert das vielleicht etwas an dem, was ich behauptet habe?“

Peppone sah ihn verdrießlich an: „Was wollt Ihr damit sagen, Hochwürden?“

„Nichts. Ich wollte dich lediglich fragen, Genosse Peppone, ob du nie ausprobiert hast, wie es ist, wenn man eine Ladung Schrot in die Sitzfläche bekommt?“

Don Camillo hatte plötzlich mit seltsamer Stimme gesprochen, die von weither zu kommen schien, und Peppone knipste das Lämpchen am Armaturenbrett an.

Er sah, daß Don Camillo bleich wie ein Leintuch war.

„Hoch . . ." stammelte Peppone.

„Mach das Licht aus und reg dich nicht auf", unterbrach ihn Don Camillo. „Das ist eine kleine . . . Gewissenskrise. Das wird vorbeigehen. Bring mich nach Torricella zu dem alten Doktor. Das ist ein Freund von mir, und der wird mich entschroten, ohne irgend etwas zu fragen."

Peppone zischte los wie eine Atomrakete und flog über die löcherigen Straßen. Nachdem er Don Camillo in Torricella vor der Tür des alten Doktors abgesetzt hatte, wartete er.

Er säuberte den Sitz, der voll Blut war. Dann versteckte er den Sack mit den Fasanen unter dem Sitz und machte einen kleinen Rundgang, um wieder Ordnung in seine Gedanken zu bringen.

Nach ungefähr einer Stunde kam Don Camillo zurück.

„Wie geht es?" fragte ihn Peppone.

„In bestimmter Hinsicht könnte ich dir antworten, daß ich mit meinem Gewissen wieder im reinen bin, doch ich werde aus technischen Gründen ihm Stehen heimfahren müssen. Wenn du nichts dagegen hast, steig' ich hinten ein. Vielleicht kannst du dich mit der Geschwindigkeit ein bißchen zurückhalten."

Zum Glück war der Laster mit einer Plane bedeckt, und die Heimfahrt wurde für Don Camillo nicht übermäßig qualvoll. Der Nebel hatte inzwischen den Vorhang zugezogen, und im Heimathafen angelangt, konnte Don Camillo ins Pfarrhaus schlüpfen, ohne von jemandem gesehen zu werden.

Peppone folgte ihm mit dem Sack Fasane, den er im Keller verstaute.

Als er ins Wohnzimmer kam, fand er Don Camillo in der Soutane, wieder ganz Pfarrer. Und das Schwarz des langen Rocks ließ seine Blässe noch deutlicher hervortreten.

„Hochwürden", stotterte Peppone, „wenn Ihr etwas braucht, geniert Euch nicht."

„Ich brauche nichts. Aber ich sorge mich um meinen Hund. Schau doch ein bißchen herum, ob du Ful nicht irgendwo findest."

Ein Seufzer ertönte, mit dem Ful, der unter dem Tisch lag, „hier" antwortete.

Peppone bückte sich zu ihm hinunter.

„Es sieht so aus, als hätte auch er eine ... Gewissenskrise", murmelte er, während er sich wieder aufrichtete. „Soll ich ihn auch zu dem alten Doktor fahren?"

„Nein", erwiderte Don Camillo. „Die Sache muß in der Familie bleiben. Den entschrote ich selbst. Bitte trag ihn mir in mein Schlafzimmer."

Ful ließ sich von Peppone hochziehen und auf den Arm nehmen.

Peppone sagte nichts mehr, bis er Ful in den oberen Stock gebracht hatte. Dann kehrte er zurück, stellte sich unter die Wohnzimmertür und sprach streng, mit erhobenem Zeigefinger:

„Die Sünden der Pfarrer fallen auf das Haupt ihrer unschuldigen Hunde!"

„Feigling, du mordest einen toten Pfarrer!" antwortete ihm Don Camillo bleich. Und im Stehen.

Als Peppone gegangen war, legte Don Camillo die Sperrkette vor die Tür und stieg in den Keller, um die einundzwanzig *Flughühner* auszupacken. Tatsächlich waren es aber zweiundzwanzig, denn unter ihnen befand sich ein wunderschöner Kapaun, bereits fertig gerupft und ausgenommen. Den hatte Peppone in Torricella gekauft, um die Zahl voll zu machen.

Bevor sich Don Camillo (bäuchlings) zu Bett legte, wollte er noch vor Christus am Hochaltar niederknien.

„Jesus", flehte er, „ich darf dir nicht danken, daß du mich bei meinem Unternehmen heut nachmittag beschützt hast, denn das, was ich heut nachmittag getan habe, ist eine Schändlichkeit, die schwere Strafe verdient. Vielleicht wäre es besser gewesen, wenn mich die Flinte des Jagdaufsehers erledigt hätte."

„Auch der schlechteste Priester ist immer noch mehr wert als zweiundzwanzig Fasane", antwortete Christus ernst.

„Genau gesagt, einundzwanzig", flüsterte Don Camillo. „Den zweiundzwanzigsten habe ich nicht mitgenommen."

„Aber es war deine Absicht, ihn mitzunehmen."

„Jesus, mein Herz ist voller Betrübnis, weil ich mir bewußt bin, wie schlecht ich gehandelt habe."

„Nein, Don Camillo, du lügst: Dein Herz ist voller Freude, weil du daran denkst, daß du morgen dreißig Arme glücklich machen wirst."

Don Camillo stand auf, ging zwei Schritte zurück und setzte sich mit seiner ganzen Schwere auf die erste Bank. Der Schweiß rann ihm über die Stirn und übers Gesicht, das immer blasser wurde.

„Steh auf", gebot ihm nach einer Weile die Stimme des Gekreuzigten. „Ego te absolvo."

Der Vergaser

Die Zeitungen schrieben immer noch über die berühmte Geschichte von dem Kind, das durch die eigens aus Amerika eingeflogenen Ampullen gerettet worden war.

Sie schrieben noch darüber, denn jetzt, da es dem Kind wieder gut ging, fühlten sich die von Hammer und Sichel schlecht. Nach ihrer verqueren Logik handelte es sich nämlich nur um eine groß aufgebauschte Propagandaaktion des amerikanischen Botschafters.

Das Ereignis hatte sich in einer Ortschaft abgespielt, die keine vierzig Kilometer von Don Camillos Gemeinde entfernt am großen Fluß lag. Als es zu der Polemik kam, fühlte Peppone sich deshalb verpflichtet, mit besonderem Eifer daran teilzunehmen, denn es ging schließlich darum, „den Namen der Bassa hochzuhalten".

Und er redete so viel und soviel Stuß darüber, daß sich Don Camillo veranlaßt sah, „rein zufällig" vor dem Café unter den Arkaden mit dem Herrn Bürgermeister zusammenzutreffen, der gerade einer um ihn gescharten Gruppe das Wieso und Warum der Angelegenheit auseinandersetzte.

Kaum erblickte Peppone den schwarzen Koloß von Pfarrer, als er seine Stimme hob: „Politische Propaganda – in Ordnung, alles in Ordnung, auch was nicht in Ordnung ist. Doch was man diesen Leuten nicht verzeihen kann, ist, daß sie ein Kind für ihre politischen Machenschaften ausnutzten. Wer selber Kinder hat, begreift das, ohne daß man es ihm erklären muß; aber einer, der keine Kinder hat und auch keine haben wird, begreift das nie!"

Alle drehten sich um und schauten Don Camillo an, und als dieser sich so unmittelbar angesprochen fühlte, hob der die Schultern und sagte: „Herr Bürgermeister, wenn der Kranke, den es zu retten galt, zufällig ein Kind war, dann konnte man keinen Erwachsenen retten."

„Ach was, *retten!* Das Kind war gar nicht so schwer krank."

„Wenn Sie das als Fachmann behaupten, dann sage ich nichts weiter", erwiderte Don Camillo.

Peppone regte sich auf: „Ich bin kein medizinischer Fachmann. Aber die Sachverständigen haben erklärt, daß man das Medikament im Nu aus Holland hätte herkriegen können, ohne diesen Zirkus mit den Nonstop-Flügen über den Atlantik zu veranstalten."

„Ich verneige mich vor dem Sachverstand der Sachverständigen. Und ich würde Ihnen, Herr Bürgermeister, völlig recht geben, wenn da nicht eine Kleinigkeit wäre, die Ihre sachverständigen Genossen übersehen haben: Um gesund zu werden, benötigte das Kind weder eine ausgesuchte Milchkuh noch eine Windmühle, sondern ein ganz bestimmtes Globulin, das es nur im Gesundheits-Department von Michigan gibt. Und das hat weder etwas mit Kühen noch mit Windmühlen noch mit dem holländischen Globulin Gamma zu tun. Was man brauchte, war genau das amerikanische Globulin, und wie soll man es da dem amerikanischen Botschafter vorwerfen, daß er nicht nach Holland jemanden geschickt hat, sondern nach Amerika?"

Peppone schüttelte seinen Dickschädel mit belustigtem Grinsen: „Lirum, larum! Wenn denen nichts mehr einfällt, kramen sie ihr bißchen Latein aus, kommen einem mit Alpha, Gamma und Omega, und wer nicht Latein gelernt hat, hält den Mund."

„Selbst wenn", warf Don Camillo höflich ein, „dann handelt es sich hier um Griechisch, nicht um Latein, Herr Bürgermeister. Doch ich möchte Sie darauf aufmerksam machen, daß das oben erwähnte Globulin nicht von den Pfarrern so getauft wurde. Das fällt in den Kompetenzbereich der Naturwissenschaftler."

Peppone klammerte sich an den Strohhalm, den ihm die sowjetische Vorsehung hinstreckte: „Aber die Geschichte mit der Madonna, die dem kranken Kind im Traum erscheint, die fällt allein in den Kompetenzbereich der Pfarrer, Hochwürden! Und das werden Sie wohl zugeben müssen: Wenn die Naturwissenschaftler das Globulin Gamma erfunden haben, dann haben sich die Geschichte von der Madonna, die dem Kind im Traum erscheint, allein die Pfarrer ausgedacht."

Don Camillo blickte Peppone erstaunt an: „Herr Bürgermeister, der Klerus hat keinerlei Möglichkeit, sich in Träume einzumischen, weder bei Kindern noch bei Erwachsenen. Kinder und Erwachsene träumen, was und wann sie wollen."

„Aber", brüllte Peppone, der anfing, aus der Fassung zu geraten, „während das Flugzeug auf Rechnung der Spekulanten-Propaganda aus Amerika über den Atlantik fliegt: wovon träumt da dieses Kind, das träumen kann, was es will? Von der Madonna! Es träumt, daß die Madonna kommt und es holt, es ins Paradies bringt und ihm Jesus zeigt, und Jesus erklärt ihm, daß mit Hilfe der Signora Clare Luce und der Vereinigten Staaten alles wieder gut werden wird."

Don Camillo breitete die Arme aus: „Herr Bürgermeister, und wovon hätte Ihrer Meinung nach dieses Kind träumen sollen? Von Lenin, der es in den Kreml bringt, wo ihm Stalin dann den Fünfjahresplan erklärt?"

Einer in der Gruppe kicherte, und Peppone geriet noch etwas mehr aus der Fassung.

„Drehen wir die Dinge nicht ins Politische, Hochwürden!" rief er. „Auf jeden Fall hüten *wir* uns, einem Kind Träume dieser Art zuzuschreiben! Erstens, weil wir ein Kind nicht für politische Machenschaften ausnützen, und zweitens, weil wir es nicht nötig haben, mit Märchen zu operieren..."

„Und drittens, weil sowieso keiner daran glauben würde", schloß Don Camillo seelenruhig.

„Und an Eure Märchen glaubt jemand?"

„Es sieht so aus, Herr Bürgermeister. Es gibt Leute, die nicht nur an das Märchen vom Paradies glauben, sondern sich sogar so verhalten, daß sie sich das Paradies verdienen. Sie führen ein anständiges Leben und sind immer heiter, weil sie auf die Göttliche Vorsehung vertrauen."

Peppone schob seinen Hut nach hinten und stemmte die Fäuste in die Hüften.

„Die Göttliche Vorsehung!" rief er. „Weil die Ampullen aus Amerika gekommen sind, darf man hier von der Göttlichen Vorsehung sprechen. Wären sie dagegen aus Rußland gekommen, dann würde Hochwürden nicht mehr von der Göttlichen Vorsehung, sondern von einem Teufelswerk reden."

Don Camillo schüttelte den Kopf.

„Nein, Herr Bürgermeister", erklärte er. „Da Hochwürden mit einem Gehirn denkt, das ihm der liebe Gott anvertraut hat, würde Hochwürden nie einen solchen Blödsinn verzapfen. Schon weil Hochwürden genau weiß, daß die Göttliche Vorsehung weder über eine Nationalität noch über eine Partei verfügt.

Von welcher Seite sie auch kommt, sie ist immer ein Zeichen göttlichen Wohlwollens.“

„Amen“, murmelte der Smilzo.

„Immerhin“, fuhr Don Camillo fort, „können wir festhalten, daß im vorliegenden Fall die Göttliche Vorsehung nicht aus dem Osten, sondern aus dem Westen gekommen ist.“

„Also“, schrie Peppone: „Es lebe Amerika, und nieder mit Rußland!“

Don Camillo lächelte: „Es lebe Amerika, von mir aus, wenn der Herr Bürgermeister unbedingt meinen. Aber warum nieder mit Rußland? Wem hat Rußland in dieser Angelegenheit denn geschadet? Ich, Herr Bürgermeister, kann objektiv sein, und deshalb scheue ich mich nicht, öffentlich zu erklären, daß das möglicherweise der einzige Fall ist, in dem Rußland niemandem geschadet hat. Aber glauben Sie mir, Herr Bürgermeister, anstatt ‚Es lebe Amerika‘ zu schreien, wie Sie es wollen, sollte man lieber rufen: ‚Es lebe die Göttliche Vorsehung!‘, denn sie hat das Kind gesund werden lassen.“

Peppone war rot im Gesicht wie die Oktoberrevolution.

„Statt es gesund werden zu lassen“, schrie er, „hätte die Göttliche Vorsehung lieber dafür sorgen sollen, daß es gar nicht erst krank wurde!“

„In der Tat“, erwiderte Don Camillo, „die Göttliche Vorsehung hat das Kind auch nicht krank werden lassen. Die Krankheiten hängen nicht von der Göttlichen Vorsehung, sondern von der Natur ab. Und diese Natur ist durch äußerst strenge Gesetze geregelt (wehe, wenn dem nicht so wäre!), deren Nichtbeachtung zu den schmerzlichsten Störungen führen kann. Sie, Herr Bürgermeister, sind ein erfahrener Mechaniker und wissen, daß ein Motor perfekt funktioniert, solange nichts daran kaputtgeht. Wenn sich bei einem Vergaser die Leerlaufdüse verstopft, ist das vielleicht die Schuld der Göttlichen Vorsehung, oder die eines Staubkörnchens? Alles, was der Materie angehört, fällt in den Zuständigkeitsbereich der Natur. Auf der anderen Seite: Gibt es in Rußland, wo alles nicht von Gott, sondern von Lenin erschaffen wurde, vielleicht keine Krankheiten?“

Peppones Gesicht hatte sich nach und nach wieder aufgehellt, und als Don Camillo mit seiner Rede zu Ende war, wandte sich der Bürgermeister lächelnd an den Smilzo.

„Smilzo", sagte er, die einzelnen Worte laut betonend, „möchtest du bitte Hochwürden etwas im Zusammenhang mit dem Vergaser fragen: Wenn der hier anwesende Mechaniker das Staubkörnchen, das die Leerlaufdüse verstopft, entfernt, stellt er dann die Göttliche Vorsehung dar?"

Smilzo sah Don Camillo an und sagte: „Der Angeklagte hat die Frage der geschädigten Partei vernommen?"

Don Camillo nickte: „Ja, der Angeklagte hat die Frage der hirngeschädigten Partei vernommen. Und er antwortet, daß der Mechaniker nicht die Göttliche Vorsehung darstellt, sondern lediglich einen Schraubenzieher mit einem Mann dran. Wir bewegen uns auf dem Gebiet der dumpfsten Materie. Nichts von Göttlichem. Nichts, was weniger natürlich wäre."

Peppone freute sich über diese Antwort.

„Und nun, Hochwürden, setzen wir einen anderen Fall: Der Vergaser funktioniert nicht mehr, weil sich die Schraube der Leerlaufdüse gelockert hat und verlorengegangen ist. Unglückseligerweise ist der Vergaser ein amerikanisches Fabrikat, von dem man hier keine Ersatzteile bekommt. Was tun? Müssen wir das Auto verschrotten lassen? Zum Glück gibt es den amerikanischen Botschafter, der, als er von dem Schaden erfährt, das Ersatzteil mit dem Flugzeug aus Washington holen läßt. Man setzt die fehlende Schraube ein, und das Auto fährt wieder wie geschmiert. Wir bewegen uns immer noch auf dem Gebiet der dumpfsten Materie, weil sich die Geschichte nach wie vor um den Vergaser dreht. Aber da das Ersatzteil aus Amerika kommt, müssen wir schreien: ‚Es lebe die Göttliche Vorsehung!' Die Argumentation von Hochwürden ist also unterschiedlich, je nachdem, ob der Vergaser aus dem Osten oder aus dem Westen stammt."

Peppones Anhänger grölten vor Begeisterung, und Don Camillo ließ ihnen Zeit, sich abzureagieren. Dann erwiderte er: „Meine Argumentation ist für alle Himmelsrichtungen gleich."

„Unsinn!" brüllte Peppone. „Wenn die Krankheit des Kindes auf den Naturgesetzen beruht, so wie der Vergaser kaputt ist, weil ihm eine Schraube fehlt – was hat es dann mit der Göttlichen Vorsehung zu tun, wenn der Amerikaner die Ersatzschraube für das Kind auftreibt?"

„Der Unterschied besteht darin", erklärte Don Camillo ruhig,

„daß das Kind kein Vergaser ist und im Gegensatz zu einem Vergaser sehr wohl auf die Göttliche Vorsehung vertrauen kann. Und es hat diesen Glauben und zeigt, daß es ihn hat. Alles, was die bloße menschliche Maschine betrifft, ihre Schäden und die Reparatur der Schäden, fällt ausschließlich in den Bereich der Natur und der Materie. Der Glaube an Gott ist eine andere Sache, die du, Genosse Vergaser, nicht kapieren kannst. Und deshalb kannst du bei der Geschichte mit dem Kind nicht die Göttliche Vorsehung sehen, sondern nur den Atlantikpakt und den amerikanischen Botschafter. Wer nicht an Gott glaubt, kann nicht begreifen, was Göttliche Vorsehung bedeutet."

„Also dann", schrie Peppone, „ist diese Göttliche Vorsehung etwas für Privilegierte und nicht für den, der sie nötig hat! Wenn hundert Menschen Hunger leiden und nur sieben an die Göttliche Vorsehung glauben, dann ist Gott nicht gerecht, wenn er nur den sieben Privilegierten eine Büchse Fleisch schickt!"

„Nein, Genosse Bürgermeister. Gott schickt allen hundert eine Büchse Fleisch, aber nur sieben davon haben einen Büchsenöffner. Die anderen haben keinen, weil sie nicht daran glauben und keinen haben wollen."

Peppone hatte seine Fassung endgültig verloren, und das sah man an der Art, wie er schwitzte: „Hochwürden, lassen wir die Märchen beiseite und betrachten wir die Realität! Und die Realität sieht doch so aus: Während hier nur sieben etwas zu essen haben, weil sie an die Göttliche Vorsehung glauben und daher einen Büchsenöffner besitzen, glaubt in Rußland niemand an die Göttliche Vorsehung, aber einen Büchsenöffner hat jeder."

„Aber keine Büchse", schloß Don Camillo lächelnd.

Die Leute lachten über Don Camillos Schlagfertigkeit, und das brachte Peppone ganz aus dem Häuschen: „Ihr versteht es, mit den Worten zu spielen, Hochwürden! Und es gelingt Euch immer, jede Diskussion in eine Wortspielerei zu verwandeln. Aber wir sind hier nicht von Worten, sondern von konkreten Fakten ausgegangen. Politische Machenschaften! Dreckig aufgebauschte amerikanische Propaganda auf dem Rücken eines unschuldigen Kindes! Mit all Eurem Unsinn ist es Euch nicht gelungen zu beweisen, daß ich im Unrecht bin."

Don Camillo zuckte die Achseln: „Ich weiß, und das wird mir auch nie gelingen, denn ich werde dir nie beweisen können, daß zwei und zwei vier ist, wenn du fest daran glaubst, daß zwei und zwei fünf ist, wie man es dir beigebracht hat. Jedenfalls sage ich dir, wenn es die politische Propaganda war, die dem Kind das Leben gerettet hat, dann rufe ich: ‚Es lebe die politische Propaganda!' Und wenn ich einen Sohn hätte und seine Rettung von einem russischen Medikament abhinge, dann würde ich ..."

Peppone ließ ihn nicht ausreden: „Ich aber nicht!" brüllte er. „Ich hab' einen Sohn, aber wenn seine Rettung von den Ampullen der amerikanischen Botschaft abhinge, dann würde ich ihn lieber sterben lassen als das Spiel dieser Banditen mitmachen!"

Don Camillo starrte ihn mit entsetzt aufgerissenen Augen an.

Um drei Uhr nachts setzte sich Peppone ruckartig im Bett auf. Er konnte nicht einschlafen. Er stand auf und zog sich im Finstern an.

Mit den Schuhen in der Hand schlich er in die Kammer, in der sein jüngster Sohn schlief. Er knipste das Licht an und betrachtete lange das Gesicht des schlafenden Kindes. Eine ganze Weile stand er so da, dann löschte er das Licht und verließ leise das Zimmer.

Kurz darauf ging er, bis zu den Augen eingemummt, auf der eisigen Straße.

Als er auf dem Kirchplatz unter den Fenstern des Pfarrhauses angekommen war, suchte er nach einem Stein, aber der gefrorene Schnee hatte alle Steine an den Boden geschweißt. Er kratzte im Eis, bis ihm die Finger bluteten.

Und je mehr die Minuten vergingen, desto stärker wuchs die Angst, bis sie zur Verzweiflung wurde.

Schließlich gelang es ihm, einen Stein zu lösen, und er warf ihn gegen die Läden des zweiten Fensters im ersten Stock. Als er das trockene Geräusch des Kiesels gegen das Holz hörte, beruhigte er sich.

Die Fensterläden öffneten sich.

„Was gibt's?" fragte eine mürrische Stimme.

„Kommt herunter."

Don Camillo warf sich die Steppdecke um, ging hinunter und machte auf.

„Was willst du um diese Zeit? Was ist passiert?"

„Nichts ist passiert“, erklärte Peppone finster.

„Um so besser“, murmelte Don Camillo erleichtert. „Bei deinem Anblick ist mir angst und bang geworden.“

„Wieso? Ich bin doch kein Räuber.“

„Jeder, der mich aus dem Schlaf reißt, macht mir Angst. Man kommt nicht in der Nacht zu einem Priester, um ihm einen Witz zu erzählen.“

Peppone blieb ein paar Minuten schweigend mit gesenktem Kopf stehen, dann murmelte er: „Wenn man in der Öffentlichkeit diskutiert, sagt man oft Sachen, die man eigentlich gar nicht sagen will.“

„Ich weiß“, räumte Don Camillo ein, „darauf braucht man nichts zu geben.“

„Aber die Leute geben was darauf!“

„Ach wo. Die Leute wissen doch, welche Argumente man von einem Vergaser erwarten kann.“

Peppone ballte die Fäuste.

„Hochwürden“, knurrte er, „Ihr redet dummes Zeug!“

„Vielleicht hast du recht. Vergaser kommen nicht, um einen Pfarrer um drei Uhr nachts aufzuwecken. Du kannst wieder ins Bett gehen.“

Peppone rührte sich nicht.

„Brauchst du noch was, Genosse Peppone?“ fragte Don Camillo. „Vielleicht einen Büchsenöffner?“

„Den hab' ich“, antwortete Peppone finster.

„Bravo, dann schau, daß du ihn nicht verlierst! Und Gott erleuchte dich auch in der Öffentlichkeit.“

Peppone ging weg.

Ehe Don Camillo ins Bett zurückkehrte, kniete er noch rasch vor dem Gekreuzigten nieder.

„Jesus“, sagte er, „er ist kein Vergaser geworden, er ist immer noch derselbe Unglücksmensch wie vorher. Gelobt sei die Göttliche Vorsehung!“

Dann schlüpfte er ins Bett, und endlich konnte auch er Schlaf finden.

Kriminalissimo

Bradonis Frau öffnete die Tür, und als sie Don Camillo vor sich stehen sah, schien sie einigermaßen verblüfft.

„Was, Ihr seid das, Hochwürden?“ rief sie.

„Ja, ich bin’s, warum? Was ist daran so Besonderes?“

„Bei dieser Kälte und bei dem Schnee! Wie haben Sie es nur angestellt, bis hier raus zu kommen?“

„Das Pferd hat mich im Wagen hergezogen“, erklärte Don Camillo und trat in die große Küche. „Ist Euer Mann daheim?“

„Ihr seid eigens gekommen, um mit meinem Mann zu reden?“ sagte die Frau bedauernd. „Das tut mir aber leid! Mein Mann ist heut in aller Frühe auf den Markt gegangen, um drei Kälber zu verkaufen, und er kommt erst heut abend zurück. Ich bin ganz allein im Haus. Mein Sohn ist auch mit.“

„Das ist nicht so schlimm“, murmelte Don Camillo. „Was ich Eurem Mann sagen wollte, kann ich auch Euch sagen: Ich bräuchte ein bißchen Weizen für den Kinderhort. Ich glaub’ nicht, daß Ihr mich mit leeren Händen nach Hause schicken werdet.“

Die Frau hob die Schultern. „Viel ist’s nicht, Hochwürden, denn auch wir sind fast damit am Ende, aber so an die zwanzig Kilo werd’ ich wohl noch für Euch zusammenbringen.“

Don Camillo breitete die Arme aus.

„Viel ist’s nicht, sagt Ihr? Na, wenn mir alle dreißig Kilo Weizen geben würden wie Ihr, dann wär’s das reinste Schlaraffenland!“

„Man tut, was man kann“, antwortete die Frau, während Don Camillo Bleistift und Notizbuch aus der Tasche zog: „Schreibt auf: ‚Familie Bradoni fünfundzwanzig Kilo.‘“ Don Camillo notierte es.

„Wann laßt Ihr es holen?“ erkundigte sich die Frau.

„Ich nütze die Gelegenheit, daß ich den Pferdewagen hab’, und lad’ es gleich selber auf.“

„Ach, es ist ein Kreuz“, jammerte die Frau. „Ich bin allein im Haus, und mein Rücken ist kaputt vor Rheumatismus. Ich kann nicht schwer tragen.“

„Da braucht Ihr Euch nicht zu sorgen“, erwiderte Don Camillo lachend. „Ich hab’ keinen Rheumatismus, und fünfundzwanzig Kilo Weizen trag’ ich wie ein Paket Kekse.“ Die Frau ging voraus, und Don Camillo folgte ihr in den obersten Stock, wo der Kornspeicher lag.

„Hochwürden, kümmert Euch nicht um die Unordnung“, bat die Frau, während sie den Schlüssel ins Schloß der Speichertür steckte.

„Ich kümmere mich nur um meine fünfundzwanzig Kilo Weizen“, antwortete Don Camillo. „Wenn die da sind, ist alles in Ordnung.“

Die Frau hatte nicht gelogen: Wenn der Getreidehaufen klein war, so war die Unordnung dafür groß, denn der Kornspeicher diente auch als Abstellraum für jedwedes Gerümpel.

„Sobald der Lumpensammler hier vorbeikommt“, rief die Frau, „dreh’ ich ihm das ganze Zeug an und wenn ich es ihm schenken muß.“

Don Camillo stutzte und trat zu dem Berg von Plunder.

„Wenn das so ist“, sagte er, „dann könnt Ihr diesen Ofen da anstatt dem Lumpensammler mir vermachen. Den könnte ich für den Gang im Kinderhort brauchen. Da ist es eisig kalt, und die Kinder möchten immer im Flur spielen.“

„Aber er ist alt und kaputt“, wandte die Frau ein.

„Den kann man wunderbar reparieren!“

„Also dann, Hochwürden, wenn Ihr ihn haben wollt, könnt Ihr ihn gleich mitnehmen. Ihr tut mir sogar einen Gefallen.“

Don Camillo zögerte keinen Augenblick. Er zog den Ofen heraus und steckte ihn in einen Sack, da er voll Staub und Dreck war. Dann trug er ihn zusammen mit den fünfundzwanzig Kilo Weizen hinunter.

„Habt herzlichen Dank“, verabschiedete er sich von der Frau. „Die Säcke schick’ ich Euch in ein paar Tagen zurück.“

„Nur den vom Weizen“, erwiderte die Frau. „Den anderen könnt Ihr behalten, der nützt uns sowieso nichts mehr.“ Mit seiner Beute auf dem Wagen machte sich Don Camillo auf den Heimweg. Natürlich hielt er bei jedem Hof an, und so kam er erst bei Dunkelheit ins Pfarrhaus.

Er machte sich nicht einmal die Mühe, jemanden zu suchen,

der ihm beim Abladen helfen könnte, sondern packte gleich allein zu, und als er den zusammengebettelten Weizen verstaut hatte, ging er dran, das Pferd vom Wagen zu spannen. Aber plötzlich änderte er seine Absicht.

„Ich könnte das mit dem Ofen gleich auch noch erledigen“, dachte er. „Möglicherweise findet sich der Halunke bereit, mir das Ding bis morgen früh zu reparieren.“

Er zog den Ofen aus dem Sack und lud ihn wieder auf den Wagen, und nachdem er den Gaul überredet hatte, sich noch einmal in Marsch zu setzen, machte er sich auf die Suche nach dem „Halunken“.

Der war noch in seiner Werkstatt und gerade damit beschäftigt, sein Werkzeug aufzuräumen.

„Ist der Schlosser da?“ fragte Don Camillo vorsichtig.

„Geschlossen!“ antwortete der „Halunke“, ohne sich umzudrehen.

„Oh, wie schön!“ rief Don Camillo. „Wenn geschlossen ist, wieso konnte ich dann hereinkommen?“

„Ihr seid widerrechtlich hereingekommen!“ erwiderte Peppone mürrisch. „Daher könnt Ihr gleich wieder hinausgehen.“

„In Ordnung: Ich geh’ wieder, aber ich lass’ dir diesen Ofen da. Ich brauch’ ihn morgen früh.“

„So, den Ofen braucht Ihr morgen früh?“ höhnte Peppone. „Wenn Ihr darauf warten wollt, Euch an diesem Ofen den Hintern zu wärmen, dann krepiert Ihr vor Kälte!“

„Der Ofen ist nicht für mich, sondern für die Kleinen im Hort“, erklärte Don Camillo.

„Wenn dich auch das nicht interessiert, dann nehm’ ich den Ofen eben wieder mit.“

Peppone wandte sich um.

„Wir schlagen auch aus dem Ofen ein bißchen politisches Kapital, wie, Hochwürden?“ erkundigte er sich sarkastisch.

„Peppone, laß die Politik in Ruh und denk an die Kälte! Schau, daß du ihn mir so reparierst, daß er diesen Winter hält. Wenn es dir gelänge, ihn mir bis morgen ...“

„Ich verpflichte mich zu nichts!“ brummte Peppone. „Probiert mal gegen zehn Euer Glück.“

Don Camillo ging, und Peppone zog mit großem Krach den Rolladen herunter.

Am nächsten Tag gegen zehn wollte Don Camillo gerade den Mesner wegschicken, um den Ofen abzuholen, als ein Rasender ins Pfarrhaus stürmte: Bradoni.

„Hochwürden", keuchte er, „der Ofen!"

„Der Ofen?"

„Ja, der Ofen, den Euch gestern meine Frau geschenkt hat. Wo ist er?"

„Ich hab' ihn zum Schlosser gebracht", erklärte Don Camillo. „Er wird jeden Moment fertig sein."

Der Mann schien völlig verrückt geworden.

„Der Ofen", brüllte er. „Ich muß sofort den Ofen sehen!"

Don Camillo warf sich den Umhang über die Schultern und folgte Bradoni, der hinausgerannt war. Unmittelbar vor der Tür zu Peppones Werkstatt holte er ihn ein, konnte ihn aber nicht mehr zurückhalten.

Peppone arbeitete gerade am Schraubstock und blickte erstaunt auf Bradoni.

„Was ist denn los?" brummte er.

„Der Ofen!" schrie Bradoni. „Der Ofen, den Euch Don Camillo gebracht hat!"

„Deswegen braucht Ihr Euch doch nicht so aufzuregen", erwiderte Peppone. „Da steht er, fix und fertig."

Bradoni stürzte sich auf den Ofen, nahm den Deckel ab, riß die Klappe auf und starrte gierig ins Innere. Nachdem er lang genug gestarrt hatte, fuhr er mit einem Arm in den Ofen, und als er auch dann noch nicht befriedigt war, stellte er ihn auf den Kopf. Zum Schluß wandte er sich totenbleich an Peppone.

„Meine Sachen!" sagte er.

„Eure Sachen?" fragte Peppone.

„Ich hatte etwas in den Ofen gesteckt", erklärte Bradoni in höchster Aufregung. „Meine Frau wußte das nicht und hat den Ofen Don Camillo geschenkt. Ich hab' es erst heut früh gemerkt, als ich in den Speicher gegangen bin."

Peppone öffnete die Arme: „Bradoni, ich hab' nur Ruß und Dreck in dem Ofen gefunden."

„Und Ihr, Hochwürden?" fragte Bradoni Don Camillo.

„Was soll ich schon gefunden haben!" rief Don Camillo. „Wenn ich etwas gefunden hätte, hätt' ich es Euch sofort zurückgebracht, ohne daß Ihr eigens hättet herkommen müssen.

Ich hab' den Ofen nicht einmal genau angeschaut. Wie ihn mir Eure Frau gegeben hat, so hab' ich ihn hierhergebracht."

Bradoni ließ sich auf einen Hocker fallen – ein Bild der Verzweiflung.

„Wenn da Sachen drin waren, so können sie beim Transport von Euch bis hierher verlorengegangen sein", meinte Peppone.

Bradoni schüttelte den Kopf.

„Das ist unmöglich!" rief er. „Der Herr Pfarrer hat den Ofen in einen Sack gesteckt, bevor er ihn mitnahm, und der Sack war zwar schmutzig, aber ohne Löcher."

Peppone rückte seinen Hut nach Westen.

„Um das mal festzuhalten", sagte er: „Hier ist der Ofen ohne Sack angekommen. Sind wir uns über diesen Punkt einig, Hochwürden?"

„Aber meine Frau schwört, daß der Herr Pfarrer den Ofen in den Sack gesteckt hat", beteuerte Bradoni.

„Immer mit der Ruhe", mischte sich Don Camillo ein. „Wer behauptet denn was anderes? Ich hab' den Ofen in den Sack gesteckt, als ich ihn bei Euch mitgenommen habe, und ich hab' ihn aus dem Sack genommen, als ich zu Hause ankam."

Peppone zog daraus die Schlußfolgerung: „Also dann ist die Sache einfach: Entweder sind die Sachen noch in dem Sack, oder sie sind auf dem Weg vom Pfarrhaus zur Werkstatt verlorengegangen."

Bradoni blickte ängstlich zu Don Camillo: „Habt Ihr den Sack noch?"

„Natürlich", erwiderte Don Camillo. „Ich hab' ihn ein bißchen ausgeschüttelt, bevor ich ihn weggeräumt habe. Aber wenn es etwas Kleines ist, das Ihr verloren habt, dann kann es gut sein, daß es noch im Sack ist."

„Etwas Kleines!" seufzte Bradoni. „Ein solches Bündel war das! Eine Million in Lire-Scheinen zu zehntausend, fünftausend und tausend!"

Don Camillo und Peppone sahen sich verblüfft an.

„Und Ihr steckt eine Million in einen alten Ofen auf dem Kornspeicher, wo Euch die Mäuse alle Scheine zerfressen können?" rief Peppone und fixierte Bradoni.

„Ach was, Mäuse!" brüllte Bradoni. „Die Scheine waren in einer großen Blechdose, und der Deckel war mit Draht festgemacht. Und die Blechdose paßte genau in den Ofen, so genau, daß ich sie von oben mit einem Pfahl hineinstoßen mußte. Sie kann gar nicht von allein herausgefallen sein, nicht einmal, wenn man den Ofen auf den Kopf gestellt hätte. Man muß sie mit Gewalt herausgeholt haben."

Don Camillo wiegte den Kopf.

„Dann ist ja alles ganz einfach", erklärte er. „Da die Blechdose während des Transports nicht herausfallen konnte, muß sie entweder von mir oder von Peppone herausgeholt worden sein."

„Das habe ich nicht behauptet!" antwortete Bradoni. „Ich sage nur, daß jemand sie herausgeholt haben muß!"

„Was mich betrifft", erklärte Peppone, „so hat den Ofen außer mir niemand gesehen und angerührt, seit er hier hereingekommen ist."

„Das gleiche gilt für mich", beteuerte Don Camillo. „Von Eurem Haus bis hierher ist der Ofen nur von meiner Wenigkeit gesehen und angerührt worden. Im Ganzen gibt es also drei Möglichkeiten: Die Blechdose ist entweder von mir herausgeholt worden oder von Peppone oder aber von einem Dritten, und zwar noch bevor der Ofen in meine Hände kam."

„Das ist unmöglich!" rief Bradoni. „Das Geld hab' ich vorgestern abend in der Stadt bekommen, wo ich vier Ochsen verkauft habe. Sobald ich heimkam, hab' ich es in den Ofen gesteckt. Und die Scheine sind nur wenige Stunden in dem Ofen gewesen: von vorgestern abend bis gestern, als der Herr Pfarrer den Ofen geholt hat. Keiner hat gesehen, wie ich das Geld im Ofen versteckt habe, denn meine Frau und mein Sohn waren bereits im Bett. Und der Schlüssel zum Kornspeicher war immer in der Hand meiner Frau: Als ich gestern früh um halb sieben mit meinem Sohn auf den Markt fuhr, hab' ich ihn meiner Frau in die Hand gedrückt und ihr gesagt, daß sie ihn ja niemandem geben darf."

„Ich bin um zwei Uhr nachmittags zu Euch gekommen", bemerkte Don Camillo. „Könnte es denn nicht sein, daß jemand in der Zeit zwischen halb sieben früh und zwei Uhr nachmittags Eurer Frau den Schlüssel weggenommen hat, ohne daß sie es merkte?"

„Nein", antwortete Bradoni. „Erstens war sie allein im Haus, und zweitens hat sie den Schlüssel immer in der Tasche gehabt."

„Hört mal, Bradoni“, meinte Peppone. „Ich möchte ja niemanden verdächtigen, aber könnte es nicht sein, daß Eure Frau selber im Speicher herumgeschnüffelt hat? Ihr versteht mich recht: Frauen werden mißtrauisch, wenn man ihnen sagt, daß sie den Schlüssel ja niemandem geben dürfen ...“

Bradoni schüttelte den Kopf: „Nein, sie war's nicht. Wenn sie's gewesen wäre, dann hätte sie's gestanden – bei den Prügeln, die ich ihr gegeben habe.“

Peppone ballte die Fäuste.

„Jetzt hört mal gut zu“, sagte er. „Ich hab' in diesem Ofen nichts gefunden, und ich will keine Scherereien. Eure Geschichten erzählt Ihr am besten dem Polizeichef.“

„Dasselbe mit Sauce“, fügte Don Camillo hinzu. „Geht zur Polizei, denn wenn Ihr nicht geht, geh' ich!“

„Ich geh' hin, ja, ich geh' hin und zwar sofort!“ brüllte Bradoni wie rasend. „Und dann werden wir ja sehen!“

Er entfernte sich wild gestikulierend, und Peppone wandte sich mürrisch an Don Camillo.

„Hättet Ihr dazu nicht einen anderen finden können?“ fuhr er ihn an. „Ausgerechnet mich müßt Ihr in Eure dunklen Geschichten hineinziehn?“

„Ich habe keine dunklen Geschichten, und ich habe niemanden hineingezogen!“ erwiderte Don Camillo hart. „Ich hatte einen Ofen zu reparieren, und den hab' ich zu einem Schlosser gebracht. Ich habe nicht gesehen, was drin war. So, wie ich ihn bekommen habe, hab' ich ihn hierhergebracht.“

„Und so, wie ich ihn bekommen habe, geb' ich ihn Euch zurück: leer und ohne Sack! Ohne Sack, damit das klar ist. Und jetzt nehmt Euren verdammten Ofen und schaut, daß Ihr hier rauskommt!“

„Ich nehme gar nichts, und du läßt den Ofen so stehen, wie er ist, ohne daß ihn jemand anrührt. Denn jetzt gehört der Ofen der Justiz, und wer ihn anfaßt, macht sich strafbar.“

Wütend kehrte Don Camillo ins Pfarrhaus zurück. Er hatte gerade seinen Umhang an den Kleiderhaken gehängt, als es an die Tür klopfte.

Es war der Maresciallo.

„Hochwürden“, entschuldigte er sich, „es tut mir leid, daß Sie in diese unangenehme Geschichte verwickelt sind ...“

„Verwickelt?“ stammelte Don Camillo. „Wie komm' ich dazu? Ich bin ein anständiger Mensch!“

„Das zieht auch niemand in Zweifel, Hochwürden. Aber leider geht die Justiz bei jeder Sache und sei sie noch so klein, davon aus, daß alle darin verwickelten Personen schuldig sind. Alle, angefangen von demjenigen, der sich als Opfer der verbrecherischen Tat erklärt.“

Don Camillo wehrte sich. „Ich würde erst einmal die Frau von Bradoni verhören. Sie ist die einzige, die wirklich sagen kann, wie die Dinge stehen.“

„Leider ist sie auch die einzige, die nicht verhört werden kann, denn während des ‚Verhörs', das ihr Mann mit ihr veranstaltet hat, hat sie soviel Prügel bezogen, daß sie jetzt mit Gehirnerschütterung im Krankenhaus liegt. Bitte, Hochwürden: Name, Vorname, Nationalität, Geburtsort und -datum, Beruf . . .“

Don Camillo kam sich fast wie ein Verbrecher vor.

Nachdem die Leute das Problem mit äußerstem Eifer erörtert und alles Nachprüfbare nachgeprüft hatten, spaltete sich das Dorf in zwei Parteien: Die erste unterstützte die These: „Die Million hat sich Peppone unter den Nagel gerissen.“ Die zweite: „Die Million hat Don Camillo behalten.“

Natürlich hatte die Anti-Peppone-These die weitaus größere Mehrheit. Was soll den ein kleiner Landpfarrer mit einer Million anfangen? Gibt es im Dorf einen armen Teufel, der kontrollierbarer ist als der Pfarrer?

Aber wer kontrolliert eine Partei oder kann sie kontrollieren? War Peppone vielleicht nicht einer jener Fanatiker, die, nur um ihrer Partei zu dienen, zu allem und jedem bereit sind? Hatte Stalin vielleicht nicht seinerzeit Postwagen ausgeraubt, um der Sache und der Partei zu nützen? Und wurde die Tatsache, daß Stalin für die Partei zum Posträuber geworden war, von den Roten vielleicht nicht als großes Verdienst statt als Schuld angesehen?

Es hängt alles vom Blickwinkel ab.

Peppone wußte genau, was die Leute redeten, aber er rührte sich keinen Millimeter. Und die Tatsache, daß sich Peppone nicht aufregte und herumbrüllte, machte Don Camillo immer bestürzter.

So ging es eine Weile, bis Peppone und Don Camillo einmal unter vier Augen aufeinandertrafen.

Es war ein Winternachmittag, und die Begegnung fand an einem einsamen Ort statt. Die beiden standen sich plötzlich mit dem Jagdgewehr gegenüber und sahen sich finster an.

Der erste, der etwas sagte, war Peppone: „Hochwürden, wir sind hier nur zu dritt: ich, Ihr und der liebe Gott. Und wenn ich jetzt vor Euch und vor Gott schwöre, daß ich dieses Geld nie genommen habe und auch nicht weiß, wer es genommen haben könnte, glaubt Ihr mir dann?“

Das kam so spontan und so feierlich, daß Don Camillo wie ein Stockfisch dastand und keine Worte fand. Schließlich fand er doch eins, ein ganz kurzes, aber es genügte: „Ja.“

Danach fand er noch andere, die aber völlig unnötig waren: „Und wenn ich dir schwöre . . .“, begann er.

Doch Peppone unterbrach ihn sofort: „Ihr braucht nicht zu schwören. Ich weiß, daß Ihr es nicht gewesen seid.“

Don Camillo blieb der Mund offen stehen.

„Also“, stotterte er, „wenn ich es nicht gewesen bin und wenn du es nicht warst, wer war es dann?“

Peppone öffnete die Arme: „Das weiß Gott allein.“

Don Camillo ging nach Hause und rannte zum Gekreuzigten über dem Hochaltar.

„Jesus“, rief er aufgeregt. „Er ist es nicht gewesen! Es war nicht Peppone!“

„Don Camillo“, erwiderte Christus, „das erzählst du mir? Hab’ ich denn je behauptet, Peppone sei es gewesen?“

„Ich auch nicht, Herr, ich hab’ es nie gesagt!“

„Aber du hast es gedacht.“

Don Camillo senkte den Kopf.

„Ja, ich hab’ es gedacht“, gab er zu. „Und es tut mir unendlich leid, daß ich es gedacht habe. Aber wer war es dann? Denn wenn dieses Geld verschwunden ist, dann doch nicht unter der Einwirkung des Heiligen Geistes!“

„Ganz gewiß nicht“, stimmte ihm Christus zu.

In dieser Nacht fand Don Camillo keinen Schlaf. Er spürte, daß die Wahrheit in greifbarer Nähe lag, und es gelang ihm nicht, sie zu fassen.

Am nächsten Morgen besuchte Don Camillo Peppone in der Werkstatt.

„Ich kann nicht von hier fort“, sagte er, „aber du könntest auf einen Sprung nach Turin fahren.“

„Nach Turin?“ verwunderte sich Peppone. „Was soll ich in Turin?“

Don Camillo erklärte ihm, warum Peppone seiner Meinung nach dringend nach Turin fahren müsse.

„Wäre es denn nicht einfacher, mit dem Maresciallo zu reden?“ warf Peppone ein.

„Nein. Denn mit dem Polizeichef über irgend jemand reden heißt, diesen Jemand anzuklagen, verdächtig zu machen. Und wenn dieser Jemand dann überhaupt nichts mit der Sache zu tun hat?“

Peppone fuhr nach Turin, und vier Tage später kam er zurück und ging geradewegs zum Maresciallo.

„Hier bin ich Partei, und ich denunziere niemanden, sondern verteidige nur meine Reputation – und die des Pfarrers“, erklärte er dem Maresciallo. „Vier Tage nach dem Verschwinden der berühmten Blechdose von Bradoni ist Bradonis Sohn zum Militär eingezogen worden. Jetzt ist er seit drei Monaten in Turin, und obwohl er ein einfacher Soldat ist, führt er ein glänzenderes Leben als ein General. Wollen Sie nicht hinfahren und ihn fragen, wo er das Geld dazu herbekommt? Oder wo er es gefunden hat?“

Als Bradoni junior einige Tage später von ein paar gewieften Burschen in Turin vernommen wurde, sagte er, das Geld habe er in einem Ofen gefunden – auf dem Kornspeicher bei sich zu Hause.

„Das Geld war für mich viel nützlicher als für meinen Vater“, erklärte er zum Schluß. „Ich brauch' so viele Sachen, weil ich jung bin. Mein Vater braucht nichts mehr.“

„Und die Prügel, die deine Mutter deinetwegen hat einstekken müssen?“ fragte der Chef der gewieften Burschen den jungen Mann.

„Die Mütter müssen sich für das Wohl ihrer Kinder opfern“, erwiderte das Jüngelchen achselzuckend. „Man lebt nur einmal!“

Der Chef der gewieften Burschen wiegte den Kopf und sagte:

„Mein Sohn, du hast recht: Man lebt nur einmal. Aber das heißt noch lang nicht, daß man das als Schuft tun muß."

Und damit verpaßte er ihm eine Ohrfeige jenseits aller Vorschrift. Aber eine so klare, so präzise, so vornehm massive Ohrfeige, daß sie es verdienen würde, unter der Bezeichnung „heilige Ohrfeige" in den Kalender aufgenommen zu werden.

Die Riesenschlange

La Palanca, eine der sieben Fraktionen, die zu der von Peppone & Co. verwalteten Gemeinde gehörten, war genauso wie all die hundert anderen Weiler der Bassa.

Die gleiche Luft, die gleichen Häuser, die gleichen Leute. Die gleichen Gehirne, die gleichen Ideen.

Und doch: Wenn ein Fremder nach La Palanca gekommen wäre und irgendeinen Einheimischen gefragt hätte: „Ist das hier La Palanca?", wäre ihm mit äußerst bedrohlicher Stimme geantwortet worden: „Ja, warum?"

Und wenn dieser Fremde dann nach seiner Rückkehr in den Hauptort einem dortigen Einheimischen verwundert von der merkwürdigen Aufnahme erzählt hätte, die er in La Palanca erfahren hatte, wäre ihm lachend geantwortet worden: „Na klar! Die von La Palanca, das sind doch die, die den Kirchturm wegrücken wollten!"

In der italienischen Volksüberlieferung gibt es fünf oder sechs unselige Geschichten, die sich seit Jahrhunderten vom äußersten Norden bis zum äußersten Süden behaupten. Geschichten, in denen jeweils ein ganzes Dorf die Hauptrolle spielt und von denen jede dazu dient, ein ganzes Dorf lächerlich zu machen.

„Die aus X, das sind doch die, die eine Uhr mit dreizehn Stunden auf den Kirchturm malen ließen!"

„Die aus Y, das sind doch die, die das Bronzedenkmal auf der Piazza mit Sand blankpoliert haben." Und so weiter.

Denn es steht fest, daß es in jeder Gegend und in jedem Sprengel ein „dummes Dorf" geben muß. Und tatsächlich gibt es das auch.

In neunundneunzig von hundert Fällen handelt es sich dabei um ein Dorf, das nie etwas getan hat, was die Bezeichnung rechtfertigen würde, die die Nachbardörfer ihm angehängt haben, und in neunundneunzig von hundert Fällen besteht die Schuld des unglücklichen Dorfes einzig und allein darin, daß es einen komischen Namen hat, einen Namen, der vom Gewohnten abweicht.

La Palanca („Die Planke") hatte den komischsten Namen unter den Ortschaften der Gegend, und so mußte es die Rolle des Dorfes übernehmen, das den Kirchturm wegrücken wollte. „Die von La Palanca, das sind doch die, die den Kirchturm wegrücken wollten“, erzählten sich die Leute. „Und damit er besser rutschte, hatten sie um den Turm herum Stroh ausgelegt, ehe sie mit dem Schieben anfingen. Und da sie mit den Füßen auf dem Stroh rutschten, kam es ihnen vor, als bewege sich der Turm, und sie schrien: ‚Los, fester, er bewegt sich!‘ “

Eine blöde, eine kindische Geschichte. Aber es sind genau diese verqueren Geschichten, die die Leute mögen. Und ist eine solche Geschichte einmal jemanden angehängt worden, dann wird er sie nicht mehr los.

So war es auch La Palanca ergangen, und seit hundert und noch mehr Jahren litt es unter dem „Strohkomplex“.

Als einmal eine Schar Lausbuben aus dem Hauptort während des Karnevals mit einem Wagen, auf dem nichts als Strohballen lagen, in La Palanca eingefahren waren, war es zu einem schrecklichen Zusammenstoß gekommen, und einige Leute hatten sich ihren Schädel im Krankenhaus zusammenflicken lassen müssen.

Von allen kleinen Ortschaften in Peppones Verwaltungsbereich war La Palanca zweifellos die tristeste. Die Leute aus La Palanca, selbst die vernünftigsten und geistreichsten, litten insgeheim an dem „Strohkomplex“, der nichts anderes war als ein ausgewachsener Minderwertigkeitskomplex.

Und so waren die ehemals herzlichen und fröhlichen Menschen mißtrauisch und griesgrämig geworden.

„Sie sind aus La Palanca?“

„Ja, warum?“

In jedem Fremden, der sich mit La Palanca beschäftigte, witterten die Palanchesen sofort einen Provokateur. Und in einem Fremden, der sich nicht mit La Palanca beschäftigte, witterten sie einen potentiellen Provokateur, so daß sie schließlich jeden, der nicht aus ihrem Dorf stammte, mit Mißtrauen und Feindseligkeit betrachteten.

La Palanca war das schwermütigste Dorf der ganzen Gegend geworden. Und das eintönigste dazu, denn obwohl es auch unter den Palanchesen Leute mit Schwung und Organisationstalent gab, organisierte keiner etwas und keiner brachte etwas in Schwung.

Sie fühlten ständig Tausende von Augen auf sich gerichtet und wußten, daß Tausende von „Auswärtigen“ sich höhnisch freuen würden, wenn irgend etwas, das die Palanchesen organisierten, schiefginge.

Die verhaßtesten „Auswärtigen“ waren natürlich die aus dem Hauptort. Die spielten sich schon fast wie Städter auf und wirkten daher in den Augen der Bauern von La Palanca noch sarkastischer und überheblicher.

Außerdem spielten natürlich die Mädchen dabei eine Rolle: die Mädchen aus dem großen Dorf, die den Burschen aus La Palanca sehr gefielen, aber ihnen ins Gesicht lachten, sobald sie sich als Bewohner von La Palanca zu erkennen gaben. „Ach, einer von denen, die den Kirchturm wegrücken wollten?“ riefen dann die „Städterinnen“ aus dem Hauptort.

Die Burschen von La Palanca waren gezwungen, ihren Herkunftsort geheimzuhalten. Aber auch das nützte nichts, denn den machten dann die Rivalen aus dem Hauptort ausfindig. Und wenn die Mädchen vorher nicht gelacht hatten, so lachten sie danach.

Seit über hundert Jahren grämten sich die von La Palanca, denn die Lebenden grämten sich für die Verstorbenen mit. Seit hundert Jahren träumten sie davon, sich zu rächen. Aber bisher war das Schicksal den Unglücklichen nie hold gewesen.

Und La Palanca wurde immer trister.

Und jeder Palanchese fing an, La Palanca zu verabscheuen und alle Palanchesen dazu – so wie ein Arbeiter, der von einer stupiden Arbeit zermürbt ist, eines Tages anfängt, den Betrieb, in dem er arbeitet, zu hassen und alle, die mit ihm arbeiten, auch.

Mitte Februar dieses Jahres ereignete sich im Hauptort etwas Außergewöhnliches.

Nach Monaten winterlicher Düsterkeit war die Sonne hervorgekommen und hatte rasch den Schnee weggeleckt und das Dorf neu belebt, das wie im Winterschlaf versunken war.

In den frühen Stunden eines lauen und hellen Nachmittags, als die Leute friedlich vor der Haustür saßen und sich den Bauch in der Sonne wärmten, hörte man plötzlich ein großes Geschrei. Eine Schar Kinder kam auf die Piazza gerannt, denen das Entsetzen im Gesicht stand. Sie keuchten vom Laufen und vor Angst. Die Kinder blieben vor dem Café unter den Arkaden stehen und fingen alle gleichzeitig an, den Leuten an den kleinen Tischen zu erzählen, was passiert war.

Man verstand kein Wort, und Peppone befahl donnernd: „Einer allein soll reden, und die anderen halten den Mund!"

Es redete einer allein und sagte, sie hätten eine riesige Schlange gesehen.

Peppone lachte und versetzte dem Jungen eine freundschaftliche Kopfnuß. Aber die anderen aus der Gruppe bestätigten seine Aussage: Sie hätten das nicht geträumt. Es sei die reine Wahrheit. Im übrigen brauche man bloß hundert Meter weit zu gehen, um sich selbst zu überzeugen. Dort liege die Riesenschlange auf den Trümmern des ehemaligen Schlachthofs und wärme sich in der Sonne.

Drei oder vier Frauen flatterten aufgeregt hinzu: Auch sie hatten die Riesenschlange gesehen, und eine der Frauen wurde nach ihrem Bericht sogar ohnmächtig und stürzte in die Arme des versammelten Volkes.

Peppone machte sich auf den Weg, und die Bürgerschaft folgte ihm.

Da war der Schutthaufen des alten Schlachthofs. Fast unmerklich verlangsamte Peppone seinen Schritt. Als er bis auf zwanzig Meter herangekommen war, blieb er schlagartig stehen. Oben auf dem Schutthaufen glänzte etwas Schleimiges in der Sonne.

„Die Schlange!" schrien die Kinder.

Wie von diesem Lärm gestört, bewegte sich das Reptil, und den Leuten gefror das Blut in den Adern.

Während die anderen unbeweglich stehen blieben, wagte sich Peppone noch ein paar Schritte weiter. Jetzt sah er die Riesenschlange genau: Sie mußte einige Meter lang sein und so dick wie ein kräftiger Männerarm. Das Ungeheuer machte Anstalten, sich wegzubewegen, beruhigte sich jedoch wieder.

Eine Abordnung wagemutiger Bürger, angeführt vom Smilzo, erreichte Peppone und studierte das Untier aufmerksam.

„Ich hab' noch nie eine so große Schlange gesehen und von dieser blauschwarzen Farbe", sagte schließlich der Smilzo. „Wahrscheinlich ist sie aus einem Wanderzirkus entwischt."

Tatsächlich hatte vor zwei Monaten ein Zirkus in der Nähe sein Gastspiel gegeben, ein Zirkus mit Löwen, Tigern, Affen und Schlangen.

Die Riesenschlange mußte also aus diesem Zirkus entkommen sein. In dem Schutthaufen hatte sie einen sicheren Unterschlupf gefunden und in der Winterstarre überlebt. Jetzt war sie aufgewacht und herausgekrochen, um sich den Buckel zu wärmen.

Doch wie auch immer, es handelte sich um eine Gefahr, und daher mußte sofort gehandelt werden, ehe sich das Reptil wieder verkroch.

Peppone flüsterte dem Smilzo etwas zu, der sich rasch entfernte.

In diesem Augenblick tauchte Don Camillo auf. Er erkundigte sich vorsichtig bei den Zuschauern in der ersten Reihe und stieß dann zu Peppone vor. Aufmerksam musterte er die in der Sonne glänzende Schlange, dann wandte er sich an Peppone und fragte:

„Ein Genosse, der aus der Partei abgehauen ist?"

„Nein, ein Priester, der aus dem Seminar entwischt ist", antwortete Peppone finster, ohne seinen Nachbarn eines Blickes zu würdigen.

Da kam der Smilzo zurück.

„Chef!" rief er und zeigte ihm schon von weitem die Doppelflinte und die Patronentasche.

Peppone ging ihm entgegen und nahm ihm Waffe und Munition ab. Er steckte zwei Patronen in die Flinte.

Ein alter Mann kam nach vorn.

„Herr Bürgermeister", sagte er, „ich hoffe, Ihr seid nicht so verrückt und schießt!"

„Was soll ich denn sonst tun? Der Bestie ein Ständchen bringen?" erwiderte Peppone.

„Man darf nicht schießen", bekräftigte ein zweiter Alter. „Wenn man auf eine Schlange schießt, zerbersten die Flintenläufe."

„Redet doch keinen Unsinn!" brummte der Smilzo. „Was haben denn die Schlangen mit den Flinten zu tun? Gibt es da irgendeinen Zusammenhang?"

„Und gibt es zwischen dem Mond und dem Wein einen Zusammenhang?" fragte ein dritter alter Mann.

„Nein“, antwortete der Smilzo. „Was soll das?“

„Das soll sagen, daß man den Wein nur bei Vollmond und nach einem Mittwoch in die Flaschen abfüllen darf, sonst hält er sich nicht.“

„Abergläubischer Quatsch aus dem finsteren Mittelalter“, sagte Peppone höhnisch, der seinerseits nie bereit gewesen wäre, ohne den rechten Mondstand seinen Wein abzufüllen, und wenn man ihm eine Pistole in den Nacken gesetzt hätte.

Peppone ließ das Flintenschloß einklicken und näherte sich dem Schutthaufen, doch ein Schrei nagelte ihn fest: „Giuseppe, mach keine Dummheiten! Man darf nicht auf Schlangen schießen!“

Es war die Ehefrau, die im letzten Augenblick dazugekommen war, sich rasch einen Überblick über die Lage verschafft hatte und sofort die Leitung der Operation in die Hand nahm.

„Du halt den Mund und geh nach Haus!“ antwortete Peppone wütend. Aber man sah, daß er nicht mehr die Sicherheit von vorher hatte und zu schwitzen anfing.

Die Sache mit den berstenden Flintenläufen war nur bis zu einem bestimmten Grad ein Märchen, denn vor zwanzig Jahren hatte sich ein gewisser Verola auf diese Weise zugrunde gerichtet, als er im Wald auf eine Schlange schoß.

Inzwischen schien das Untier des Wartens müde und bewegte sich ein wenig. Peppone mußte um jeden Preis schießen. Während er die Flinte anlegte, hörte er Don Camillos Stimme:

„Gib sie mir, Genosse! Ich glaube nicht an den Quatsch des finsteren Mittelalters. Außerden hab' ich weder Weib noch Kinder.“

„Bevor ich Euch diese Befriedigung verschaffe, zerberste ich lieber!“ antwortete Peppone.

„Laß es sein!“ redete Don Camillo ihm zu und legte ihm die Hand auf die Schulter. Aber Peppone schüttelte ihn ab. Mit einem Satz erreichte er eine etwas höhere Stelle und schoß eine Doppelladung auf die Schlange.

Die Riesennatter fuhr hoch, doch Peppone, von der Verzweiflung gepackt, war nun nicht mehr zu halten: blitzschnell lud er die Flinte nach und schoß eine zweite Ladung ab. Dann eine dritte und eine vierte.

„Es ist zu Ende“, verkündete ihm Don Camillo. „Die Kugeln

haben sie völlig zerfetzt. Herr Bürgermeister, Sie haben das Dorf gerettet!“

Dann kletterte Don Camillo auf den Schutthaufen und beugte sich über die leblose Hülle der Schlange. Nachdem er sie gepackt und hochgehoben hatte, wandte er sich um und zog sie hinter sich drein.

Von instinktivem Schrecken erfaßt, wich die Menge zurück. Doch als sie sah, daß es sich um den dicken, ölverschmierten Gummischlauch eines Tankwagens handelte, machte sie wieder einen Schritt nach vorn.

Peppone war weiß geworden wie die Wand.

„Wenn mir der Verbrecher in die Finger kommt, der sich diesen Scherz ausgedacht hat!“ brüllte er.

Aber es handelte sich um gar keinen Scherz. Die Wahrheit kam wenige Stunden später ans Tageslicht, als Giarini, der Fernfahrer, völlig naiv im Café erzählte, daß er den alten verschmierten Gummischlauch am Abend zuvor auf den Schutthaufen geworfen habe.

Inzwischen war jedoch das Nichtwiedergutzumachende passiert, und man mußte sofort Gegenmaßnahmen ergreifen.

Peppone ließ die drei Zeitungsreporter holen und hielt ihnen einen knappen und klaren Vortrag:

„Wenn diese Geschichte in irgendeiner Zeitung erscheint, dann dreh' ich euch den Hals um!“

Das ganze Dorf war von selbst mobilisiert und brauchte keine Direktiven. Alle wußten, was sie zu tun hatten: den Mund halten und sich stellen, als sei nichts vorgefallen.

Ob es sich dabei um Peppone oder um irgendeinen anderen handelte, spielte keine Rolle. Der gute Ruf des ganzen Dorfes stand auf dem Spiel. Wenn nicht alle Bürger ihre Pflicht erfüllten, würde daraus ein Schaden für die Allgemeinheit erwachsen. Denn wenn die Leute aus den Nachbardörfern von dem, was vorgefallen war, Wind bekämen, wären die Bewohner des Hauptortes ein für allemal als „die mit der Riesenschlange“ abgestempelt.

Im Hauptort ereignete sich nun etwas Wunderbares: Ressentiments und Parteiinteressen verschwanden, und alle Bürger verschmolzen zu einem einzigen Felsblock.

Und keiner redete, keiner spielte auf das Abenteuer mit der

Riesenschlange an. Doch nach drei Tagen schlug eine Schrekkensnachricht wie ein Blitz im Ort ein.

Peppone zögerte keinen Augenblick und raste ins Pfarrhaus.

„Hochwürden", rief er in höchster Aufregung, „heute müssen wir alle zusammenhalten, und jeder muß widerspruchslos seine Bürgerpflicht erfüllen!"

„Einverstanden", erwiderte Don Camillo.

„Ihr nehmt also das Fahrrad und rast nach La Palanca! In drei Tagen haben wir den Karnevalszug, und es ist durchgesikkert, daß die aus La Palanca mit einem Wagen daran teilnehmen wollen."

Don Camillo sah ihn erstaunt an.

„Was ist daran Böses?"

„Das Böse daran ist, daß die aus La Palanca einen Wagen mit einer großen Schlange machen wollen! Und während des Umzugs wollen sie ein Lied singen, das die Geschichte von der Riesenschlange erzählt!"

Don Camillo wiegte den Kopf.

„Das ist schlimm", murmelte er. „Auf der anderen Seite war es nicht anders zu erwarten. Es ist einfach unmöglich, einen so lächerlichen Vorfall geheimzuhalten."

„Hochwürden", brüllte Peppone, „ich sage Euch, wenn die aus La Palanca sich hier mit einem solchen Wagen sehen lassen, dann geschieht ein Unglück! Wir sind nicht bereit, einen solchen Affront hinzunehmen! Nur Ihr könnt noch intervenieren und diese Leute überreden, ihre Idee aufzugeben. Wenn ich hinfahre, dann kann es passieren, daß ich fünfzehn oder sechzehn davon umbringe."

„Das ist nicht nötig, Genosse", ermahnte ihn Don Camillo. „Es genügt schon, daß du die Riesenschlange umgebracht hast."

„Schämt Euch!" kreischte Peppone. „Vergeßt nicht: Wenn ich auf Euch gehört hätte, dann hättet Ihr die Gummischlange selber erlegt! Im Geist habt Ihr sie sowieso mit umgebracht, weil Ihr neben mir gestanden seid!" Don Camillo warf den Umhang um, schwang sich aufs Fahrrad und nahm den Weg nach La Palanca.

Don Camillo war erst vor vierzehn Tagen in La Palanca gewesen und hatte es als das tristeste, düsterste und schwermütigste

Dorf der Welt in Erinnerung. Ein Dorf mit einer finsteren, griesgrämigen, schweigsamen Bevölkerung.

Als er nun in La Palanca ankam, glaubte er, sich im Weg geirrt zu haben, denn er befand sich in einem lachenden, leuchtenden Dorf, mit herzlichen, aufgeschlossenen Leuten, die alle schrecklich wichtig taten.

Es schien, als seien selbst die Häuser anders – in der Farbe, in der Bauweise. Sie hatten sogar etwas Kokettes an sich.

Ein frisch hergerichtetes Dorf.

Ein neu erstandenes Dorf.

Don Camillo fragte nach dem Pfarrer.

„Der ist in der Sitzung der kommunistischen Genossenschaft", wurde ihm geantwortet.

Don Camillo dachte, man wolle ihn auf den Arm nehmen, aber als ein alter Mann vortrat und sich anerbot, ihn hinzubringen, begriff Don Camillo, daß die Sache ernst war.

Als er zur kommunistischen Genossenschaft kam, lehnte er sein Fahrrad an die Mauer und trat vorsichtig ein. Er kannte diese Mischung aus Verkaufsstelle und Kneipe als das Nest der palanchesischen Roten, die zu den wildesten gehörten.

Sobald er drin war, bot sich seinen Augen ein unglaubliches Schauspiel: Um einen großen Tisch voller Flaschen saßen in heiterer Harmonie die Anführer sämtlicher Richtungen diskutierend beisammen: der Pfarrer, die Klerikalen, die Monarchisten, die Republikaner, die Faschisten, die Sozialisten, die Kommunisten. Die Reichen und die Armen, die Jungen und die Alten, die Demokraten und die Nichtdemokraten, die Progressiven, die Konservativen und die Reaktionären.

Don Camillo hatte nicht den Mut, sich sehen zu lassen. Statt dessen schlich er sich wieder hinaus und schickte einen jungen Mann, der gerade vorbeikam, hinein, um den Pfarrer zu holen.

Kurz darauf kam der Pfarrer aus dem Saal.

„Oh, unser Don Camillo!" rief er und drückte ihm herzlich die Hand. „In welcher Angelegenheit kann ich Euch nützlich sein?"

„Ich wollte mit Euch reden, damit wir gemeinsam die Maiprozession organisieren...", stotterte Don Camillo, nur um irgend etwas zu sagen.

„Don Camillo, entschuldigt mich", erwiderte der andere. „Da

werde ich an einem der nächsten Tage selbst zu Euch kommen. Dann haben wir Zeit soviel wir wollen. Jetzt aber muß ich sofort in die Versammlung zurück. Wir müssen die letzten Entscheidungen treffen. Die allerwichtigsten."

Don Camillo hob resigniert die Arme, und der andere trat aufgeregt dicht an ihn heran:

„Ich darf Euch nichts verraten. Aber ihr werdet es am Sonntag sehen! Ihr werdet es am Sonntag sehen!"

„Ich verstehe", antwortete Don Camillo. „Aber meint Ihr nicht, daß das Spiel gefährlich werden könnte? Ich kenne die Leute aus dem Hauptort. Ich möchte nicht, daß irgend etwas Schlimmes passiert."

„Etwas Schlimmes? Aber warum denn?" rief der Pfarrer. „Seit hundert Jahren warten wir darauf! Seit hundert Jahren leidet das Dorf schweigend. Hundert Jahre Provokationen, Beleidigungen, Verleumdungen! Haben wir nicht das Recht, endlich auch mal das Wort zu ergreifen?"

Don Camillo bohrte nicht weiter.

„Seht zu, daß Ihr es nicht übertreibt", riet er schüchtern.

„Seid beruhigt, Hochwürden!" rief der Pfarrer. „Wir in La Palanca, wir behalten einen klaren Kopf. Wir sind schließlich nicht die mit der Riesenschlange!"

Don Camillo fuhr direkt in Peppones Werkstatt.

„Da ist nichts zu machen, Genosse. Am Sonntag kommen die mit dem Schlangenwagen."

„Wir lassen sie gar nicht erst in den Ort rein!" rief Peppone wütend.

„Die kommen rein, Peppone", bemerkte Don Camillo. „Die aus La Palanca sind nicht mehr dieselben wie früher. Ich hab' sogar das Dorf nicht mehr erkannt. Es wirkt wie neu. Und die Leute sind wie ausgewechselt."

Don Camillo erzählte, was er in La Palanca gesehen hatte, und schloß: „Die Riesenschlange hat die von La Palanca merken lassen, daß sie zusammengehören. Vom Pfarrer bis zum extremsten Roten, vom Grundbesitzer bis zum letzten Feldarbeiter stehen die Leute aus La Palanca zusammen wie ein Felsblock. Sie sind einander so gewogen, daß es ein Verbrechen wäre, die holde Atmosphäre des Friedens zu stören."

Peppone ballte die Fäuste: „Dann sollen sie machen, was sie wollen! Wenn am Sonntag Blut fließt, sind nicht wir schuld!"

Doch dann dachte er noch einmal darüber nach und modifizierte sein Programm.

„Wenn die gemerkt haben, daß wir zusammengehören, dann merken wir das erst recht! Heut abend halten wir auch eine Generalversammlung ab und beschließen die Gegenmaßnahmen."

Die geplanten Gegenmaßnahmen sahen so aus, daß Reiche und Arme, Rote und Schwarze, Junge und Alte, Frauen und Männer sich darauf einigten, in rasender Eile einen Notwagen mit dem Thema „Der Triumpf des Strohs" zusammenzustellen.

Als am folgenden Sonntag der Maskenzug im Hauptort stattfand, waren alle aus La Palanca anwesend. Auch die ganz alten Weiber, auch die Kranken.

Und alle verhielten sich großartig. Denn als sie den Strohwagen vorbeiziehen sahen, taten sie so, als sähen sie ihn gar nicht.

Und als die aus dem Hauptort den Wagen mit dem Schild: „Jagd auf die Riesenschlange" vorüberziehen sahen, machten sie es ebenso.

Der Wagen war ein Meisterwerk. Die große Schlange aus Ofenrohren riß immer wieder wild den Rachen auf, und um sie herum standen Kinder als Jäger verkleidet, die laute Schüsse auf das Untier abgaben.

Das Lied (der Wagen war mit einem Lautsprecher versehen) erläuterte den Vorfall in allen Einzelheiten.

Nachdem die sechsundneunzigjährige Gelinda Beghini, die älteste Frau aus La Palanca, die „Riesenschlange" hatte vorbeiziehen sehen, hob sie die Augen zum Himmel und sagte: „Und jetzt, Herr, kannst du mich auf der Stelle sterben lassen, denn ich sterbe zufrieden."

Der Königswein

„Giocondo, könnten wir nicht eine Flasche von diesem besonderen Malvasier haben?"

Seit Jahren wiederholte sich dieses Spielchen mindestens dreimal die Woche, aber die Leute schienen es nicht satt zu bekommen, sondern im Gegenteil immer größtes Vergnügen daran zu finden.

Wer Wirt sein will, muß ein dickes Fell haben, und Giocondo verstand sein Handwerk. Trotzdem: immer wenn ihn dieser Ruf unvermittelt traf, konnte er nur schwer an sich halten. Als Antwort pflegte er dann alle möglichen anderen Sorten von süßem Weißwein zu offerieren, jedoch in einem Ton, als wolle er sagen: „Geh zum Henker!"

Natürlich wählte der Bösewicht vom Dienst mit teuflischer Sicherheit den geeignetsten psychologischen Moment und landete den Schlag, wenn die Osteria gesteckt voll war, so daß er schreien mußte, um von Giocondo – und allen anderen – gehört zu werden.

„Giocondo, könnten wir nicht eine Flasche von diesem besonderen Malvasier haben?"

Die Geschichte dieses „besonderen Malvasiers" hatte um 1908 begonnen, als Giocondo zwei oder drei Jahre alt war und sein Vater, Amilcare Bessa, die Osteria führte. Amilcare, seinerseits Sohn eines Gastwirts, war als Kellermeister geradezu ein Zauberer. Er arbeitete als Ehrenmann der guten alten Zeit, ohne chemisches Dreckzeug zu verwenden, und beim Verschnitt hatte er das Gespür eines begnadeten Künstlers.

Doch Amilcare Bessas eigentliche Passion war der Weinbau. Er fühlte, daß ihn der liebe Gott zum Winzer geschaffen hatte. Allerdings hätte selbst Raffael, der doch bestimmt zum Maler geboren war, es nicht geschafft, etwas Großes in der Malerei zu leisten, wenn ihm der Besitz einer Leinwand, eines Pinsels und eines bißchen Farbe verwehrt geblieben wäre. Amilcare Bessa, zum Winzer geboren, besaß nur das Haus, in dem er wohnte und in dem sich die Osteria und der Weinkeller befanden. Er führte daher den Beruf seines Vaters weiter und begnügte sich damit, die von anderen erzeugten Trauben zu keltern. Trotzdem gab er den Traum, Winzer zu werden, nie auf, und nach Jahren geduldigen Wartens konnte er ihn tatsächlich verwirklichen: Es gelang ihm, den Garten seines Nachbarn zu kaufen und in einen Rebgarten zu verwandeln.

Einen mehr symbolischen Rebgarten freilich, denn es handelte sich nur um eine Handbreit Land. Aber Amilcare genügte es. Und tatsächlich konnte er nach einer bestimmten Zahl von Jahren seine eigenen Trauben keltern. Seine eigenen Trauben, nicht nur, weil sie aus seinem Weingarten stammten, sondern auch, weil niemand sonst diese Rebsorte hatte.

Die Gesamtproduktion des ersten Jahres betrug zwanzig Flaschen. Amilcare Bessa lagerte sie an der besten Stelle des Weinkellers und wartete voll Vertrauen.

An dem Tag, an dem er sich entschloß, eine Flasche zu öffnen, hatte er vor Aufregung Fieber. Er war allein im Keller, und er zögerte lange, ehe er das Glas an die Lippen setzte.

Aber kaum hatte er einen winzigen Schluck seines Weins gekaut, war es mit dem Zögern vorbei: Er rannte aus dem Keller, spannte das Pferd vor den Wagen und fuhr davon wie der Blitz. In Castellino angekommen, klopfte er an die Tür des alten Notars Barozzi, und als dieser öffnete, sagte Amilcare nur:

„Nehmen Sie Ihren Hut und kommen Sie mit mir!"

Aus Amilcares Erregung ersah der alte Notar Barozzi, daß etwas Wichtiges vorgefallen sein mußte, und erhob deshalb keine Einwände. Auch während der Fahrt machte er den Mund nicht auf. Auf diese Weise fand er sich eine halbe Stunde später im Weinkeller der Osteria, und erst jetzt fragte er:

„Darf man erfahren, worum es geht?"

„Ich brauche ein Gutachten", antwortete Amilcare.

„Worüber?"

„Über meinen Malvasier."

Der Notar verzog das Gesicht.

„Malvasier!" rief er mit Abscheu. „Zeug für kleine Mädchen!"

Amilcare Bessa kramte in einem Winkel des Kellers und kehrte mit einer Flasche zurück. Er entkorkte sie, goß die ersten Tropfen auf den Boden, schenkte zwei Finger hoch Wein in ein Glas und reichte es dem Notar.

Der wandte sich zur offenen Tür und hielt den Wein gegen das Licht, dann setzte er das Glas an die Lippen und schlürfte einen kleinen Schluck.

Lange wälzte er das Schlückchen zwischen Zunge und Gaumen, wobei er angestrengt nachzudenken schien. Dann nahm er einen zweiten – ausgiebigeren – Schluck zur Bestätigung. Danach gab er Amilcare das leere Glas zurück und verkündete:

„Das ist ein Königswein."

Der Notar Barozzi, ein Brummbär mit einem goldenen Herzen, war in Sachen Wein die Unnachgiebigkeit in Person. „Ich scheue mich nicht, es zu gestehen", pflegte er zu sagen, „auch wenn von meinem positiven Urteil mein Leben oder das eines anderen abhinge, würde ich nie zulassen, daß ein mittelmäßiger Wein gut genannt wird. Man kann zur Polenta Brot sagen oder zum Brot Polenta, aber zum Wein muß man Wein sagen."

Und dieser Notar Barozzi hatte gesagt, Amilcares Wein sei ein Königswein!

Es brauchte ein paar Minuten, bis sich der Wirt wieder erholte. Schließlich gelang es ihm zu fragen:

„Was bin ich Ihnen für Ihre Bemühungen schuldig?"

„Ein Glas von deinem Malvasier", antwortete der Notar.

Amilcare dachte ausgiebig nach über das, was ihm der Notar Barozzi gesagt hatte. So kam er eines Tages zu der überaus logischen Folgerung: „Es ist ein Königswein, denn das hat der Notar Barozzi gesagt. Und wer soll ihn dann trinken? Diese ungehobelten Bauernlümmel? Oder der erstbeste, der zufällig hier einkehrt? Wenn es ein Königswein ist, dann soll ihn auch der König trinken!"

Er ging in die Stadt und ließ sich schöne Etiketten drucken mit der Aufschrift: *Königsmalvasier – Produktion Amilcare Bessa.* Die klebte er dann auf die verbliebenen zwölf Flaschen, packte die Flaschen in eine feste Kiste und schickte sie, zusammen mit einem kleinen Brief, den ihm der Notar diktiert hatte, an den König.

Natürlich kam einige Zeit später aus der königlichen Residenz ein prächtiger Brief, in dem stand, daß sich Seine Majestät sehr über das Geschenk gefreut und den Wein „hervorragend" gefunden habe.

Das war ein denkwürdiger Tag. Amilcare ließ den Brief mit einem prunkvollen Goldrahmen versehen und hängte ihn in die Mitte des Regals hinter der Theke, unter ein großes Porträt des Königs. Der kleine Hausaltar wurde durch zwei Flaschen des berühmten *Köngismalvasiers* vervollständigt.

Amilcare Bessa war ein ernsthafter und genauer Mann. „Der König", dachte er, „hat mir eine außerordentliche Ehre erwiesen, und ich wäre ein Schuft, wenn ich die Großmütigkeit Seiner Majestät ausnützen würde, um Geld zu verdienen. Wenn der Wein *Königsmalvasier* heißt, dann darf ihn auch nur der König trinken. Natürlich muß ich ganz sicher sein, daß der Wein tadellos ist, eh' ich die Flaschen wegschicke; so werde ich neben dem König der einzige sein, der den *Königsmalvasier* kostet."

Er reduzierte daraufhin seine Produktion von zwanzig auf fünfzehn Flaschen, und von den fünfzehn gingen jedes Jahr zwölf als Geschenk an den König. Drei wurden zurückbehalten: eine zum Probieren und die beiden anderen für den Hausaltar.

Auf diese Weise blieben jedes Jahr zwei Flaschen *Königsmalvasier* übrig. Sie bildeten im Keller die *Königliche Reserve* für den Fall, daß eine der jährlichen Partien sich einmal als nicht würdig erweisen sollte, an den König geschickt zu werden. Nur in ganz großen Ausnahmefällen wurde eine Flasche der *Reserve* entkorkt.

Soweit der verwaltungstechnische Teil der Geschichte. Der historische Teil ist noch rascher erzählt.

Amilcare Bessa schickte also jedes Jahr pünktlich seine zwölf Flaschen *Königsmalvasier* an den König, und bis zu seinem Tod blieb das Hausaltärchen der Mittelpunkt des Regals.

Amilcares Sohn Giocondo konnte das Altärchen nur noch wenige Monate halten, denn dann brach die faschistische Republik von Salò aus, und man wollte nichts mehr von Königen und Königinnen wissen.

Genau damals begann das Spielchen, daß man Giocondo nach einer Flasche von „diesem besonderen Malvasier" fragte.

Während der Republik von Salò schlug das Schicksal ein zweites Mal hart zu: Bei einer Hausdurchsuchung entdeckten die Deutschen im Keller der Osteria die Flaschen der *Königlichen Reserve* und soffen sie alle aus.

Der alte Amilcare hatte vor seinem Tod noch zu seinem Sohn gesagt: „Giocondo, ich lege dir die Flaschen für den König ans Herz. Blamier mich nicht!"

Und Giocondo war ein anständiger Mensch und voll guten Willens. Aber wie sollte er den Wunsch seines Vaters erfüllen? Als das Durcheinander von Krieg und Republik vorbei war und es so aussah, als würde nun alles wieder wie früher, da brach eine neue Republik aus, und der König mußte ins Exil.

Das war ein Fall von höherer Gewalt, und nachdem sich Giocondo eine Weile abgehärmt hatte, fand er seinen inneren Frieden wieder: „Der Alte", dachte er, „wird verstehen, daß es nicht meine Schuld ist, wenn der König nicht kriegen kann, was ihm zusteht."

So hatte er zwar seinen Frieden gefunden, aber die anderen ließen ihn nicht in Frieden, und nach dem 6. Juni 1946 ging das Spielchen wieder los:

„Giocondo, könnten wir nicht eine Flasche von diesem besonderen Malvasier haben?"

Inzwischen ging das schon sieben, acht Jahre lang so. Und Giocondo ertrug es nur mit Mühe. Aber es blieb ihm nichts anderes übrig.

Doch eines Tags verlor Giocondo die Geduld.

Diesmal traf ihn der Schlag in einem Augenblick relativer Ruhe: Es fehlte gerade noch eine Stunde bis zur Schließung des Lokals, und draußen regnete es in Strömen. In der Osteria saßen nur noch vier Gäste und spielten Karten: Peppone, Smilzo, Bigio und Brusco. Giocondo hatte die Ellbogen auf die Marmorplatte der Theke gestützt und sah ihnen schläfrig zu.

Plötzlich rief der Smilzo: „Giocondo, noch eine Flasche!"

„Ach ja", setzte Peppone hinzu, während er die Karten mischte, „warum bringt Ihr uns nicht zur Abwechslung mal eine schöne Flasche von diesem berühmten Malvasier?"

Smilzo, Bigio und Brusco feixten.

„Von was für einem berühmten Malvasier redet Ihr?" fragte Giocondo und kam hinter der Theke hervor.

Diese Reaktion war unerwartet.

„Ach", stotterte Peppone verwirrt, „von diesem besonderen Malvasier eben ... Hattet Ihr nicht einen besonderen Malvasier eigener Produktion?"

„Aber ja“, fügte Smilzo hinzu. „Ich erinnere mich noch ganz genau, daß bis vor kurzem dort oben im Regal ein großes Bild hing mit zwei prächtigen Flaschen Malvasier davor. Kannst du dich nicht mehr daran erinnern, Bigio?“

„Doch, natürlich“, bestätigte Bigio. „Wart mal, wie hieß doch dieser Malvasier?“

„Mir liegt es auf der Zunge“, rief Brusco. „Er hatte so einen komischen Namen.“

Das Spiel hatte jetzt lange genug gedauert.

„Er hatte überhaupt keinen komischen Namen“, sagte Giocondo.

„Den Namen hatte sich mein Vater ausgedacht. Er hieß *Königsmalvasier.*“

„Ja, genau!“ rief Peppone vergnügt. „Genauso hieß er. Und wieso produziert die Firma diesen Malvasier nicht mehr?“

Die anderen drei der Bande grinsten.

„Die Firma produziert ihn noch“, erklärte Giocondo.

Auch diese Antwort war nicht vorgesehen und verwirrte die vier. „Wenn die Firma diesen Malvasier noch produziert“, warf Smilzo ein, „wie nennt sie ihn dann jetzt?“

„*Königsmalvasier.*“

„Oh wie schön!“ brüllte Peppone.

„Und an wen schickt Ihr ihn jetzt? An den Kartenkönig?“

„An niemanden“, erklärte Giocondo ruhig. „Ich behalte ihn hier, und wenn der König zurückkehrt, schicke ich ihm auch die aufgehobenen.“

Die vier sahen sich an, dann brachen sie in lautes Lachen aus.

„Giocondo ist heut abend zu Scherzen aufgelegt“, rief Peppone vergnügt. „Also, es lebe die Fröhlichkeit, und darauf trinken wir jetzt eine schöne Flasche Lambrusco!“

„Die Flasche Lambrusco bring’ ich sofort. Aber ich hab’ keineswegs gescherzt. Überzeugt euch selbst.“

Giocondo wandte sich zum Keller, und nach kurzem Zögern standen die vier auf und gingen ihm nach.

Unten im Keller blieb Giocondo vor einer Tür stehen, die oben eine Klappe hatte. Die öffnete er und drehte an einem Schalter. Ein Licht ging an. „Da könnt ihr schauen“, sagte Giocondo und trat zur Seite.

Als erster schaute Peppone durch die Klappe, dann die anderen drei, und alle sahen das Regal mit den Flaschen, deren Etikett deutlich zu erkennen war: *Königsmalvasier – Produktion Amilcare Bessa & Sohn.*

Im Mittelpunkt des Regals stand das berühmte Hausaltärchen mit zwei Porträts: dem des verstorbenen und dem des lebenden Königs.

„Das ist die Produktion von neun Jahren, von fünfundvierzig bis dreiundfünfzig", erklärte Giocondo. „Zwölf mal neun macht hundertacht Flaschen. Dazu zwei Flaschen pro Jahr für die *Königliche Reserve.*"

Peppone schüttelte den Kopf: „Und die hebt Ihr hier auf?"

„Die heb' ich hier auf."

„Und ihr", erwiderte Giocondo, „macht ihr das vielleicht anders? Die Proletarische Revolution könnt ihr jetzt nicht verwirklichen, aber habt ihr deshalb darauf verzichtet? Ihr bereitet alles für das Kommen der Proletarischen Revolution vor. Ich bereite alles für das Kommen des Königs vor. Kommt die Proletarische Revolution zuerst, dann trinkt ihr den Königswein, wie ihn die anderen da getrunken haben. Kommt der König vorher, dann trinkt er seinen Wein selbst."

„Und die Moral", rief Peppone: „Im einen wie im anderen Fall bleibt Ihr selbst ohne Wein."

„Es ist ein Unterschied, ob man etwas freiwillig hergibt oder ob es einem genommen wird", erklärte Giocondo. „Wie auch immer: Jeder soll seine eigenen Ansichten haben und die der anderen respektieren. Ich bin ein guter Demokrat."

„Ob Ihr ein guter Demokrat seid mit diesen nostalgischen Rosinen im Kopf, das muß erst noch festgestellt werden", meinte Peppone. „Sicher ist jedoch, daß Ihr ein schlechter Wirt seid. Denn als guter Wirt müßtet Ihr den Namen Eures Weines ändern und ihn in den Handel bringen. Ein guter Wirt reserviert seinen besten Wein für die Gäste und nicht für seine politischen Träumereien."

„Und wie sollte ich ihn nennen?" erkundigte sich Giocondo.

„Statt *Königsmalvasier* nennt Ihr ihn *Präsidentenmalvasier*, und alles ist in Ordnung."

Giocondo schüttelte den Kopf: „Der Präsident der Republik braucht meinen Wein nicht. Der hat mehr als genug eigenen. Außerdem hat der Doktor Barozzi, als er den Wein versuchte, zu meinem Vater nicht gesagt: ‚Das ist ein Präsidentenwein.' Er hat gesagt: ‚Das ist ein Königswein.'"

Peppone schüttelte grinsend den Kopf. Dann fragte er:

„Giocondo, unter den Flaschen der *Königlichen Reserve* ist nicht zufällig eine mit *Bürgermeisterwein*?"

„Nein", erklärte Giocondo. „Das ist alles Königswein. Ihr seht doch, daß es auf den Etiketten steht."

„Halt!" brüllte der Smilzo. „*Königliche Reserve*, erste Reihe, dritte Flasche von links: da fehlt das Etikett!"

Tatsächlich hatte sich das Etikett gelöst und war irgendwo hinuntergefallen. Giocondo überprüfte den Tatbestand durch die Klappe, dann sagte er: „Der Inhalt ist der gleiche, mit und ohne Etikett. Die da könnte man schon trinken, aber nur auf das Wohl des Königs."

Peppone drehte sich um und ging zur Kellertür: „Zu teuer!" rief er. „Das ist nichts für arme Proletarier."

Zusammen mit den anderen kehrte er an den Tisch zurück, und sie fingen wieder an zu spielen.

Nach etwa zehn Minuten kam Giocondo: „Also, soll ich jetzt die Flasche Lambrusco bringen?"

„Nein", antwortete Peppone finster. „Bringt den Malvasier. Wir zahlen, was zu zahlen ist. Es ist das Schicksal des Proletariers, daß er immer den Halsabschneidern in die Hände fällt."

Giocondo ging und kam kurz darauf mit fünf besonderen Gläsern wieder, solchen aus dünnem Glas, und setzte sie auf ein Tablett aus funkelndem Messing.

Dann brachte er die Flasche, und beim Entkorken sagte er: „*Königliche Reserve*, Jahrgang 1945."

Er füllte jedes der fünf Gläser zwei Finger hoch.

„Auf das Wohl des Königs", sagte er und hob das Glas.

„Zum Wohl", murmelten die anderen vier und hoben ihr Glas gerade so hoch, daß es als schwache Andeutung gelten konnte.

Sie tranken einen Tropfen.

Dann kauten sie ihn, dachten darüber nach und tranken einen zweiten Tropfen zur Bestätigung.

Danach stellte Peppone sein Glas aufs Tablett und erklärte: „Es ist ein Königswein."

„Bei allem Respekt und der Ergebenheit, die ich für die Republik habe“, sagte der Smilzo, während er sein Glas ebenfalls abstellte, „ich bin derselben Meinung wie der Chef.“

„Ich auch“, murmelten Bigio und Brusco.

Peppone füllte sich sein Glas neu und die der anderen auch. „Politische Überzeugung bleibt politische Überzeugung“, verkündete er mit feierlicher Stimme, „und davon darf man nicht abweichen, selbst nicht angesichts der sieben Weltwunder. Aber man muß auch den Mut und die Ehrlichkeit haben, der Göttin der historischen Gerechtigkeit ins Auge zu blicken. Und wenn Giuseppe Mazzini selber hier säße, würde er frank und frei anerkennen, daß das ein Königswein ist!“

„Gut gesprochen, Chef!“ applaudierte die Bande.

Giocondo sagte nichts, denn er war gerührt. Ergriffen von der inbrünstigen Risorgimento-Stimmung, lief er in den Keller und kam mit einer neuen Flasche der *Königlichen Reserve* wieder.

Einer Flasche mit einem großen Etikett.

Draußen regnete es immer noch in Strömen.

Giocondo sperrte die Tür der Osteria ab, um Peppone und dem verbleibenden Volk die Möglichkeit zu geben, der Göttin der historischen Gerechtigkeit noch freimütiger ins Auge zu blikken – bei einer zweiten und vielleicht sogar bei einer dritten Flasche *Königsmalvasier.*

Das Attentat

Der Smilzo stand immer noch am Bahnübergang an der Krummen Straße, denn genau da hatte er Anita getroffen, die mit dem Fahrrad aus dem Dorf gekommen war.

Es ging um nichts Politisches: Anita war eine alte Jugendflamme, und der Smilzo war ein paarmal nahe daran gewesen, sie zu heiraten. Statt dessen hatte er dann die Moretta geheiratet. Trotzdem: wenn er Anita traf, die immer noch unverheiratet war, ließ er sich nur allzugern auf ein Schwätzchen ein.

Auch Anita hatte nichts dagegen, und sei es nur, um die Moretta zu ärgern. Und so war es auch an diesem Abend genauso gegangen wie an anderen auch: Eineinhalb Stunden nachdem sie sich getroffen hatten, standen die zwei immer noch eng beisammen und lachten und tändelten in der Dunkelheit.

Smilzo lehnte am linken Schrankenpfosten. Es wäre besser gewesen, er hätte sich an den rechten gelehnt, das heißt an den, auf dem die Eisenstange mit dem Gegengewicht auflag.

Gerade als es am schönsten war, hatte man nämlich vom Bahnhof im Dorf das Stahlkabel gezogen, mit dessen Hilfe die Schranke aus der Ferne heruntergelassen werden konnte, und der arme Smilzo bekam einen solchen Schlag auf den Kopf, daß er wie tot zu Boden ging.

Nachdem Anita vergeblich versucht hatte, ihn mit Wasser aus dem Straßengraben, das sie ihm über Gesicht und Kopf goß, wieder zum Leben zu erwecken, bekam sie's mit der Angst zu tun. Sie nahm ihr Fahrrad und machte, daß sie fortkam.

Vor allem lag ihr daran, hier nicht in der Nacht zusammen mit einem Mann überrascht zu werden, der nicht nur verheiratet war, sondern auch noch tot zu sein schien.

In Wirklichkeit war der Smilzo aber nicht tot. Die Bahnschranke hatte seinen Kopf nur gestreift und mit ihrer vollen Wucht erst die Schulter getroffen. Es dauerte eine Zeitlang, bis er wieder zu sich kam. Aber er kam zu sich. Inzwischen war der Zug bereits durchgefahren und die Schranke wieder offen. Der Platz war nach wie vor still und verlassen, voller Schatten und Geheimnisse, wie in den stimmungsvollen Romanen.

Smilzo rappelte sich mühsam hoch, und nachdem er sein Fahrrad wiedergefunden hatte, schlich er im Schneckentempo auf den Hauptort zu.

Als er endlich den Saal der Genossenschaft erreichte, ließ er sich erschöpft auf einen Stuhl fallen. Sein Gesicht war voll Blut, und auf der rechten Kürbisseite sproß eine riesige Beule.

Sofort drängten sich alle um ihn. Peppone goß ihm ein kleines Glas Grappa auf den Kopf und ein großes in den Schlund, und als der Smilzo es überall brennen fühlte, kehrten seine Lebensgeister zurück.

Daraufhin schleppte ihn Peppone mit Bigios Hilfe ins Büro, weg von den indiskreten Blicken, und nachdem er die Tür abgeschlossen hatte, fragte er:

„Wer war es?"

„Ich weiß es nicht", murmelte Smilzo.

„Wann ist es passiert?"

„Vor zwanzig Minuten, glaub' ich. Ich war bewußtlos."

„Wo ist es passiert?"

„Am Bahnübergang an der Krummen Straße. Ich hab' mich dort unterhalten. Der Schlag hat mich von hinten getroffen, ich konnte es nicht sehen."

Peppone faßte Smilzo am Rockaufschlag: „Smilzo, rede! Mit wem hast du dich unterhalten?"

„Mit einem aus Molinetto ..."

„Rede, oder ich sorg' dafür, daß dir noch eine zweite und größere Beule am Hirn wächst! Wer ist dieser Kerl aus Molinetto, der dich niedergeschlagen hat?"

Smilzo protestierte: „Nein, der hätte gar nicht können. Wir standen ganz eng umschlungen ..."

Peppone sah Bigio an. Dann faßte er erneut Smilzos Kragen: „Wie heißt dieser Kerl aus Molinetto, mit dem du eng umschlungen standst?"

„Anita", flüsterte Smilzo traurig.

„Ich verstehe", sagte Peppone. „Du bist so blöd wie eh und je. Aber diesmal geht es für Ricciolino nicht gut aus."

Ricciolino war Anitas älterer Bruder, einer, der die „Roten" nicht ausstehen konnte. Als Anita noch mit Smilzo ging, war es Ricciolino gewesen, der das Verhältnis auseinandergebracht hatte. Und des öfteren hatte er in der Öffentlichkeit erklärt, wenn sich seine Schwester noch einmal mit einem bestimmten Gesindel abgäbe, würde es eingeschlagene Schädel geben.

„Komm", knurrte Peppone finster zu Bigio. „Mit dem müssen wir sofort abrechnen."

„Chef", keuchte Smilzo, „stürz mich nicht ins Unglück!"

„Mach dir keine Sorgen: Den Ricciolino nehmen *wir* uns vor."

„Und wer nimmt sich meine Frau vor, wenn es zum Skandal kommt?"

„Das ist deine Sache. Vielleicht vergeht es dir dann, um die Mädchen herumzuschwänzeln."

Ricciolino saß in aller Ruhe in der Osteria von Molinetto beim Kartenspiel. Peppone ließ ihm vom Wirt sagen, er möchte in einer dringenden Angelegenheit für einen Moment herauskommen. Zwei Viehhändler wollten ihn sprechen.

Und Ricciolino ging ohne Argwohn hinaus.

Als er sah, um welche Art von Viehhändlern es sich handelte, preßte er die Zähne zusammen.

„Was soll das?" fragte er. „Was sind das für Scherze?"

„Das ist kein Scherz", antwortete Peppone düster. „Ich glaube, das wirst du bald merken. Komm ganz ruhig mit und werd nicht frech, denn je mehr du dich aufführst, desto schlimmer wird es für dich."

Bigio blieb als Deckung zurück; und Peppone bog mit Ricciolino in einen Karrenweg ein.

„Junger Mann", begann Peppone drohend, sobald sie außer Sichtweite waren. „Seit Jahren versuchst du uns zu provozieren, und keiner hat dich jemals ernst genommen. Solange es um Worte ging, hab' ich's durchgehen lassen. Aber jetzt, wo du vom Wort zur Tat geschritten bist, sieht die Sache anders aus!"

Ricciolino war ehrlich erstaunt.

„Peppone", rief er, „es ist mindestens ein Jahr her, daß ich dich und deine Genossen überhaupt erwähnt habe – öffentlich oder privat. Was erzählst du denn da für eine Geschichte?"

„Eine Geschichte, die vor einer halben Stunde am Bahnübergang an der Krummen Straße passiert ist!"

„Und was soll ich damit zu tun haben? Fünfzig Personen können bezeugen, daß ich seit zwei Stunden da drin in der Osteria sitze, fest auf meinen Stuhl genagelt."

„Und wenn das so ist, wer hat dann dem Smilzo vor einer halben Stunde den Schlag auf den Kopf verpaßt?"

Beim Namen Smilzo fuhr Ricciolino wütend hoch: „Was geht mich denn dieser aufgeblasene Trottel an? Was hab' ich damit zu tun, wenn der einen Schlag auf den Kopf kriegt?"

„Du *hast* damit zu tun, Ricciolino", erklärte Peppone. „Denn der Smilzo war damit beschäftigt, sich mit deiner Schwester zu unterhalten."

„Mit meiner Schwester?" brüllte Ricciolino. „Heut abend schlag' ich ihm den Schädel ein!"

Peppone packte ihn an der Schulter: „Du schlägst gar nichts ein, du komische Figur! Vor allem, weil ich hier bin, um *dir* den Schädel einzuschlagen."

„Peppone", schrie Ricciolino mit Schaum vor dem Mund. „Wenn du hergekommen bist, um eine Gemeinheit zu begehen – meinetwegen. Aber dann laß wenigstens die blöden Rechtfertigungen! Seit zwei Stunden sitz' ich da und spiel' Karten, und bin keine Sekunde vom Tisch aufgestanden!"

Peppone war ziemlich verwirrt ob der Sicherheit des jungen Mannes.

„Wenn du's nicht warst", murmelte er, „wer kann dann Smilzo verprügelt haben?"

„Alle können ihn verprügelt haben, denn er ist ein solcher Gauner, daß ihn keiner leiden kann, der ihn kennt."

„Das stimmt nicht! Smilzo hat seine Qualitäten!"

„Seine Qualitäten soll er für seine Frau aufsparen und nicht für meine Schwester! Er profitiert doch bloß davon, daß er von dir und deiner ganzen Bande gedeckt wird. Aber der kommt mir schon noch mal in die Schußlinie!"

„Und ist er dir nicht schon vor einer halben Stunde in die Schußlinie gekommen?" gab Peppone nicht auf.

„Nein! Und das tut mir leid!" schrie Ricciolino.

Angesichts dieses Schreis, der wirklich aus tiefster Seele zu kommen schien, fühlte sich Peppone entwaffnet. Er rief Bigio:

„Geh in die Osteria und schau, ob du einen von uns siehst. Den nimmst du dir beiseite und fragst ihn, seit wann der da drin sitzt."

Bigio ging mit seinem Auftrag ab und kam nach wenigen Minuten zurück. „Seit zwei Stunden", sagte er. „Überprüfte Nachricht."

Peppone breitete die Arme aus: „Ricciolino, es tut mir wirklich leid, daß nicht du es warst, der den Smilzo verprügelt hat."

„Stell dir vor, wie leid es erst mir tut!" erwiderte Ricciolino giftig.

„Wir müssen die Untersuchung in eine andere Richtung lenken", murmelte Peppone. „Mal sehen: Ricciolino, mit wem geht deine Schwester jetzt?"

„Mit allen, mit denen sie nicht sollte!" knurrte der junge Mann. „Aber heut abend dreh' ich ihr den Hals um."

Ricciolino lief wütend weg, und Peppone ließ ihn laufen.

Bis sie zum Hauptquartier zurückkamen, hatte sich Smilzo mit Grappa vollaufen lassen. Peppone zog ihn hoch und schleppte ihn hinaus ins Freie.

„Steig aufs Rad und fahr hinter uns drein", befahl er, während er sich selbst in den Sattel schwang.

Nach zehn Minuten waren alle drei an dem verdammten Bahnübergang. Sie ließen die Räder am Rand des Straßengrabens liegen.

„Smilzo", sagte Peppone, „stell dich jetzt genauso hin, wie du gestanden hast, als dich der Schlag getroffen hat."

Smilzo lehnte sich an den linken Pfosten, und Peppone betrachtete ihn sich einen Augenblick. Dann wandte er sich zu Bigio: „Probier mal, die Schranke langsam herunterzulassen."

Bigio hob das Gegengewicht aus Gußeisen hoch, und die weißrote Stange senkte sich.

„Halt!" befahl Peppone, als die Stange vier Finger über Smilzos Kopf stand.

Dann sagte er zu Smilzo: „Jetzt dreh dich auf die andere Seite. Ja so, bleib stehen. Du, Bigio, mach weiter, aber jetzt mit mehr Schwung!"

Eine Sekunde später hörte man einen Schrei: Smilzo hatte einen neuen Schlag auf den Kopf bekommen, jetzt auf der anderen Seite.

„Hast du jetzt begriffen, wie's passiert ist?" fragte Peppone.

Niemand hatte gesehen, was sich am Bahnübergang zugetragen hatte. Niemand hatte ein Wort gehört, das am Bahnübergang gesprochen worden war.

Doch am nächsten Morgen hing am Anschlagbrett des Pfarrhauses eine Zeichnung, die einen Bahnübergang darstellte. Statt der Schranke hatte der Künstler einen langen knotigen Prügel gezeichnet. Die Bildunterschrift lautete: „*Wir protestieren gegen die nächtlichen Ausschreitungen des Bahnübergangs an der Krummen Straße! Es handelt sich um eine faschistische Schranke, die meuchlings Genossen niederschlägt – unter schamloser Ausnützung ihrer Gefühle und ihrer Rückkehr zu alten Flammen!*“

Der Smilzo konnte das nicht ruhig hinnehmen. Aber wie sollte sich einer, der den Kopf voller Beulen hat, auch bezähmen können – selbst wenn er die Tröstungen des marxistischen Glaubens genießt. Als Smilzo die Zeichnung sah, riß er sie ab und steckte sie in die Tasche.

Im selben Moment erhielt er einen unbeschreiblichen Fußtritt in den Hintern, versehen mit der liebenswürdigen Rechtfertigung: „Das ist der einzige Teil deines Kopfes, der noch frei ist.“

Smilzo steckte den Fußtritt standhaft ein und entfernte sich würdevoll. Nach zehn Schritten drehte er sich um und sagte: „Wer aus politischen Gründen in den intimen Angelegenheiten eines Gegners wühlt, ist ein Schmutzfink.“

„Aber ein noch viel größerer Schmutzfink ist einer, der Frau und Kinder hat und mit den Mädchen herumpoussiert. Du hast es ja gesehen: Wenn er auch Gottes Strafe entgeht, der Strafe der Staatlichen Eisenbahnen entgeht er nicht.“

Da sich die Szene in aller Öffentlichkeit abgespielt hatte, begriff der Smilzo, daß ihn seine Frau, wenn er jetzt heimginge, mit irgendeinem gußeisernen Gegenstand empfangen würde. Daher lenkte er seine Schritte direkt zum Volkshaus und ging zu Peppone.

„Chef, man hat mir öffentlich einen Fußtritt in den Hintern versetzt. Diesmal war es nicht die Bahnschranke, sondern Don Camillo.“

„Meuchlings?“

Smilzo zog das zerknitterte Blatt aus der Tasche und reichte es Peppone: „Diese Gemeinheit hab’ ich am Anschlagbrett der Pfarrei gefunden und abgerissen. Daraufhin hat er mir den Fußtritt verpaßt.“

Peppone betrachtete die Zeichnung. Dann rief er die Frau des Kantinenwirts und gab ihr das Blatt: „Bügle es, damit es wieder wie neu wird.“

Nach zehn Minuten bekam er das Blatt zurück, und nachdem er es sorgfältig zwischen zwei Pappen gelegt hatte, ging er weg.

Vor der Anschlagtafel des Pfarrhauses angelangt, zog er die Zeichnung heraus und heftete sie mit vier Reißnägeln ans Brett.

Natürlich stand sofort Don Camillo hinter ihm, und als sich Peppone umwandte, trafen sich ihre Blicke.

„Die Ordnung ist wieder hergestellt", erklärte Peppone. „Damit sich die Leute amüsieren können. Das wird aber ein schwerer Schlag für die marxistische Idee sein!"

Don Camillo trat zu dem Anschlagbrett, nahm die Zeichnung herunter, zerriß sie und warf die Fetzen weg.

„Wir bekämpfen die marxistische Idee nicht mit solchen Klatschgeschichten", erklärte er. „Das ist nicht auf meinem Mist gewachsen."

„Und der Fußtritt, den Ihr dem Smilzo gegeben habt? Stammt der von Eurem Mist?" erkundigte sich Peppone.

„Das kann ich nicht leugnen", gab Don Camillo zu.

„Und wären das die Argumente, mit denen Ihr die marxistische Idee zu bekämpfen beabsichtigt, Hochwürden?"

„Nein. Aber unter bestimmten Umständen schließe ich nicht aus, daß ein saftiger Fußtritt eine beredte Bestätigung des Prinzips darstellen kann."

Peppone sah ihn mit mitleidigem Kopfschütteln an: „Das ist das Prinzip des Untergangs, Hochwürden. Ich bin jedoch stets ein Mann von Welt, und wenn Ihr mal keinen Ausweg mehr wißt, bin ich gern bereit, den ganzen Laden hier zu übernehmen." Und damit zeigte er mit großer Geste auf Kirche und Pfarrhaus.

Die beiden trafen sich am Nachmittag des folgenden Tages wieder, und zwar im Salon der Wohltätigkeitslotterie für Ferienheime am Meer.

Es handelte sich um eine unpolitische Angelegenheit, organisiert von Personen der unterschiedlichsten Richtungen, und so war es logisch, daß alle die Initiative unterstützten. Die Preise waren ausnahmslos zusammengebettelt worden und stellten daher ein seltsames Sammelsurium dar.

Der Bürgermeister Peppone kaufte zwanzig Lose, und daraufhin kaufte auch Don Camillo zwanzig Lose.

Es wirkte wie eine von einem Regisseur gestellte Szene: Neunzehnmal gewann Peppone Bleistifte, Federn und Holzpfeifen, die er an die umstehenden Kinder verteilte. Beim zwanzigsten Mal aber gewann er einen der Hauptpreise: „Ein Madonnenbild mit prachtvollem Rahmen." Und Don Camillo gewann neunzehnmal wertlosen Plunder, aber beim zwanzigsten Mal fiel auch auf ihn ein Hauptpreis: „Ein Farbporträt des sowjetischen Ministerpräsidenten Malenkow mit prachtvollem Rahmen, Geschenk der Sektion der PCI."

„Das sieht ja aus, als hätten die sich abgesprochen!" riefen alle. Beim Hinausgehen fanden sich Don Camillo und Peppone Seite an Seite, und so gingen sie ein gutes Stück auf der Straße nebeneinander her. Als sie am Kirchplatz angekommen waren, blieb Don Camillo stehen.

„Herr Bürgermeister", sagte er und reichte Peppone das Farbporträt des Kommunistenführers, „wenn auch das Schicksal ungerecht war, wir können das wiedergutmachen: Tauschen wir?"

Peppone schüttelte den Kopf: „Und warum? Euch kann das Bild doch sehr nützlich sein: Ihr prägt Euch das Gesicht ein, und wenn sein Träger auch hierher kommt, dann ist es für Euch keine Überraschung mehr."

„Ganz recht, Herr Bürgermeister. Aber wozu kann Ihnen das Madonnenbild nützlich sein?"

„Um auf den Knien davor zu bitten, daß Ihr endlich mal was aufs Dach bekommt", knurrte Peppone und entfernte sich. Vergnügt trat Don Camillo ins Pfarrhaus. Er legte das Porträt in eine Truhe, und bevor er den Deckel schloß, entschuldigte er sich: „Ich kann dich nicht bitten, Genosse, dem Peppone was aufs Dach zu geben. Das Schlimme ist, daß du es ihm trotzdem gibst – ihm und uns allen, wenn es so weitergeht."

Dann machte er die Truhe zu.

„Jesus", flüsterte er und hob die Augen zum Himmel. „Wir sind wie ein dummer Hund, der sich damit abmüht, im Kreis herum seinem Schwanz nachzurennen, während das Haus einstürzt. Wehe, wenn der Kopf zum Feind des Schwanzes wird ..."

Don Gildo

Um neun Uhr klärte sich der Himmel, der bis dahin ein zweideutiges und besorgniserregendes Verhalten an den Tag gelegt hatte, rasch auf, und die Sonne zeigte sich von ihrer besten Seite.

Ein solches Ereignis war in diesem unseligen Frühjahr ganz und gar ungewöhnlich und erfreute Don Camillo, der bereits seit einer Stunde in seinem Garten hackte.

Doch die Freude dauerte nicht lange, denn am Horizont erschien die Mutter des Mesners.

„Hochwürden“, erklärte die alte Frau, „der Herr Kaplan ist angekommen.“

Don Camillo war auf den Schlag vorbereitet und steckte ihn daher mit scheinbarer Gelassenheit ein.

„Gut, laßt ihn herkommen“, antwortete er und hackte weiter. Die Alte sah ihn verdattert an. „Hochwürden“, murmelte sie, „ich hab’ ihn schon ins Wohnzimmer geführt.“

„Da ich jetzt nicht im Wohnzimmer bin, sondern im Garten, werdet Ihr ihn wohl oder übel in den Garten führen müssen.“

Die Alte ging weg, und kurz darauf betrat ein junger Geistlicher den Gemüsegarten und blieb hinter Don Camillo stehen.

„Guten Morgen, Hochwürden.“

Don Camillo hörte auf zu hacken, wandte sich um und trat auf den jungen Mitbruder zu, der sich vorstellte:

„Ich bin Don Gildo.“

„Sehr erfreut“, erwiderte Don Camillo und schüttelte ihm mit seiner Pranke die Hand, als wolle er eine Boa constrictor erwürgen.

Der Kaplan wurde blaß. Er hatte jedoch eine gesunde sportliche Erziehung genossen, und so gelang es ihm trotzdem, sich ein Lächeln abzuringen.

„Ich habe einen Brief des Herrn Sekretärs Seiner Exzellenz“, erklärte er und reichte Don Camillo einen großen Umschlag.

„Mit Verlaub“, sagte Don Camillo, während er den Umschlag öffnete und das Blatt mit der Botschaft des Herrn Sekretärs Seiner Exzellenz herausholte.

Nachdem er das Sendschreiben gelesen hatte, wandte er sich an den jungen Geistlichen: „Ich hatte dem Herrn Sekretär gesagt, daß er sich nicht zu bemühen brauche. Obwohl ich ein armer alter Mann bin, würde ich mit der Pfarrei noch allein zurechtkommen. Da mir jedoch der Herr Sekretär auf ausdrücklichen Wunsch Seiner Exzellenz des Bischofs meine Mühen erleichtern will, bleibt mir nichts anderes übrig, als Sie willkommen zu heißen, Don Gildo."

Der junge Geistliche verbeugte sich außerordentlich höflich: „Danke, Don Camillo. Ich stehe ganz zu Ihrer Verfügung."

„Sehr freundlich. Ich werde gleich davon Gebrauch machen", erwiderte Don Camillo. Er ging zum Sauerkirschenbaum, holte eine Hacke, die an einem Zweig baumelte, herunter und drückte sie dem Kaplan in die Hand.

„Zu zweit schaffen wir es schneller", erklärte er.

Der junge Geistliche betrachtete die Hacke und hob dann den Blick zu Don Camillo. „Eigentlich", stotterte er, „habe ich keine Praxis mit solchen Geräten ..."

„Machen Sie sich keine Sorgen. Sie stellen sich neben mich und tun genau das, was ich mache."

Der Kaplan lief rot an. Es war ein junger Mann, der sensible Nerven und Würde besaß.

„Hochwürden", wandte er mit einem gewissen Unmut ein, „ich bin hierhergekommen, um für die Seelen zu sorgen, nicht für Gemüsegärten."

„Natürlich", antwortete Don Camillo ruhig. „Aber Sie müssen sich klarmachen, daß man auch für den Gemüsegarten sorgen muß, wenn man Salat, Erbsen und Bohnen auf dem Tisch haben will."

Don Camillo fing wieder an zu hacken. Der Kaplan blieb starrköpfig auf dem Weg stehen, die Hacke in der Hand.

„Sie wollen also diesem armen, alten, gebrechlichen Pfarrer partout nicht helfen?" fragte Don Camillo nach einer Weile, ohne den Kopf zu heben.

„Es ist nicht so, daß ich nicht helfen will", erklärte der Kaplan lebhaft. „Die Sache ist nur die, daß ich als Priester hierhergekommen bin."

„Don Gildo, die erste Gabe eines guten Priesters ist die Demut", sagte Don Camillo.

Der Kaplan preßte die Zähne zusammen, stellte sich neben Don Camillo und fing an, die Hacke zu schwingen.

„Don Gildo“, bemerkte Don Camillo nach einiger Zeit mit Sanftmut, „wenn ich etwas gesagt haben sollte, das Sie geärgert oder gekränkt hat, dann lassen Sie es lieber an mir aus und nicht an der Erde, die wirklich keine Schuld trifft.“

Der Kaplan fing an, etwas gemäßigter zu hacken.

Es dauerte zwei Stunden, bis der Garten fertig war.

Und als die beiden bis zu den Knien voll Dreck ins Pfarrhaus traten, schlug es elf.

„Wir haben gerade noch Zeit, eine andere Kleinigkeit zu erledigen“, sagte Don Camillo und ging auf die Tür des Schuppens zu.

Im Schuppen lagen Ulmenstämme zum Zersägen, und bis zum Mittagläuten mußte der Kaplan Don Camillo beim Brennholzmachen helfen.

Der junge Geistliche hatte in diesen drei Stunden soviel Ärger geschluckt, daß er den Magen davon voll hatte. Daher setzte er sich mit Widerwillen an den Tisch, und nachdem er die Gemüsesuppe gekostet hatte, legte er den Löffel gleich wieder hin.

„Denken Sie sich nichts, wenn Sie keinen Appetit haben“, beruhigte ihn Don Camillo. „Das ist die Luftveränderung.“

Er selbst aß dagegen mit Riesenappetit, und erst nachdem er zwei kolossale Teller Gemüsesuppe mit Speck verschlungen hatte, nahm er den verbalen Kontakt mit dem Kaplan wieder auf.

„Gefällt Ihnen denn das Dorf?“ fragte er.

Der Kaplan zuckte die Achseln: „Ich habe es noch kaum gesehen.“

„Es ist ein Dorf wie alle anderen auch, lieber Don Gildo. Mit guten Menschen und mit schlechten. Die Schwierigkeit liegt nur darin, herauszufinden, welches die wirklich guten und welches die wirklich schlechten Menschen sind. Was die Politik angeht, will ich Ihnen sagen, daß die Roten hier einen großen Einfluß haben. Und das Schlimme ist, daß ihre Macht zunimmt anstatt abzunehmen. Man bemüht sich auf jede nur erdenkliche Weise, man versucht alles mögliche, aber es wird immer schlimmer.“

Der Kaplan lachte: „Das ist eine Frage der Methode.“

Don Camillo sah ihn neugierig an: „Hätten Sie vielleicht eine bessere?“

„Ich ziehe keine Vergleiche, Hochwürden, und ich behaupte nicht, ein Wundermittel gefunden zu haben. Ich sage nur, daß man die Situation mit anderen Augen betrachten muß. Oder besser: ohne die traditionellen Scheuklappen, die einen daran hindern, die sozialen Erfordernisse in Rechnung zu stellen. Warum haben die Kommunisten bei den weniger wohlhabenden Klassen soviel Erfolg? Weil sie den Armen versprechen: ‚Kommt zu uns, dann geht es euch gut, denn wir werden den Reichen etwas wegnehmen, um es den Armen zu geben. Die Pfarrer versprechen euch das Paradies im Himmel. Wir verschaffen euch den Wohlstand auf Erden.'"

Don Camillo breitete die Arme aus: „Ich verstehe, Don Gildo. Aber auf der anderen Seite dürfen wir nicht zu Materialisten werden."

„Man braucht gar nicht zum Materialisten zu werden. Man darf nur einfach nicht den Eindruck erwecken, als wolle man den Wohlstand der Privilegierten verteidigen. Anstatt immer von Pflichten zu reden, muß man von Rechten sprechen. Wir sind uns doch einig: Wenn jeder seine Pflicht täte, blieben alle Rechte von selbst gewahrt. Aber wenn man will, daß die Reichen ihre Pflichten erfüllen, ist es notwendig, die Rechte der Armen zu betonen. Auf diese Weise kann man den Kommunismus seiner Rolle berauben."

Don Camillo wiegte bedächtig den Kopf: „Ganz recht. Man müßte also in Konkurrenz zu den Kommunisten treten und wenn nötig die sogenannte Legalität verletzen."

„Genau. Wenn die Legalität dazu dient, die Privilegien der Ausbeuter zu verteidigen, ist sie nicht gerecht und widerspricht daher dem Geist der göttlichen Gebote."

Don Camillo riß die Arme auseinander: „Sehen Sie, lieber Don Gildo, ich versuche zwar, Ihren Ausführungen zu folgen, aber ich kann sie nicht einholen. Ich besitze nicht mehr die geistige Wendigkeit von früher. Sie müssen mir verzeihen!"

Der Kaplan war jung und von außergewöhnlicher geistiger Beweglichkeit. Er überschüttete den armen Don Camillo mit einer Lawine wunderschöner Worte, die prachtvolle Ideen zum Ausdruck brachten. Außerdem hatte er eine ganz bestimmte Mission zu erfüllen, und zum Schluß sagte er es frei heraus:

„Lieber Herr Pfarrer, wir wissen genau, was wir erreichen

müssen, und wir werden es erreichen. Sie haben in diesem schwierigen Ort Großartiges geleistet, und jetzt haben Sie das Recht auf Beistand. Nicht nur, wenn Sie den Gemüsegarten hakken oder Holz sägen müssen!“

Don Camillo war tief beschämt: „Verzeihen Sie mir! Ich hatte ja keine Ahnung von Ihrer Bildung und Ihren Fähigkeiten.“

Der Kaplan hatte die Partie haushoch gewonnen. Noch am selben Abend knüpfte er die ersten Kontakte und errichtete die Basis für zukünftige Aktionen.

Als Don Camillo sah, wie sich die Dinge anließen, sagte er nach drei Tagen zu dem jungen Kaplan: „Sie sind gerade im rechten Moment gekommen, denn ich muß wirklich einmal richtig ausspannen. Wenn es Ihnen nichts ausmacht und keine zu große Belastung für Sie ist, sollten Sie mich eine Zeitlang völlig ersetzen. Diese scheußliche Jahreszeit macht mir schrecklich zu schaffen: Ich bräuchte Sonne, Trockenheit, und statt dessen regnet es seit Monaten.“

Das war genau das, was sich der Kaplan wünschte. Begeistert antwortete er, Don Camillo brauche sich überhaupt keine Sorgen zu machen. Er würde schon alles schaffen.

Und Don Camillo zog sich zurück.

Er ging nicht weit weg. Er übersiedelte in den oberen Stock und beschränkte sich auf die zwei großen Zimmer, die auf den Garten und den Sportplatz hinausgingen. Die alte Mutter des Mesners brachte ihm das Essen, und Don Camillo lebte völlig abgeschlossen.

Im Zimmer, das neben dem Schlafraum lag, hatte er seinen kleinen Feldaltar aufgebaut, und dort las er jeden Morgen die heilige Messe – ganz allein. Aber Gott war bei ihm.

Don Camillo hatte sich eine Kiste Bücher mit hinaufgenommen und verbrachte seine Zeit mit Lesen.

Nach vierzehn Tagen riet ihm die alte Frau, die bisher nie etwas gesagt hatte, ganz plötzlich:

„Don Camillo, kommt runter, sobald Ihr imstand dazu seid. Der Kaplan stellt eine Menge Unfug an.“

„Unfug? Mir kam er so ruhig vor.“

„Ruhig? Das ist doch kein Pfarrer, der ist eine ununterbrochene politische Versammlung. Einige Leute kommen schon nicht mehr in die Kirche.“

„Macht Euch keine Sorgen. Das ist eine neue Methode, und die Leute müssen sich daran gewöhnen.“

Aber die neue Methode schien offensichtlich bei niemandem Anklang zu finden, und eines Morgens umriß die Mutter des Mesners mit wenigen Worten die Situation:

„Hochwürden, wißt Ihr, was Peppone gestern gesagt hat? Er hat gesagt, wenn Don Gildo es endlich fertiggebracht hat, die Kirche ganz leer zu kriegen, dann wird er ihn als Parteikaplan anheuern.“

Und ein paar Tage später berichtete dieselbe alte Frau Don Camillo, was Filotti geantwortet hatte, als man ihn fragte, warum er nicht mehr zur Messe käme: „Da hör' ich mir lieber Peppone im Volkshaus an als Don Gildo in der Kirche. Peppone wirft mir wesentlich weniger Beleidigungen an den Kopf.“

Don Camillo hielt durch, solange er konnte. Aber nach vierzig Tagen riß ihm die Geduld, und vor dem Kruzifix des Feldaltars kniend, sagte er: „Jesus, ich habe demütig das Haupt gebeugt vor dem Willen der Oberen. Ich habe mich zurückgezogen, um Don Gildo völlige Handlungsfreiheit zu lassen. Jesus, du weißt, was ich in dieser ganzen Zeit gelitten habe! Vergib mir, aber heute geh' ich hinunter, packe diesen Don Gildo am Kragen und schick' ihn als Postpaket in die Stadt zurück!“

Es war acht Uhr morgens.

Don Camillo wollte in vollkommenem Zustand unten erscheinen und beschloß daher, sich zu rasieren.

Als er die Fensterläden aufstieß, sah er, daß es ein strahlender Tag war. Er blieb am Fenster stehen, um das Sonnenlicht und den Frieden zu genießen. Aber ein paar Minuten später hörte er lautes Krakeelen. Er zog sich etwas zurück und sah die Mannschaft der „Gagliarda“ zum Training auf den Sportplatz rennen.

Don Camillo vergaß seinen Bart und bewunderte seine Jungen, die leider ganz und gar nicht bei der Sache waren und kein anständiges Spiel zusammenbrachten.

„Wenn sie so gegen Peppones Mannschaft spielen, dann wird das eine Riesenblamage für uns“, dachte Don Camillo besorgt.

Genau in dem Moment erschien Don Gildo auf dem Sportplatz. Brüllend unterbrach er das Spiel, versammelte die Jungen und redete lebhaft auf sie ein.

„Jetzt will er mir auch noch die Fußballmannschaft kaputtmachen“, knurrte Don Camillo. „Wenn er da nicht sofort verschwindet, geh' ich runter und mach' Kleinholz aus ihm!“

Aber der Kaplan zeigte nicht die leiseste Absicht zu verschwinden. Im Gegenteil, er übernahm die Rolle des Mittelstürmers, und als er erst einmal den Ball zwischen den Füßen hatte, legte er ein Spiel hin, daß es einem den Atem verschlug.

Daraufhin verlor Don Camillo die Beherrschung. Er ging nicht hinunter, er flog.

Am Sportplatz angekommen, packte er Don Gildo im Fluge und schleifte ihn ins Pfarrhaus.

„Jetzt“, gebot er ihm, „legen Sie die Soutane ab, ziehen sich Trikot und Schuhe an und machen sofort mit dem Training weiter!“

„Aber“, stammelte der Kaplan, „wie soll ich denn ...“

„Spielen Sie mit langen Hosen, mit falschem Bart, mit einer Maske – aber spielen Sie! Sie müssen mir die Mannschaft auf Trab bringen!“

„Aber meine Mission hier ...“

„Das ist Ihre Mission! Sie machen, daß meine Mannschaft gewinnt, und wir haben den Roten einen tödlichen Schlag versetzt!“

Die „Gagliarda“ überrollte die „Dynamos“. Sie spielte sie in Grund und Boden. Und während Peppone und Genossen völlig gebrochen erschienen, platzten die anderen vor Zufriedenheit aus allen Nähten.

Am Abend spendierte Don Camillo dem Kaplan ein Festmahl.

„Sie“, sagte er zum Schluß, „vergessen jetzt die sozialen Erfordernisse und kümmern sich ausschließlich um die Fußballmannschaft. Alles andere geht Sie nichts an. Die kommunistische Gefahr übernehme ich!“

Bauchlandung

Auch in diesem Jahr kamen die Schausteller Mitte Mai zur Kirmes, aber diesmal durften sie nicht auf die Piazza, denn die wurde für die lokale Politik benötigt. Es brodelte in der ganzen Gegend, und das Programm der Agitatoren umfaßte eine lange Reihe wichtiger Versammlungen.

Die Schausteller mußten sich also mit der Wiese begnügen, auf der sonst der Viehmarkt abgehalten wurde. Ein wenig günstiger Ort, abgelegen, neben der Straße, die nach Molinetto führt.

Zum Ausgleich dafür hatten sie zwei absolute Neuheiten mitgebracht: eine riesige Skooterbahn und das Flugkarussell.

Das Flugkarussell war eine große Maschine aus Stahlrohren, die wie ein Schirmgestell angeordnet waren. Am Ende jeder Stange war ein Flugzeug angebracht, und wenn sich das Karussell drehte, konnte jeder sein Flugzeug mit Hilfe eines Hebels nach Belieben auf- und niedersteigen lassen.

Die Wiese, auf der die Schausteller ihre Buden aufgeschlagen hatten, lag hinter dem Pfarrhaus, etwa drei- bis vierhundert Meter entfernt, und jeden Abend, wenn Don Camillo in seinem Schlafzimmer im ersten Stock ans Fenster ging, um die Läden zu schließen, konnte er das Flugkarussell in Aktion sehen. Und er blieb ganze halbe Stunden stehen, um das Schauspiel zu bewundern.

Es ist ja wirklich nichts Ehrenrühriges oder Sündhaftes dabei, in ein Karussell zu steigen. Trotzdem darf sich ein Pfarrer ein solch legitimes Vergnügen nicht gönnen: Die Leute sehen es, und da sie zwar Augen, aber kein Hirn im Kopf haben, lachen sie, wenn sie entdecken, daß sich ein Pfarrer beim Karussellfahren amüsiert.

Don Camillo wußte das alles, und er bedauerte es sehr.

Natürlich machten die Riesenskooterbahn und das Flugkarussell am meisten Geschäfte. Das ging so weit, daß sie jeden Abend noch lang weiterfuhren, wenn die anderen Schausteller ihren Laden aus Mangel an Kundschaft bereits dichtgemacht hatten. Und selbst wenn die Skooterbahn ihre Lichter löschte, drehte sich das Flugkarussell immer noch eine ganze Weile.

Don Camillo war ein aufmerksamer Beobachter, und diese Tatsache entging ihm nicht. Und so ging er eines Tages hinunter, als er sah, daß die Skooterbahn zumachte, überquerte mit ruhigem und gleichgültigem Schritt das Luzernefeld, das sich hinter dem Pfarrhaus ausdehnte, und erreichte die Hecke entlang der Straße nach Molinetto. Hinter ihr bezog er Posten.

Auf der anderen Straßenseite lag der Platz mit dem Jahrmarkt. Die Schaubuden hatten ihre Lichter gelöscht und schliefen bereits in der Dunkelheit, während sich der Schirm des Flugkarussells immer noch im Mittelpunkt einer kleinen Lichtinsel drehte.

Don Camillos Plan war ganz einfach: Sobald die letzte Gruppe von Flugbegeisterten gelandet und heimgegangen wäre, würde er hinter der Hecke hervortreten, zum Karussellbesitzer gehen und ihn bitten, ihn eine Runde drehen zu lassen.

Don Camillo mußte nicht lange warten: Das Karussell hielt, die allerletzte Gruppe sprang aus den Flugzeugen, schwang sich auf die Motorroller und verlor sich lärmend in der Nacht.

Nun sprang Don Camillo über den Graben und schritt entschlossen auf sein Ziel zu.

Der Karussellbesitzer war in seine Bude gegangen und zählte die Einnahmen. Als er plötzlich eine große schwarze Masse vor sich sah, fuhr er erschrocken zusammen.

„Haben Sie noch nie einen Pfarrer gesehen?“ fragte ihn Don Camillo.

„Doch, Hochwürden, aber nie nach Mitternacht. Kann ich etwas für Sie tun?“

Don Camillo zeigte aufs Pfarrhaus: „Ich schlafe da drüben, und Sie können sich gar nicht vorstellen, wie mir Ihre verdammte Musik auf die Nerven geht.“

„Das tut mir leid, Hochwürden“, erwiderte der Karussellbesitzer. „Auf der andere Seite wird jedes Karussell sterbenslangweilig, wenn es ohne Musik fährt. Ich versuche sowieso schon, am späteren Abend die Lautstärke zu drosseln, aber von einer gewissen Zeit an wird auch die leiseste Musik zum Lärm.“

„In Ordnung“, erwiderte Don Camillo. „Doch wenn Sie mir jeden Abend soviel Ärger machen, dann sollten Sie sich verpflichtet fühlen, mir auch einmal einen Gefallen zu erweisen.“

„Gern, Hochwürden. Ich stehe zu Ihrer Verfügung.“

„Gut, dann lassen Sie mich doch mal eine Runde in Ihrem Karussell drehen. Schnell, beeilen Sie sich!“

Der Karussellbesitzer machte ein ehrlich betrübtes Gesicht: „Hochwürden, Sie müssen leider noch ein paar Minuten Geduld haben. Gleich kommt eine Gruppe, die ein paar Runden vorbestellt hat. Da ist sie schon!“

Don Camillo machte kehrt, um die Flucht zu ergreifen, aber da war es schon zu spät. Die Gruppe stand bereits hinter ihm, an ihrer Spitze Peppone.

„Oh, unser über alles geliebter Herr Pfarrer!“ rief Peppone. „Erklärt Ihr vielleicht dem Karussellbesitzer, daß auch das Fahren mit dem Flugkarussell eine Todsünde ist?“

„Ich habe ihm lediglich erklärt, daß die Musik seines Karussells anständige Menschen am Schlafen hindert.“

„Dann ist es ja nicht so schlimm“, sagte Peppone grinsend. „Ich dachte schon, die Musik ließe auch Euch nicht schlafen.“

Smilzo, Bigio, Brusco, Lungo und Fulmine, die ganze Horde also, hatten Don Camillo gar nicht beachtet, sondern jeder flegelte sich bereits vergnügt in seinem Flugzeug.

„Und Sie, Herr Bürgermeister, was machen Sie Schönes hier?“ erkundigte sich Don Camillo. „Lassen Sie Ihre süßen Kleinen karussellfahren?“

„Chef, beeil dich!“ rief der Smilzo.

„Gehen Sie, gehen Sie, Herr Bürgermeister“, mahnte ihn lächelnd Don Camillo. „Die Kinder rufen Sie. Wie hübsch es doch sein muß, einen so dicken Bürgermeister in einem so kleinen Flugzeug fliegen zu sehen!“

Peppone sah ihn erbittert an: „Jedenfalls lang nicht so hübsch wie einen so dicken Pfarrer!“

„Die Sache ist nur, daß ich zwar den Bürgermeister fliegen sehen werde, Sie aber nicht den Pfarrer.“

„Dann viel Vergnügen, Hochwürden!“ brüllte Peppone und ging zum Karussell. „Und morgen schreiben Sie dann einen schönen Hetzartikel für Ihre Wandzeitung.“

Peppone zwängte sich ebenfalls in ein kleines Flugzeug, und der Karussellbesitzer trat zu dem Schalthebel, der sich in der Kassenbude befand.

„Viel Vergnügen, Hochwürden!“ wiederholte Peppone. „Erzählen Sie Ihren Marienkindern, daß die kommunistische Verwaltung in nächtlichen Ausschweifungen die Gelder der Steuerzahler verpraßt!"

Das Karussell setzte sich in Bewegung, und aus dem Lautsprecher ertönte in gemäßigter Lautstärke eine fröhliche Marschmusik „Volles Rohr!" brüllte Peppone, als er an der Kassenbude vorbeiflog, „damit der Herr Pfarrer sein Schlaflied bekommt!"

„Halt den Mund, du Halunke!" schrie jemand in seinem Rükken. Peppone wandte sich um und sah, daß im Flugzeug hinter ihm Don Camillo saß.

Inzwischen drehte sich das Karussell auf vollen Touren, und ein paar Minuten lang machte die Sache allen richtig Spaß.

Dann empfand Don Camillo, vor allem aufgrund der kühlen und feuchten Abendluft, ein leichtes Unbehagen.

„Sag dem Mann, er soll einen Moment langsamer machen", schrie Don Camillo Peppone zu.

Peppone drückte auf seinen Hebel, und sein Flugzeug senkte sich. Als es an der Kassenbude vorbeiflog, wollte er etwas rufen, aber es gelang ihm nicht.

„Und? Was ist?" brüllte Don Camillo.

Peppone drehte sich um und rief irgend etwas Unverständliches, wobei er auf die Bude deutete.

Daraufhin reduzierte auch Don Camillo seine Flughöhe, und als er an der Kassenbude vorbeiflog, sah er, was kurz vor ihm Peppone gesehen hatte: drei junge Männer, jeder das Gesicht bis zu den Augen mit einem Tuch verhüllt und mit einer Pistole in der Hand.

Der Karussellbesitzer stand mit dem Gesicht zur Wand und hatte die Hände hochgehoben, und die drei Burschen drückten ihm ihre Pistolenläufe in den Rücken. Ein vierter Maskierter wühlte in der Kassenschublade und stopfte die Geldscheine in eine Tasche.

Das Flugkarussell drehte sich dabei immer weiter auf vollen Touren, mit Musikbegleitung.

Die Beute aus der Kassenschublade hatte die Ganoven nicht überzeugt, und zwei von ihnen begleiteten den Karussellbesitzer in seinen Wohnwagen, um den Rest der Einnahmen aufzustöbern. Kurz darauf kamen sie wieder zurück und ließen ihre Wut an dem armen Kerl aus.

„Das hat doch keinen Zweck!“ protestierte der Mann. „Alles übrige Geld hab’ ich auf die Bank gebracht. Schaut im Geldbeutel nach, dann findet ihr die Quittung!“

Sie fanden die Quittung und zerrissen sie wutentbrannt. Inzwischen drehte sich das Karussell immer weiter. „Anhalten, ihr verdammten Kerle!“ brüllte Smilzo, als er an den Banditen vorbeiflog.

Einer der Maskierten drehte sich um und fuchtelte drohend mit der Pistole. Darauhfin zogen alle Männer der Flugstaffel verzweifelt an ihrem Hebel, und die Karussellarme hoben sich.

Jetzt sah das Flugkarussell aus wie ein Schirm, den der Wind umgestülpt hat.

Die vier Burschen waren wütend über die geringe Beute, aber ihr Anführer zeigte sich als Mann von Ideen: „Rupfen wir die sieben Amseln da oben“, sagte er.

Er schaute hinauf und schrie: „Alles Geld raus, das ihr in der Tasche habt, sonst lassen wir euch fliegen, bis euch das Hirn bei den Ohren rauskommt!“

„Geh zum Teufel!“ rief Peppone als Antwort zurück.

Der Bandenchef erteilte seinem Stellvertreter einen Befehl, der trat in die Bude und packte den Hebel:

Das Karussell erhöhte seine Geschwindigkeit.

Die Flugstaffel fing an zu brüllen, aber der Vizebandenchef drehte den Lautsprecher voll auf, und die Musik übertönte die Schreie. Nach einem halben Dutzend Runden gab der Chef ein Zeichen, und der Vizechef brachte die Geschwindigkeit wieder auf den vorigen Stand zurück, ja sogar noch etwas darunter.

„Jeder knüpft sein Geld ins Taschentuch, und wenn er an der Bude vorbeifliegt, wirft er das Bündel hinein. Dreißig Sekunden Zeit!“

Als die halbe Minute vorbei war, gab der Chef den Befehl: „Der Schwarze da fängt an – los, Abwurf!“

Don Camillo warf als erster sein Bündel in die Bude. Die anderen folgten ihm. Der Anführer sammelte die Säckchen ein, knüpfte sie auf und überschlug die Summe.

„Zu wenig!“ schrie er. „Werft die Geldbeutel mit dem Rest herunter, oder ich bring euch wieder auf Touren! Fünf Sekunden Zeit ... Der Schwarze da fängt wieder an! Abwurf!“

Sieben Geldbeutel flogen dem Bandenchef vor die Füße; sie wurden ausgeleert und in eine Ecke der Bude geworfen.

Der Anführer wandte sich an den Karussellbesitzer: „Du hältst das Karussell erst an, wenn wir fünfzehn Minuten weg sind. Versuch ja nicht, uns reinzulegen: Wir kennen dich, und es könnte passieren, daß wir dir eines Nachts den Wohnwagen mit Benzin vollgießen und dich grillen!" Die vier rannten zu dem Auto, das an der Straße stand, und fuhren blitzschnell davon.

„Anhalten, verdammt noch mal!" brüllte die Flugstaffel dem Karussellbesitzer zu. Aber der Unglücksmensch war völlig verängstigt und stoppte die Maschine erst, als die fünfzehn Minuten vorbei waren. Das Karussell stand, und der Schirm schloß sich langsam.

Die sieben der Flugstaffel blieben zwanzig Minuten unbeweglich in ihren Flugzeugen hocken, bis sie genügend Kraft gesammelt hatten, um überhaupt aufstehen zu können. Schließlich fanden sich alle sieben zusammen mit dem Karussellbesitzer in der Kassenbude. Sie sammelten ihre leeren Geldbeutel wieder ein.

Keiner hatte bis zu diesem Augenblick etwas gesagt.

Als erster redete Peppone.

Er packte den Karussellbesitzer vorn an der Jacke: „Wenn du auch nur ein Wort von dem erzählst, was heut nacht hier passiert ist, dann schlag' ich dir nicht nur den Schädel ein, sondern lass' dich auch nicht mehr arbeiten, weder hier noch in irgendeiner anderen Gemeinde, in der wir das Sagen haben."

„Und ich in keiner, in der *wir* das Sagen haben", setzte Don Camillo hinzu. Alle sieben nahmen den Weg über die Felder und trennten sich hinter dem Pfarrhaus.

„Alles in allem, Herr Bürgermeister, hatten wir doch einen schönen Abend", sagte Don Camillo.

Peppone antwortete ihm mit einem gebrüllten Fluch, der weithin durch die samtene Nacht hallte.

Wissenschaft und Leben

Der Notar kam von weit her und war ein Mann von wenigen Worten. Als er sah, daß Peppone zögerte und um den Brei herumzureden versuchte, schnitt er ihm das Wort ab:

„Herr Bürgermeister“, sagte er, „hier geht es nur um ja oder nein. Ich bin kein Makler, sondern ein Testamentsvollstrecker.“

„Was das Anwesen betrifft, so kann ich Ihnen sofort antworten, daß wir annehmen“, beteuerte Peppone. „Doch wegen des Denkmals muß ich zuerst den Gemeinderat und die Bürgerschaft hören.“

Der Notar steckte seinen Akt wieder in die Tasche.

„Sie haben vierzehn Tage Zeit für die Entscheidung“, sagte er abschließend. „Bitte halten Sie sich vor Augen, daß es keine Möglichkeit für einen Kompromiß gibt: Entweder alles oder nichts. Das ist der ausdrückliche Wunsch des Verstorbenen.“

„Wir lassen uns nichts vorschreiben, weder von Lebenden noch von Verstorbenen!“ erklärte Peppone stolz.

Da die Angelegenheit jedoch ziemlich wichtig war, mußte Peppone sie, nachdem er privatim mit seinem Stab darüber diskutiert hatte, vor den Gemeinderat bringen.

„Unser Mitbürger Luigi Lollini ist in Turin, wo er seit dreißig Jahren lebte, gestorben. Er hat in seinem Testament festgelegt, daß er bereit sei, dem Altersheim das Anwesen Pioppazza zu vermachen, wenn wir dafür der Statue seines Vaters die Mitte unserer Piazza zum ewigen Gebrauch überließen. Mir scheint, man kann ihm antworten, daß das Altersheim zwar Unterstützung bräuchte, die Piazza aber deswegen noch lange kein Friedhof sei.“

Piletti, der einzige Vertreter der Opposition, sprang entrüstet auf: „Herr Bürgermeister, der Mann, den Sie als ‚Vater des Mitbürgers Luigi Lollini‘ bezeichnen, heißt Anselmo Lollini und ist in der ganzen Welt als Gelehrter von höchstem Rang bekannt. Wenn Sie das nicht wissen, dann informieren Sie sich gefälligst!“

„Ich brauche mich nicht zu informieren“, erwiderte Peppone. „Ich weiß, wer Anselmo Lollini war und daß er nichts geleistet hat, was ihm das Recht gäbe, ein Denkmal auf dem Hauptplatz des Dorfes zu bekommen. Die Piazza ist der Tempel des arbeitenden Volkes, und wir wollen dort keine Statuen falscher Götter."

„Bravo!" rief die Mehrheit begeistert.

Aber die Opposition ließ sich nicht einschüchtern.

„Anselmo Lollini war kein politischer Hanswurst, sondern ein Wissenschaftler!" schrie Piletti. „Sein Name und seine Forschungen werden in allen bedeutenden entomologischen Abhandlungen erwähnt."

Peppone schüttelte lächelnd den Kopf: „Die Entomologie ist keine Wissenschaft, sondern ein Zeitvertreib für feine Herren."

„Reden Sie kein dummes Zeug, Herr Bürgermeister!" brüllte die Opposition. „Die Tatsache, daß Sie nicht wissen, was Entomologie ist, gibt Ihnen noch lang kein Recht, sie zu verachten."

Aber Peppone hatte sich vorbereitet, und seine Antwort kam prompt:

„Die Reaktion sollte sich keine Witze über unsere drei Klassen Volksschule erlauben. Denn wenn wir uns in diesen drei Klassen auch nicht mit Entomologie beschäftigt haben, so können wir der Reaktion doch antworten, daß das arbeitende Volk auf alle die pfeift, die hinter den Schmetterlingen herjagen. Die Vertreter der wahren Wissenschaft und der wahren Bildung jagen heute den sozialen Problemen nach!"

Die Opposition konnte darauf nichts mehr sagen und mußte mit eingezogenem Schwanz nach Hause gehen.

Aber Peppone machte sich keine Illusionen.

Die Entomologie oder Insektenkunde erfreut sich keiner besonderen Popularität, und es läßt sich immer über den effektiven Wert eines Entomologen diskutieren wie auch darüber, ob es mehr oder weniger opportun ist, einem Entomologen auf einem öffentlichen Platz ein Denkmal zu errichten.

Doch über den effektiven Wert von Grund und Boden gibt es wenig zu diskutieren, ebensowenig darüber, ob es mehr oder weniger opportun ist, auf ein Anwesen von vierzig tadellos in Schuß gehaltenen Hektar, wie das für Pioppazza zutraf, zu verzichten. Ein Anwesen dieser Art stellte ein Kapital von mindestens siebzig Millionen dar, und was der Verlust einer sicheren Rendite von vierzig Hektar erstklassigen Bodens für das Altersheim bedeuten würde, war etwas, das alle verstehen konnten.

Um so mehr, als die Gemeinde keine Lira für das Denkmal hätte ausgeben müssen, denn das Monument, bestehend aus einer soliden Bronzestatue und einem soliden Marmorsockel, war bereits fix und fertig – das Werk eines bekannten Bildhauers. Und wenn die Gemeinde den Vorschlag annahm, würden sich die Testamentsvollstrecker des verstorbenen Luigi Lollini auch noch um die Aufstellung auf der Piazza kümmern.

Der erste Schlag der Reaktion war kühn. In aller Eile wurde ein „Komitee für die Ehrung Anselmo Lollinis" gegründet, unter der Präsidentschaft einer gewichtigen Persönlichkeit des Ortes.

Bevor die Liste abgeschlossen und der Plakatentwurf in die Druckerei gegeben wurde, hielten es die Mitglieder des Komitees natürlich für ihre Pflicht, einen angesehenen Vertreter zum Bürgermeister zu schicken.

Der angesehene Vertreter ließ sich vom Bürgermeister empfangen und sagte:

„Auf Initiative von Bürgern guten Willens wurde ein Komitee für die Ehrung unseres Mitbürgers, des großen Entomologen Anselmo Lollini, 1830–1918, gegründet. Diesem Komitee sind bedeutende Persönlichkeiten beigetreten. Wir sind sicher, daß der Herr Bürgermeister als aufmerksamer Wächter unseres heimatlichen Ruhms einer der unseren sein wird."

„Niemals!" erwiderte Peppone angewidert.

Der angesehene Vertreter des Komitees schien von der unerwarteten Antwort des Bürgermeisters im tiefsten getroffen.

„Ich vermag den genauen Sinn Ihrer Antwort nicht zu erfassen", stammelte der angesehene Vertreter. „Entweder haben Sie sich nicht deutlich ausgedrückt, oder ich habe nicht recht verstanden."

„Ich habe mich sehr deutlich ausgedrückt, und Sie haben mich tadellos verstanden, Hochwürden", erwiderte Peppone. „Ich schließe mich keinen klerikalen Machenschaften an!"

Don Camillo lächelte: „Einen hervorragenden Mitbürger zu ehren, ist keine Machenschaft, Herr Bürgermeister. Und wenn meine Person das Komitee der wertvollen Mitgliedschaft des ersten Bürgers berauben sollte, bin ich bereit, mich zurückzuziehen."

„Seien Sie ohne Sorge, Hochwürden", rief Peppone drohend, „wir werden Sie schon im richtigen Moment von uns aus zurückziehen!"

„Die Zukunft liegt in Gottes Händen, nicht in denen des Bürgermeisters", antwortete Don Camillo. „In den Händen des Bürgermeisters liegt dagegen der Erfolg der edlen Initiative des Komitees, das ich hier vertrete."

Peppone konnte sich nicht mehr beherrschen und öffnete die Sicherheitsventile: „Merkt Euch das ein für allemal: Wenn Ihr den Mut habt, die Statue dieses Käferjägers auf die Piazza zu stellen, dann lass' ich sie nicht nur entfernen und in den Fluß schmeißen, sondern ich zeige Euch auch noch wegen widerrechtlicher Besetzung öffentlichen Grund und Bodens an! Die Piazza gehört dem Volk und darf nicht der klerikalen Reaktion für ihre politischen Interessen dienen!"

Jetzt hatte auch Don Camillo keine Lust mehr zu scherzen. Im Regal neben Peppones Schreibtisch waren zwei ganze Fächer von einer Reihe dicker Bände ausgefüllt. Don Camillo zog den heraus, auf dessen Rücken in Gold der Buchstabe ‚L' prangte, blätterte rasch darin, und als er gefunden hatte, was er suchte, legte er den aufgeschlagenen Band vor Peppone hin und sagte:

„Da, lies: *Lollini Anselmo ...*"

Peppone schlug das große Buch heftig zu.

„Schon gelesen", rief er. „Ich kenn' den ganzen Käse schon auswendig, der da über *Euren* verdammten Lollini steht."

„Der Ruhm der Heimat ist der Stolz aller Bürger und ihr gemeinsames geistiges Gut. Wenn du diese elementaren Dinge nicht begreifst, dann reich deinen Rücktritt ein – als Bürgermeister wie als Bürger."

„Ich reiche meinen Rücktritt als Bürgermeister ein, sobald Ihr als Pfarrer zurücktretet! Wenn Anselmo Lollini das Gut aller ist, dann überlassen wir Euch gern unseren Teil. Wenn Ihr ihn als Denkmal verewigen wollt, dann verewigt ihn doch auf dem Kirchplatz!"

Don Camillo sah Peppone mit ehrlichem Erstaunen an.

„Das sind die Argumente eines Verrückten", sagte er schließlich. „Ob dir die Entomologen mehr oder weniger sympathisch sind, ist deine Sache. Aber daß du aus reinem Eigensinn das Altersheim um eine Hinterlassenschaft von siebzig Millionen Lire bringen willst, das geht mir nicht in den Kopf."

Peppone schlug wütend mit der Faust auf die Schreibtischplatte: „Hochwürden", brüllte er, „wir kennen uns seit geraumer Zeit, und wir verstehen uns ganz genau!"

Don Camillo zuckte die Achseln: „Herr Bürgermeister, wir sind vom Thema abgekommen. Ich kam hierher, um Sie zu fragen, ob Sie die Absicht haben, dem Komitee für die Ehrung Anselmo Lollinis beizutreten oder nicht."

„Nein!" antwortete Peppone wild.

Don Camillo kehrte ins Pfarrhaus zurück, um dem Komitee, das dort auf ihn wartete, Bericht zu erstatten.

„Na, wie steht's", fragte Piletti begierig.

„Er nimmt nicht an", erklärte Don Camillo.

Die Versammlung brach in einen Freudenschrei aus.

„Diesmal sind sie geliefert!" rief Piletti aufgeregt. „Das ist ein dicker Hund: ‚Nur um einen berühmten Wissenschaftler unseres Orts nicht ehren zu müssen, dessen einziges Unrecht darin bestand, daß er der Bürgerlichen Klasse und nicht dem Proletariat angehört hat, schlägt die kommunistische Verwaltung eine Hinterlassenschaft von siebzig Millionen zugunsten des Altersheims aus!' Damit haben wir ein unglaubliches Argument. Mit Ausnahme der vier oder fünf Wirrköpfe seines Stabs wird Peppone auch seine eigenen Leute gegen sich haben."

Das Komitee arbeitete sofort den Plan für die Aktion aus.

„Als erstes", erklärte Piletti, „wird das Plakat des Komitees für die Ehrung Lollinis veröffentlicht, mit den Namen aller, die sich der Initiative angeschlossen haben. Die Tatsache, daß der Name des Bürgermeisters fehlt, wird mir Gelegenheit geben, im Gemeinderat öffentlich eine Erklärung zu verlangen. Auf der Grundlage dieser Erklärung werden wir unverzüglich handeln und einen Riesenskandal daraus machen, der die Roten zwingt, entweder das, was sie gesagt haben, zurückzunehmen oder ihren Rücktritt einzureichen. Diesmal kommt er nicht damit davon, daß er die ganze Angelegenheit ins Politische dreht!"

Die Versammlung arbeitete intensiv bis spät in den Abend, und als das Plakat des Komitees fix und fertig war, wurde ein

Vertrauensmann zu Barchini, dem Drucker, geschickt mit dem Auftrag, das Original sofort in die Setzerei zu geben.

Piletti und Don Camillo hielten im Pfarrhaus Wache.

Gegen Mitternacht kam der Bürstenabzug des Plakats. Don Camillo setzte sich die Brille auf und begann langsam und laut die Korrektur zu lesen, während Piletti aufmerksam zuhörte, die Augen auf das Original geheftet.

Barchini hatte gewissenhaft gearbeitet, und Don Camillo konnte dem Boten aus der Druckerei, der inzwischen auf dem Sofa in der Diele ein bißchen geschlafen hatte, den korrigierten Abzug rasch wieder mitgeben.

„Sag Barchini, daß er in Höchstgeschwindigkeit drucken soll", trug Piletti dem Burschen auf. „Morgen früh um sechs kommt die Anschlägerkolonne, um die Plakate abzuholen."

Piletti und die anderen Mitglieder des Komitees gingen um acht aus dem Haus, um das Schauspiel zu genießen. Die Plakatankleber hatten großartige Arbeit geleistet. Trotzdem sah Don Camillo gegen halb neun Piletti und die anderen ausgesprochen bedrückt ins Pfarrhaus kommen.

Ohne etwas zu sagen, legte Piletti Don Camillo ein Exemplar des Plakats vor, und das erste, was Don Camillo in die Augen sprang, war der Name des Bürgermeisters, ziemlich oben in der Liste der Komitee-Mitglieder.

Don Camillo sah Piletti verblüfft an, und Piletti hob betrübt die Arme.

„Es ist so, Hochwürden", sagte er. „Ich war bereits bei Barchini, um den Bürstenabzug mit dem Original zu vergleichen: beide sind verschwunden. Barchini war, nachdem er das Plakat gesetzt hatte, zu Bett gegangen. Er kann sich nicht mehr erinnern, ob der Name des Bürgermeisters draufstand oder nicht."

„Dafür haben *wir* gesehen, daß der Name nicht auf dem Abzug stand", rief Don Camillo.

„Es hat keinen Sinn, daraus einen Streitfall zu machen", schloß Piletti. „Was zählt, ist nur, daß der Name des Bürgermeisters auf dem Plakat steht. Wir können Barchini und seine Arbeiter schließlich nicht durch die Mangel drehen, um herauszukriegen, wie sich dieses Phänomen erklären läßt."

Die Mitglieder des Komitees verließen niedergeschlagen den

Pfarrhof, und Don Camillo ging in die Kirche, um sich beim Gekreuzigten am Hochaltar auszusprechen: „Jesus“, sagte er, „meiner Meinung nach hat Peppone noch einmal darüber nachgedacht und sich dann auf die Lauer gelegt. Als er sah, wie der Bote mit dem Korrekturabzug in die Druckerei zurückging, hat er ihn abgefangen, seinen Namen dazugesetzt und dem Burschen gedroht, daß er ihm den Schädel einschlägt, wenn er etwas sagt und nicht Abzug und Original verschwinden läßt. Denn als ich den Abzug korrigiert habe, stand Peppones Name nicht auf der Liste!“

„Bist du da ganz sicher, Don Camillo?“ fragte Christus.

„Ehrlich gesagt, ich war gestern abend sehr müde“, gab Don Camillo offen zu. „Unter solchen Umständen kann man auch mal was übersehen. Auf alle Fälle ist es besser so: Lollini wird zu Ehren kommen, und das Altersheim wird eine große Wohltat erhalten, statt einen großen Verlust zu erleiden. Ganz abgesehen von den verschiedenen Wohltaten, die dem ganzen Dorf zugute kommen werden.“

Das Denkmal für Anselmo Lollini (1830–1918), bedeutender Entomologe, wurde an einem schönen Aprilsonntag feierlich eingeweiht.

Tatsächlich handelte es sich um eine ausgezeichnete Skulptur, und der ernste Herr in Bronze auf seinem marmornen Sockel entbehrte nicht eines gewissen Charmes.

„Jetzt, da das Denkmal dasteht“, meinte Don Camillo am Schluß der Feier zu Peppone, „merkt man erst, wie leer die Piazza vorher war. Es hat ihr etwas gefehlt. Finden Sie nicht auch, Herr Bürgermeister?“

„Das muß man später sehen“, erwiderte Peppone.

Die Tage und die Wochen vergingen, und es kam das große Juni-Fest der Kommunisten.

Genauer gesagt: Es kam der Vorabend des Festes, und an eben jenem Samstagabend ging Don Camillo, nachdem er lange den bronzenen Anselmo Lollini betrachtet hatte, der oben auf seinem Sockel inmitten der leeren und verlassenen Piazza thronte, besonders zufrieden ins Bett.

Am nächsten Morgen stand er in glänzender Laune auf, und nachdem er die erste Messe gelesen hatte, konnte er dem Verlangen nicht widerstehen, die paar Schritte bis zur Piazza zu gehen.

Nachdem er die paar Schritte gegangen war, blieb er wie angewurzelt stehen, als sei er plötzlich zu einem Betonpfarrer erstarrt.

Wie schon seit Jahren bei diesem Fest erhob sich auf der Piazza ein großes Festzelt. Und wie man aus den Plakaten erfuhr, hatten die Jugendgruppen der Peppone-Bande wie in den vergangenen Jahren wieder eine „volkstümliche Tanzunterhaltung“ organisiert.

Das große Festzelt ragte majestätisch auf der Piazza, in deren Mitte bis zum Abend vorher der berühmte Entomologe Anselmo Lollini unangefochten dominiert hatte.

Don Camillo schüttelte seine Verblüffung ab, und die ersten Augen, mit denen sich sein Blick kreuzte, waren die Peppones.

„Seid ihr übergeschnappt?“ rief Don Camillo entrüstet.

„Dadurch, daß ihr die Statue von ihrem Platz entfernt habt, um euer verdammtes Sündenzelt mit allem Drum und Dran aufzubauen, habt ihr gegen die Verpflichtung verstoßen, die ihr Lollinis Erben gegenüber eingegangen seid!“

„Wieso denn, Hochwürden?“ antwortete Peppone. „Die Verpflichtungen sind heilig und bindend. Da wir Herrn Anselmo Lollini also nicht wegschicken konnten, haben wir ihn zum Fest eingeladen!“

Don Camillo trat zum Zelt, um durch einen Schlitz in der Seitenwand zu spähen, und genau zwischen den beiden Mittelsäulen, die das große Leinwanddach stützten, stand der bronzene Entomologe würdevoll auf seinem Marmorsockel.

„Heute wird sich der Herr Lollini bestimmt amüsieren“, rief Peppone. „Gute Musik und gute Gesellschaft!“ Don Camillo zog sich entsetzt zurück.

„Ein solcher Narrenstreich wird die ganze Welt zum Lachen bringen!“ rief er.

„Macht nichts! Hauptsache, daß dem das Lachen vergeht, der uns mit Hilfe des Denkmals daran hindern wollte, unser Volksfest auf der Piazza zu feiern!“

Und in der Tat: Don Camillo lachte nicht.

Landschaft mit Frauenfigur

Eines Morgens kam ein junger Mann geradelt, hielt auf dem Vorplatz der Kirche an und schaute sich um, als suche er etwas. Plötzlich schien er es gefunden zu haben, lehnte sein Fahrrad an eine dicke Säule und machte sich an dem dicken Bündel auf dem Gepäckträger zu schaffen.

Er zog einen Klappstuhl heraus, eine Staffelei, einen Kasten mit Farben, eine Palette, und wenige Minuten später war er bereits an der Arbeit.

Glücklicherweise war die Jugend in der Schule, so daß der Maler eine gute halbe Stunde lang ruhig arbeiten konnte. Dann aber strömten immer mehr Leute von allen Seiten herbei, so daß der Jüngling die Last von hundert neugierigen Augen auf der Pinselspitze fühlte.

Langsam und unauffällig, als käme er durch Zufall hier vorbei, näherte sich auch Don Camillo. Jemand fragte ihn halblaut, was er denn von dieser Sache halte.

„Es ist noch zu früh, um zu urteilen", antwortete Don Camillo.

„Ich verstehe nicht, was an diesem Laubengang schön sein soll", kritisierte ein Bursche aus der Gruppe der Intellektuellen. „Da gibt's doch den Fluß entlang viel malerischere Sujets."

Der junge Mann hörte die leise gesprochenen Worte und sagte, ohne sich umzuwenden: „Das Malerische taugt für Ansichtskarten. Die Gegend hier, die Bassa, gefällt mir gerade darum, weil sie nicht malerisch ist."

Die Erklärung verblüffte die Menge, die der Arbeit des Malers bis zur Mittagsstunde argwöhnisch weiter zusah. Dann gingen alle weg, und der Künstler blieb allein zurück und konnte volle zwei Stunden ungestört pinseln. Als das Volk wiederkam, um sich an dem Schauspiel zu erlaben, war daher das Bild so weit vorangekommen, daß einer ins Pfarrhaus lief, um Don Camillo zu holen: „Hochwürden, kommt und seht Euch das an!"

Tatsächlich, der Junge konnte allerhand, und Peppone, der sich unter den Zuschauern befand, faßte die Situation mit schlichten Worten zusammen: „Seht ihr, das ist Kunst! Seit fast fünfzig Jahren sehe ich diesen Säulengang Tag für Tag, und erst jetzt merke ich, daß er schön ist!“

Der junge Mann war müde; er legte Palette und Pinsel weg, schloß den Farbenkasten und stand auf.

„Sind Sie schon fertig?“ fragte jemand.

„Nein, ich mache morgen weiter. Jetzt hat das Licht gewechselt, da ist die ganze Wirkung anders.“

„Wenn Sie mögen, können Sie Ihre Sachen bei mir im Pfarrhaus einstellen, ich habe Platz genug, und niemand rührt etwas an“, sagte Don Camillo, als er sah, daß der Jüngling nicht recht wußte, wohin mit der noch feuchten Leinwand.

„Ich danke Ihnen vielmals“, antwortete der Fremde.

„Hab' ich doch kommen sehen, daß der ihn sich schnappt“, brummte Peppone erbost und verzog sich.

Als seine Geräte im großen Flurschrank des Pfarrhauses verstaut waren, fragte der junge Mann: „Hochwürden, könnten Sie mir vielleicht sagen, wo ich möglichst billig essen und schlafen kann?“

„Ja“, erwiderte Don Camillo. „Hier“.

Auf den erstaunten Blick des Jungen hin erklärte er: „Sie sind ein Künstler, und es macht mir Freude, Sie bei mir zu haben.“

Im Wohnzimmer brannte das Kaminfeuer, der Tisch war gedeckt. Der junge Mann war hungrig und durchgefroren, und während er aß, nahm sein blasses Gesicht allmählich Farbe an. Auch das war wie Malerei.

„Ich weiß gar nicht, wie ich Ihnen danken soll, Hochwürden“, sagte er zuletzt.

„Sie brauchen mir nicht zu danken“, antwortete Don Camillo. „Bleiben Sie lange hier?“

„Morgen nachmittag fahre ich in die Stadt zurück.“

„Schon aus mit Ihrer Begeisterung für die Bassa?“

„Aus mit dem Geld“, seufzte der Jüngling.

„Haben Sie viel Arbeit in der Stadt?“

Der Fremde lachte: „Man nimmt's halt, wie es kommt!“

Don Camillo schaute ihn an: „Geld kann ich Ihnen nicht geben, weil ich keins habe“, sagte er. „Aber wenn Sie mir ein paar kleine Arbeiten für die Kirche ausführen, können Sie einen Monat lang bei mir essen und schlafen. Überlegen Sie es sich.“

„Da brauche ich nicht zu überlegen", erwiderte der junge Mann. „Der Vertrag gefällt mir. Vorausgesetzt, Sie lassen mir Zeit, auch für mich zu malen."

„Aber selbstverständlich!" rief Don Camillo. „Es genügt, wenn Sie der Kirche täglich zwei Stunden widmen. Sie werden sehen, es ist nicht viel zu tun."

Die Kirche war vor einem Monat repariert worden, und an den frisch verputzten Stellen waren die Verzierungen weiß übertüncht. Die Ziermalerei mußte ausgebessert und vervollständigt werden. Als der Junge gesehen hatte, worum es ging, lächelte er: „Das ist alles?"

„Das ist alles."

„Damit bin ich in einem Tag durch, Hochwürden. Ich kann den Vertrag nicht annehmen, es wäre nicht anständig von mir. Sie müssen mir etwas anderes zu tun geben."

Don Camillo öffnete die Arme. „Da wäre schon noch etwas anderes", sagte er. „Aber das ist etwas Großes, Anspruchsvolles, ich habe gar nicht den Mut, davon zu reden."

„Reden Sie nur!"

Don Camillo trat an die Balustrade einer kleinen Seitenkapelle und machte Licht. „Da sehen Sie, was passiert ist!"

Der Junge hob den Blick und sah nichts als einen großen Flecken, der die Wand über dem Altar verdunkelte.

„Da ist Wasser durchgesickert", erklärte Don Camillo, „und wir haben es erst zu spät bemerkt. Als das Dach geflickt war, ist der ganze Mörtel heruntergefallen, weil er sich im Frost von der Mauer gelöst hatte. Und so ist das Bild von der Muttergottes hin."

Der Junge wiegte nachdenklich den Kopf. „Das sieht bös aus", bestätigte er. „Man muß den ganzen Mörtel neu auftragen, denn was davon noch übriggeblieben ist, ist nichts mehr wert."

„Wenn es nur um den Mörtel ginge, dann wäre es eine Kleinigkeit!" jammerte Don Camillo. „Aber das Madonnenbild muß neu gemalt werden."

„Das überlassen Sie mir!" rief der Junge. „Kümmern Sie sich darum, daß die Mauer trockengelegt wird. Inzwischen denke ich mir die Figur aus und mache die Skizze und die Schablone bereit. Wenn es soweit ist, besorgen Sie mir den Maurer für den Mörtel. In der Freskomalerei kenne ich mich gut aus. Aber ich muß ungestört arbeiten können: Sie bekommen das Bild erst zu sehen, wenn es fertig ist. Für mich ist es eine Tortur, wenn man mir beim Arbeiten über die Schulter starrt."

Don Camillo war so glücklich, daß ihm sogar der Schnauf für ein „Jawohl" wegblieb.

Der junge Mann war ein leidenschaftlicher Künstler, und daß er sich hier nicht nur an einem Ort befand, der ihm gefiel, sondern sich neuerdings auch noch regelmäßig und reichlich satt essen konnte, verlieh ihm einen außerordentlichen begeisterten Schwung. So machte er sich, nachdem das Bild mit den Laubengängen am Kirchplatz – unter dem ungeteilten Beifall des Dorfes – fertig war, auf Entdeckungsfahrten durch die Bassa und auf die Suche nach einer Inspiration für Don Camillos Muttergottes.

Eine konventionelle Madonna konnte er nicht malen: Er mußte ein echtes, lebendes Gesicht vergeistigen. Das Gemälde sollte nicht nur eine Huldigung für Don Camillo, sondern eine Huldigung an die Kunst sein.

In der ersten Woche brachte er die Flickarbeiten an der Ziermalerei hinter sich. Darüber hinaus restaurierte er noch das große Ölbild über dem Chor – aber wohl war ihm nicht dabei. Erst wenn er die Anregung zum Muttergottesbild in der kleinen Kapelle fand, würde die innere Unruhe, die von Tag zu Tag stärker wurde, sich legen.

Am Ende der zweiten Woche aber sah es für den armen Jungen noch schlechter aus: Die Mauer in der Seitenkapelle wartete, völlig saniert, schon seit einer ganzen Weile auf den Maler, und der Maler war noch weit vom Ziel.

Bald tausend Frauen hatte er angeschaut, im Dorf und in allen Nebengemeinden, aber kein einziges interessantes Gesicht gefunden.

Don Camillo wurde bald inne, daß etwas nicht stimmte: Der junge Mann schien seine Arbeitslust verloren zu haben, und mehr als einmal brachte er von seinen Streifzügen nicht einmal eine Skizze zurück.

„Interessiert Sie die Gegend nicht mehr?" erkundigte sich Don Camillo eines Abends. „Es gibt doch noch so viele schöne Dinge hier, die Sie nicht auf der Leinwand festgehalten haben."

„Mich interessiert jetzt nur noch *eine* schöne Sache, und die kann und kann ich nicht entdecken!“ erwiderte der junge Mann mutlos.

Am nächsten Morgen bestieg er sein Fahrrad und machte sich mit dem festen Vorsatz auf den Weg: „Wenn ich heute nichts finde, verlasse ich das Dorf.“

Er überließ es dem Zufall, ihn zu führen: er fuhr in die Gehöfte, um ein Glas Wasser oder sonst etwas zu erbitten, er hielt jedesmal an, wenn er einem weiblichen Wesen begegnete, doch seine Bitterkeit nahm ständig zu.

Zur Mittagszeit war er in La Rocca, der Fraktion, die der Hauptgemeinde am nächsten lag, und betrat das Wirtshaus „Zum Fasan“, um etwas zu essen. Er mochte nicht nach Hause.

Die Gaststube, ein großer, niedriger Raum mit Balkendecke und kitschigen Öldrucken an den Wänden, war leer.

Als eine alte Frau erschien, bestellte der Maler Brot, Wurst und ein Glas Wein.

Kurze Zeit später stellte eine Hand einen Teller mit aufgeschnittener Wurst, ein Glas Wein und ein Stück Brot auf die dunkle Tischplatte, und als der Junge aufblickte, verschlug es ihm den Atem: die Inspiration war gefunden!

Die Inspiration war höchstens fünfundzwanzig Jahre alt und bewegte sich mit der Unbekümmertheit einer Achtzehnjährigen. Was ihn aber interessierte, war einzig und allein das Gesicht der Frau.

Unverwandt und entgeistert starrte er in dieses Gesicht, das er so lange gesucht hatte.

Das Mädchen hielt dem Blick eine Weile stand, dann fuhr es ihn ärgerlich an: „Was ist? Haben Sie etwas gegen mich?“

„Entschuldigen Sie“, stotterte der junge Mann verwirrt.

Das Mädchen ging hinaus, kam aber bald zurück und setzte sich mit einer Näharbeit neben die Tür.

Der Maler konnte nicht widerstehen: Er zog seinen Block heraus und begann zu zeichnen.

Nach einer Weile hob das Mädchen, das seine Blicke auf sich fühlte, den Kopf und sagte: „Darf man fragen, was Sie tun?“

„Wenn Sie gestatten, möchte ich Ihr Porträt zeichnen“, antwortete der junge Mann.

„Mein Porträt? Wozu?“

„Ich bin Kunstmaler“, gab der Jüngling verlegen Auskunft, „und einen Maler interessiert alles, was schön ist.“

Das Mädchen verzog halb mitleidig, halb verächtlich das Gesicht, zuckte die Achseln und arbeitete weiter. Mehr als eine Stunde lang saß sie still dort, dann kam sie herüber und fragte: „Darf man sehen, was Sie zusammengestrichelt haben?“

Der junge Mann zeigte die Skizze.

„So sehe ich aus?“ lachte das Mädchen.

„Es ist erst angefangen, Fräulein; wenn Sie nichts dagegen haben, komme ich morgen wieder und zeichne weiter daran.“

Das Mädchen räumte Teller und Glas weg.

„Was bin ich schuldig?“ fragte der Jüngling.

„Sie können morgen zahlen.“

Kaum war der Maler zu Hause, schloß er sich in seinem Zimmer ein und zeichnete bis abends.

Am Morgen arbeitete er weiter. Als er gegen Mittag ausging, schloß er hinter sich die Tür ab. „Hochwürden“, erklärte er, „es ist soweit: die Inspiration ist da!“

In voller Fahrt radelte er zum „Fasan“ und fand alles wie am Vortag: verlassene Gaststube, Brot, Wurst, Wein und die Inspiration auf dem Stuhl neben der Tür.

Als diesmal das Mädchen nach zwei Stunden das Ergebnis der Arbeit sah, erschien sie zufriedener als am ersten Tag.

„So ist's besser“, sagte sie.

„Wenn ich auch morgen kommen dürfte, würde es noch besser“, seufzte der Junge.

Schließlich ging er noch zweimal hin, dann aber ließ er sich im „Fasan“ nicht mehr blicken, weil er den Kopf voll anderer Dinge hatte. Drei Tage lang blieb er in seinem Zimmer, dann verabredete er sich mit dem Maurer und begann mit der Arbeit in der Kapelle.

Fieberhaft machte er sich ans Werk, und niemand konnte sehen, was er malte, denn eine hohe Bretterwand trennte jetzt die Seitenkapelle von der übrigen Kirche ab.

Und nur der junge Mann hatte einen Schlüssel zum kleinen Eingangstürchen.

Don Camillo verging fast vor Neugier, wußte sich aber zu bezähmen und fragte lediglich jeden Abend: „Nun, wie steht's?“

„Sie werden schon sehen, Hochwürden!“ antwortete der Maler jeweils freudig erregt.

Und endlich kam der Schicksalstag.

Der junge Mann verhängte das vollendete Fresko mit einem Tuch, ließ die Bretterwand entfernen und holte Don Camillo.

„Hochwürden, es ist soweit."

Im nächsten Augenblick stand Don Camillo schon an der Balustrade der Seitenkapelle und wartete mit klopfendem Herzen.

Mit einer Stange brachte der Maler das Tuch zu Fall, das die „Muttergottes vom Fluß" verhüllte.

Es war ein herrliches Bild; mit offenem Mund staunte Don Camillo das Wunder an.

Plötzlich aber griff eine kalte Hand nach seinem Herzen, seine Stirn bedeckte sich mit Schweiß, und dann entfuhr ihm ein entsetzter Schrei: „Die Celestina!"

„Was für eine Celestina?" fragte der junge Mann erstaunt.

„Das ist Celestina, die Tochter der Wirtin vom ‚Fasan'!"

„Nun ja", bestätigte der Maler ruhig, „es ist ein Mädchen, das ich im ‚Fasan' gefunden habe."

Don Camillo packte die Bockleiter, drang in die Kapelle ein, stieg hinauf und verhüllte das Bild wieder mit dem großen Tuch.

Der junge Mann war ratlos. „Hochwürden", fragte er, als Don Camillo wieder auf dem Boden stand, „seid Ihr verrückt geworden?"

Ohne zu antworten, eilte der Priester ins Pfarrhaus hinüber, gefolgt von dem immer verdutzteren Maler.

„Sakrileg!" ächzte er, als sie im Wohnzimmer angekommen waren. „Die Celestina vom ‚Fasan'! Die Celestina vom ‚Fasan'! Die Muttergottes mit dem Gesicht der Celestina vom ‚Fasan'! Wissen Sie denn nicht, wer die Celestina ist?"

Der junge Mann wurde bleich.

„Wissen Sie denn nicht, daß die Celestina das fanatischste aller Kommunistenweiber weit und breit ist? Wissen Sie nicht, daß man ebensogut einen Christus mit dem Gesicht von Stalin malen könnte?"

Der Jüngling hatte sein Gleichgewicht einigermaßen wiedergefunden. „Hochwürden", verteidigte er sich ruhig, „mich hat nicht die politische Überzeugung des Mädchens inspiriert, sondern ihr Gesicht. Es ist ein wunderschönes Antlitz, und das hat ihr nicht die Partei geschenkt, sondern der liebe Gott."

„Aber die schwarze Seele, die sich hinter dieser Schönheit verbirgt, die hat ihr der Teufel geschenkt!" wütete Don Camillo.

„Alles Schöne ist ein Geschenk des Himmels", beharrte der Maler.

Don Camillo hob die Hände anklagend zum Himmel. „Sie haben ein Sakrileg begangen! Und wenn ich nicht wüßte, daß Sie in gutem Glauben gehandelt haben, hätte ich Sie vorhin gleich zum Teufel gejagt. Sind Sie sich denn überhaupt bewußt, wie ungeheuerlich die Sache ist?"

Der Junge schüttelte den Kopf. „Nein", erwiderte er. „Ich habe ein gutes Gewissen. Um das Antlitz der Madonna zu malen, habe ich meine Eingebung in dem schönsten Gesicht gesucht, das ich finden konnte."

„Sie haben nicht Ihre gute Absicht gemalt, sondern eine Ausgeburt der Hölle! Eine Exkommunizierte! Finden Sie es nicht selber lästerlich, der Madonna das Aussehen einer Exkommunizierten zu verleihen? *‚Muttergottes vom Fluß'? ‚Muttergottes exkommuniziert'* müßte das Bild richtig heißen!"

Der junge Maler hätte am liebsten geweint. „Und dabei habe ich so lange gesucht und mit aller Inbrunst dieses Gesicht vergeistigt ..."

Mit fuchtelnden Armen unterbrach ihn Don Camillo: „Was wollen Sie denn da vergeistigen! Wie kann man ein so vulgäres Gesicht wie das der Celestina vergeistigen? Das Gesicht einer Frau, die mit ihrem Fluchen jeden Fuhrmann zum Erröten bringt? Wie kann man nur so schamlos sein, sich einzubilden, die Muttergottes könnte das niederträchtige Gesicht der Celestina tragen?"

Der junge Mann rannte in sein Zimmer und warf sich auf das Bett. Zum Abendessen kam er nicht herunter, und Don Camillo hatte nicht die geringste Lust, ihn zu rufen. Gegen zehn Uhr abends aber ging er zu ihm. „Nun, sind Sie jetzt überzeugt, daß es ein Sakrileg war? Ich hoffe, Sie haben inzwischen mit kühlem Kopf Ihre Skizzen durchgesehen und gemerkt, daß man auf der ganzen Welt kein gemeineres Gesicht findet als das dieses Mädchens. Sie sind jung, Sie haben ein aufreizendes Mädchen gesehen, und da haben die Augen des Künstlers versagt und sind den Augen des Lüstlings gewichen."

Der Maler schüttelte den Kopf. „Sie denken schlecht von mir, Hochwürden. Sie beleidigen mich ohne Grund."

„Aber so nehmen Sie doch Ihre Skizzen hervor! Sehen Sie doch genau hin!"

„Ich habe alles zerrissen."

„Kommen Sie mit hinüber!" forderte Don Camillo. „Ich will, daß Sie sich selber überzeugen."

Sie gingen durch die stille, verlassene Kirche, und in der kleinen Seitenkapelle löste Don Camillo mit der Stange das Tuch vor dem Bild. „Sehen Sie es mit Ruhe an und sagen Sie mir, ob ich nicht recht habe."

Der junge Mann betrachtete das Bild, richtete die beiden Scheinwerfer darauf, betrachtete es wieder und schüttelte den Kopf: „Nein, Hochwürden, dieses Gesicht ist weder niederträchtig, noch vulgär."

Don Camillo grinste höhnisch und musterte das Fresko mit zornigen Blicken.

Die Muttergottes vom Fluß hatte ein sanftes, heiteres Gesicht mit klaren, unschuldigen Augen.

„Zum Verrücktwerden!" fauchte Don Camillo. „Ich möchte nur wissen, wie Sie im Gesicht dieser Schlampe Geistigkeit gefunden haben!"

„Sie geben also zu, Hochwürden, daß dieses Bild ein geistiges Gesicht hat?"

„Das Bild, ja, aber die Celestina hat ein ordinäres Gesicht! Und wer immer das Bild anschaut, wird sagen: ‚Sieh mal an, die Celestina als Muttergottes verkleidet!'"

„Es lohnt sich nicht, eine Tragödie daraus zu machen", entschied sich der junge Mann. „Morgen früh kratzen wir alles ab und fangen von vorne an."

Don Camillo verhüllte das Bild wieder und löschte das Licht. „Darüber reden wir morgen", sagte er. „Das Schlimmste ist, daß das Gemälde prachtvoll ist und es zu zerstören ein Verbrechen."

Die Muttergottes vom Fluß gefiel dem armen Don Camillo in der Tat wahnsinnig. Für ihn war das Fresko ein Meisterwerk, das Schönste, was er je gesehen hatte. Aber wie konnte er andererseits dulden, daß die verfluchte Celestina als Madonna über dem Altar prangte?

Anderntags rief Don Camillo die fünf, sechs zuverlässigsten

seiner Anhänger zu Hilfe. Er führte sie vor die Kapelle, zog das Tuch weg und befahl: „Sagt eure Meinung frei heraus!"

Und alle riefen zuerst „Wundervoll!", zuckten dann zusammen und fügten entsetzt hinzu: „Das ist ja die Celestina vom ‚Fasan'!"

Don Camillo erzählte von dem Unglück, das dem Maler zugestoßen war. „Es bleibt nichts anderes übrig, als alles zu löschen", schloß er.

„Schade um das Meisterwerk!" war die einhellige Meinung der Anwesenden. „Aber man kann doch wohl nicht zulassen, daß die Muttergottes das Gesicht einer verfluchten Exkommunizierten trägt . . ."

Don Camillo verhüllte das Fresko und bat die Getreuen, zu niemandem etwas zu sagen.

Die Folge war natürlich, daß sich Andeutungen wie ein Lauffeuer verbreiteten, und gleich begann ein lebhaftes Kommen und Gehen vor der kleinen Kapelle; doch das Bild war verhängt und der Zugang versperrt.

Das Gerücht drang auch über das Dorf hinaus, und als am Abend Don Camillo das Kirchenportal abschließen wollte, löste sich aus dem Schatten ein feindseliges Gesicht. Es war die Celestina vom „Fasan".

„Was wollt Ihr?" fragte Don Camillo kurz angebunden.

„Ich habe mit dem Trottel dort ein paar Worte zu reden", zischte Celestina.

Don Camillo wandte sich um: der junge Mann war soeben angekommen.

„Abgesehen davon, daß Sie viermal zu mir zum Essen gekommen sind, ohne je zu zahlen", fuhr Celestina ihn drohend an, „möchte ich wissen, wer Ihnen die Erlaubnis gegeben hat, mein Gesicht für das Malen von Madonnen zu mißbrauchen und mich damit zu verunglimpfen."

Der Junge starrte Celestina ungläubig, ja bestürzt an: Da war es, das vulgäre, falsche, widerwärtige Gesicht, von dem Don Camillo gesprochen hatte! Verstört fragte er sich, wie er in diesem Antlitz bloß etwas Geistiges oder zu Vergeistigendes hatte sehen können.

Er stammelte etwas, aber das Mädchen fuhr ihm über den Mund:

„Ein blöder Simpel sind Sie!"

Da griff Don Camillo ein. „Mädchen, wir wollen hier keinen Krach. Wir sind hier in der Kirche, nicht in Eurer Kneipe."

„Ihr habt nicht das Recht, mein Gesicht für Eure Madonnen auszunutzen!", schimpfte Celestina weiter.

„Kein Mensch denkt daran, Euch auszunutzen", gab Don Camillo zurück. „Ich weiß nicht, was Ihr wollt."

„Es gibt Leute, die haben die Madonna mit meinem Gesicht gesehen!" schrie Celestina. „Versucht doch zu lügen, wenn Ihr das könnt!"

Don Camillo fühlte sich unbehaglich.

„Hier ist keine Madonna mit Eurem Gesicht und könnte auch niemals eine sein", behauptete er. „Aber weil jemand in dem Bild, das dieser junge Mann gemalt hat, eine entfernte Ähnlichkeit mit Euch zu erkennen glaubt, wird das Gemälde morgen weggemeißelt und neu gemacht."

„Ich will es sehen!" verlangte das Mädchen wütend. „Und ich will, daß Ihr mein Gesicht sofort wegmacht. In meiner Gegenwart."

Don Camillo betrachtete dieses von Wut entstellte Gesicht; er dachte an das liebliche Antlitz der Muttergottes vom Fluß und sagte ruhig: „Es ist nicht Euer Gesicht. Ihr könnt es kontrollieren."

Das Mädchen ging entschlossen auf die Kapelle zu und blieb vor der Balustrade stehen. Don Camillo nahm die Stange und ließ das verhüllende Tuch fallen. Dann beobachtete er Celestina.

Reglos sah sie zu dem Fresko auf. Und dann geschah etwas Unerwartetes, etwas sehr Merkwürdiges.

Da glättete sich das Gesicht der Celestina nach und nach, da wurden die haßglühenden Augen allmählich immer sanfter, immer heiterer. Da verschwand aus den Zügen alles Vulgäre, da wurde das Gesicht der Celestina dem Gesicht auf dem Bild immer ähnlicher.

Der Jüngling klammerte sich an Don Camillos Arm. „So habe ich sie gesehen", flüsterte er ihm ins Ohr.

Don Camillo bedeutete ihm, zu schweigen.

Eine Weile war alles totenstill, dann hörte man Celestinas unterdrückte Stimme: „Wie schön sie ist!..."

Das Mädchen wurde nicht müde, zur Muttergottes aufzublikken; plötzlich wandte es sich zu Don Camillo um: „Löscht sie nicht aus, ich bitte Euch!“ flehte es angstvoll. „Wartet noch!“

Dann kniete es vor der Muttergottes vom Fluß nieder und bekreuzigte sich.

In atemlosem Staunen schaute Don Camillo zu, wie Celestina schluchzend aus der Kirche lief und der Maler ihr nacheilte.

Alleingeblieben, deckte Don Camillo das Fresko wieder zu und ging dann zum Hauptaltar, um sein Herz vor dem Gekreuzigten auszuschütten.

„Jesus“, keuchte er, „was geht hier vor?“

„Von Malerei verstehe ich nichts“, antwortete Christus lächelnd.

Am nächsten Morgen nahm der Junge sein Rad und fuhr zum „Fasan“. Die Gaststube war leer, Celestina saß mit gesenktem Kopf an ihrem gewohnten Platz und nähte.

„Ich bin gekommen, um meine Schulden zu bezahlen“, sagte der Maler. Celestina hob langsam das Gesicht, und der junge Mann fühlte, wie sein Herz vor Erleichterung weit wurde, denn es war das sanfte, heitere Antlitz des Bildes.

„Wie tüchtig Ihr seid“, seufzte das Mädchen. „Wie schön diese Madonna ist!“

Der Maler begann etwas zu stottern, aber Celestina fuhr fort: „Sie ist zu schön, man darf sie nicht zerstören!“

„Ich weiß, es tut mir ja auch leid, denn ich habe beim Malen mein ganzes Herz und meine ganze Seele hineingelegt, aber die Leute sagen, es sei nicht möglich, eine Muttergottes in der Kirche zu lassen, die das Gesicht einer Exkommunizierten trägt...“

Da lächelte Celestina: „Ich bin nicht mehr exkommuniziert. Heute morgen habe ich getan, was zu tun war.“ Als der junge Maler gestand, daß er nicht begreife, wovon sie rede, erklärte sie ihm alles. Dann nutzte sie sein verwundertes Schweigen zu der Frage, ob seine Frau ihm die Wäsche flicke und so, und er antwortete, niemand flicke ihm die Wäsche, denn er sei ganz allein auf der Welt und mausarm.

Worauf sie seufzend bemerkte, daß in einem gewissen Alter das Alleinsein auch für die umschwärmtesten Frauen eine Last werde und man das Bedürfnis verspüre, eine Familie zu gründen.

Worauf der arme Kerl zugab, daß eine Familie zu gründen schon immer sein Traum gewesen sei, daß er aber kaum sich selber durchbringen könne.

Worauf Celestina weise erwiderte, das liege nur daran, daß er in der Stadt lebe, wo alles doppelt soviel koste. Wenn er hingegen auf dem Land wohnte, wäre alles viel leichter, besonders wenn das Schicksal ihm ein tüchtiges Mädchen mit einem kleinen, aber sauberen Haus und einem kleinen, aber rentablen Unternehmen über den Weg führte.

Worauf der junge Mann ein paar Worte sagte, aber da schlug es schon Mittag, denn die Zeit geht unheimlich schnell vorbei, wenn man von solchen Dingen plaudert, und das Mädchen stand auf und holte Brot, Wurst und Wein.

Nach dem Essen fragte der junge Mann: „Wieviel macht das alles?"

„Sie können morgen bezahlen", antwortete Celestina. Die Muttergottes vom Fluß blieb ungefähr einen Monat lang hinter dem Tuch verborgen. An dem Tag aber, als der junge Mann und die Celestina mit allem Drum und Dran und Orgelbegleitung heirateten, zog Don Camillo den Vorhang weg und überflutete die kleine Kapelle mit Licht.

Er war ziemlich besorgt, was die Leute wohl sagen würden, wenn sie sahen, daß die Madonna die Gesichtszüge Celestinas trug. Doch die Leute meinten bloß:

„Ach, wo denn! Das möchte der Celestina freilich passen, wenn sie so schön wäre wie die Muttergottes auf dem Bild! Nicht einmal von ferne sieht sie ihr ähnlich!"

So bin ich

Giovanni Guareschi über sich selbst, ca. 1952

Mein Leben begann am 1. Mai 1908, und wie es aussieht, wird es noch eine Weile schlecht und recht weitergehen.

Als ich auf die Welt kam, war meine Mutter bereits seit neun Jahren Volksschullehrerin, und sie hielt noch bis 1949 weiter Schule.

Der Pfarrer des Dorfes, in dem sie bis 1950 lebte, schenkte ihr im Namen der Bevölkerung einen Wecker, und meine Mutter verbrachte nach fünfzig Jahren Unterricht in Schulen ohne elektrisches Licht und Trinkwasser, dafür aber mit reichlich Schaben, Fliegen und Stechmücken, ihre Zeit damit, darauf zu warten, daß der Staat die Bearbeitung ihres Pensionsantrags in Erwägung ziehe. Und während sie sich damit vergnügte, dem Tikken des Weckers zuzuhören, den ihr die Bevölkerung geschenkt hatte, kam der Tod und trug sie fort.

Mein Vater dagegen beschäftigte sich, als ich geboren wurde, mit jeder Art von Maschinen: von Dreschmaschinen bis zu Grammophonen, und er hatte einen wunderschönen Schnurrbart, ganz ähnlich dem, den ich unter der Nase trage. Diesen prächtigen Schnurrbart hatte er noch bis 1950, aber da beschäftigte er sich schon seit einer Weile mit nichts mehr und verbrachte seine Tage mit Zeitungslesen. Er las auch das, was ich schrieb, aber meine Art zu schreiben und zu denken gefiel ihm nicht.

Und im Grunde hatte er vollkommen recht, denn auch mir gefällt das, was ich schreibe, überhaupt nicht.

Zu seiner Zeit war mein Vater ein lebhafter, aufgeweckter Mann gewesen, der schon ein Automobil fuhr, als in Italien noch ganze Völkerscharen von Dorf zu Dorf zogen, um diese Teufelsmaschine zu sehen, die von allein lief.

Die einzige Erinnerung an diesen vergangenen Glanz ist eine alte Autohupe, eine von denen mit Gummibirne, die mein Vater an das Kopfende seines Bettes geschraubt hatte und mit der er immer wieder hupte, vor allem im Sommer.

Ich habe ein Motorrad mit fünfundsechzig Kubikzentimetern Hubraum, einen Kleinwagen mit fünfhundert Kubikzentimetern Hubraum, eine Ehefrau und zwei Kinder, deren Hubraum ich nicht genau angeben kann, die mir aber sehr nützlich sind, da ich sie als Figuren in vielen Geschichten verwende. Diese Geschichten veröffentliche ich in einem Wochenblatt, das meine Mitarbeit sehr schätzt, vielleicht weil ich der Direktor bin.

Und genau in dieser Wochenzeitung, die sich *Candido* nennt, habe ich wöchentlich die Erzählungen gedruckt, die seinerzeit zum kleinen Teil im ersten Don-Camillo-Band erschienen sind.

Meine Eltern hatten entschieden, daß ich Schiffsingenieur werden sollte. So kam es, daß ich Jurisprudenz studierte und in kurzer Zeit in der Stadt Parma als Schöpfer von Werbeplakaten und Karikaturist bekannt wurde.

Da mir in der Schule nie jemand das Zeichnen beigebracht hatte, war es logisch, daß die Zeichenkunst auf mich eine besondere Anziehungskraft ausübte. Daher beschäftigte ich mich nach Karikatur und Werbeplakat viel mit Holzschnitt und Bühnenmalerei.

Zur gleichen Zeit versuchte ich mich auch als Pförtner in einer Zuckerfabrik und als Inhaber eines bewachten Fahrradparkplatzes. Und obwohl ich keine Ahnung von Musik hatte, gab ich sogar einigen Kindern vom Land Mandolinenunterricht. Großartig bewährt habe ich mich als Amtsperson bei der Volkszählung. Ein Jahr lang war ich Privatlehrer in einem Internat, dann ging ich dazu über, in der Lokalzeitung Korrektur zu lesen. Um mein bescheidenes Gehalt aufzubessern, begann ich Geschichten zu schreiben, danach beschäftigte ich mich mit der Stadtchronik, und da ich den Sonntag noch völlig frei hatte, übernahm ich die Leitung eines Montagsblattes, das ich, um Zeit zu sparen, zu drei Vierteln selber schrieb. Eines schönen Tags nahm ich den Zug und fuhr nach Mailand, wo es mir gelang, mich in eine ganz neue humoristische Wochenzeitung mit Namen *Bertoldo* einzuschmuggeln. Dort wurde ich gezwungen, das Schreiben sein zu lassen, doch dafür durfte ich zeichnen. Und ich nützte das aus und zeichnete in Weiß auf schwarzes Papier – was in der Zeitung traurig schwarze und, ich muß es zugeben, auch deprimierende Akzente setzte.

Ich bin in der Bassa von Parma geboren, in der Po-Ebene. Und die Menschen, die aus dieser Gegend stammen, haben einen Kopf, so hart wie Gußeisen: Es gelang mir, Chefredakteur des *Bertoldo* zu werden, immerhin einer Zeitung, in der Steinberg, der damals in Mailand Architektur studierte, seine allerersten Zeichnungen veröffentlichte und an der er bis zu seiner Abreise nach New York mitarbeitete.

Aus Gründen, die nicht von meinem Willen abhingen, brach der Krieg aus, und 1942 trank ich mir einen großen Rausch an, weil mein Bruder in Rußland vermißt war und ich nichts über ihn in Erfahrung bringen konnte. Ich brüllte in jener Nacht einiges durch die Straßen von Mailand und sagte Dinge, die ich dann am nächsten Morgen, nachdem die Politische Polizei mich festgenommen hatte, auf zwei Protokollseiten wiederfand. Eine Menge Leute kümmerte sich damals um mich und brachte es fertig, mich wieder frei zu bekommen. Doch um mich aus dem Verkehr zu ziehen, wurde ich am 9. September 1943 zu den Waffen gerufen, und nachdem wir die Bescherung hatten, wurde ich von den Deutschen in Alessandria festgenommen. Da ich keine Lust hatte, meinem König den Gehorsam zu verweigern, kam ich in ein polnisches Lager. Danach passierte ich verschiedene deutsche Lager, und das bis Ende April 1945. Damals wechselte ich von der deutschen Verwaltung zur englischen, und nach fünf Monaten wurde ich wieder nach Italien zurückgeschickt.

In der Zeit der Gefangenschaft entfaltete ich die intensivste Aktivität meines Lebens. Tatsächlich mußte ich vor allem danach trachten, am Leben zu bleiben, und das gelang mir fast vollständig, da ich mich auf ein präzises Programm festgelegt hatte, unter dem Motto: „Ich sterbe nicht, nicht einmal, wenn sie mich umbringen!"

Es ist nicht leicht, am Leben zu bleiben, wenn man nur noch aus Haut und Knochen besteht, 46 Kilo wiegt und von Läusen, Wanzen, Flöhen, Hunger und Schwermut heimgesucht ist.

Als ich nach Italien zurückkam, fand ich, daß sich viele Dinge verändert hatten. Vor allem die Italiener hatten sich verändert, und ich verwendete viel Zeit darauf, herauszufinden, ob zum Besseren oder zum Schlechteren. Zum Schluß entdeckte ich, daß sie sich überhaupt nicht verändert hatten, und da packte mich die Schwermut. Ich schloß mich im Haus ein und zeichnete die Illustrationen für mein *Weihnachtsmärchen*, das ich 1944 geschrieben hatte, um die Weihnachtstraurigkeit etwas zu lindern – meine und die meiner Lagerkameraden.

Dann gründeten wir die Wochenzeitschrift *Candido*, und ich fand mich bis zum Hals in der Politik, obwohl ich damals, wie ich es auch heute noch bin, völlig unabhängig war. Aus dieser Zeit, ich meine aus der unmittelbaren Nachkriegszeit, habe ich einen dicken Band mit dokumentarischen Tafeln herausgeschlagen, unter dem Titel *Italia provvisoria*.

1950 verlor der italienische Kommunistenführer Togliatti bei einer öffentlichen Rede in La Spezia die Nerven und nannte jenen Mailänder Journalisten, der die Figur mit den „drei Nasenlöchern" erfunden hat, einen „dreifachen Idioten". Dieser dreifache Idiot bin ich, und dieser Ausspruch war für mich die am heißesten ersehnte Anerkennung meiner Arbeit als politischer Journalist.

Der Mann mit den drei Nasenlöchern ist inzwischen in den italienischen Sprachgebrauch eingegangen, und ich war es, der ihn in einem Moment satirischer Laune erfunden hat. Ehrlich gesagt, darauf bin ich stolz, denn es ist mir gelungen, den Typus des Kommunisten mit einem winzigen Federstrich von wenigen Millimetern zu charakterisieren (indem ich ihm eben statt der zwei üblichen drei Nasenlöcher zeichnete). Das ist kein schlechter Einfall. Und er schlug ein.

Und (weshalb bescheiden sein?) auch die anderen Dinge, die ich während der Zeit vor der Wahl schrieb oder zeichnete, schlugen ein. Aber das gehört nicht hierher: Ich habe auf dem Dachboden einen Sack voller Zeitungsausschnitte, in denen Schlechtes über mich steht. Wer mehr darüber wissen will, soll kommen und sie lesen.

Die Erzählungen um Don Camillo und Peppone haben in Italien einen außergewöhnlichen Erfolg gehabt. Viele Leute haben lange Artikel über sie verfaßt, und sehr viele haben mir Briefe über diese oder jene Geschichte geschrieben: So sind mir die Gedanken etwas durcheinandergeraten, und es würde mich jetzt ziemlich in Verlegenheit bringen, wenn ich ein Urteil über diese Erzählungen abgeben müßte.

Das Milieu dieser Geschichten ist das meiner Heimat: der Bassa von Parma, der Ebene an den Ufern des Po. Hier erreicht die politische Leidenschaft oft eine besorgniserregende Intensität; und doch sind die Leute dort sympathisch, gastlich und großzügig und haben einen ausgeprägten Sinn für Humor.

Es muß die Sonne sein, eine verdammte Sonne, die den ganzen Sommer lang die Gehirne martert. Oder der Nebel, ein dikker Nebel, der den ganzen Winter lang auf den Gehirnen lastet.

Die Typen sind echt, und die Geschichten sind so wahrscheinlich, daß mehr als einmal ein erfundenes Ereignis ein paar Monate später tatsächlich passiert ist und man in der Zeitung davon las.

Ja, die Wirklichkeit überstieg sogar die Phantasie: Denn als ich die Geschichte von Peppone schrieb, in der er, um ein Flugzeug loszuwerden, das während einer Wahlversammlung gegnerische Flugblätter abwirft, eine Maschinenpistole aus dem Strohschober zieht, da brachte ich es nicht fertig, ihn schießen zu lassen. „Das ist zu phantastisch", sagte ich mir. Zwei Monate später schossen in Spilimbergo im Friaulischen die Kommunisten nicht nur auf ein Flugzeug, das antikommunistische Flugblätter abwarf, sie schossen es sogar ab!

Ich habe nichts weiter zu meinen Geschichten zu sagen. Niemand kann schließlich von einem armen, anständigen Menschen verlangen, daß er, nachdem er ein Buch geschrieben hat, es auch noch verstehen soll.

Guareschi